KB260697

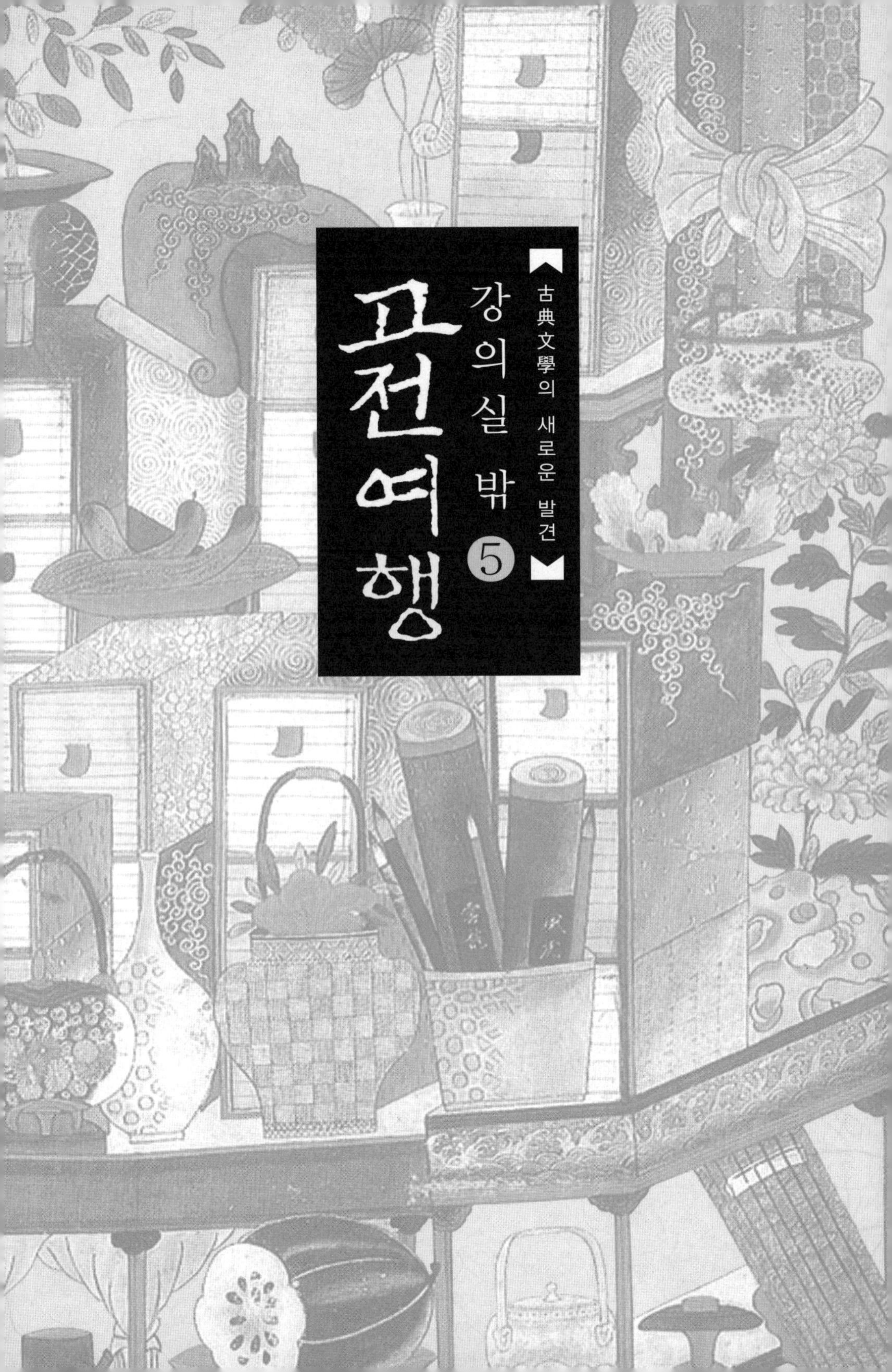

강의실 밖
古典文學의 새로운 발견
고전여행
⑤

강의실 밖 고전여행

⑤

이강엽 지음

평민사

책 머리에

오랜 여행을 마친 기분이다.

이 시리즈를 시작할 때는 정말 가벼운 마음이었다. 1996년, 마침 대학에서 〈고전문학의 이해〉 같은 교양과목을 강의할 때여서, 강의안을 중심으로 독서물을 한 권 만들자는 심산이었다. 그렇게 1권이 나가고, 2, 3권이 연이어 나가면서 모종의 책임감을 느꼈다. 고전문학 관련 서적이 많이 나온 듯하지만, 실제로는 학교 교육을 끝으로 독서를 중단하는 현실에서, 어쩌면 이 책으로 고전문학의 이해를 갈음하는 독자까지 생길지도 모를 일이었다. 그럼에도 불구하고 독자층을 고려하여 심각한 수준의 '강의'는 피하고 '여행' 쪽으로 기울게 되었고, 그 역시 나름대로의 의미가 있다.

5권은 마지막 권인 만큼, 깊이 있는 내용이 들어가도록 노력했다. 가능하면 논문 한 편에서 소화한 내용이 온전한 강의처럼 들어갈 수 있게 배치했다. 선시(禪詩)나 〈구운몽〉처럼 본래부터 어려울 수밖에 없는 작품이 선정된 것도 그렇지만 바보사위담처럼 매우 흔하기는 해도 필자처럼 특별한 관심을 기울이지 않은 경우라면 쉽게 접근하기 어려운 대상이 선정된 것도 그런 이유이다. 4권까지를 꼼꼼하게 읽은 독자라면 이 5권의 내용으로 이 시리즈가 잘 마무리가 되기를 바란다. 행여 이 시리즈 때문에 고전이 뜻밖에 무겁지 않은 내용들이라고 속단하고 가벼이 여기는 일만은 피했으면 하는 뜻에서 몇 가지 묵직한 주제를 얹어둔다.

그 동안 이 시리즈를 읽어준 독자분들께 감사의 인사를 올린다. 부족한 학문과 시원찮은 글솜씨에도 과분한 칭찬을 보내주신 후의는 두고두고 마음속에 새길 것이다. 아울러, 이 시리즈가 완성되는 10년 간 음으로 양으로 힘이 되어준 어머니, 아내, 두 딸, 그리고 몸담고 있는 학교가 객지임을 잊게 해준 여러 교수님이나 학생들께 감사드린다. (사실은 재작년에 완성된 파일을 다 날리는 바람에 다시 2년의 시간이 흘렀다. 그 또한 나의 부주의 탓이지만 이상하게 얽힌 결과, 이 책의 일부는 그때와는 전혀 다른 모양을 하게 되었다.) 이제 이 시리즈의 마무리와 더불어, 오랫동안 하고 싶었던 한국 고전을 주제별로 풀어 보이는 책으로 인사드릴 것을 약속한다.

2013년 5월 2일
'작은세상' 에서 이강엽

차 례

제7강 | 송강(松江)이 들려주는 아름다운 푸념

제8강 | 보은담- 보은을 넘어서

제9강 | 〈구운몽〉의 큰 꿈

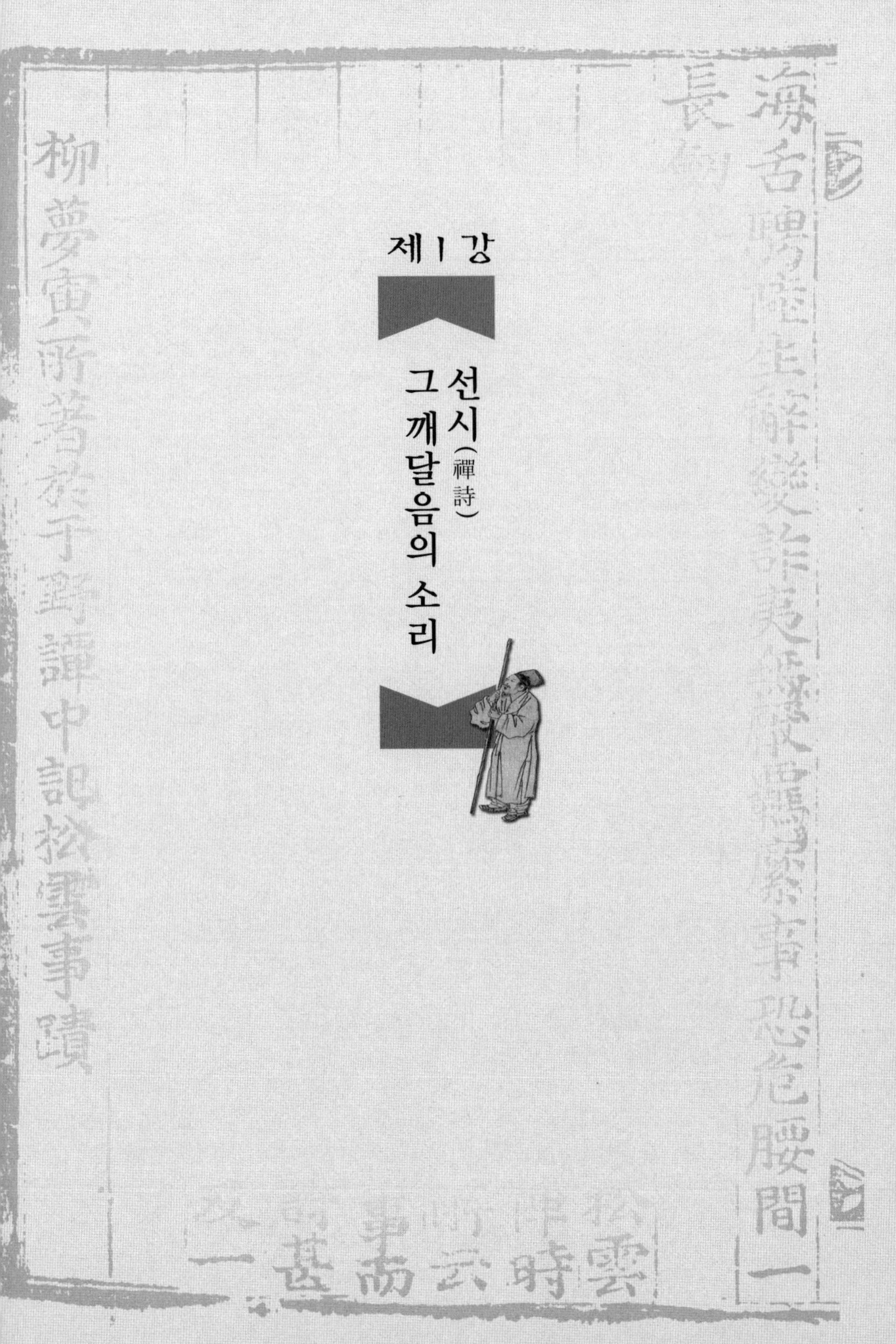

제 1 강

선시(禪詩)
그 깨달음의 소리

1. 선문답(禪門答) 같은 소리?

일상대화 중에 엉뚱한 문답이 오가면 '무슨 선문답이냐?'고들 한다. 이해하기 어려운 엉뚱한 소리라는 뜻이다. 그러나 한 깨침을 얻었다는 선사(禪師)들의 문답이 고작 그렇게 엉뚱한 것이기만 할까? 그럴 리가 없다. 그렇다면 선(禪)은 명백한 사기임에 분명하다. 그럼에도 불구하고 현실에서의 '선문답'은 별로 긍정적인 의미를 갖지 않는다. 무슨 고상한 자리에서 오간다면 그럴법하겠지만, 대체로는 정치판처럼 직설적으로 말해서는 곤란한 상황을 모면하는 데 효용을 발휘하는 것이다. 가령, 어떤 정치적 판단을 요청하면서 가부를 묻는 질문에 "날씨가 궂을 때도 있지요."라고 한다면, 대체 이게 무슨 뜻인가? 기자들마다 달려들어서 해석을 해대고, 신문마다 엉뚱한 길로 치닫기 마련이다.

선시(禪詩) 역시 마찬가지 운명이다. '선시'라는 말을 많이 쓰기는 해도 선시가 무엇인지 구체적으로 정의하기는 몹시 어렵다. 이 분야

달마. 중국의 선종(禪宗)을 연 인도의 고승

에 대한 연구가 그다지 무르익지 않은 까닭이기도 하겠지만, 근본적으로 선(禪)과 시(詩)라는 상이한 두 영역에 걸쳐 있어서 그 접근이 어려운 까닭이기도 하다. 이러저러한 문제 때문에 기존연구에서는 '선시'를 '선(禪)의 시적(詩的) 함축'으로 보며 또 그 범위는 '선사(禪師)의 작품'으로 한정하거나[1], '불교시(佛敎詩)'라는

좀 더 포괄적인 용어를 써서[2] 선시의 정체성을 드러내기도 했다. 그러나 이때의 선시, 혹은 불교시라는 용어는 기실 '고승(高僧)들의 시'라는 의미로 용인되는 듯한 인상을 지울 수 없다.

그러나 어떤 문학에서건 그 문학의 창작층만으로 성격을 규정하기에는 다소 무리가 따르게 마련이다. 가령, 양반이 써도 평민적 성향을 띠고 있으면 평민문학으로 포괄할 수 있듯이 '선시' 역시 그 창작집단보다는 고유속성에 초점이 맞추어져야 한다. 그렇다면, 선시가 갖고 있는 고유속성은 과연 무엇일까 하는 것이 우리의 주요 관심사가 될 것이다. 흔히 두드러진 파격으로 어리둥절하게 만드는 시를 보게 되면 "선시(禪詩) 같다"고 하는데, 이는 일반인의 눈에는 선시가 비상식(非常識)과 비합리(非合理), 혹은 상식을 뛰어넘는 초논리(超論理), 초합리(超合理)로 받아들여진다는 말이다.

이런 소박한 이해를 통해 볼 때 선시에 대한 일반인의 이해는 대충 다음의 두 가지로 요약될 수 있다. 첫째, 선시는 일반인이 보기에

황당무계하다. 둘째, 선시는 무언지 모를 심오한 진리를 담고 있다. 그런데, 이런 이해방식이야말로 문학적 접근을 차단하는 주요인이 된다. 결국, 전자의 입장으로는 선시는 일반 독법으로 이해할 수 없는 황당한 문학으로 굳이 진지하게 다룰 가치가 없다고 여기며, 후자의 입장으로는 선시는 문학의 영역을 넘어선 사상적인 영역에 속하게 되므로 당연히 그 주 연구영역 역시 문학 밖으로 넘겨버리는 것이다.

그렇지만 선시도 시(詩)인 이상, 일반인의 독법으로 읽혀질 수 있어야 하며, 그 종교성도 종교성이지만 문학성이 문제시되어야만 한다. 이런 맥락에서 선시에 내재된 비상식성이나 비합리성에 대해 살펴서 그것이 어떤 방식으로 문학적으로 활용되는지 살피는 일은 의미를 갖는다. 어쨌거나 선시는 우리의 일상생활에서 인정하는 상식이나 합리를 뛰어넘거나 무시하는데, 이는 정상적인 논리에서 보면 당연히 오류로 취급될 수 있는 것이다. 논리학에서 '오류분석'을 통해 논리적 오류를 규명해 놓은 작업들은 이미 상당한 정도로 진척이 되어 있는데, 이 강의에서는 선시에 나타나는 논리적 오류를 지적하고 그 문학적 의미를 짚어보도록 한다.[3]

논리학에서 오류라고 하면 단순한 거짓말을 의미하는 것이 아니라 '부당한 논증'을 뜻한다.[4] 이때의 부당한 논증이란 그것이 부당할 뿐만 아니라, 일반성이 있고, 타당하다고 착각시킬 만한 특징을 지녀야 한다. 가령, 부당하다고 하더라도 거의 접할 수 없는 드문 유형이거나 누구나 속지 않을 만큼 빤한 것이라면 굳이 '오류추리'라고 하지 않는다. 이런 일반원칙을 그대로 선시에 적용한다면, 우선 일상적 논리에서 벗어나고, 흔히 쓰이며, 그럴싸한 오류에만 국한시

켜야 할 것이다.

이렇게 생각하면 문제를 구체화시키는 길을 이미 '오류분석'에서 사용되는 오류의 제 유형 중 선시에서 흔히 쓰이는 것들을 추려내는 방법이다. 논리학에서는 이미 이런 분야만을 전문으로 다루어놓은 책도 몇 권 있고, 또 논리학개론서류에서도 따로 이 항목을 두고 있기도 한데, 그 종류나 가짓수에서는 서로 넘나듦이 있다. 어떤 논리학 서적에서는 특히 이 부분을 위해 많은 지면을 할애하고 있는데 총 44가지의 오류를 들고 있다.[5] 이는 크게 형식적 오류와 비형식적 오류로, 또 전자는 다시 타당한 논증형식과 부당한 논증형식, 후자는 다시 심리적 오류·자료적 오류·언어적 오류로 세분된다.

이 글은 오류분석 자체가 논의의 목표가 아니므로 기왕의 논리학 연구에서 밝힌 오류분석을 취택하기로 한다. 선시의 검토 결과 대략 형식적 오류, 자료적 오류, 언어적 오류의 세 부류로 나누어 설명하는 편이 효과적일 듯하다. 형식적 오류는 논증형식이 잘못된 경우이고, 자료적 오류는 자료를 잘못 판단하여 생기는 오류이며, 언어적 오류는 언어를 잘못 사용하는 데에서 빚어지는 오류이다.

앞으로의 논의의 편의를 위하여 해당 실례를 통해 간단히 설명해 보면 다음과 같다.[6]

• 형식적 오류

가령, "만일 비가 오면 땅이 젖는다. 땅이 젖어 있다. 따라서 비가 왔다."고 했을 경우 비 오는 것이 땅을 젖게 하는 충분조건은 되지만, 필요조건은 아닌데도 쌍조건문으로 착각한 예이다. 이런 오류를 '후건긍정의 오류'라고 하는데, 형식적 오류에는 이 외에도 선결문제 요구의 오류, 비정합성의 오류, 전건부정의 오류 등등이 있다.

• 자료적 오류

가령, "개인의 국가에 대한 관계는 한 유기체의 부분과 전체의 관계와 같다. 유기체에서 부분은 전체의 건강에 도움이 되는 한 그 존재가치를 인정받는다. 따라서 개인이 국가의 이익에 부합하지 않는다면 개인은 희생되어야 한다." 같은 경우, 비록 국가와 유기체 사이에 일정 부분의 유사성이 있다고 하더라도 그 나머지 부분까지 꼭 같으라는 법은 없는데도 함께 놓아서 생긴 오류이다. 이런 오류를 '잘못된 유비추리의 오류'라고 하는데, 자료적 오류에는 이 외에도 성급한 일반화의 오류, 근시안적 귀납의 오류, 거짓 딜레마의 오류 등등이 있다.

• 언어적 오류

가령, "모든 죄인은 감옥에 가야 한다. 인간은 모두 죄인이다. 따라서 모든 인간은 감옥에 가야 한다."고 했을 경우, '죄인'의 의미가 사법적이냐 종교적이냐에 따라 아주 달라짐에도 불구하고 하나의 뜻을 가진 것으로 여겨서 생기는 오류이다. 이런 오류를 '애매어의 오류'라고 하는데 언어적 오류에는 이 외에도 은밀한 재정의의 오류, 사용-언급을 혼동하는 오류, 정의에 의한 존재 강요의 오류 등등이 있다.

이상의 세 부류로 나누어서 선시에 나타난 오류를 정리하고, 그를 통해 왜 선시가 엉뚱하고 황당무계한 것으로 보이는가를 밝힘은 물

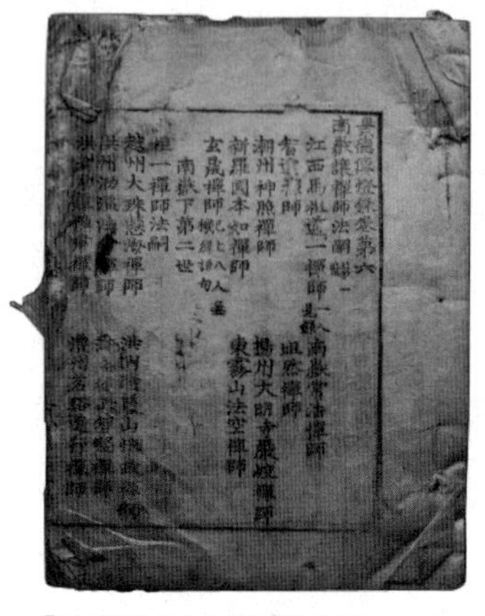

『경덕전등록』(景德傳燈錄). 1006년 송나라의 도원이 편찬한 역대 부처와 조사들의 어록. 한국불교 소의경전의 하나이다. _한국민족문화대백과

론, 그것이 갖는 문학적 의미를 추적해볼 수 있을 것이다. 그러나 논리학의 오류추리가 선시에 기계적으로 맞대응될 수 있는 것은 아니다. 예를 들자면 앞서 설명한 대로 오류라면 '타당하다고 착각시킬 만한 특징'을 갖는 것인데, 일반적으로는 그렇지 않더라도 선시에서라면, 선사(禪師)가 쓴 시에서라면 그렇다고 인정되는 영역이 분명히 있다.

"처음에는 산은 산이고 물은 물이더니, 조금 깨달았을 때에는 산이 산이 아니고 물이 물이 아니었으나, 진실로 깨달았을 때에는 다시 산은 산이고 물은 물이었다."

(道原, 『景德傳燈錄』〈青原惟新章〉)[7]

이런 발언은 논리형식으로 볼 때 얼토당토않은 비논리로 논리학에 전혀 무관심한 사람이라 하더라도 착각을 일으키거나 타당하다고 여길 만한 것이 아니다. 그러나 적어도 선(禪)의 세계를 풍문으로라도 들은 이라면, "산은 산이요, 물은 물이다."뿐만 아니라 "산은 산이 아니요, 물은 물이 아니다."나 "산이 물 위로 흐른다."는 말까지도 타당하다고 착각시킬 만한 특징을 갖게 된다. 결국, 논리학에서 오류라고 하지 않는 명백한 거짓까지도 특정 상황을 전제로 그 영역에 편입할 여지가 있는 셈이다.

2. 회주의 소가 풀을 뜯는데

먼저, 형식적 오류에 속하는 것을 살피자면, 선시에서 이 부류에 드는 것은 헤아리기 어려울 정도로 많다. 다음 시를 보자.

회주 땅의 소가 풀을 뜯는데
익주 땅의 말이 배가 터진다.
천하의 의사를 찾으니
돼지의 어깨를 뜨라 한다.

懷州牛喫草
益州馬腹脹
天下覓醫人
灸猪左膊上
(慧諶, 〈示覺雲上人〉)[8]

터무니없는 말이다. 1·2구와 3·4구가 각각 짝을 이루는데, 1·2구든 3·4구든 서로 연결될 만한 근거는 전혀 없다. '익주/회주', '소/말'의 사이에 쓰인 논리적 연결고리가 전혀 없는 것이다. 서로 독립한 별개의 명제를 붙여 놓아서 일단은 기괴함을 자아내는 인상을 준다.

송광사 진각국사 혜심(慧諶) 영정
_한국민족문화대백과

다음 예는 이런 상황을 더욱 극명하게 한다.

동쪽 집에서 나비가 춤추더니
서쪽 집에서 봄이 이미 저물었다.
나무마다 꽃필 때 나비 오다가
지는 꽃 뜰에 가득 나비가 간다.

胡蝶舞東家
西家春已暮
花開萬樹胡蝶來
花落滿地胡蝶去
(明照,〈胡蝶夢〉)[9]

역시 '서쪽집/동쪽집', '나비가 춤추다/봄이 이미 저물었다'를 잇는 연결고리는 없다. 관계가 없는 것을 앞뒤로 늘어놓아서 마치 관계가 있는 것처럼 꾸민 것이다. 이 둘이 이처럼 무관한 두 명제를 연속해 놓은 것이라면, 다음은 부정명제를 연속해 놓은 예이다.

해탈이 해탈 아닌데
열반이 어찌 고향이겠는가
취모의 빛이 번쩍거리나
실없는 말이 그 끝을 거역한다.

解脫非解脫

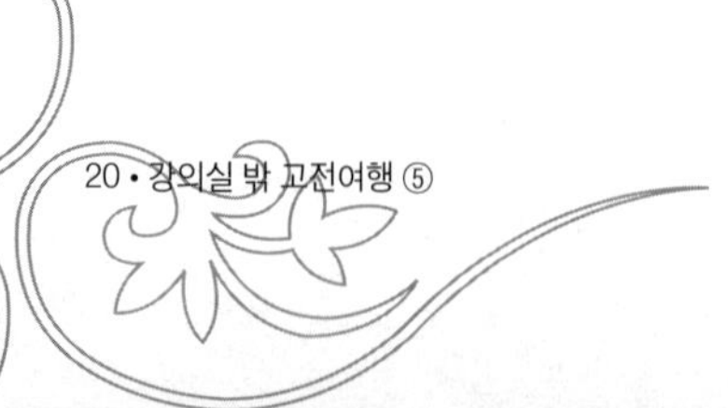

涅槃豈故鄕

吹毛光爍爍

口說犯鋒鋩

(太能, 〈臨終偈〉)[10]

첫구에서 '해탈(解脫)'이 '비해탈(非解脫)'이라고 했다. 논리어로 풀면, "A=~A"꼴인데, 이는 형식논리의 대원칙, 동일률(同一律)을 어긴 것이다. 즉, 어떤 명제이든 "A=A"이어야만 그 다음 논리가 성립되는데, 여기에서는 "해탈이 해탈이 아니다."라는 엉뚱한 논리를 끌어댔다. 이런 예는 선시에서 얼마든지 찾을 수 있다. "선(禪)은 선(禪)이 아니다."라는 식의 초논리(超論理)가 선시 곳곳에 산재하는 것이다. 이 시는 단순히 "A=~A"에 그쳤지만 다음은 그런 정도를 훨씬 넘어선다.

꿈속에서 꿈 이야기하며 남을 꿈꾼다 하며
꿈과 꿈이 끝이 없어 꿈을 깨지 못하나니
비록 나비 되어 장원 밖을 날았으나
그래도 그는 분명 꿈꾸는 사람이다.

夢中說夢喚人夢

夢夢無窮夢不醒

縱出莊園胡蝶外

分明猶是夢人情

(最訥, 〈夢〉)[11]

불교에서 깨달음을 얻지 못한 상태를 '몽(夢)'으로 표현한 경우는 꽤 많다. 고전소설 『구운몽(九雲夢)』도 그런 경우인데, 문제는 단순히 꿈을 깨는 행위가 깨달음을 얻는 경지가 아니라는 데에 있다. 위의 시에서 보듯이 남을 꿈꾼다[夢]하여 자신이 꿈을 깼다고[~夢]하는 행위 역시 꿈[夢]이며 나비가 되어 장원 밖을 난 것도 여전히 꿈이라는 논지이다. 이는 '夢', '~夢', '~(~夢)'의 연첩에 의해서, 몽(夢)과 비몽(非夢)의 구분 같은 얄팍한 깨달음을 넘어 큰깨달음[大覺]으로 들어서게 하려는 것이다.

앞서 보인 두 편의 시가 앞 명제의 부정에 의해서 일상논리를 깨나갔는데, 선시(禪詩)에서는 대극적인 개념을 연결 지어서 일상논리를 깨는 예도 허다하다.

<blockquote>

이 암자는 본래 그 이름이 태고 아닌데
오늘일로 말미암아 태고와 이름하네
'하나' 속의 '모두'와 '많음' 속의 '하나'이나
'하나'라 해도 맞지 않고 언제나 분명하네.

此庵本非太古名
乃因今日云太古
一中一切多中一
一不得中常了了
(普愚, '太古庵歌' 中)[12]

</blockquote>

이 시에서 주목할 대목은 밑줄 친 부분, 제3구이다. '하나[一]'와

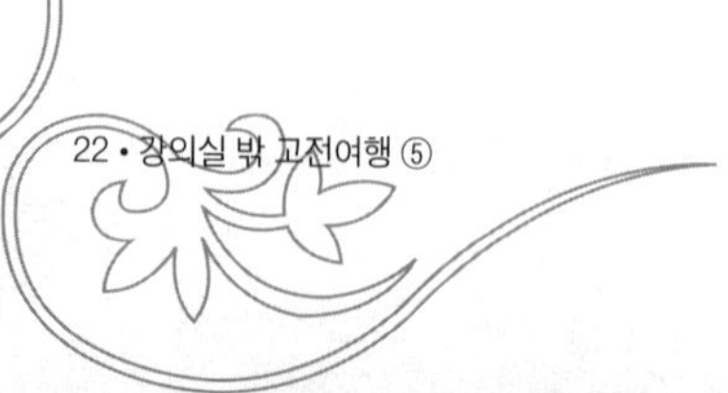

보우(普愚). 1301(충렬왕 27)~1382(우왕 8). 고려 말기의 승려. 고양 태고사 원증국사탑비 _한국민족문화대백과

'많은 것[多]'가 같다고 했으니 우리의 일상논리로는 이해가 안 되는 대목이다. 하지만 이 시를 쓴 보우(普愚) 스님은 26세 때 화엄선(華嚴選)에 합격한 사람이고[13], "일(一)은 곧 다(多)요, 다(多)는 곧 일(一)"[14]이 바로 화엄사상의 요체임을 파악한다면 납득하기 그리 어려운 대목만은 아니다. 일체의 분별지(分別智)를 허망한 것으로 보는 입장에 서라면 일(一)과 다(多)의 구분 역시 불필요한 일일 것이기 때문이다.

이처럼 어떤 선시는 무관한 두 항을, 또 어떤 선시는 본항과 부정항을, 또 어떤 선시는 본항과 대립항을 같은 것으로 보면서, 모두 일상논리로는 용납할 수 없는 '결코 같지 않은 것을 같다.'고 하고 있다. 이러한 시의 가장 큰 특징은 서로 다른 것을 같다고 하는 것이었다. 이런 논리는 우선 '선(禪)'에서 도출된 것이지만 그것이 쓰인 곳은 '시(詩)'라는 점을 상기한다면 이에 대한 해답은 어느 정도 쉽게 구해질 수 있을 것이다. 바로 이 부분에 있어서 선의 속성과 시의 속성이 일치할 수 있으리라는 추론이 가능하다. 시의 언어가 산문의 언어와 다른 점은 산문이 분석적으로 사물을 파악하는 데 비해 시의 그것은 통합적이라는 점이다.

앞서 예를 든 제일 첫 시의 두 구를 다시 살펴보자.

> 회주의 소가 풀을 뜯는다.
> 익주의 말이 배가 터진다.

> 懷州牛喫草
> 益州馬腹脹

앞선 번역에서 '~는데'로 연결한 고리는 번역자가 앞뒤의 의미를 고려하여 첨가한 것일 뿐 실제 원시에서는 그냥 늘어놓은 데 불과하다. 여기처럼 있는 그대로 뜻을 새겨놓고 보면 앞서 보인 번역시와는 아주 다른 인상을 받게 된다. 이는 중국어와 한국어가 갖는 본질적인 속성의 차이, 곧 고립어와 첨가어의 차이에서 기인하는 것이기도 하겠지만, 근본적으로는 서로 다른 단어들을 병치(竝置)하는 것으로 시인이 말하고자 하는 바를 표출하는 기법을 쓰고 있을 알 수 있다.

이런 방식은 은유의 영역에서 설명될 만한 것이다. 흔히 '내 마음은 호수'라는 식의 'A=B' 형식을 은유라고 인식하지만, 실제 시에서는 '=' 같은 연결이 없이 그저 'A이다 / B이다'라는 식으로 늘어놓기만 해도 그 효과는 충분할 뿐만 아니라 오히려 그 이상이 되는 예가 허다하다. 기존 이론서에서는 전자를 외유(外喩, epiphor), 후자를 교유(交喩, diaphor)라고 하여 구별한 바 있는데[15], 이에 따르자면 이 시에 쓰인 은유는 확실히 교유의 영역에 든다. '회주/익주', '소/말', '풀을 뜯는다/배가 터진다'를 나란히 늘어놓고 그로써 그만인 것이다. 결국, 시에서 이러한 교유는 '이전에는 인식되지 못했던 사물의 관계'를 표시하게 되며[16] 선시에서 이 현상은 특히 두드러진다.

이 시의 제 1, 2구에서 보여준 것과 같은 급격한 비약이나 순간적인 통합은 모든 독자들을 당황하게 하기에 충분하다. 이 두 행을 하나의 의미망 속에서 포착하기에는 너무 급격하고 너무 순간적이기 때문인데, 작가는 바로 이 점에 의미를 두고 있으므로 '천하의 의사를 찾으니 / 돼지의 왼쪽 어깨를 뜨라 한다(天下覓醫人 / 炙猪左膊上)'를 덧보탠다. 독자에게 1, 2구를 제시해서 충격을 주고는, 이제 그 충격의 의미를 묻는 독자에게 해명을 하기는커녕 '돼지의 왼쪽 어깨를 뜨는' 처방을 내린 것이다. 이리하여 소에서 말로, 다시 말에서 돼지로 항이 계속 변화하는 상황이 제시되고 독자는 거기에서 어떤 깨달음, 곧 연기(緣起)에 대한 이해를 하지 않으면 안 된다.

물론 어떤 이미지의 병치에 의한 교유 현상은 사실 꼭 선시에서만 이루어지는 것도 아니고 일반적인 한시 등에서도 어렵잖게 찾아볼 수 있는 것이겠지만, 대개의 경우 유사한 이미지의 나열이나, 대조되는 이미지의 나열에 의해서 강한 대비를 통해 어느 한 쪽이 지닌 속성을 더 강조하는 쪽으로 흐르는 데 비해 선시에서는 느닷없이 한 순간에 서로 너무 다른 이미지들을 쏟아내는 것이 일반적이다. 가령 둘째 시의 경우, 일반적인 시에서라면 동/서의 상반된 시어를 배열하여 어느 한 쪽에 더 강렬한 인상을 주려 하겠지만, 여기에서는 동(東)은 동(東)대로 서(西)는 서(西)대로 있을 뿐이며, 그것들을 다 읽고 나서 결코 동(東)은 동(東)대로이며 서(西)는 서(西)대로일 뿐이 아님을 깨우치게 되는 것이다.

이처럼 위의 두 시는 시행에서 얻어지는 당혹스러움이 전혀 새로운 무엇을 창출하는 데 기여하게 되는데, "외유의 기능은 의미를 암시하는 데 있고 교유의 기능은 존재를 창출하는 데 있다"[17]는 원론대로, 선시에서의 교유야말로 새로운 존재의 창출이라는 교유 본래의 역할에 가장 충실한 예라고 할 수 있을 것이다. 그런데 회주와 익주, 동과 서 등은 물리적 거리나 방향이 다른 무관한 두 항을 연이어 놓은 데 비해서, 앞서 설명했듯이 셋째 시와 넷째 시는 본항과 부정항을, 다섯째 시는 본항과 대립항을 동일시하는 역설을 구사하고 있다.

3. 흐르는 물은 산을 나와도

자료적 오류는 추론상에서 문제가 없지만 자료를 잘못 처리하여 생기는 오류이다. 이 중 선시(禪詩)에서 가장 대표적인 것은 '잘못된 유추(비유)의 오류'이다.

흐르는 물은 산을 나와도 연연한 뜻이 없고
흰 구름은 골로 들어도 또한 무심하나니
한 몸의 가고 옴은 구름과 물과 같고
몸은 거듭 오지만 눈에는 처음이네

流水出山無戀志

白雲歸洞亦無心

一身去來如雲水

身中重行眼是初

(景閑, '出州廻山' 中)[18]

1·2·3구의 짜임은 대강 이렇다: '물은 A이다 – 흰구름은 B이다 – 한 몸의 가고옴은 A와 B이다.' 그런데 이들 사이에는 어떤 필연적인 이유가 있는 것이 아니다. '몸'이 '구름·물'의 속성을 지닐 필요는 없음에도 불구하고 비유를 사용하여 그 둘을 연결시키고 있을 뿐이다. 불경에서 흔히 끌어 쓰는 '잎·줄기·뿌리' 등의 비유도 모두 이런 부류의 것들이기 쉽다.

위의 시는 직유여서 쉽게 드러나지만 아예 시종일관 은유를 사용하여 그 속뜻은 숨기려는 경우도 있다. 다음 시가 그런 경우이다:

소를 놓아먹이는 시내 이쪽저쪽에

꽃다운 풀 우거지고 물은 길이 흐르는데

등등하나 남의 농사 침범하지 않거니

어찌 구태여 고삐로 꼭 잡아매어 두리.

溪澗東西放牧牛

萋萋芳草水悠悠

騰騰不犯他家苗

何必繩頭緊把留

(太能, 牧牛行)[19]

이 시는 단순히 사실을 적은 것이라고도 볼 수 있다. 하지만 불교에서 상투적으로 쓰는 '소[牛]', '소 찾기[尋牛]'를 생각해보면 그리 단순하게 볼 수만은 없다. '소(牛)'는 어쨌거나 집착의 대상일 테고, '소 치는 이[牧牛者]'는 그 집착을 버려야 한다는 논지이다. 하지만 그것이 '소[牛]'가 아니고 '심[心]'이나 '학[學]'일 경우도 여기에서 '소 치는 것[牧牛]'처럼 해도 괜찮을지, 또 꼭 그래야 하는지는 알 수 없다. 즉, 이들 사이에 필연적인 논리관계가 없음에도 불구하고 연결 지어져 있는 것이다. 이런 정황이 보다 확실하게 드러나 있는 시는 다음 같은 예이다.

심우도 가운데 득우(得牛)는 동자가 소를 붙잡아서 막 고삐를 낀 모습으로 묘사된다. 이 경지를 선종에서는 견성(見性)이라고도 하는데, 마치 땅속에서 아직 제련되지 않은 금돌을 막 찾아낸 것과 같은 상태라고 많이 표현한다. 실제로 이때의 소는 검은색을 띤 사나운 모습으로 묘사되는데, 아직 삼독(三毒:탐내고 성내고 어리석은 마음)에 물들어 있는 거친 본성이라는 뜻에서 검은색을 소의 빛깔로 표현한 것이다.

_ 한국민족문화대백과

묵씨는 몸을 닦아 틈 있는 날 많은데
모공은 용맹을 좋아해 한가한 때가 적다.
두 사람이 권하는 은근한 뜻이기에
새 시를 읊어 쓰면서 글자마다 생각한다.

墨氏修身多暇日
毛公好勇少閑時
從曳二子慇懃意
吟寫新詩字字思
(秀演, 上李方伯謝綿墨管 二)[20]

이 작품은 먹('묵씨'로 의인화)과 붓('모공'으로 의인화)을 빌려서
자기생각을 드러내고 있다. 먹은 몸을 닦아서 쉴 틈이 있지만, 붓은
용기를 뽐내느라 더 바쁘다는 이야기이다. 그러니 자신도 그 뜻을
교훈 삼아 '수신(修身)' 하겠다는 이야기인데, 어쨌거나 먹과 몸이 같
을 수 없는 것이 사실인데 같이 취급했다. 먹이 수신하느라 한가하
다고 해서 몸도 그렇다는 논리는 성립하지 않는다. 다만 비유일 뿐
이다.
이상의 것들은 모두 비유를 쓴, 자료적 오류의 예였는데, 선시(禪
詩)에 쓰인 자료적 오류 가운데에는 그렇지 않은 것도 있다.

바람이 오면 구름이 따라오고
바람이 가면 구름이 따라간다.
구름은 바람 따라 가고 오나니

바람이 쉬면 구름은 어디 있나.

風來雲逐來

風去雲隨去

雲從風去來

風息雲何處

(道安, 次權參議重經韻)[21]

　　매우 완벽한 논리처럼 보이지만 기실은 논리적 오류이다. 바람이 가고 와야 구름이 가고 오니, 바람이 쉰다면 구름은 어디 있느냐고 물어서 '구름'은 실재(實在)가 아님을 보이려는 의도인 듯하다. 하지만 가는 것과 오는 것은 전체가 아니다. 바람이 쉰다면 구름도 쉴 수 있을 것이고, 약한 바람에 큰 구름이라면 움직이지 않을 수도 있는 것이다. 그런데 이 시에서는 마치 가고 오는 것이 딜레마인 것처럼 꾸며서 논의에 혼선을 가져온다.[22]

　　자료적 오류로 취급되는 선시(禪詩)는 모두 앞의 예에서 보인 것처럼 본래 하고 싶은 이야기는 뒤에 숨기고 그 전면에는 비유를 등장시킨다. 그런데, 이런 부류의 시에서 하고 싶어하는 이야기는 대개가 추상적 관념, 곧 불교적(佛敎的) 도(道)이므로 그 의미가 크다. 즉, 그대로 언술하면 교술갈래처럼 되어버리는 데 반해서 이처럼 구체물로 대치하여 표현함으로 해서 시(詩)로서의 위치를 좀더 확고히 할 수 있게 된 것이다. 앞서 설명한 시의 일부를 다시 살펴보자.

　　한 몸의 가고 옴은 구름과 물과 같고

몸은 거듭 오지만 눈에는 처음이네

一身去來**如**雲水

身中重行眼是初

　몸과 구름·달을 연결하는 고리는 '과 같고[如]'이다. 굳이 설명하자면 직유인데, 이 직유의 기법이 앞서 보인 형식적 오류를 드러내는 선시와 구별되는 중요한 지점이다.[23) 문제는 위 시에서 진한 글씨로 찍힌 시어에서 발생한다. 그러나 한문 비유에서의 '같다[如]'나 '흡사하다[似]'는 영어의 'It is like-'이나 'It looks as if-' 구문과는 확실히 다르게 쓰인다. 영어의 이 구문은 "일견 그와 같이 보일 뿐이지 사실은 그렇지 않다."라는 뉘앙스를 동반하는 데[24) 비해 이 '如'로 연결된 한문 구문은 양쪽을 단단하게 비끄러매두는 기능을 한다.

　이 시의 경우를 예로 들자면 구름이나 물과 같은 자연물을 보조수단으로 해서 몸을 설명하는 정도에 머무르는 것이 아니라 구름과 물에서 생성된 이미지로 본래 표현하고자 하는 주제를 새롭게 조망하게 되는 것이다. 이러한 작용은 이 3·4구 앞에 있는 '흐르는 물은 산을 나와도 연연한 뜻이 없고 / 흰 구름은 골로 들어도 또한 무심하나니(流水出山無戀志 / 白雲歸洞亦無心)'에 의해서 생성된 구체적 이미지에 의해 일어난다. 왜 그런가? '집착(執着)을 끊어야 한다'는 당위적인 계율은 입에서 발하는 순간 사람들에게 그 계율이 다시 또 다른 집착으로 작용할 소지가 충분히 있다. 그렇다고 해서 '집착을 끊어야 한다는 생각마저 끊어야 한다'고 할 경우 사태는 점점 복잡해지기만 할 뿐이다.

그런데 여기에서처럼 그것을 물과 구름으로 환치시킬 경우, 추상적인 명제로는 도저히 이룰 수 없는 참신한 주제를 얻을 수 있다. 물과 구름이 단순히 몸을 대신하는 정도로만 이해한다면, 그저 이 시의 설리적(說理的)인 주제를 구체화시키는 형상화 문제에 국한하게 될 것이다. 시든 소설이든 문학이 철학이 아닌 이상 형상화의 문제는 몹시 중요하며 이런 부분에서의 비유가 그런 구실을 맡는 것이야 너무도 당연한 일이다. 그보다

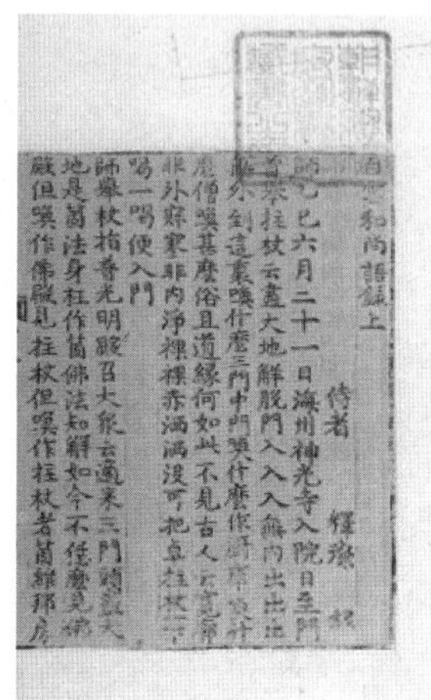

『백운화상어록』(白雲和尙語錄).
고려 말기의 승려 경한이 지은 법
어집 _한국민족문화대백과

중요한 것은 물과 구름 자체의 속성에 있다. 물이나 구름이 갖고 있는 공통된 속성은 가변성이다. 뚜렷이 고정된 형체를 갖고 있지 않으며 생겼다가 없어지고 없어졌다 생기기를 수시로 반복한다. 결국, 이 비유를 통해 물과 구름의 이러한 특성이 인지되는 사람이라면 자연스럽게 '집착을 끊어야 한다는 생각마저 끊어야 한다'는 식의 번거로움을 피해 깨달음을 얻을 수 있다. 아울러 이 시의 작자 경한(景閑)의 법호가 '백운(白雲)'인 것을 상기한다면 결코 이런 이미지 포착은 결코 우연한 일로 돌릴 수 없는 것이다.

넷째 시에 쓰인 바람과 구름은 그런 이치로 설명될 수 있으며, 둘째 시와 셋째 시 역시 그에서 멀지 않다. 소는 매우 유용한 짐승이어서 대단한 가치를 지니고 있는데 바로 이 점 때문에 사람들이 거기에 매이기 쉽다. 이런 이유로 마음[心]이나 배움[學]에 곧잘 비유되었

는데, 거기에 그 유순한 성격을 덧보태어서 작가의 뜻을 잘 표현하고 있다. 가만 두어도 남의 농사를 해치지 않는 소는 곧 공자의 '종심(從心, 공자가 70세에 마음이 하고자 하는 바대로 좇아도 법도를 넘지 않았다고 한 데서 나온 말)'을 상기시킨다. 이처럼 소에 대한 기본정보만 있다면 목우(牧牛)가 표상하는 세계가 어떤 것인지 금세 간파할 수 있게 해주는 것이다. 셋째 시에 의인화되어 있는 먹과 붓도 이미 많은 사람들이 비유로 끌어다 쓴 것이지만 이렇게 늘어놓고 보면 전혀 다른 맛이 난다. '먹은 한가하고 붓은 바쁘다'로 간단하게 줄여놓고 보면 한가한 먹이 한 수 위라는 식의 우열논의에 그치고 말겠지만, 먹은 몸을 닦고 붓은 용맹을 좋아한다고 언급한 데에서 새로운 의미를 얻을 수 있다. 먹은 왜 몸을 닦고, 붓은 무엇으로 제 용기를 내보일 것인가를 생각하면, 이 둘이 결코 분리될 수 없는 것임을 단번에 알게 된다. 결국, 수신(修身)과 호용(好勇)의 우열문제에서 출발하기는 해도 불가분의 것들을 비유로 끌어들임으로 해서 어느 한 쪽으로의 맹종을 경계하게 되는 것이다.

　이상의 사실들은 형식논리에서 오류로 분석되는 것이 비(非)논리가 아니라 초(超)논리일 수 있는 근거가 된다. 잘못된 유비추리를 논리학에서 오류로 보는 근거는 유비되는 양쪽 대상의 일부분의 공통점 때문에 차이점을 무시하기 때문인데, 바로 이 원리가 사실은 은유의 원리이기도 하다. '우리 아버지는 호랑이야'라고 진술했을 경우, 우리 아버지와 호랑이 사이에 놓인 유사성은 '무서움'이다. 이렇게 일반적으로 통용되는 은유일 경우는 누구나 그 무서움에만 초점을 맞추기 때문에 그 이외의 다른 공통점은 있어도 무시되기 십상이다. 이리하여 은유는 근본적으로 일부분을 부각하고 일부분을 은폐

하는 양면성을 지니는데[25], 시적 은유가 성공하려면 부각되는 국면
이 활성화되어서 유동적이어야 함은 말할 나위도 없으며 이 시에서
물과 구름이 그런 역할을 충분히 감당하고 있는 것이다. 오류분석에
서는 잘못된 유비추리로 인해 은폐되는 측면을 강조했다면, 시적 해
석에서는 은유로 인해 새로운 국면이 부각되는 측면을 강조하는 것
이 다를 뿐이다.

4. 거북털의 외화살을

　언어적 오류는 올바른 논증, 올바른 자료처리에도 불구하
고 언어사용상의 결함 때문에 생기는 오류이다. 선시에서
대표적인 것으로는 소위 '정의에 의한 존재 강요의 오류'[26]라는 것
이다. 이것은 말 그대로 있지도 않은 것을 정의함으로 해서 그 존재
를 강요하는 경우를 말한다.

　　거북털의 외화살을
　　토끼뿔의 활에 세 번 튕겨
　　람풍이 부는 자리에 앉아
　　바로 쏘아서 허공을 깨쳤다.

　　一隻龜毛箭
　　三彈兎角弓

嵐風吹處坐

直射破虛空

(海眼, 臨終偈)[27]

　　거북털이나 토끼뿔은 존재하지 않는다. 만약 존재하기만 한다면 이 시에서 오류로 지목될 것은 없을 텐데 여기에서는 그것을 명명함에 의해서 암묵적으로 존재하는 것처럼 꾸몄다. 이런 예는 비일비재한데, 특히 기존의 정의를 뒤엎어서 언어를 사용하는 경우도 있어서 흥미롭다.

　　돌계집이 갑자기 아이 낳으면

　　나무사람이 가만히 머리를 끄덕이고

　　저 곤륜산이 쇠말을 타면

　　허공이 곧 채찍으로 친다.

　　石女忽生兒

　　木人暗點頭

　　崑崙騎鐵馬

　　受若着金鞭

　　(景閑, 又作十二頌呈似 十一)[28]

　　'석녀(石女)'는 애 못 낳는 여자인데 애를 낳는다고 했으니 모순이며, 이 이하의 '목인(木人)', '철마(鐵馬)' 등도 마찬가지이다. 있지도 않은 존재를 강요하는 것이다. 다른 시에서도 '눈금 없는 저울(無星

秤)'[29] 등등처럼 숱하게 나타난다. 이는 우리가 아는 사물에 대한 정의를 위배하여 생기는 오류인데, 이 밖에도 언어자체가 애매한 것은 활용하는 경우도 있다. 이것을 논리학에서는 '애매어의 오류'라고 한다.[30]

뜬구름 자체는 본래 공인 것
본래 공인 것은 바로 저 허공이다.
허공에 구름이 일고 사라지나니
일고 사라짐도 온 데 없는 본래공이다.

浮雲自體本來空
本來空是太虛空
太虛空中雲起滅
起滅無從本來空
(道安, 臨終偈)[31]

이 시에서는 '空(공)'이 네 번 나오는데 그 의미가 서로 조금씩 다르다. 1·4구에서는 '본래공(本來空)'으로, 2·3구에서는 '태허공(太虛空)'으로 표현되어 있는데, 전자가 추상적 관념, 불교사상의 중심 개념의 공이라면 후자는 물리적 대상으로서의 허공이다. 그런데 이 둘을 같은 언어 '空'에 실어놓음으로 해서 혼선을 빚고 있다. 이는 '空'이라는 어휘가 본래 이중적 의미를 지닌 애매어이기 때문에 가능한 일이며, 작자는 그것을 교묘하게 이용했다고 볼 수 있다.

이처럼 언어적 오류를 담고 있는 선시(禪詩)의 특징은 언어를 떠난

진리를 추구하는 데에 있다. 가령, '토끼뿔'은 언어로는 가능하지만 진짜로 존재하지 않는다는 사실에서, 언어의 무용(無用)을 주장하는 꼴이 된다. 또 둘째 시의 '석녀(石女)가 애를 낳는다'는 예에서와 같이 언어에 규정된 정의를 고의적으로 어김으로 해서 언어의 일상틀을 깨고, 때로는 의미가 불분명한 언어를 끌어다 쓰기도 한다. 이런 생각은 동양철학의 전통에서 '이언(離言)'이니, '무명(無名)'이니, '무성(無聲)'이니 '초명상(超名相)'[32]이니 하면서 진리에 도달하는 데 언어가 상당할 걸림돌이 되는 것을 표현한 데에 지나지 않는다고 볼 수 있다. 이렇게 보면 이런 시들은 언어는 아주 쓸데없다는 것을 새삼스럽게 일깨운 데 불과하여 적극적인 의미부여가 불가능해진다.

그러나 진리의 탐구는 철학의 몫이고 문학은 탐구된 진리를 담아내는 것으로만 인식하지 않는다면 이런 시들이 갖는 파격은 단순한 파격이나 일탈 이상의 의미를 지닐 수 있게 한다. 어의(語義)를 부정하는 선시의 경우를 예로 들자면 이 시에서는 기존의 어의를 뒤집어서 반대되는 어의를 구축하자는 것이 아니라 객관주의에 묶여있는 답답함에서 벗어나자는 것으로 볼 수 있다. 어떤 진술에서든 그것을 참이라고 단정 지으려면 그것이 참인 것을 보장하는 범주가 있어야 하며, 뒤집어서 말하면 참이 가능하도록 범주를 선택하고 속성을 축소할 때라야만 그 진술은 참이 된다.[33] 결국, 어의의 부정을 보인 것은 그런 객관주의의 신화를 벗어나서 어쭙잖은 분별지(分別智)로부터 자유롭자는 의도인 셈이다.

그런데, 도가(道家)에서든 선(禪)에서든 그런 식의 언어적대관계로 언어를 취급하기는 했어도, 중요한 것은 앞에 예를 든 시에서처럼 그런 생각 역시 언어에 담아야만 비로소 표현된다는 사실이다. 다시 말하면, 이런 시들에서 언어의 무용성(無用性)을 언어를 통해 깨우치고 있으며, 이런 점에서 언어의 무용성을 깨우치려고 노력했음에도 불구하고 결과적으로는 엉뚱하게도 그 유용성(有用性)을 입증한 셈이다. 이런 시들에서는 그 자체가 가진 문학성보다는 거기에서 도출될 수 있는 문학사상 등이 중시되는 것이다. 하지만 이 부류에 드는 시가 모두 그렇게 자체적으로 문학성을 따지기 곤란한 것만은 아니다. 가령 앞 장에서 예를 든 맨 마지막 시를 보자.

浮雲自體**本來空**

本來空是**太虛空**

太虛空中雲起滅

起滅無從**本來空**

번역을 떼어놓고 보면 한 눈에 들어오는 것이지만 이 시는 진하게 표시된 부분에서 보듯이 '본래공(本來空)'과 '태허공(太虛空)'이 순환적으로 연결된다. 이는 앞서 설명한대로 '空'의 어의가 애매한 것을 활용한 예인데, 단순히 이것이 동음이의어임에만 착안하여 지어진 것이라면 언어유희의 수준을 넘기 어려울 것이다. 특히 우리말의 경우 영어의 pun에 해당할 만한 언어유희류가 풍성해서 판소리나 탈춤 같은 전통 연희물에서부터 현대 방송 코미디와 개그에까지 손쉽게 찾아볼 수 있는데, 이 경우는 대개 우스개에 그쳐서 심각한 의미를 부여할 필요가 없는 것이 통례였다.

그렇다면 이 시의 경우는 어떠한가? 김달진 선생의 번역대로 한다면 '본래공(本來空)'의 공(空)은 그냥 '空'이고 '태허공(太虛空)'의 空

은 '허공'이다. 공과 허공의 차이는 무엇인가? '空'은 주지하는 대로 일체만물에 고정불변의 실체가 없다는 불교의 근본교리이지만,[34] '허공'은 말 그대로 텅 빈 공중이다. 그런데 상식적으로 '텅 빈'이 뜻하는 바는 매우 부정적인 어휘이다. '마음을 비웠다'는 식의 용례에서 긍정적인 뜻으로 쓰이기도 하는 것 같지만 그 마음이 욕심을 뜻한다는 전제에서나 가능한 일이며 비었다는 것은 꽉 채워지지 못한 상태를 뜻하기 마련이다. 그 허공에 구름이 떠 있다는 것은 그나마 채워졌음을 뜻하는데, 제1구에서는 오히려 '본래공'이라고 했고 그 본래공이 다시 태허공으로, 그 태허공이 다시 본래공으로 변환하는 모습을 보여준다.

5. 깨달음의 길

선시는 참으로 복잡하다. 쉽게 설명하려 애를 쓰면 오히려 더 어려워지는지도 모른다. 그러나 분명한 사실은 시를 통해서 선(禪)으로 가는 길을 도왔으며, 그를 통해 문학적 본령에 더욱 가까워졌다는 점이다. 가령 형식적 오류를 동원한 선시에서는 본항과 부정항, 본항과 대립항의 구별을 깨고 있는데, 현실에서 그렇게 했다가는 사물을 인식하는 근간을 뒤흔드는 격이어서 아무것도 제대로 인식할 수 없게 될지도 모를 매우 어리석은 일로 보인다. 그러나 저 유명한 문학이론서인 『잘 빚은 항아리』를 '역설의 언어'로 시작한 브룩스의 견해를 경청해보면, 이런 역설은 엉뚱한 통합이라기보다는 오히려 본질의 발견에 가깝다.

> 바로 그렇다! 본질은 단일하며, 하나이고 통일되어 있다. 그러나 이름은 두 개, 그리고 오늘날 과학의 수가 많아짐에 따라, 그 이름이 다수가 되었다. 만일 시인이 자기 시에 진실하려면 그는 그것을 둘이라고 하나라고도 불러선 안된다. 역설이 그 유일한 해결책이다. 셰익스피어 시대 이래로 더욱더 어려워졌다. 겁많은 시인이 "단일 본질에 붙는 두 개의 이름"의 문제에 직면했을 때, 겁을 낸 적이 너무 많았다.[35]

본질을 드러내려는 시적 진실에 근접하기 위하여 역설을 쓸 수밖에 없다는 이 논지는 선시에 꼭 들어맞는 내용이다. 이러한 역설은 둘로 드러난 하나, 그러나 본질은 하나인 존재들의 원천적인 통합성을 부각시키는 데 유용한 도구이다.

이렇게 본다면, 선시에서 쓰인 이러한 오류는 시(詩) 본연의 속성을 추출하여 극대화시킨 것으로 볼 수 있다. 비록 선(禪)을 행하는 사람들이 얻었던 것과 같은 진리를 깨우친 시인이라 하더라도 이만큼 당혹스러운 역설은 피하고자 했겠고, 결국 시적 진실을 온전히 드러내는 데 장애가 되었을 것이지만 선사(禪師)들은 달랐다. 그들은 아무데도 겁을 내지 않았기 때문에, 상상력에 의한 통합작용으로 인식되는 일반시의 창작원리를 극대화하여 불교적(佛敎的) 세계관 내지는 선사상(禪思想)으로 제대로 시화(詩化)할 수 있었던 것이다.

이처럼 자료적 오류를 내보이는 선시에서는 "알고 있는 바를 가지고 알지 못하는 바를 깨우치는" 비유의 본래 기능을 최대한 활용하여[36], 구체적인 언설로는 오히려 설명하기 어려운 주제의 형상화에 성공하고 있다. 형상화를 통해 주제를 담아낸다는 문학일반의 대원칙에도 합당할 뿐더러 어려운 불교내용을 일반대중에게 쉽게 전한다는 포교적 원칙에도 합당한 수법이라 하겠다. 선시에서 흔히 차용되는 물·산·달·구름 등등은 이런 원리에서 설명될 수 있을 것으로 보인다. 선시가 본래 깨달음을 목적으로 하기에 논설적인 교술에 떨어지고 말 여지가 많지만 이러한 매개를 사용하여 주객의 합일에 도달하여 서정성을 확보할 수 있게 되는 것이다.

자료적 오류나 언어적 오류를 보이는 선시 역시 크게 다르지 않다. 가령, 공(空)이라는 시어를 교묘하게 늘어놓은 시의 경우, 똑같은 시어를 두고 한 쪽으로는 지극히 고귀한 이미지를, 또 한 쪽으로는 부족한 이미지를 드러내면서 시적 긴장을 유발한다. 한 시어가 서로 상반되는 해석이 가능할 때 시적 긴장이 극대화되는 것이야 시를 조금이라도 관심 있게 본 사람이라면 충분히 이해할 수 있을 것이므로 상론을 요하지 않는다.[37] 문제는 불교어록이나 선시 등에서 이 공(空)을 흔히 쓰는 것은 근본적으로는 하늘, 혹은 공중이 본래적으로 갖고 있는 상반된 이미지를 제대로 포착했다는 데에 있을 것이다. 즉, '허공은 자성(自性)이 없다는 점에서는 망상(妄想)이 공(空)한 것으로 비유됨과 동시에, 그 구름 한 점 없는 청정함을 망상 그 자체의 自性이 없다는 것을 자각한 때의 청정지(淸淨智)에다 비유하고 있다.'[38] 부정적인 의미로서의 비어있음과 긍정적인 의미로서의 순수함의 양면성을 포착하여 시에 담았을 때 독자는 놀라운 깨달음을 얻게 되는 것이다.

이상에서 살핀 대로 선시에 드러나는 여러 오류는 그것이 형식논리에서 오류로 인정되는 것임에도 불구하고 문학적으로 긍정적 기능을 하고 있다. 병치은유를 통해 이전에는 없던 새로운 의미를 생성하기도 하고, 비유를 통해 주제를 구체화하며, 애매어를 통해 시적 긴장감을 높이기도 한다. 이러한 현상은 사실 문학일반에서 익히 보던 것이지만 그것이 선시로 들어왔을 때는 단순한 표현기법이나 형상성의 문제에 그치는 것이 아니라 끊임없는 자기부정을 통한 자기초월의 세계로 나아가게 한다.[39] 이른바 선시풍(禪詩風)이라는 현대시가 비판받는 이유도 따지고 보면 그런 치열함을 접어둔 현실도피로 안주하려 하거나, 이제는 구체성이 떨어질 수밖에 없는 자연물을 등장시켜 오히려 추상적인 데로 떨어지게 한 데에 있을 것이다.[40]

현대시 중에서 선시 같은 깨달음이 잘 드러난 시 한 편을 보고 끝내도록 하자.

친구 _ 고은

여보게 자네가 파놓은 흙으로
내가 부처를 만들었네
비가 와
그 부처 다시 흙으로 돌아갔다네

부질없기는 비 온 뒤 개인 하늘이라니[41]

흙이 부처가 되고 부처가 다시 흙이 되었다. 거기에는 갠 날씨였다 비가 오고, 다시 개는 그런 순환이 들어있다. 그렇지만 이 시의 묘미는 사실 '친구' 라는 제목에 있을 터이다. 친구가 파놓은 흙으로 내가 부처를 빚고, 그 부처는 다시 친구가 파놓았던 그 흙으로 되돌아간다. 친구란 무엇인가? 이 시를 보고 난다면 그렇게 물을 필요조차 없다. 너와 나의 분별이 얼마나 부질없는지 잘 보여주기 때문이다. 흙을 매개로 한 툭 트인 소통이 그렇게 펼쳐진다. 깨달음의 길은 그렇게 가까이, 예나 지금이나 여전히 우리 곁에 살아있다.

■ 주석

1) 이종찬, 『韓國의 禪詩(高麗篇)』, 二友, 1985.
2) 印權煥, 『高麗時代 佛教詩의 研究』, 高大民族文化研究所, 1983.
3) 기본 자료는 김달진 편역, 『韓國禪詩』(열화당, 1985)와 이종찬, 『韓國의 禪詩(高麗編)』(二友, 1985)를 쓴다.
4) 이 이하의 논의는, 김광수, 『논리와 비판적 사고』(철학과 현실사, 1990) 참조.
5) 같은 저자의 全訂版에는 49가지로 늘어났지만, 큰 틀에는 변함이 없다. 김광수, 『논리와 비판적 사고』, 철학과 현실사, 全訂版 1995.
6) 이하의 설명은 김광수, 앞의 책에 따른다.
7) 권기호, 『선시의 세계』, 경북대학교 출판부, 1991, 22쪽에서 재인용.
8) 李. 30쪽에서 재인용.
9) 金. 381쪽.
10) 金. 354쪽.
11) 金. 489쪽.
12) 金. 130쪽.
13) 金. 127쪽 참조.
14) 洪庭植 編譯, 『華嚴經』, 삼성미술문화재단, 982, 75쪽.
15) 이에 대해서는 필립 윌라이트, 『隱喩와 實在』(김태옥 역, 문학과 지성사, 1982) '제4장 은유의 양면작용' 61~93쪽 참조.
16) 은유적 표현에 대한 Shelley의 발언으로 윌라이트, 앞의 책, 81쪽에서 재인용.
17) 윌라이트, 앞의 책, 93쪽.
18) 金. 120쪽.
19) 金. 347쪽.
20) 金. 439쪽.

21) 金. 416쪽.

22) 이런 오류를 '거짓 딜레머의 오류'라고 한다. 김광수, 앞의 책. 153쪽.

23) 직유와 은유가 사실은 같은 원리에서 출발하므로 굳이 구별하여 설명할 필요는 없지만, 앞의 경우와의 차이를 강조하기 위하여 이렇게 서술한다.

24) 이에 대해서는 入矢義高,『禪과 문학』, 신규탁 옮김, 藏經閣, 1993, 82쪽 참조.

25) 은유에 내재한 부각과 은폐 작용에 대해서는 G. 레이코프 · M. 존슨,『삶으로서의 은유』 (노양진 · 나익주 옮김, 서광사, 1995) '3.은유적 체계성:부각과 은폐' (29~33쪽) 참조.

26) 김광수, 앞의 책. 158~159쪽 참조.

27) 金. 302쪽.

28) 金. 112쪽.

29) 金. 97쪽.

30) 김광수, 앞의 책. 156~157쪽.

31) 金. 433쪽.

32) 이규호,『말의 힘』, 제일출판사, 1977 4판, 14쪽.

33) 이에 대해서는 G. 레이코프 · M. 존슨, 앞의 책. 23장에서 30장까지에 걸쳐서 상세하게 다루고 있다.

34) 한국정신문화연구원 편,『한국민족대백과사전』(한국정신문화연구원, 1991)에 의함.

35) 클리앤스 브룩스,『잘 빚은 항아리』(이명섭 옮김, 종로서적, 1984) '제1장 역설의 언어' 중. 21쪽.

36) 한문에서 비유가 이런 기능을 하는 데 대해서는 陣必祥,『한문문체론』, 심경호 옮김, 이회, 1995, 172쪽 참조.

37) '긴장'이란 용어는 앨런 테잇이 〈엑스텐션〉(밖으로 뻗음)과 〈인텐션〉(안으로 모임)이라는 논리학의 용어에서 접두어 〈엑스〉(밖으로)와 〈인〉(안으로)를 잘라버리고 만든 것이다. 이리하여 긴장이란 용어는 서로 방향이 다른 힘들이 마주치는 현상을 가리키게 된다. 이상섭,『복합성의 시학』(민음사, 1987) '제4장 앨런 테잇' 102~104쪽 참조.

38) 入矢義高, 앞의 책, 188쪽.

39) 불교의 근본교리인 空이 바로 자기부정(self-negation)이요, 자기초월(self-transcending)이다. 이형기, 「현대시와 선시」 이원섭 · 최순열 엮음, 앞의 책, 40쪽 참조.

40) 현대시의 선시풍에 대한 비판의 대표적인 예는 신정현, 「산비둘기의 꿈 그리고 수도승의 해탈-' 80년대 한국시의 禪詩風에 대하여」(『문예중앙』1993년 가을호, 1993.8)이다.

41) 고은,『뭐냐』, 문학동네, 2013, 52쪽.

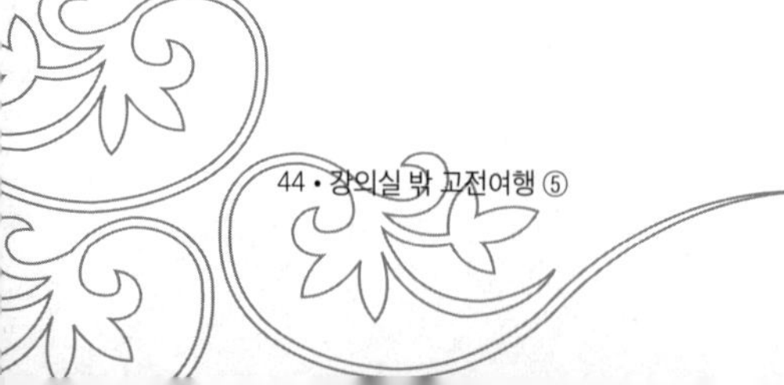

제 2 강

술로 푸는 세상살이

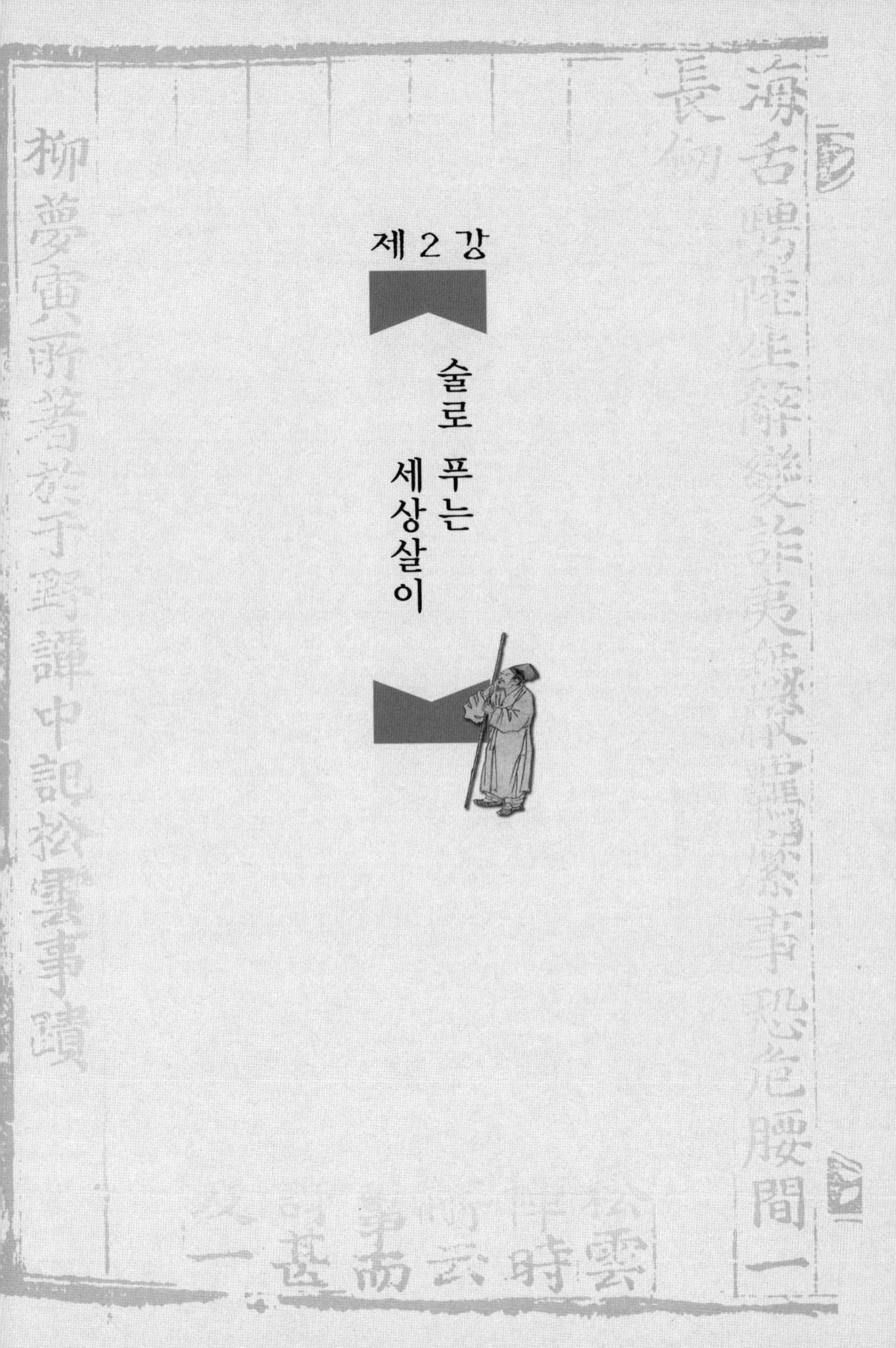

1. 술, 그 애증(愛憎)의 요물

술이란 대체 무엇일까? 대학 시절, 술자리에 모여서 그런 물음이 오간 일이 있다. 술 마시면서 술 이야기를 하는 것은 그리 고수가 못 되는 사람이란 반증일 터, 그때는 너나 할 것 없이 그렇게 하수였던가보다. 어쨌거나 쭉 돌아가면서 술에 관한 정의를 내리는 순서가 진행되었는데, 나는 "마시면 취하는 거지."라는 너무도 정직한(?) 정의를 내리고 말았다. 흥을 깬다는 야유가 잇따르는 가운데, 한 친구가 점잖게 말했다. "술은 천사의 눈물이야." 좌중을 압도하는 한마디였다. 그 친구는 행정학과에 다니고 있었는데, 졸지에 국문과에 다니는 나는 반문학적인 얼치기가 되고 말았다.

세월이 많이 흘렀다. 인터넷을 검색해보니 '천사의 눈물'은 아주 진부한 말이 되고 말았다. 한 발 더 나아가서 '천사의 눈물'이라는 이름을 가진 술이 있는가 하면, "술은 악마가 만든 천사의 눈물"이라는 이율배반적인 말까지 횡행한다. 어쩌면 악마와 천사의 공존, 그

것이 바로 술에 관한 가장 정확한 답일 것이다. 누구나 느끼겠지만 술이란 그렇게 마시면 취하고, 취하면 악마와 천사의 경계를 위태로이 오가게 된다. 당연히 그 때문에 사랑하고 또 그 때문에 미워하는 일이 잦다. 문학이 그런 좋은 소재를 놓칠 리 없고 고전문학이라고 예외가 아니다.

이 강의에서는 술을 소재로 한 문학에 대해 함께 생각해보기로 한다. 술을 마셔본 일이 없는 독자라면 상당히 따분한 강의가 될 수도 있겠지만, 문학의 기능 가운데 대리 경험이란 것도 있을 테니 그도 나쁘지 않겠다. 다만 '술' 이야기만 듣고도 눈살을 찌푸릴 독자를 위해서 미리 해둘 말은, 문학의 다른 소재 역시 그렇겠지만 술은 그저 술 이야기가 아니라는 점이다. 애주가인 어떤 선생님께서는 어느 글에선가 "내가 술꾼인가 사람꾼인가?"라고 반문하신 적이 있다. 술은 통상 사람들과 어울려 마시는 까닭에 술을 좋아하면 그 술을 매개로 사람들을 사귀게 된다. 술 이야기에 사람 이야기가 빠질 수 없다는 말이다. 그런가 하면 취중진담(醉中眞談)이라는 말이 입증하듯이 취하게 되면 감추어진 자신의 모습이 드러나는 일이 왕왕 있다. 얌전하던 사람이 취하면 난폭해지기도 하고, 영락없는 건달처럼 행동하던 사람이 술 한 병에 눈물을 글썽거리며 하소연하기도 한다. 술의 이면에는 그렇게 사람의 이면이 드러나기도 하는 것이다.

술의 속성이 그렇다 보니 문학에 등장하는 술의 성격 역시 다양다기하다. 친구를 만나 술을 마시며 놀았다는 내용 정도야 수두룩하고 혼자 술을 마시며 외로움과 괴로움을 달래며 썼다는 시 역시 흔하디흔하다. 그러나 그런 작품들은 술이 잠깐 등장하고 말 뿐이어서 술 대신 차(茶)로 바꾼다 해도 큰 지장이 없을 것만 같다. 이 점에서 아예 대놓고 술에 집중하는 작품이 관심을 끄는데 그 대표적인 예가 가전 정말 술을 소재로 한 가전(假傳)이다. 가전은 처음부터 끝까지 그 대상이 되는 사물의 이야기를 마치 사람의 일대기처럼 늘어놓는다. 당연히 술을 주인공으로 택한 가전에서는 술이 어떠한 삶(?)을 살았는지 장황하게 늘어놓기 마련이다.

그러나, 대개의 가전 작품이 역사적 사실과 전고(典故, 전례와 고사)투성이로 이루어져 있는 가운데에도, 작가의 개성이 들어갈 여지는 상당하다. 비록 표면적으로는 사물이 객관적으로 그려져 있는 것처럼 보여도 작가의 시각이 어떤가에 따라 그 내용이 천양지차(天壤之差)가 될 소지가 다분한 것이다. 특히 그 사물에 대한 평가가 상황에 따라 많이 다른 경우가 그러한데, 술이 그 대표적인 예이다. 술은 잘 마시면 보약이 되지만 잘못 마시면 독약이 되며, 적당히 마시면 분위기가 좋아지지만 지나치면 난장판이 된다. 그런데 재미있게도 같은 시대를 살았던 두 걸출한 문인이 각각 술을 소재로 한 가전 작품을 남기고 있어서 흥미를 끈다. 임춘(林椿, 1150경~?)의 〈국순전(麴醇傳)〉과 이규보(李奎報, 1168~1241)의 〈국선생전(麴先生傳)〉이 바로 그것이다. 겉으로 드러나 있는 것은 술이라는 사물이지만, 작품을 잘 읽어 보면 그 속에는 임춘, 이규보라는 사람과 그 사람이 바라본 세상이 녹아들어 있다.

이제 그 두 작품을 중심으로 술에 얽힌 세상살이를 읽어보도록 한다. 아울러 술 이야기가 빈번히 등장하는 갈래 중에 하나인 시조문학을 통하여 또 다른 술 이야기를 감상해보도록 하자.

2. 술 탓에 망하고 - 〈국순전〉

〈국순전〉은 우리나라 가전 작품의 시작이라는 점에서 문학사적 의의가 크다. 중국에서는 일찍이 당나라의 문인 한유(韓愈, 762~824)가 붓을 의인화한 〈모영전(毛穎傳)〉을 지어 새로운 갈래를 시작했고, 술을 소재로 한 가전만 해도 송나라 진관(秦觀, 1049~1100)의 〈청화선생전(淸和先生傳)〉, 당경(唐庚, 1060경~?)의 〈육서전(陸諝傳)〉 등이 이미 있었다. 이 점에서 임춘의〈국순전〉은 중국문학의 영향 아래 지어졌음이 분명하지만, 이 작품을 시발로 각종의 사물을 빗댄 여러 가전 작품이 등장했던 점은 매우 주목할 만하다. 이 작품의 첫 부분은 이렇다.

> 국순(麴醇, 진한 누룩)의 자(字)는 자후(子厚, 거나함)이다.
> 그 조상은 농서(隴西) 출신으로, 구십대 선조였던 모(牟, 보리)는 후직(后稷, 周나라 때 농사를 맡았던 사람)을 도와 백성들을 먹여 살린 공로가 있었으니, 『시경(詩經)』에 이른바 "우리에게 보리를 끼쳐 주시매"라 했던 바로 이 사람이다.
> 모(牟)가 처음에는 숨어서 벼슬하지 아니하면서 말하기를,
> "내 반드시 밭을 일군 뒤에라야 먹을 것이다."
> 하고는 내내 밭이랑 사이에서 지내었다.[1]

본래 전(傳)의 시작은 언제나 그 선조(先祖)를 이야기하게 되어 있는데, 여기에서도 술의 조상격인 보리에서 이야기가 시작된다. 한마디로 술은 보리를 재료로 하여 만들어진 것이라는 이야기가 이렇게

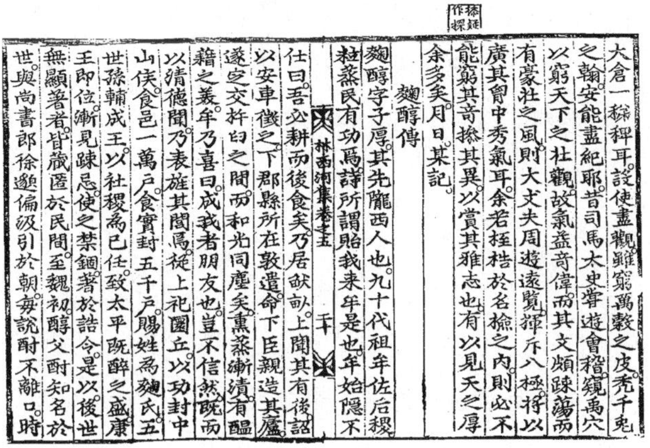
大倉一稊稗耳設使盡觀雖窮萬數之皮禿千兎之翰安能盡紀耶昔司馬太史嘗遊會稽窺禹穴以窮天下之壯觀故氣益奇偉而其文頗踈蕩而有豪壯之風則大丈夫周遊遠覽揮斥八極將以廣其胷中秀氣耳余若桎梏於名檢之內則必不能窮其奇搜其異以賞其雅志也有以見天之厚余多矣月日某記

麴醇傳

麴醇字子厚其先隴西人也九十代祖牟佐后稷粒蒸民有功焉詩所謂貽我來牟是也牟始隱不

林西河集卷之五

仕曰吾必耕而後食矣乃居畎畝上聞其有後詔以安車徵之下郡縣所在敦遣命下臣親造其廬遂定交杵臼之間而和光同塵矣熏蒸漸漬有醞藉之義牟乃喜曰成我者朋友也豈不信然既而以清德聞乃表旌其閭焉從上祀圜丘以功封中山侯食邑一萬戶食實封五千戶賜姓爲麴氏五世孫輔成王以社稷爲己任致太平旣醉之盛康王卽位漸見疎忌使之禁錮著於誥令是以後世無顯著者皆藏匿於民間至魏初醇父酎知名於世與尚書郞徐邈倫汲引於朝每說酎不離口時

임춘, 『국순전』

복잡하게 전개되고 있다. 여기에서 주목해야 할 대목은 모(牟)의 다짐이 아닌가 한다. 조금도 흐트러짐 없이, 일을 하지 않으면 먹지 않겠다는 그 신념이야말로 건실함의 표상이다. 술의 조상인 보리는 그렇게 건실했지만, 이상하게도 절대 벼슬을 하지 않겠다는 각오로 숨어 지낸다. 숨어서 열심히 일하고 그것으로 백성을 먹여 살리는 데 보탬이 되는 것만을 보람으로 여길 뿐 다른 데에는 전혀 관심을 쏟지 않는다. 그러나 그런 남다른 품행은 소문으로 이어지고 급기야 임금의 귀에까지 들리면서 새로운 국면으로 접어든다.

> 임금이 그에게 자손 있단 말을 듣고 편안한 수레를 보낼 제, 군현(郡縣)에 머무는 곳마다 후히 하여 보내라 이르고, 신하들로 하여금 몸소 그의 오두막을 찾아가도록 하여 결국 절구와 절굿공이 사이에서 귀천(貴賤) 없는 교분을 맺기에 이르렀으니, 자신을 덮어 감추고 세상과 더불어 화합하게 되었다. 후끈한 기운이 차츰 배어들어 온자

(醞藉, 너그럽고 느긋함)함이 더해지게 되자 모는 이에 기뻐 말하였다.

"나를 이루게 하는 이는 벗이라 하더니 어이 미쁘지 아니하겠는가?"

이런 뒤로 맑은 덕이 알려지게 되고 마침내 그 집에 정문(旌門, 충신이나 효자·열녀 등을 표창하기 위해 그 집 앞에 세운 문)을 세우도록 하였다.[2]

보다시피 임금은 그를 극진히 예우하기에 이른다. 이는 벼슬에는 뜻이 없고 오로지 백성들의 편안함만 생각하며 숨어 지내던 모(牟)의 입장에서 보면 뜻을 꺾은 행위로 볼 만하다. 사람들이 찾아오고, 그것도 임금이 보낸 벼슬아치가 찾아드는 것을 '벗'으로 여기며 기뻐하고 있는 것이다. 그리고 그의 맑은 덕을 찬양하여 정문을 세웠다 했는데 이 부분 역시 석연치 않다. 여기에서 말하는 덕은 모(牟)가 이룬 것인데 정문은 그 후손에 이르러서 세워지고 있다. 밭이랑 사이를 떠나지 않던 모에 비하자면 그 후손은 '절구와 절굿공이 사이'에 있다 했으니 확실히 세속에 가까워진 셈이다.

임금을 따라서 원구(圓丘, 하늘에 제사 지내는 단)에 제사한 공으로 중산후(中山侯)에 봉하고 식읍(食邑, 공신에게 주는 땅으로, 공신은 그 땅에서 세금을 거두어 썼다) 일만호(一萬戶)에다 국(麴)이란 성씨를 내려 주었다.[3]

예전에 임금은 백성에게 성씨를 내리는 사성(賜姓) 행위를 통해 그 집안을 높였는데, 이리하여 받은 성씨가 '국(麴)'이었다. '국'은 곧 누룩이라는 뜻이고 보면, 지금까지의 과정은 결국 밭이랑 사이의

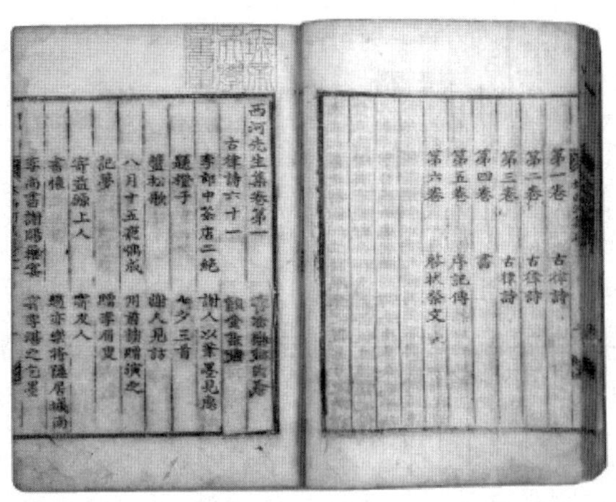

고려 후기의 문인 임춘의 문집, 『서하집』_한국민족문화대백과

‘모[보리]’가 절구와 절굿공이 사이의 ‘보릿가루’를 거쳐서 ‘국[누룩]’으로 변화되는 과정이라 하겠다. 즉, 처음에는 그저 백성들의 배를 채워주는 보리로만 있다가, 보리가 세상의 인정을 받고 제사 등에 쓰이고, 결국 술의 원료인 ‘누룩’으로 재탄생하는 과정이다. 이로써 보리가 술이 될 수 있는 준비는 다 갖추어졌고, 자연스럽게 그 후손은 술이 되어 세상을 휘젓게 된다. 그러다가 금주령(禁酒令)에 발목이 묶여 세상을 피하더니, 순(醇)의 아버지 주(酎, 햇곡식으로 세 번 빚은 술)에 이르러 다시 세상에 명성을 얻고 재등장한다. 금주령에 아랑곳하지 않고 술을 마시던 서막(徐邈)과 교유하고, 세상이 시끄러워지자 죽림칠현과 어울리며 산속에 들어가 생을 마쳤다.

여기까지의 과정을 보면 국순 집안사람들이 계속 나가고 들어오는 문제가 중시된다. 시조인 모는 평생 밭이랑 사이에 숨어 몸을 나타내지 않았고, 모의 자손은 임금의 후의에 힘입어 다시 제사에 나서는 등 세상에 쓰이다가 국 씨 성을 받고 세상의 전면에 등장한다.

그러나 사람들의 시기와 모함을 입어 금주령에 얽혀 세상을 등지다가 다시 그를 알아주는 서막 등을 만나 잠시 세상에 나왔다가 또 다시 죽림칠현과 함께 세상을 등진 것이다. 표면에 드러난 것은 술 이야기이지만 세상인심에 따라 부침(浮沈)과 진퇴(進退)를 거듭하는 복잡한 속내가 포착된다.

　이러한 과정이 끝나고 난 후 비로소 주인공 순이 등장하는데, 순의 등장부에 보이는 서술이 예사롭지 않다. 그 국량이 일만 굽이 파도 같았으며 품성이 그 이상 맑을 수 없었고 사람들의 기운을 북돋는다고 했다. 가히 술의 좋은 점만 나열한 것인데 이때부터 술은 공경대부(公卿大夫)에서부터 나무꾼까지 모든 이들의 흠모를 받으며 세상에 다시 등장한다. 사람들은 그를 '국처사(麴處士)'라 부르며 벼슬은 없어도 그 덕을 높이 샀던 것이다. 하지만 그의 그런 뛰어난 점은 나중에 "천하의 창생들을 그르치게 할 자"라는 걱정스러운 예언을 빚어내기도 했다. 어쨌거나 많은 이들의 사랑과 관심을 받아 순은 세상의 권력을 손에 쥐기에 이르는데, 이로써 또 다른 반전이 있게 된다.

　순이 권한을 쥐게 되자 어진 이와 사귀며 내빈과 접하고 늙은이를 봉양하여 잔치를 베푸는 일, 신명(神明)에게 고사 드림과 종묘(宗廟, 역대 제왕의 위패를 모시는 제왕가의 사당)에 제사를 받드는 일 등을 앞장서서 맡아 주관하였다. 임금이 밤에 잔치 놀이를 할 때에도 오직 그와 궁인(宮人)만이 곁에 모실 수 있었을 뿐 비록 왕과 가까운 신하라 하더라도 참여치 못하였다.

　이렇게 된 뒤부터 임금은 술주정에 빠져 정사를 묻어두게 되었다. 그러나 순은 입을 굳게 다문 채로 그 앞에서 간언(諫言)할 줄 모르니,

예법을 지키는 선비들은 마치 원수와도 같이 그를 미워하게 되었다. 그러나 임금은 늘 그를 감싸고 돌았다.

순은 게다가 돈을 거둬들여 재산 모으기를 좋아하여 시론(時論)이 그를 천하게 여기게 되었다.[4]

이 대목을 바로 앞에서 살핀 모(牟)의 다짐과 비교해 보자. 선조인 모가 뜻을 단단히 하고 일하지 않으면 먹지도 않겠다는 자세를 갖고 있었던 데 비하면, 후손인 순은 놀자판에서 흥청거리는 술꾼에 불과하다. 또 온갖 좋은 자리에는 다 참여하면서 임금에게 바른말 한마디 못하는, 바른 정치는 뒷전이고 오로지 제 욕심만 채우려 드는 간악한 벼슬아치로 전락한다. 순의 아버지 주(酎)와 비교해도 부정적인 특성이 매우 강하게 드러난다. 아버지 주가 자신을 알아주는 사람이 있을 때 잠깐 밖에 나왔다가 고상한 뜻을 굽히지 않으려 죽림칠현과 함께 속세를 등진 인물이라면, 그 아들 순은 앞장서 현실정치에 몸담을 뿐만 아니라 임금과 노상 붙어지내면서도 임금의 잘못에는 입을 다물어 나라가 기울게 하는 것이다. 게다가 재물에 대한 욕심까지 보이는데, 임금 앞에서 자신은 돈을 좋아하는 습성이 있다고 자인할 정도이다.

이러한 인물이 세상의 천시를 받는 것은 당연한 이치이며 그 말로 또한 너무도 뻔하다.

한번은 어전(御前)에 들어가 임금의 앞에 마주 대하고 아뢰었는데, 순에게는 본디 입에서 나는 냄새가 있었고, 이에 임금이 싫어하며 말하였다.

누룩. 전통 술을 만들 때 사용하는 발효제
_doopedia.co.kr

"경이 나이 늙고 기운도 말라서 나의 부림을 못 견디는구료!"

그러자 순은 마침내 관(冠)을 벗고 물러나면서 아뢰었다.

"신(臣)이 높은 벼슬을 받고 남에게 물려주지 아니하면 이에서 망신할까 저어하나이다. 부디 바라옵건대, 신이 제 집으로 돌아갈 수 있도록 해 주신다면 그것을 제가 만족하고 그칠 줄 아는 분수로 알겠나이다."

임금이 좌우(左右)에 명하여 부축하여 나갈 수 있게 하였다. 집에 돌아오자 사나운 병이 급작스레 퍼져 하루저녁 사이에 죽었다.[5]

이 뒤에 자손이 번성했다는 뒷이야기는 남겨 두고 있지만, 〈국순전〉은 그렇게 국순의 비참한 최후로 마감한다. 자신을 아끼던 임금에게서 냄새가 난다는 이유로 외면 당하고 끝내 급작스러운 병을 생을 마치는 것이다. 이 과정은 마치 고상한 뜻을 품고 숨어 지내던 선비가 벼슬 맛을 본 뒤로 형편없는 부패 관료로 변하고, 그 때문에 결국은 쫓겨나 제 화를 못 이기고 죽는 과정을 떠오르게 한다. 보리나 누룩으로 있을 때는 괜찮았지만 술로 변하면서 여기저기서 못된 짓만 하고 다니게 되는 과정을 통해, 과연 작가가 무엇을 말하려 했는지 생각하게 된다. 이런 내용은 같은 작가가 쓴 〈공방전(孔方傳)〉에서도 그대로 드러나는 바, 한편으로는 반듯하면서 한편으로는 둥그런 엽전의 모습과 행태가 술의 양면성과 잘 맞아떨어진다 하겠다.

이렇게 이 작품은 처음부터 끝까지 술 이야기를 하고 있지만 가만 보면 임춘의 삶과도 많이 닮아 있다. 우선 전체 구도가 처음에는 비록 넉넉하지는 않아도 자신감도 있고 남부럽지 않게 살던 모(牟)에서 출발하여 순(醇)에 이르러 도저히 돌이킬 수 없는 파멸에 이르도록 그려진 점이 그렇다. 정통 전(傳)에서 그 마지막은 전을 쓴 사신(史臣)이 그 인물에 대해 압축적으로 서술해 마무리 짓는 평결(評結) 부분이 딸리는데, 〈국순전〉에서는 국순의 공적을 적어둔 뒤에 "능히 옳은 일을 바치고 그릇된 것은 고치도록 못하였고, 왕실을 어지럽혀 넘어뜨린 채 일으키지 못한 나머지 마침내 천하의 웃음을 샀"[6]다고 마무리했다.

그런데 〈국순전〉에 담긴 국순의 삶은 작가 임춘의 생애와 상당한 연관을 지닌 것으로 보인다. 그의 생애를 좇아보면 비록 과거(科擧)에는 실패했지만 소년 시절부터 뛰어난 문재(文才)를 발휘하여 글 솜씨에 대한 자부심은 대단했다. 그러나 무신란이 나면서는 겨우 목숨이나 건지면서 도망 다니는 신세로 전락하고 만다. 처음부터 벼슬길을 포기하고 은둔의 삶을 택했다거나 과거 시험 대신 도학(道學)에 속할 법한 학문의 세계에 매진한 것이 아니라, 속세에 뜻을 두었지만 끝내 좌절하고 좌절 속에 생을 마감한 그 이력이 작품 속에 고스란히 들어앉은 것이다.

다음으로, 그 연장선상에서 삶에 대한 회한(悔恨)이나 위안(慰安)이 두드러진다. 작품을 읽어보면 국순 집안의 인물들은 그 시조인 모(牟)는 숨어 지내면서 그 공적을 인정받았지만, 일단 세상에 알려지면서부터는 심한 시기와 핍박을 받고 있다. 그러나 그런 가운데에도 몇몇 지인들이 알아주는 데 만족하며 산속에 숨어 지낼 때는 괜찮았으나, 사람들의 칭송을 듣고 전면에 나섰을 때에는 돌이킬 수 없는 나락에 빠지고 만다. 이는 한편으로는 처음부터 은둔의 길을 택하지 못한 데 대한 회한이 될 것이며 또 한편으로는 기회가 닿아서 세상에 나섰다 한들 지금보다 더 비참한 최후를 맞았을지도 모른다는 자기 위안이었을 수도 있다.

3. 술 덕에 흥하고 – 〈국선생전〉

　　이규보의 〈국선생전〉은 제목부터가 파격이다. 지금은 "선생"이라는 말이 "선생님"에서 "님"자를 뺀 것으로 여겨지지만, 본디 이 말은 극존칭이다. 하긴 지금도 '김구 선생' 정도는 되어야 그런 대로 어울릴 법한 말이기는 하다. 이규보가 그만큼 술을 높이 보았다는 이야기이다. 주인공의 이름 역시 '성(聖)'이니, 〈국순전〉의 '순(醇)'과는 격이 다르다. 작품의 시작 부분에 주인공을 소개하면서 그 자(字)를 '중지(中之)'라 했는데, 이 뜻은 '적중한다', '들어맞는다'이다. 세상의 이치에 잘 들어맞는다는 뜻이겠는데, 국순의 자가 '거나하다'는 뜻의 '자후(子厚)'였음을 생각하면 180도 다른 것이다. 이 작품에서 선조 부분의 서술이 끝나고 본격적으로 주인공 소개가 시작되는 부분을 보자.

　　성(聖)은 아이때부터 벌써 깊숙한 국량을 지니고 있었더니, 한번은 손님이 그 아비를 찾아왔다가 성을 눈여겨보고 사랑스러워 이렇게 말하였다.

　　"이 아이 마음 쓰는 그릇의 넘쳐 남이 꼭 일만 굽이 파도와 같아서 맑게 하려고 해야 더 맑아질 게 없고 뒤흔들어도 흐려짐이 없으니, 그대와의 대화가 이 아이 성(聖)과 즐기는 것만 같지 못하이."

고려 후기 이규보(李奎報)가 지은 가전 작품, 『국선생전』

장성하게 되자, 중산 땅의 유령(劉伶, 진(晉)나라 때의 죽림칠현 중 한 사람으로, 술을 좋아해서 자신이 술 먹다 죽으면 묻을 수 있도록 가래를 맨 사람을 따르게 했을 정도라 함), 심양 땅의 도잠(陶潛, 동진(東晉) 때의 유명한 시인 도연명(陶淵明). 역시 술을 좋아한 것으로 유명함)과 더불어 벗하였다. 어느땐가 두 사람이 하던 말이 있었다.

"하루도 이 이를 못 보면 속되고 쩨쩨함이 슬며시 고개를 든단 말야."

그래서 늘 만나 세월을 보내는데, 피로함도 잊은 채 문득 마음이 황홀해서 돌아오곤 하였다.[7]

이 대목만 보아도 이름을 성(聖)이라고 한 까닭을 금세 알 수 있다. 이규보가 보는 술의 특성은 한마디로 넓고 맑은 마음이다. 〈국순전〉의 국순과 비교할 때 거의 정반대라고나 해야 할 듯하다. 이런 성격 때문에 국성 역시 국순이 그랬듯이 임금의 눈에 들어 중요한 직위에 오른다. 임금은 그를 특별히 대우하여 가마를 탄 채로 전(殿, 궁궐)에 오르게 하는가 하면, 이름 대신 "국선생"이라고 깍듯이 높여 부른다. 이리하여 아무 문제없이 잘 지내던 중에, 그의 아들들이 아버지의 힘을 믿고 방자하게 굴다가 탄핵을 받는 사건이 일어난다. 그 일로 그의 아들들은 스스로 목숨을 끊고, 국성은 죄를 받아 벼슬에서 쫓겨나 서인(庶人, 아무 벼슬이 없는 평민)이 되고 만다.

여기까지 보면 국성의 말로(末路) 역시 국순처럼 비참한 듯이 보인다. 그러나 그 잘못을 못난 자식들 탓으로 돌려 국성의 결백함에 치명적인 타격이 가지 않도록 배려한 점, 거기다가 다시 한 차례의 반전이 나온다는 점은 〈국순전〉과 구별되는 뚜렷한 특징이다.

성(聖)이 벼슬을 벗고 나니, 제(齊, 배꼽[臍]의 의인화)와 격(鬲, 가슴 [膈]의 의인화) 고을의 사이에 도적이 떼로 일어났다. 임금이 토벌하려 했으나 그 일을 제대로 해낼 마한 적합한 인물이 쉽지 않았자, 다시금 성(聖)을 기용하여 원수(元帥)로 삼았다.

성(聖)은 군기(軍氣)를 엄숙하게 유지시킨 채 병졸들과 함께 고락을 같이 하면서 수성(愁城, '근심의 성'이라는 뜻으로 '근심'을 표현)에 물길을 터서 단 한 판의 싸움에 쳐 없애고 장락판(長樂阪, 오래도록 즐거운 터전의 뜰)을 세운 다음 돌아왔다. 황제는 그 공로로 상동후(湘東侯)를 봉하였다.[8]

국성이 세 아들의 잘못에 대한 책임을 지고 벼슬을 물러나자 곧바로 나라에 문제가 생겼다고 했다. 국순은 본인이 문제를 일으켜 벼슬에서 물러났고 그로써 문제가 해결되었던 데 비해, 국성은 본인이 문제를 일으킨 당사자가 아니면서 벼슬에서 물러났고 그랬더니 더 큰 문제가 일어난 것이다. 그리고 그 문제를 근심으로 설정하여 근심을 떨쳐 버리는 처방으로 술 만한 것이 없다는 결론을 내고 있다. 결국, 술이 없으면 근심을 없앨 수 없으므로 술의 필요성을 역설한 셈이 된다. 그리고 맨 마지막 역시 타의에 의해서이거나 불가피해서 자리를 물러나는 것이 아니라 자의에 의해서 편안한 삶을 찾기 위해 물러나는 꼴을 취하고 있다. 제후에 봉해진 국성은 1년 만에 상소를 올려 은퇴할 것을 간청하고 임금의 허락을 얻어, 고향으로 돌아가 천수(天壽)를 누리며 행복한 노후를 보낸다.

〈국선생전〉의 국성이 보인 술의 특성은 어쩌면 술의 이상적인 모습일 것이다. 마시면 기분이 편안해지고 근심도 없어지지만 적정한 한계를 넘어서지 않으며, 또 멈출 때를 알아 스스로 그치는 수준은 웬만한 술꾼들이 꿈꾸기 어려운 경지이다. 술을 마실수록 더 흐트러지고 경우에 따라서는 근심이 증폭되기도 하며, 일단 술이 들어가기 시작하면 멈추기 어려운 경우가 잦다. 이에 비해 주인공 국성이 그런 최고의 경지를 보여주었다면 가히 '주성(酒聖)'으로 칭해도 손색이 없을 듯하다. 실제로 작품에서도 술에 대한 좋은 인상을 직접적으로 유감없이 서술해놓고 있다. 그 단적인 예로 맨 마지막에 있는 〈국선생전〉의 평결 부분을 보자.

사신(史臣)은 이르노라.
"국씨(麴氏)는 대대로 농가(農家)에 근본을 두었건만, 성(聖)이 너그러운 덕과 해맑은 재질로써 임금의 심복이 되어 국정을 헤아려 처리하고 임금의 마음을 풍성하게 하여 거진 태평에 흠씬한 공로를 이룩

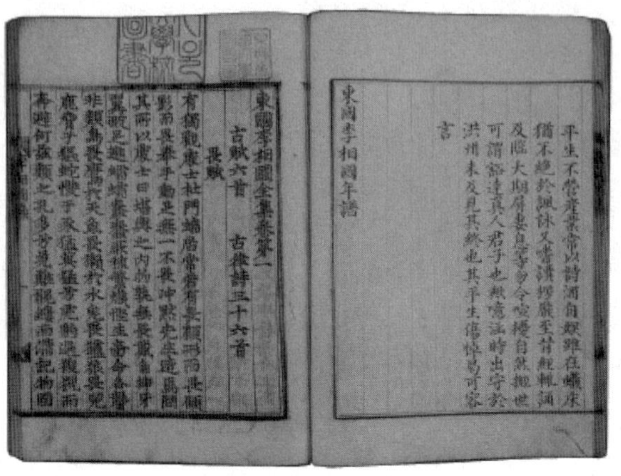

이규보의 시문집, 『동국이상국집』

하였으니 대단하구나!

자기 앞의 총애가 지나치게 커진 데 이르러는 나라 기강을 거의 흩트려 놓아, 화(禍)가 비록 자식들한테까지 미쳤다 해도 한(恨)할 것은 없었다. 그러나 만년에는 족함을 알고 스스로 물러나와 천수(天壽)를 다 마칠 줄 알았으니, 『주역(周易)』에 '기미를 살펴 움직인다' 고 했던 바, 성(聖)이 거기에 가깝도다."[9]

국성의 제1공로는 태평성대를 이루는 데 크게 기여한 것이다. 국순의 가장 큰 문제가 왕실을 어지럽힌 데 있었음을 상기하면 극과 극의 평가이다. 더욱이 이 작품에서는 국성의 국량이나 마음씨를 제일로 꼽았지만, 사실 그의 '진퇴(進退)' 는 가히 예술적 경지이다. 잘 지내다가 적당한 때 들어가고, 또 때가 좋지 않으면 다시 나온다. 쫓겨나기도 하지만 그것으로 끝이 아니고, 다시 또 때가 오면 공적을 세워서 더 큰 영화를 누리고, 그 영화가 다하기 전에 편하게 제자리를 찾아 물러설 줄 아는 것이다. 술 마시는 일이든 세상사는 일이든 이렇게만 된다면 부러울 게 뭐가 있겠는가.

결국 이 작품은 스스로의 호를 '백운거사(白雲居士)'로 했을 만큼 호방하고 자유로운 작가의 개성이 십분 드러난 예이다. 이규보는 스스로를 '삼혹호선생(三酷好先生)'이라고 하기도 했는데, 이는 말 그대로 자신이 세 가지[시, 술, 거문고]를 너무도 좋아했기 때문에 지어졌다 할 만큼 술을 좋아한 인물이기도 하다. 물론 임춘 또한 술을 좋아했지만, 문제는 술을 마신 다음이었다. 원래 술이란 기분 좋을 때 마시면 더욱 기분이 좋아지지만, 기분 나쁠 때 마시면 더욱 기분이 나빠지는 법이다. 물론 술의 양이나 마시는 분위기에 따라서 그 반대가 되는 경우도 있으나 대체로 그렇다. 임춘과 이규보의 상황 역시 그렇게 정반대로 달랐다. 임춘은 무신란 당시 가문 전체가 화(禍)를 입고 겨우 목숨만 건지는 변을 당하는데, 병든 아내를 데리고 다시 서울로 돌아왔을 때는 빈털터리였던 것으로 전해진다. 문명(文名)은 자자했지만 번번이 과거에 급제하지 못했고, 무신란으로 회복할 수 없는 절망을 경험한 그로서는 술을 마시며 울분을 토로하기 십상이다. 술을 마시면 더욱더 비참하고 원통한 기분이 되었을 것은 너무도 당연하다. 반면 이규보는 무신란으로 이인로(李仁老, 1152~1220)나 임춘 같은 사람이 몰락할 때, 오히려 득세를 한 경우이다. 국성이 활기차게 중앙 무대를 휘젓는 모습은 흡사 이규보를 연상하게 한다. 막힘없이 제 역할을 해 나갈 수 있는데 술을 마시면서 울분을 터트릴 이유는 없겠다.

또, 그런 그들의 상반된 삶은 세상을 보는 눈마저 다르게 했을 것이다. 〈국순전〉의 국순은 본래는 청렴했지만 일단 벼슬에 오르면서 임금의 눈과 귀를 어둡게 하고 제 잇속 챙기기에 여념이 없는 추한 모습을 보인다. 〈국선생전〉의 국성은 벼슬에 있을 때 임금이나 다른 신하들과 잘 어우러질 뿐만 아니라, 벼슬에서 물러나서도 언제든 제 몫을 다하고 죽을 때까지 아름다운 모습을 보인다. 한쪽이 난세라면 한쪽은 태평성대이고, 한쪽이 탐관오리의 세상이라면 한쪽은 청렴 결백한 벼슬아치들의 세상이다. 이 두 작품이 그저 장난삼아 쓴 술 이야기만이 아니라 술을 매개로 하여 세상 이야기를 펼친 것이라고 한다면, 비교하여 생각할 것이 참으로 많다. 이를 매개로, 같은 시대를 살았던 두 문인이 본 세상이 어쩌면 그렇게 다를 수 있는지, 또 이 시대를 살아가는 문인들은 우리들의 삶을 어떻게 바라볼지 곰곰이 따져볼 만하다.

4. 술로 표현하는 기쁨과 슬픔

앞서 동시대 두 문인이 쓴 술 소재 가전을 통해 작가의 삶이나 인생관에 따라 동일한 대상이 전혀 다르게 드러날 수 있음을 살폈다. 그러나 그런 대비는 자칫하면 삶을 너무 단순하게 재단해내는 폐해가 있다. 물론 사람의 성격을 대체로 밝은 성격과 어두운 성격으로 나눌 수도 있고, 삶도 행복한 삶과 불행한 삶으로 갈라볼 수도 있으며, 인생관 역시 낙관적 인생관과 비관적 인생관으로 구분해볼 수도 있을 것이다. 그러나 대체적인 경향이 그렇다고 해서 한 사람의 성격이나 삶, 인생관이 평생 동안 똑같을 수는 없다.

심지어는 하루 사이에도 희비(喜悲)가 교차하는 법이
다. 사리가 그렇다면 똑같은 사람이 술을 마시면서
도 기쁠 때도 있고 슬플 때도 있는 것이 당연하겠다.
　조선조의 문인 송강(松江) 정철(鄭澈, 1536~1593)
이 쓴 시조 작품을 통해 그런 양상을 살펴보자.

송강 정철

　　재 너머 성(成) 권농(勸農) 집에 술 익닷 말 어
제 듣고
　　누운 소 발로 박차 언치 놓아 지즐 타고
　　아해야 네 권농 계시냐 정(鄭) 좌수(座首) 왔다
하여라[10]

　이 작품에서는 두 친구가 나온다. 한 친구 집에 마침 술이 익었다
는 소식을 듣고 반가움에 서둘러서 친구 집을 찾아간 이야기이다.
아마도 지난밤쯤에 들었을 것이다. 그러니까 도저히 갈 수 없는 시
간이어서 꾹 참고 있다가 다음 날 퍼뜩 그 생각을 해서 소를 내모는
광경일 것 같다. 재미있는 것은 '재 너머'라는 공간이다. 예전에 재
를 넘는 일은 생각만큼 쉬운 것이 아니다. 그래도 '재 너머'라고 말
할 때는 걷다 쉬다 한참을 하며 가야하는 곳이었을 텐데, 그 거리를
단숨에 내달린다.
　그러나 가만 보면 뛰어가는 것도 아니고 말을 타고 가는 것도 아
니다. 누워서 편히 있는 소를 일으켜 세워 타고 간다. 소는 여간해서
는 서둘지 않는 동물이다. 언제나 천천히 한 걸음씩 성실하게 걸음
을 옮기는 동물이다. 오죽하면 '우보천리(牛步千里)'라는 말이 있을

성 권농, 〈재 너머 ~〉

까. 그런데 그런 느긋한 소를 일으켜 세워서는 바짝 다그친다. 언치는 소 안장 아래 까는 천을 말하는데 언치 놓아 지즐('눌러'의 뜻) 타고 간다 했으니 안장을 놓을 틈도 없다는 뜻이다. 그런다고 소가 빨리 갔을 리도 없지만 마음이 급한 것을 그렇게 표현했겠다. 그런데 중장에서 종장 사이에는 어떻게 갔다는 말이 없다. 그 부분은 생략된 채 곧바로 친구집에 도착하는데 그만큼 마음이 급한 느낌을 준다. 그래서 가자마자 인사를 챙길 틈도 없이, 친구가 있는지 내가 왔다 전하라며 소리친다.

이 시조에서는 한바탕의 소동이 일어나고 큰소리가 들리고 환한 얼굴빛이 보인다. 우선 술이 얼마나 좋았으면 그랬을까 싶다. 요사이처럼 술에 브랜드가 있고 술을 파는 가게가 있어서 사먹을 수 있는 게 아니었을 것인 데다 냉장 보관 시설도 없었을 테니 술을 먹으려면 어느 집에선가 술을 담가야만 한다. 그러나 곡식이 귀하던 때이고 보면 그 또한 자주 있기 어려워서 누구집에서든 술을 담가서 익었다는 기별이 오면 그렇게 모였을 것만 같다. 이렇게 보면 이 시조는 영락없는 술타령 노래일 뿐이다. 술을 마실 생각에 상기되어 한달음에 친구집에 달려가는 호기로운 모습을 보이는 노래인 것이다.

그러나 이 작품 속에 담긴 '성 권농'과 '정 좌수'에 주의하면 그뿐만이 아니다. 알려진 대로라면 성 권농은 성혼(成渾, 1535~1598)을 가리킴이 분명하다. 작가 정철과 성혼은 대단히 절친한 사이였고,

물계서원 소장 책판. 우계 성혼을 모셨던 물계서원에 보관되어 있다가 대원군의 서원철폐 때 맥산재로 옮겨 보관하였다. _ 문화재청

권농이나 좌수는 모두 지방의 낮은 벼슬아치 이름이다. 실제 그런 낮은 벼슬을 해서가 아니라 그냥 성씨 뒤에 재미있게 붙인 거짓 직함이겠다. 정철은 우리 시가문학의 대가로 잘 알려져 있지만 성혼은 일반인에게는 덜 익숙한 인물이다. 그러나 우리 사상사에서 성혼의 위치는 손꼽을 만큼 우뚝한 위치에 있다. 율곡 이이(李珥, 1536~1584)와 학문을 논해 율곡의 학문을 더욱 견고하게 해준 사람이 바로 그였다. 정철과 성혼, 이이는 그렇게 동년배 친구들로 잘 지냈다. 그러니 그들의 우정이 단순히 술이나 먹고 즐기자는 놀자판이었을 리 만무하다.

세상을 살면서 마음에 맞는 친구 하나 얻기가 그리 쉬운 게 아니다. 내가 대학원에 다닐 때에는 '밥 동기'라는 게 있었다. 대체로 같이 입학한 친구들을 '동기(同期)'라 해서 함께 어울리기 마련이었는데, 동기라고 해서 밥 먹을 때 다 함께 갈 수 있는 것은 아니었다. 우선 식성이 다르면 함께 하기 어려웠고, 그보다는 주머니 사정이 다르면 함께 가기 쉽지 않았다. 학생 식당에서 학부생들과 함께 먹는 사람이 있는가 하면, 교직원 식당에서 조금 비싼 밥을 사먹는 사람도 있었고, 아예 학교 바깥에 나가서 밥과 차를 해결하고 오는 고급스러운 사람도 있었다. 그러니 밥을 먹으러 나갈 때에는 입학 연도를 무시하고 선후배가 얼러서 삼삼오오 연구실을 빠져나가면서 '밥 동기'라 칭했다. 마찬가지로 늦은 저녁 연구실을 나설 때는 '술 동기'가 다시 결성되었다. 그러고 보면 '공부 동기'이면서 '밥 동기'이고 '술 동기'인 친구를 찾는다는 것이 얼마나 어려운 일인가. 어쩌면 정철과 성혼이 그런 사이였을 것이다.

이 시조의 쾌감은 그런 맥락에서 극대화된다. 그 상황을 상상적으로 재연해보자면 이렇다. 정철은 어제 저녁, 누군가에게서 성혼의 집에 술이 익었다는 말을 들었다. 그러나 들은 시각이 너무 늦기도 하고 요즘 술을 많이 마신 탓에 몸도 좋질 못하여 한달음에 달려갈 수 없었다. 오늘 아침 깨어 아침을 먹고 생각해보니 어제 들은 이야기가 퍼뜩 머리에 떠올랐다. 그는 즉시 바깥으로 나가 소가 있는 외양간으로 달려갔다. 마침 소는 누워서 한가로이 되새김질을 하는 중이었다. 그는 소를 후다닥 일으켜 세워 안장을 얹으려 했으나 어디 갔는지 잘 보이지도 않는다. 그냥 언치가 놓인 그 위에 올라서서는 소 옆구리를 발로 차서 소를 몰았다. 그러거나 말거나 소는 천천히 재를 넘는다. 가는 도중 친구 생각 술 생각에 흥이 절로 난다. 몇 차례 소 옆구리를 차면서 재를 넘어 성혼의 집에 도착하자마자 잽싸게 문앞에 내려 이번에는 문을 쾅쾅 두드리며 소리친다. "여봐라, 너희 주인 성 권농이 깨 계시냐. 재 너머 정 좌수가 왔다 일러라!"

생각만 해도 기분이 좋아지는 광경이다. 그러나 삶이 언제나 그럴 수도 없고 또 그래서도 안 되는 법이다. 언제나 그렇게 들떠 있다면 무엇이든 제대로 할 것이며, 한 사람에게 언제나 좋은 일만 있다면 다른 사람은 또 어떨 것인가. 제대로 된 삶이란 밝음과 어두움이 교차하기 마련인데, 정철의 시조 중 술 노래로 가장 유명한 다음 작품을 보면 앞의 시조와 비교하여 대척점에 놓여있다.

한 잔 먹세그려 또 한 잔 먹세그려

꽃 꺾어 산(算) 놓고 무진무진 먹세그려

이 몸 죽은 후면 지게 위에 거적 덮어 주리어 매여가나

류소보장(流蘇寶帳, 술 달린 화려한 비단으로 장식한 상여)에 만인

이 울어 예나

어욱새 속새 떡갈나무 백양 숲에 가기 곧 가면

누른 해 흰 달 가는 비 굵은 눈 쓸쓸히 바람 불 제

뉘 한 잔 먹자 할꼬

하물며 무덤 위에 원숭이 휘파람 불 제 뉘우친들 어찌리[11]

제목은 〈장진주사(將進酒辭)〉이다. 술로써 가장 유명한 당나라 시인 이백(李白, 701~762)이 〈장진주(將進酒)〉라는 시를 지은 일이 있는데 거기에서 왔을 것이다. 시 제목 그대로 술을 권하는 권주가이다. '한 잔 먹자, 또 한 잔 먹자'는 너무도 평이하다. 술이라는 게 술이 술을 부르는 법이어서 자꾸 권하는 일이 왕왕 있다. 이에 비해 '꽃 꺾어 산 놓고'는 묘한 맛을 준다. 지금도 누가 몇 잔을 마셨나 셈하며 마시는 경우가 있는데 그 시절에는 그것을 나뭇가지를 꺾어 그 가짓수로 셈했던가보다. 그것을 '산(算)가지'라 했는데, 하필이면 꽃나무를 꺾었다고 했다. 지금은 꽃이 핀 좋은 시절이라는 뜻을 가지면서, 그 꽃 역

〈장진주사〉

시 꺾어지면 끝이라는 허망함까지 안겨준다. 우리네 이 좋은 시절도 지금 가면 그만이겠으니 잊고 먹자는 뜻을 내비친다 하겠다.

아닌 게 아니라 그 바로 뒤에 죽은 후면 모두 한가지라는 말이 따라붙는다. 아주 하찮은 사람이어서 장례는 고사하고 그저 지게 위에 거적때기로 덮여 시신을 졸라 매여 가는 경우이든, 아주 존귀한 사람이어서 술 달린 화려한 비단으로 꾸민 상여에 실려 만인이 울며 따르는 경우이든 그때는 아무 구별이 없다는 것이다. 그 쓸쓸한 분위기는 억새, 속새, 떡갈나무, 백양 숲속 깊고 적막한 가운데 무덤에 들어앉은 모습으로 표상되고, 거기에 한 술 더 떠서 누런 해와 흰 달, 가는 비와 굵은 눈, 쓸쓸한 바람까지 덧보태지면 분위기는 금세 싸늘해진다. 그때 간다면 술 한 잔 권할 사람도 없을 터에, 아무것도 모르는 원숭이가 무덤가에서 휘파람이나 불어댄다면 뉘우쳐도 소용없다는 말이다. 물론 우리나라에 원숭이가 있을 리 없으니 중국의 문학 관습에서 차용된 예이겠으나, 천방지축으로 무덤가를 왔다갔다 하며 놀아댈 원숭이를 생각한다면 그 쓸쓸함이 극대화된다.

이런 권주가를 듣고 술잔을 들지 않을 장사는 없을 것 같다. 실제로 술꾼으로 유명했고 술 마시는 게 병통으로 지목되었던 작가 정철은 스스로 술을 끊지 못하는 이유를 이렇게 회고한 바 있다. "내가 술을 즐기는 이유가 넷이다. 불평이 그 하나요, 흥취가 그 둘이요, 손님 접대가 그 셋이요, 남들이 권하는 것을 거절하기 어려운 게 그 넷이다."[12] 그 자신이 남들 권하는 술잔을 거절할 수 없어 마셨듯이, 이 시조를 듣는 사람 또한 그랬을 것 같다. 정철로 말하자면 '고집불통'이란 수식어가 잘 맞을 정도로 자신의 의지를 관철하기 위해 애를 썼던 인물이다.* 어쩌면 그 때문에 쉽사리 당쟁에 휩싸여 고난을 겪었는지도 모른다. 그런 풍파를 겪은 인물로서, 이렇게 사나 저렇게 사나 죽게 되면 매한가지라는 결론은 도리어 너무도 당연한 것처럼 보인다.

이처럼 나를 알아주는 친구가 있고 그 친구와 술을 마실 생각에, 술잔을 들며 함께 이야기할 생각에 들떠 있는 순간, 그 순간의 벅찬 감격이 있는가 하면, 또한 살아온 세월을 돌아보고 세상 돌아가는 형편을 보니 잘났든 못났든 죽고 나면 다 그만인 것을 너무 심하게 아웅다웅하며 서로들 못 잡아먹어서 안달이니 그런 세상이 딱하고 그런 세상에서 좀처럼 벗어나지 못하는 자신도 안 됐다는 생각이 드는 순간, 그 순간의 가슴 시린 슬픔도 있다. 똑같은 시인의 시에서 그렇게 상반되게 흘러가는 정조가, 기실은 우리 삶을 포괄적으로 보여주는 게 아닌가 한다. 〈국순전〉과 〈국선생전〉이 그랬듯이, 이 두 시조 또한 삶의 양면성을 유감없이 보여준다.

* 이에 대해서는 이 책 제7강 참조.

5. 가슴으로 부르는 술 노래

술은 누구에게나 애물단지였던 것 같다. 대개의 술꾼들에게는 끊을 수도 없고 마실 수도 없는 복잡한 상황이 펼쳐진다. 타고난 술꾼 정철에게도 그랬다. 그는 술을 끊을 수도 없고 안 끊을 수도 없는 그 절묘한 상황을 한시 두 편으로 남겨두고 있다. 하나는 〈아직 술을 끊지 못하다(未斷酒)〉이고 또 하나는 〈이미 술을 끊다(已斷酒)〉이다.[13]

아직 술을 끊지 못하다

묻노라, 그대는 왜 아직 술을 못 끊는가?
변방의 가을 하늘 서릿달이 괴로워서라네.
갈대밭 물이 줄고 기러기 그림자 외로운데
천리 서울은 길이 막혀 갈 수 없고,
고운 님은 그리워도 만나볼 수 없으니
비바람 숲에 문 닫고 홀로 있어서라네.

未斷酒

問君何以未斷酒
蘆洲水落鴈影孤
楚國秋天霜月苦
千里秦城隔湘浦

佳人相憶不相見

風雨千林獨閉戶

이미 술을 끊다

묻노라, 그대는 왜 이미 술을 끊었는가?

술 가운데 묘리가 있다건만 나는 몰라서라네.

병진년에 시작해 신사년에 이르도록

아침 저녁 쉼 없이 술잔을 들었지만,

여태껏 마음의 성 내려놓질 못했으니

술 가운데 묘리가 있다건만 나는 아직 몰라서라네.

已斷酒

問君何以已斷酒

酒中有妙吾不知

自丙辰年至辛巳

朝朝暮暮金屈卮

至今未下心中城

酒中有妙吾不知

　　이 두 편의 시는 참 이상하다. 서로 모순되기 때문이다. 그러나 시차를 두고 본다면 꼭 그런 것도 아니다. 아직 술을 끊지 못하고 있다고 하다가, 나중에는 이미 끊었다고 했다면 되기 때문이다. 그러나

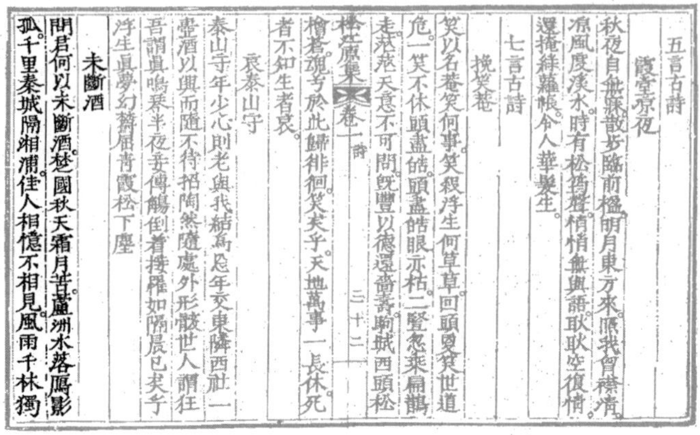
五言古詩
霞堂凉夜
秋夜自無寐散步臨前楹明月東方來照我衣襟清
凉風度溪水時有松鶴聲悄悄無與語耿耿空復情
還掩綠蘿帳令人華髮生
七言古詩
挽笑菴
笑以名菴笑何事笑殺浮生何草草回頭更笑世道
危一笑不休頭盡皓頭盡皓眼亦枯二豎忽來扁鵲
走莽莽天意不可問既豐以德還嗇壽駒城西頭松
松江原集 卷一 詩 三十二
檜蒼魂兮於此歸徘徊笑矣乎天地萬事一長休死
者不知生者哀
哀奉山守
奉山守年少心則老與我結爲忘年交東隣西社一
壺酒以興而隨不待招陶然隨處外形骸世人謂狂
吾謂眞鳴琴半夜要傳觴倒着接䍦如隔晨已矣乎
浮生眞夢幻[illegible]青霞松下塵
未斷酒
問君何以未斷酒楚國秋天霜月苦蘆洲水落鴈影
孤千里秦城隔湘浦佳人相憶不相見風雨千林獨
一五三

정철, 〈아직 술을 끊지 못하다〉(未斷酒)

시를 그렇게 곧이곧대로 해석하는 것은 문학에 대한 올바른 태도가 아니다. 문학을 떠나 술이 무엇인지 조금만 안다 해도 그런 반응은 나오질 않을 것이다. 술을 심하게 마시는 사람은 대개 그렇게 술을 끊겠다고 했다가 다시 마시고, 마시면서도 끊어야겠다고 생각하는 법이다. 그런데 문제는 정철의 경우는 그런 단순한 경험을 넘어서는 곳에 술이 자리하고 있다는 점이다.

첫째 시를 잘 보자. 쓸쓸한 기분을 한껏 고조해놓고는 그 쓸쓸함을 달래기 위해 술을 마실 수밖에 없다고 말하고 있다. 그러나 그 쓸쓸함의 근저에는 '아름다운 임[佳人]'과의 이별이 숨어 있다. 임과 함께 해야 하지만 함께 할 수 없는 외로움이 그로 하여금 술을 끊지 못하게 한다는 것이다. 이 임은 두말할 것 없이 그의 유명한 가사 〈사미인곡(思美人曲)〉의 '미인'과 같을 것은 자명하다. 임금과 떨어져 있는, 다시 말해 벼슬에서 물러나 먼 지방에 내려와 있는 자신의 처지가 술을 끊지 못하게 한다는 하소연이다. 그러나 둘째 시로 가

보면, 술을 마시면 그런 문제가 절로 풀릴 것을 기대했지만 병진년
(1556년)에서 신사년(1581년)까지 사반세기나 술을 마셨지만 결국은
아무런 묘리도 찾을 수 없으니 그만 마시겠다는 것이다. '마음의 성'
은 흔히 이야기하는 '수성(愁城)', 곧 근심일 것이다. 아무리 술을 마
셔도 근심을 없앨 수 없는 아픈 현실이 술을 끊게도 하고 다시 술잔
을 들게도 한다.

　이런 상황을 기막히게 잘 표현한 현대시 한 수를 감상하며 이 강
의를 맺자. 여기에도 물이면서 불인, 사랑이면서 원수인, 마셔야 하
면서 또 끊어야 하는 술이 있다.

술 노래　_정현종

물로 되어 있는 바다
물로 되어 있는 구름
물로 되어 있는 사랑
건너가는 젖은 목소리
건너오는 젖은 목소리

우리는 늘 안보이는 것에 미쳐
病(병)을 따라가고 있었고
밤의 살을 만지며
물에 젖어 물어 젖어
물을 따라가고 있었고

눈에 불을 달고 떠돌게 하는

물의 香氣(향기)

불을 달고 흐르는

원수인 물의 향기여[12]

■ 주석

1) 김창룡 편역, 『한국의 假傳文學(上)』, 태학사, 1997, 13~14쪽.
2) 김창룡 편역, 앞의 책, 14쪽.
3) 김창룡 편역, 앞의 책, 14쪽.
4) 김창룡, 앞의 책, 18쪽.
5) 김창룡, 앞의 책, 19쪽.
6) 김창룡, 앞의 책, 20쪽.
7) 김창룡, 앞의 책, 31쪽.
8) 김창룡, 앞의 책, 34쪽.
9) 김창룡, 앞의 책, 36쪽.
10) 정철, 『송강가사』, (성주본), 『原本 松江歌辭 孤山外五人集 歌曲源流』, 대제각 영인본, 1988, 76쪽. 이하 이 책의 인용은 현대식 표기를 따름.
11) 정철, 앞의 책, 48~49쪽.
12) 정현종, 『고통의 축제』, 민음사, 1974, 65쪽

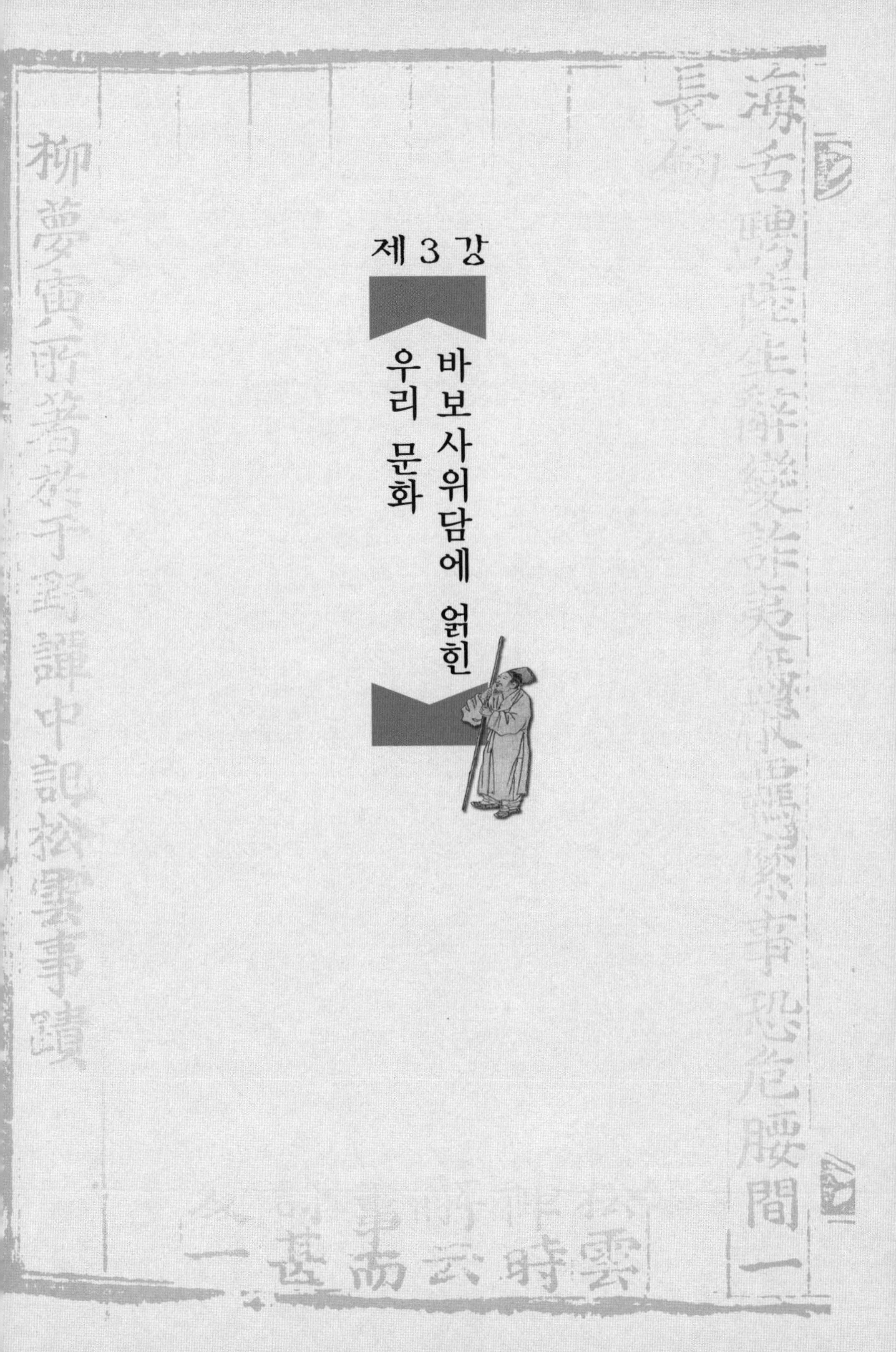

제 3 강

우리 문화

바보사위담에 얽힌

1. '잘난 사위'의 못난 짓

한국 설화문학에서 바보를 소재로 한 경우는 아주 흔하며, 이는 세계적인 현상이기도 하다. 그러나 바보설화가 그렇게 많이 또 널리 퍼져있음에도 불구하고, 대체로 자기보다 못한 사람을 내세워 웃음을 유발한다는 점에서 우스개, 곧 소화(笑話)의 영역에 머물러 있는 것도 사실이다. 물론, 작품을 통해 얻어지는 웃음의 종류에 따라 해학(諧謔)과 풍자(諷刺)로 구분해본다거나, 바보 인물의 계층에 따라 사회문화적 의미를 부여하는 등의 방식으로 그 이상의 의미를 추구해볼 수도 있다. 이러한 시각은 바보설화에서의 웃음이 단지 구연현장에서의 정서적 반응에만 그치지 않고 그 이면에 좀 더 심각한 주제의식을 담고 있다는 견지에서 나온 것이다.

대체적으로 바보설화에서 웃음의 핵심은, 약자이지만 총명한 에이런(Eiron)과 강자이지만 우둔한 알라존(Alazon)의 대립에 있다. 더구나 일반 대중들 사이에서 널리 향유되었을 설화에서라면 강자

한국의 전통혼례 _한국학중앙연구원

에 대한 약자의 승리를 희구하는 의식이 컸을 것이고 그것이 서사적 외피를 입을 개연성은 높다. 흔히 '바보원님담'으로 일컬어지는 일련의 이야기들은 그 대표적인 사례이다. 우둔한 사람이 원님으로 있으면서 벌어지는 해프닝은 원님보다 약자들이기 쉬운 구연자들에게 쾌재를 불러일으켰을 것임은 재론의 여지가 없다. 반대로 바보들이 얻은 뜻하지 않은 행운담 역시 같은 맥락에서 쾌감을 줄 법하다. 아무 능력도 없어보이던 약자가 큰 성공을 거두는 이야기가 별 희망 없이 살던 구연층에게도 큰 감응을 주었을 것이기 때문이다.

그런 현상은 기실 한국문학을 넘어 보편적인 현상이라 할 만하다. 플라톤의 『필레보스(Philebos)』 이래 동서고금의 바보들은 사실 한 계열에 서 있다고 할 정도의 정형성을 보여왔다. 그렇지만 그런 가운데 한국의 바보설화 중 가장 독특한 개성을 보이는 유형은 아마도 바보사위담이다. 이는 바보아버지, 바보어머니, 바보아들, 바보딸, 바보며느리 등이 유형화되기는커녕 그 흔적을 찾기도 어려운 가운데 유독 '바보사위담' 만큼은 하나의 설화유형으로 확고히 자리 잡은 데서 확인해볼 수 있다. 더구나 바보사위담은 그 이야기가 펼쳐지는 무대가 혼례(婚禮)나 상례(喪禮) 같은 의식이 거행되는 곳이나, 처가나 사돈댁 등이라는 점에서 한국적인 문화배경을 이해하지 않고서는 쉽사리 해석해내기 어려운 특성을 보인다.

이는 통상적으로 문명화가 진행된 곳일수록 바보이야기가 많이

발견된다는 사실과도 맞물려 이해될 수 있다.[1] 왜 원시적 삶을 영위하는 오지의 종족들에게서는 별로 보이지 않는 바보설화가 서구의 백인들과 같은 고도의 문명을 이룬 쪽에서는 대량으로 나타나는가라는 의문점은 곧, 바보설화가 문화적 억압과 관련이 있을 것이라는 추론을 가능케 한다. 외적 억압이 강한 곳에서 생기는 균열이 바보 인물의 탄생을 부추기고, 구연자들은 그 가면 뒤에서 잠깐의 휴식을 취하는 것이다. 이런 관점에서 바보사위담은 그 정점에 서 있는 유형이다. 바보사위담이라 하면 어떤 이야기에서건 의례(儀禮)를 벗어나서 존재하기 어려우며, 그 의례는 바로 우리 고유의 문화전통과 맥이 닿아있기 때문이다. 뒤에 자세히 살펴보겠지만 문제의 발단은 '잘난 사위'를 찾는 데 있고, 그 애써서 얻은 잘난 사위가 벌이는 못난 짓이 웃음거리의 핵심이다. 대체 왜 그랬을까? 왜 잘난 사위를 고르려 했고, 그 사위는 왜 그렇게 못난 짓을 벌여야 했을까?

이 강의에서는 이러한 시각에서 바보사위담을 우리 전통문화, 좀 더 구체적으로는 유교적 전통문화와 연관 지어 해명해보려 한다. 특히 유교문화의 핵심으로 지목되는 예악(禮樂)이 그 준거가 될 것이다.

2. 바보사위담과 예악(禮樂)

우리 설화에서 바보사위담은 엄청나게 많다. 실제로 구연 현장에서 이야기될 때는 '바보사위' 외에도 '바보신랑, 바보남편, 멍청한 사위, 어리석은 남편' 등으로 다양하게 불린다. 우리

나라의 설화문학을 집대성한 『한국구비문학대계』의 별책부록인 『한국설화유형분류집』의 유형분류에 따르자면[2], 바보이야기는 '24. 모를 만해서 모르기'에 속하고 그 이야기는 다시 아래의 여섯 가지 정도로 나뉜다.

첫째, 가족관계 서툴러서 바보짓 하기
둘째, 세상살이 서툴러서 바보짓 하기
셋째, 시키는 대로 하다가 바보짓 하기
넷째, 나무라는 사람이 더 무식하기
다섯째, 모르는 물건 나타나기
여섯째, 모르는 짓 가르치기

물론, 이 유형 분류가 확실한 연역적 기법에 의한 배타적 구분이 아니어서 서로 겹치는 부분이 있을 수밖에 없지만, 이들 가운데 '바보사위, 바보신랑' 등등으로 명명된 이야기의 분포를 보면 바보사위담의 개략적 실체를 파악해볼 수 있다. 바보사위담은 주로 첫째와 셋째에 집중된다. 혼인을 통해 새로운 가족관계를 맺은 처가에 가서 망신을 당하는 이야기나 사돈집 등에 문상을 가서 시키는 대로 했다가 낭패를 본 이야기 등이 주종인 것이다. 이런 이야기의 대체적인 골자는 이렇다. 주인공이 워낙 바보여서 독자적으로 어떤 일을 처리할 수 없게 되자, 누군가가 어떻게 해야 할지 일러주었는데 그것을 너무 고지식하게 시행하다가 웃음거리가 된다. 그런데 그런 실수담에 굳이 바보 '사위, 신랑, 남편'임이 명시되었다면, 아들 쪽이 아닌 딸 쪽에서의 역할이 중요할 수밖에 없는 이야기임이 명백하다. 대체로 혼례식장 혹은 그와 관련한 행사장에서, 혹은 처가나 사돈집에서 벌어진 해프닝을 다룬다.

문제는 하필이면 왜 거기에서 문제가 생기는가 하는 점인데, 그 핵심은 바로 그 일이 벌어지는 시·공간에 있을 것이다. 혼례식이 열린 장소이든 혼례식이 끝난 후의 신방이든, 처가나 사돈에 인사를 하러 간 자리이든 일상의 시간, 일상의 공간이 아니다. 살림을 못해서 바보사위로 인식되는 이야기가 없는 것은 아니지만, 작품수도 많지 않을 뿐만 아니라 그런 경우라면 바보사위보다는 바보며느리 이야기가 더 보편적이다. 사위에게 문제 삼는 것은 바로 그러한 비일상적인 시공간에서의 행동과 행동규범이다.

이제, 문제를 좀 더 구체화하기 위해 '시키는 대로 하다가 낭패 본 사람'에서 그 시키는 일이 무엇인가를 따져보자. 바보이야기가 다 그렇듯이 바보사위담 역시 그 바보됨을 드러내기 위해서는 시키는 일이 그리 어려운 것이어서는 안 된다. 혼례식이 끝나고 노래나 하고, 사돈 댁에 인사를 가고, 남들 앞에서 춘첩(春帖)이나 읽는 정도의 가벼운 것들이 대부분이다. 그러나 사위는 그 가벼운 일을 하지 못하여 자기 자신은 물론 처가 식구들을 망신하게 하고 만다. 문상을 못해서 망신 당하는 것과 노래를 못해 체면 구기는 것은 매우 다른 일로 보이지만 사실은 예(禮)와 악(樂), 곧 예악으로 묶일 만한 것이다. 이 예악의 기본개념을 가장 간명하게 정리한 문헌은 『예기(禮記)』이다.

악(樂)의 본질은 동화(同化)에 있으며, 예(禮)의 본질은 구별(區別)에 있다. 동화하기에 사람들로 하여금 서로 친근하게 만들어 주고, 구별하기에 사람들로 하여금 서로 존경하도록 해준다. 그러나 과분하게 악(樂)을 강조하다 보면 쉽게 휩쓸려가게 되고, 과분하게 예(禮)를 강조하면 사람들 사이에 간격이 생겨 친하지 않게 된다. 그러므로 정감에 합치하면서 이런 감정을 예의로 드러내도록 하는 것이 예악의 일이다. 예의가 서게 되면 귀천이 같아지게 되고, 악과 문이 같아지면 상하가 화합하게 된다.[3]

보는 대로 예(禮)로써 서로 다른 사람들의 변별점을 제시해주고 악(樂)으로써 다시 그들의 동화를 추구한다는 것이다. 예가 철저하게 수직적인 질서를 부여하는 데 목적이 있다면 악은 수평적인 화합을 도모하는 데 목적이 있다. 따라서 그 둘은 서로 의존할 수밖에 없으며 어느 한쪽이 결핍될 때 다른 한쪽 역시 온전하기 어려운 특징이 있다. 동화에만 집중하면 무질서로 휩쓸리고[流], 구분에만 치중한다면 서로 틈이 생겨 어긋나게[離] 된다. 그러므로 예와 악은 상호 보완작용을 하면서 원만한 인간관계를 이루게 한다.

이렇게 파악할 때, 예와 악이 사회 전체를 떠받치는 핵심요인일 것이 분명하지만, 특히 결혼에서 중요한 작동원리가 될 것은 의심의 여지가 없어 보인다. 지아비가 지어미의 벼리가 된다는 뜻의 '부위부강(夫爲婦綱)'이라는 윤리덕목에 따르자면 남/녀의 구분이 몹시도 중요하지만, 그 둘의 동화인 부부간의 화락(和樂)이 전제되지 않는 한 결혼생활 자체가 불가능하기 때문이다. 혼례와 관련한 이야기가 주종을 이루는 바보사위담을 예악(禮樂)에 견주어 설명할 근거는 바로 여기에 있다. 두 남녀가 만난다는 것은 생물학적으로 상이한 두 성(性)의 결합임은 물론, 서로의 생장배경이 다른 두 집안의 결합이어서 양자간의 문화적인 차이를 인정할 수밖에 없다. 그러나 그렇다고 해서 그

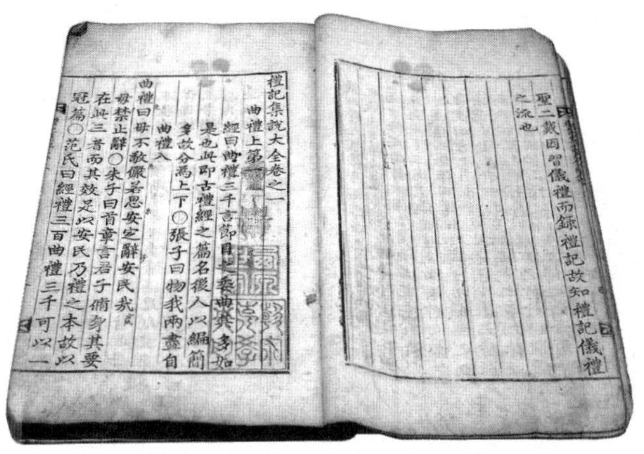

『예기』_doopedia.co.kr

구분만을 강조할 경우 한 가정을 이룰 수는 없는 것이다. 요컨대 원만한 이성지합(二姓之合)으로 가기 위해서는 양자의 결합이 필연적인 것이다.

그러나 우리의 전통 문화에서 그 둘이 유연하게 보완작용을 했던 것 같지는 않다. 『예기』에 명시된 예악론은 하나의 이상으로 작용했을 뿐, 실제로는 견고한 금제(禁制)로 작용했던 측면이 강하다. 어느 한쪽이 강하게 작동하면 꼭 문제를 일으키는 법인데 바보사위담 역시 그러한 문제의 소용돌이 가운데에서 파생되었다. '예(禮)에 의한 구분(區分)'이 강조되면서 경직된 인간관계를 도출할 공산이 컸다. 이렇게 되면 이러한 규범에 의해 생성된 인간관계에 익숙지 못한 사람이 바보짓을 할 여지는 매우 커지기 때문이다. 곧, 바보사위담의 이야기는 크게는 예(禮)에 근거하여 구분(區分)을 문제 삼는 이야기와 악(樂)에 근거하여 동화(同化)를 문제 삼는 이야기의 둘로 나뉜다.

3. 예(禮), 질서(秩序)에서 허례(虛禮)로

예(禮)의 기본은 인사(人事)이다. '인사'는 만나고 헤어질 때 예의를 표하는 것에서부터, 특정한 의례에서 행하는 예의, 나아가서는 고마움이나 은혜에 대한 성의표시나 보답까지 광범위하게 쓰인다. 바보사위담의 상당부분 역시 이 인사와 관련된 것이다. 그런데 이야기에서 '사위'가 화제에 오르려면 혼례가 이야기의 정면에 나서는 것이 상례이다.

그 대표적인 예로는 재행(再行)과 관련되는 이야기가 있다. 전통혼례에서 새 사위는 결혼을 하여 본가로 간 후, 반드시 처가로 인사를 가게 되어 있는데, 이 재행 후에 인사를 치르는 것은 나중 문제고 일단 집 찾기부터 문제가 야기된다. 가장 흔히 볼 수 있는 '염동(통)골'을 찾아가는 새 사위 이야기를 보자.

어떤 사람이 아들을 낳았는데 바보였다. 장가를 가서 재행을 가는데, 처가에 가져갈 음식으로 술과 전 등을 보냈다. 사위는 처가 동네 이름인 '염동'을 입에 외고 가다가 도랑을 건너다가 동네 이름을 잊어버리고 말았다. 그는 도랑으로 들어가 잃어버린 이름을 찾으려 했다. 지나가던 사람이 무얼 찾느냐고 물었다. 그는 지나가던 사람에게 자기 뱃속에 무엇이 들었느냐고 물었다. 그 사람은 오장육부에 염통이 들었다고 일러주었다. 사위는 '염동'을 생각해내어 처가에 들어갔다. 마을에 가보니 색시가 우물가에 있었다. 사위는 색시에게 처가가 어디인가를 물었다. 색시는 울타리 구멍에 흰 개가 들어가는 집이라고 일러주었다. 사위는 짐을 진 채로 개구멍으로 들어가서 처형을 제 색시로 착각해 실수를 했다. 사위는 장인장모에게 떡과 술 이름을 제 멋대로 지어 부르면서 장모더러 입에 담지 못할 실례를 한다.[4]

　이야기속의 사위가 바보인 것에 대해는 이론의 여지가 없다. 이 설화가 소화(笑話)로 읽힐 수 있는 근간은 바로 그 과장된 바보스러움에 있을 것이기 때문이다. 그러나 그 바보스러움의 소인을 찾아가면 만만치 않은 문제를 발견하게 된다. 이 이야기의 궁금증은 길도 낯선 처가에 왜 사위 혼자서 가는가 하는 데에서부터 시작된다. 현재의 관행으로는 재행 길에 부부가 동행하는 것이 당연하게 여겨지지만, 이 이야기속의 사위는 처가에 다 가서야 신부를 만나고 있다. 이 점에 대해 한국 풍속사는 재행 풍습이 처음에는 사위 혼자 가는 방식으로 이루어졌다고 한다.[5]

　남녀가 새로 가정을 꾸려 결합하는 혼례(婚禮)에서 당사자 간의 만남이 중심이 되어야 함은 두말할 나위가 없다. 그러나 실제의 전통 혼례과정에서 보자면, 혼인 전은 물론 '대례(大禮)'로 지칭되는 혼례의 중심 행사에서조차 남녀가 편하게 얼굴을 마주할 기회가 적었다. 결과적으로 신랑이 신부집을 다시 한 번 찾아가는 그 간단한 일이 집 찾기에서부터 낭패에 빠지는 셈이다. 다시 간다는 뜻의 '재행(再行)'이 매우 합당한 예법임에도 불구하고 실제로는 집 찾기가 어려운 과제로 떠오르고 혼례 이후에도 처와 처형의 구별이 어려울 만큼 심각한 문제를 내포하고 있는 것이다. 물론, 이 이야기의 기본 바탕은 우스개이지만, 그 우스개의 이면에는 그런 사회문화적인 문제가 내포되어 있다고 보아도 좋겠다.

이렇게 집 찾기부터 문제였으나, 집 찾기가 끝난다고 문제가 끝나는 것은 아니다. 이를테면 그 속편 격인 이야기가 즐비하다.

불출이가 장가를 들었는데, 처가집엘 보내는데 인제 인절미하고 꺽꺽푸드득이 하고 이래 해서 잡아가주 가는데 [이금봉: 올랑이쫄랑이] 응 늘어반대기하고 이래 갔는데, 지붕을 잇는데, 이 병신이 지붕을 지구서 올라가더래잖어. 그래 지붕을 지구 올라왔는데, 펴 놓구서는……도루 싸 짊어지고 가드래야 그래.
"저런 마한 놈이 왜 저걸 싸 짊어지고 가느냐?"
고 하니깐,
"아 귀경했다"
귀경시키라구 그랬거든, 집이서. [이금봉: 지붕에 올라가서 펴놓구 귀경시키군] 그래구 도루 지구 오더래야.
그래 옛날에는 다 저기야. 어두워서 그래, 어두워서.[6]

여기에서는 먼저 음식의 이름을 알지 못하는 것이 큰 웃음거리이다. 떡이나 술 같은 아주 사소한 음식 이름을 모르는 데에서 웃음이 터지지만, 실제로도 정상적인 지능을 가진 사위가 간다고 해도 음식 이름을 다 알기는 쉬운 일이 아니었다. 여기에서는 설화의 소박함 덕에 그저 술과 떡, 닭 등으로 간단하게 나와 있지만, 실제 혼인의 이바지 음식이란 경제적 여건이 허락한다면 술이나 떡은 물론 12가지 양념에 온갖 과일과 산적, 한과 등등이 망라될 뿐만 아니라, 색깔까지도 5색이 두루 나도록 고려하도록 되어 있다.
이렇게 음식을 서로 주고받는 예법은 본디 신부가 결혼할 때 시가

이바지 음식 _http://www.edaji.co.kr

에 음식을 보내고 그에 대한 답례로 역시 신붓집으로 음식을 보내면서 사돈 간의 정을 돈독히 하자는 데에서 출발했을 것이다. 또 이를 통해 양가의 음식문화가 서로 다른 것을 이해하고 앞으로 배려하자는 뜻이 있었을 것을 짐작할 수 있다. 그러나 그것이 과도하게 요구되면서 양가의 부담으로 작용할 때, 이러한 바보사위의 등장을 막을 길이 없다. 아들에게 음식 이름을 학습시키는 행위 자체가 결국 우리는 이 정도의 음식을 마련하여 선물로 보낼 수 있다는 과시일 것이기 때문이다.

다음의 웃음거리는 음식을 가지고 지붕까지 올라가는 행위이다. 이는 어른에게 인사를 할 때는 반드시 계신 곳까지 가서 하라는 예법을 따르고자 한 데서 기인한다. 따라서 작품에 따라서는 장모가 계신 변소까지 가서 인사를 하는 해프닝이 벌어지기도 한다. 연장자와 연소자의 수직적 질서를 강조하려는 예(禮)가 극단화되어 경직되면 이런 일이 생길 수도 있는 것이다. 그리고 이를 이어서 가장 큰 웃음을 주는 행위는 "구경이나 하세요."라는 빈말을 실천하는 바보 짓이다. 이 웃음의 기저에는, 실제로는 분에 넘칠 만큼 준비하고 마음속으로는 그렇게 생각하지도 않으면서 변변치 않다고 말해야 예의라고 생각하는 우리의 관습이 깔려있다.

이 점에서 화자가 이야기 끝에 "그래 옛날에는 다 저기야. 어두워서 그래, 어두워서."를 주석처럼 달아놓은 사실을 예사롭게 보아 넘길 일이 아니다. 옛날에는 '어두워서' 그랬다고 하는 발언 뒤에는, 현실 생활에서 복잡한 문제를 야기하는 예법에 대한 암묵적인 비난이 깔려있다고 하겠다. 이야말로 『예기』에서 말한, 과분하게 예를 강조하여 서로에게 간격이 생기게 된 사례인 셈이다. 좋은 의도에서 출발하여 이바지 음식이 오가는 건전한 예절이 허례허식으로 자리잡으면서 생기는 문제를 소화로 처리하는 솜씨가 돋보인다.

그런데 바보사위담으로 통칭되는 설화 가운데, 이러한 혼례가 있기 이전 단계에서 벌어지는 사건을 다룬 이야기가 있어서 함께 고찰해볼 필요가 있다. 사위 고르기를 다룬 이야기가 바로 그것인데, 주요골자는 똑똑한 사위를 고르려다가 도리어 바보 사위를 얻고 말았다는 것이다

그전 배좌수라구 있는데, 딸이 하나 있는데, 쌀을 피쌀을 서 말 서 되를 떡 묶어놓구선 저기다 [웃목에 있는 실경을 가리키며] 내다 묶어 놓으며,

"저놈 아는 놈이래야 내 사위 본다."

이거여. 그러니 그 뭐,

"저기 저 뭐이지?"

하니 아는 놈이 있느냐 말야. 모르거든. 아 그러니 이놈이 한 해 두
해 묵어 색씨가 수물 한 살이 됐단 말야. 아 색씨가 가만 생각하니 몸
이 달아. 시집을 못 가지. 하루는 등마루에 떡 올라 앉아 있다. 있다
보니 웬 멀쩡하게 생긴 한 놈이 올러와.(이하 생략)[7]

이 설화 속의 처녀 아버지는 상식적인 선에서 똑똑한 사위를 얻고
자 한 것이 아니다. 물건을 감추어 두고 그 내용물이 무엇인지 정확
하게 맞추는 사람에게 딸을 주겠다고 선언한 것이다. 그 결과, 아무
도 맞출 재간이 없었고, 다급해진 딸은 지나가는 총각에게 그 내용
물이 무엇인지 미리 일러주어 그 총각이 사위가 된다. 그러나 실제
혼례를 치르고 보니 세상물정을 전혀 모르는 바보여서, 장인장모를
망신시킨다는 내용이다. 물론 이 이야기에서 웃음을 유발하는 요인
은 맨 마지막에 담긴 망신담 대목이지만, 그 망신담이 여느 이야기
와 달리 웃음을 증폭시킬 수 있는 이유는 바로 그 독특한 사위 고르
기 방법에 있다 하겠다.

우리나라 전통사회에서 남녀의 분별을 예(禮)로써 강조한 것은 명
백한 일이다. 그러나 그 분별이 단순히 남자와 여자를 가르는 데 두
지 않고, 남자를 상위에 여자를 하위에 두게 될 때 문제는 복잡해진
다. 장인은 제 딸에게는 걸맞지 않은 혼처(婚處)에 욕심을 부림으로
써 오히려 보통 이하의 사람을 사위로 맞게 된다. 이는 한마디로 과
욕이 빚은 낭패라 할 만하지만, 한편으로 본다면 남/녀의 수직적 질
서에 초점을 둔 앙혼(仰婚)이 빚어낸 폐해로 볼 소지가 있는 것이다.
물론 소화 특유의 과장이 드러나서 현실성이 떨어지지만, 전통사회
에서 대체로 아들의 혼처를 구할 때는 강혼(降婚)이, 딸의 혼처를 구

할 때는 앙혼(仰婚)이 선호되던 풍습이 거기에 깔려있기 때문이다. 자기 딸보다 훨씬 나은 사위를 구하려던 허영심이 이런 결과를 빚은 것이다.

그러나 혼례가 복잡하다 해도 상례(喪禮)만은 어림없고 바보사위 담의 주종 역시 거기에서 나온다. 우리의 전통예법에서 상례의 엄격 함이란 이루 말하기 어려워서 조선조에 예법을 둘러싼 정치적 논쟁 이 상례(喪禮)에서 파생되었음은 주지의 사실이다. 이 점에서 바보사 위담에서 문상(問喪)이라는 상황을 설정하여 그 바보짓을 그려내는 것은 매우 중요해 보이며, 실제로 많은 바보 사위담이 문상(問喪)을 소재로 했다.

> 바보사위가 장인의 부고를 받았는데 문상(問喪)을 갈 일이 걱정이 었다. 신부는 아무 걱정 말고 친정 오빠를 그대로 따라 하기만 하라 고 하면서, 다만 오빠들이 '아이고' 하면 '어이'로 곡을 하라고 했 다. 바보사위는 처가에 가다가 도랑을 만나자 물고기를 잡으려다 빠 지면서 신부가 당부한 말을 잊어버렸다. 지나가던 개가 옷을 물어가 서 속옷에 두루마기를 걸치고는 처가에 가는데, 뒷동산에서 뻐꾸기 소리가 났다. 바보사위는 처남들의 곡소리를 듣고는 "뻐꾹 뻐꾹" 하 면서 곡을 했다. 처남들이 이 꼴을 보고 웃자 바보사위는 처남들이 자기 옷을 가져갔는가보다고 했다.[8]

이 설화가 웃음을 주는 이유는 '어이' 하는 곡(哭) 대신 '뻐꾹' 하는 새 울음소리를 냈다는 것이다. 한마디로 지능이 모자라는 사람을 잘 가르쳐서 정상적인 인물로 보이도록 하려 했으나 실패할 뿐만 아니라 그 때문에 더 크게 낭패를 보는 이야기이다. 그래서 이야기에 따라서는 키가 큰 사람이 문틀에 부딪치자 키 작은 바보사위가 폴짝 뛰어서 머리를 부딪친다는 바보짓까지 나온다.

그렇다면 이런 문제가 생성되는 이유는 무엇인가? 단순한 우스개로 처리하기에는 석연치 않은 구석이 있다. 아무리 포용적으로 생각해보아도 상가(喪家)집과 우스개는 어울리지 않는 법이다. 더구나 이야기의 후반부에 상을 당한 처남들이 웃음을 터뜨리고 마는 데에 이르면 어딘가 심상치 않은 느낌이 든다. 이런 점을 생각할 때, 이 이야기의 강조점은 곡(哭)하는 법에 두어질법하다. 곡(哭)의 사전적 정의는 두 가지이다. 하나는 '소리를 내어 욺'이고 또 하나는 '장례를 지낼 때나 제를 지낼 때 소리 내어 우는 일'이다. 이 이야기에서의 곡은 후자의 경우임이 분명하지만 후자의 곡 역시 전자에서 파생되어 나왔을 것은 재론의 여지가 없다. 사리에 비추어 볼 때, 전자가 주(主)고 후자가 종(從)일 수밖에 없는 것이다.

슬픔이 북받치고 그래서 목 놓아 울면 그것이 곧 곡(哭)이어야 하는데, 문제는 곡의 방식이 명확하게 규정되어 있을 뿐만 아니라 거기에 아예 등급까지 매겨져 있다는 점이다. 통상 기년복(朞年服: 1년 동안 입는 상복) 이상에서는 '아이고(애고)' 하는 애곡(哀哭)을 하고 그 아래에서는 '어이' 하는 평곡(平哭)을 하는데, 이 이야기에서 문제 삼는 것이 바로 그 곡의 구분이다. 사위가 아들을 따라 평곡을 하면 안 되기 때문이다.

설화에서는 등장인물인 사위가 아무리 가르쳐도 예(禮)를 행할 수 없는 바보임을 강조하지만, 뒤집어보면 문상의 예법은 여간해서는 배우기 어려운 일임을 간접적으로 드러내준다 하겠다. 실제로 구연

되는 설화 가운데는 이야기의 초입부터 그런 상황을 아주 장황하게
그려내는 작품도 있다.

옛날에 예문가(禮文家) 집하구 문한가(文翰家) 집하구 혼인을 했는
데, 문한가는 아들이요 예문가는 딸이다. 근데 문한가라구 이름만
크게 났지, 문한가의 아들이 심쑤(셈수)두 모르네, 원 이런 답답한 일
이 있어. 문한가라구 양반만 좋아서 혼인을 했더니, 그 신부 아버지
가 그 갈랑(?)을 갔는데 하 소학 대학책을 놓구 앉아서 읽더래요. 그
래서 난 그저 아주 똑똑한 중만 알구 참 문한가라구 했더니, 아 이거
심쑤도 모르는 놈이 기냥 공연히 그 모냥을 떡 했단 말여. 아 그래서
인제 혼인을 떡 하고 보니까, 아주 찰 숙맥이거든. 그러니께 그 장인
이 하는 말이,

"하, 이 얼띤 눔, 너ㅡ 너희댁한테 배워라, 좀. 근데 먼저 그 장인
이ㅡ 예문가에 딸에 아버지가 가르치기를, '너희댁한테 배우라.' 했
으니께,

"아 여보, 동네 초상이 났는데 어떻게 가우?"

"가서 고개를 끄덕하구 성복전(成服前)이면 조상을 허지 말구, [말
을 수정하며] 아 성복 전이면 조상이 없다, 성복 후에야 조상이 있지.
하니께, 가 문상을 하되 '상사(喪事) 말씀이 무삼 말쌈이냐' 구 이렇
게만 하우. (이하 생략)[9]

구태여 예문가와 문한가의 집안이 사돈을 맺었다고 한 데는 다 그
만한 이유가 있을 것이다. 하는 일 없이 『소학』, 『대학』을 읽기만 한
문한가 집안에서조차도 예문가 집안에서 예법을 따로 배워야 할 만

큼 어렵다는 뜻이 숨어있다. 성복제(成服祭: 상례에서 처음 상복을 입고 올리는 제사)를 지내기 전인가 후인가를 판단해서 조문을 할 것인가 말 것인가를 판단해야 하고, 조문을 할 때는 미리 정해진 인사말을 숙지해야 하는 등 복잡한 절차가 숨어있는 것이다.

장례(葬禮)를 소재로 우스개가 만들어지는 것은 확실히 비정상적이다. 그러나 『예기(禮記)』의 지적대로 예(禮)의 분별성을 지나치게 강조하면 서로 틈이 생겨 어긋나게[離] 된다. 상례(喪禮)의 본령은 죽은 이의 명복을 빌고 유족을 위문하는 일이다. 그러나 과도하게 복잡한 절차를 예(禮)의 명목으로 요구하게 되면서, 보통 사람들은 그 규범과 준칙을 준수하는 데 신경을 쓰느라 정작 예의 본령과는 멀어지고 만다. 이런 설화를 구연하면서, 지능이 떨어지는 사람이 예의 범절에 익숙지 못하다고 웃어댈 수는 있겠지만, 그 이면에는 예라는 이름으로 행해지는 질곡이 느껴진다. 조선조 최고의 학자이자 관료들이 복제(服制)를 가지고 예송(禮訟)에 휩싸이는 동안, 일반 서민들은 문상의 절차를 놓고 우스개를 만들었다는 것은 결코 우연한 일이 아닐 것이다.

4. 악(樂), 동락(同樂)에서 과시(誇示)로

혼례를 치르게 되면 신랑신부뿐만 아니라 양가(兩家)는 사돈의 관계를 맺게 된다. 당연히 이질적인 문화 사이의 격차가 있을 수밖에 없는데, 이런 문제를 해결하기 위한 것 중에 '동상례

(東床禮)’라는 것이 있다. 동상(東床)이 통상 사위를 지칭하는 말임을
고려하면, 동상례는 신부집에서 사위를 위해 베푸는 예(禮)가 될 것
이다. 당연히 푸짐한 음식상이 나오고 거기에 곁들여서 갖가지 여흥
이 따르게 된다. 음식을 함께 먹는 행위는 동서고금을 막론하고 화
합에 바탕을 둔다.

그런데 혼례의 근본이 남녀의 결합임을 생각할 때, 초야(初夜)의
의례만큼 화락(和樂)이 강조될 일도 별로 없을 듯하다. 당연히 동상
례라는 것 역시 거기에서부터 출발하는데, 바보사위담에서는 그런
즐거움을 한바탕 웃음거리로 대치한다.

공부를 못한 아들이 장가를 들게 되자, 아버지는 이렇게 일렀다.
"신혼 첫날밤에 문의 창호지에 침을 발라 뚫어서는 보려고 애쓸 것
이다. 그러면 점잖게 '백공천창(百孔穿窓: 백 구멍이 창문을 뚫었다)이
로고.' 하면, 대번에 사위 잘 봤다는 말이 날 것이다. 그리고 다음날
장모님이 상을 잘 차려주시거든 '만반진수(滿盤珍羞: 상을 가득 채운
진수성찬)로군' 이라고 해라. 그래야 네가 유식하단 소릴 듣는다." 그
러나 아들을 도랑을 건너다가 그 말을 잊고는, 순서를 바꾸어 말해버
렸다. 사람들이 손가락으로 문을 뚫자 '만반진수로군.' 이라고 해서
망신을 당하고는, 다음날 음식상을 받고서는 '백공천창이로고.' 라
고 했다. (이하 생략)[10]

아버지의 관심은 체면을 세우는 데 있다. 오로지 새사위로서 아들
을 평가할 남들의 이목에만 관심이 있는 것이다. 이 설화를 구연한
화자의 목소리로 직접 들어보면 이 내용이 좀 더 분명히 드러난다.

　　"첫날밤에 가면 그 신방 지킨다고 너 그 엿본다고 뭐 문들을 전부 침을 발라가지고 뚫고 난리가 날게다. 그러거든 네 점잖은 신랑노릇 할려면 아랫목에 딱- 앉아서 가만히 그 하는 거동을 보고 있다가 얼마 후에 인제 잘 시간이 되거든 한마디만 해라. 뭐고 하니 허 -그 문을 보니까 참 백공천창이로고- 이 한마디만 해라. 그럼 네가 유식하다는 게 거기서 대번 드러나. 그러면 너의 처가집에서 그 이튿날 장모가 장모하고 장인이 아 내 사위 잘 됐다 이럴게다. 그렇게 하고 그라고 인제 에 첫날밤을 치르고 나면 아침에 새사위라고 해서 아침상이 그냥 참 떡 벌어지게 해육 진미 고량진미 차려 놓고 야단이 날게다. 그러거든 점잖이 밥상을 받고나거든, 허허 '만반진수로군' 이렇게 해야 네가 유식하단 소릴 듣는다. 응 그러니께 꼭 그렇게 하." [11](밑줄 필자)

　　밑줄 친 부분을 눈여겨보자. 혼례 당사자의 즐거움에 대한 배려는 어디에도 없다. 점잖은 신랑노릇을 하고, 유식하다는 사실을 드러내고, 사위 잘 됐다는 말을 들어야만 하는 것이다. 바보사위담 가운데에는 이렇게 좀 유식한 말을 해보려다가 도리어 망신을 당하는 설화 외에도 음식상을 놓고 벌이는 소동이 잦은 것도 같은 맥락에서 이해될 법하다. 음식상 소동의 골자는, 바보사위가 밤에 잠자리에 들어 낮에 먹은 음식이 자꾸 생각나서 신부에게 그 음식이름을 물어보고 어디에 있는지 파악한 후, 더듬거리며 밖에 나갔다가 한바탕의 소동을 일으킨다는 식으로 진행된다.

　　이런 이야기를 따라가다 보면 한 가지 의문이 생긴다. 왜 새신랑이 음식 이름을 묻고, 또 한밤중에 그 음식을 찾아나서야 하는가 하는 것인데, 이에 대한 가장 간단한 대답 아마도 '새신랑이 바보이기 때문에' 일 것이다. 그러나 여기에는 그것만으로는 충분히 설명하기 어려운 부분이 있다. 사위를 위해 차려준 음식상에서 사위는 그것의 이름조차 알 수 없었고, 한밤중에 출출해서 그 음식이 생각날 정도로 충분히 먹지 못했으며, 익숙지 않은 집에서 밤중에 그것을 직접 찾아 나선다는 점이다. 혼례가 당사자들뿐만 아니라 서로 다른 문화기반을 지닌 양가의 결합이기도 한 사실을 고려하면, 처음 받아본 처가의 음식, 그것도 잔치음식이라 낮이 선 것이 많을 것임에 틀림없다. 그러나 사위를 위해 마련한 음식을 사위는 충분히 알 수도, 먹을 수도 없는 지경에 이른 것이다.

이처럼, 가장 행복해야 할 혼례 당사자가 함께 즐기기는커녕 남들에게 과시하는 도구가 되고, 급기야 사위와 처부모가 모두 망신을 당하는 이야기를 통해, 단순한 우스개 이상의 의미를 엿볼 수 있다. 『예기』에서 경계한 바가 지나치게 악(樂)을 강조하여 휩쓸리게 되는 것이었지만, 바보사위담에서는 악을 즐길 새도 없이 타인의 시선과 격식에 복종하느라 피폐해진 단면이 드러난다 하겠다.

좀 어긋난 면이 있어도 음식을 먹는다는 것은 즐거운 일이다. 그러나 동상례는 그 점잖은 명칭과는 달리 이른바 '신랑다루기' 의 관습이라 해도 무방할 정도이다. 다 아는 대로 이는 신부 집에 사람들이 모여서 신랑의 다리를 거꾸로 매달고는 신랑을 괴롭히는 풍습으로, 신랑의 대답이 시원찮을 경우 그것을 빌미 삼아 발바닥을 때리면서 술과 음식을 요구하는 것이 일반적인 관례이다. 혼례가 사실상의 성인식을 갈음하는 상황에서라면, 이러한 관례는 일종의 입사식 (入社式)의 하나로 여길 소지가 다분하다. 동상례가 통상적으로 신랑

괴롭히기와 술과 음식 대접으로 이어지면서 동상례의 전후로 완전히 다른 관계가 맺어진다고 볼 수 있는 것이다. 즉, "여기에 참가하는 사람들과 신랑의 관계는 지극히 긴장되고 불안정한 것인 데 대해, 후반의 향응을 베푸는 데서는 고통과 긴장에서 해방된 양자의 관계가 완전히 안정"[12]되는, 긍정적인 기능이 있다.

그러나 정말 동상례가 미혼의 아이가 기혼의 어른으로 거듭나게 하는 데 도움을 주는 것이라면, 단순히 신랑을 괴롭히는 데 그쳐서는 안 될 것이다. 낯선 구성원이 된 새사위와 처가 사람들이 함께 어우러지는 축제의 장이 되는 동시에, 이때야말로 신랑의 인품 등을 가늠해보는 절호의 기회인 셈이다. 따라서 어려운 질문을 통해 기지를 엿보고, 시(詩) 짓기 등을 통해 학문을 가늠해보는 일은 어찌 보면 당연한 일이기도 하다. 그런데 문제는 새로 얻은 사위가 그런 의식을 무사히 통과할 수 없다는 데 있다. 바보사위담을 입사(入社) 실패담으로 보는 시각은[13] 바로 여기에서 기인한다.

실제로 많은 이야기에서 사위의 없는 학식을 과시하려다 낭패를 보는 내용을 전해준다. 가령, 떡과 술을 대접받거든 '편면탁주(片麪濁酒)'라고 하고, 밥을 먹은 후에는 '식후행려(食後行旅)'라고 하고, 이부자리를 준비해주거든 '고침단명(高枕短命)'이라고 하라는 식이다. 그러나 한문 공부를 해본 일이 없는 사위가 그 일을 해낼 리가 만무하다. 그래서 결국 "탁배기에 막걸리에 식기에 행주를 담아 오라."거나 "고추가 닷말이로구나."라는 식의 말도 안 되는 이야기를 꺼내게 된다. 결혼 첫날부터 망신을 당하게 된 사위나, 그런 사위 탓에 체면을 손상한 처가 어른들이나 낭패를 보기는 마찬가지이다.

다음은 노래 못하는 사위가 겪은 곤경을 담고 있다.

어떤 모자란 사람이 장가를 들었는데 노래를 못했다. 첫날밤, 신부는 남편에게 노래를 가르쳤다. "남산에―" 그러자 신랑은 너무 큰 소리로 따라 불렀다. 신부는 깜짝 놀라서 "누가 듣겠구만."이라고 했다. 신랑은 똑같이 큰 소리로 "누가 듣겠구만."이라고 했다. 신부가 이번에는 "시끄럽구만."이라고 하자, 신랑은 또 똑같이 따라했다. 신부는 기가 막혀서 욕이 나왔다. "에이 개자식이로다." 신랑은 여전히 따라했다. 다음날 사람들이 모여서 신랑더러 노래를 해보라고 했다. 신랑은 큰소리로 노래했다. "남산에―" 사람들은 "잘한다. 원기 좋다."라며 호응했다. 그러자 신랑은 "시끄럽구만."이라고 했다. 사람들이 괜찮다고 하자, 신랑은 "누가 듣겠구만."이라고 했다. 마침 옆방에서 듣고 있던 장인이 나와서 "괜찮네. 계속 하게." 했다. 그러자 신랑은 "에이 개자식이로구나." 라고 했다.[14]

노래야말로 악(樂) 그 자체이다. 음악이 사람을 한데 묶어놓는 기능을 함은 말할 필요조차 없다. 그런데 이 경우, 노래를 전혀 못하는 사람에게도 강요된다는 데 문제가 있다. 서먹서먹한 분위기도 화기애애하게 만들고 피차 즐겁자고 하는 것이겠지만 정반대로 작동한다. 신랑은 배우는 게 고역이고 신부는 가르치는 게 고역이며 다른 사람들은 들어주는 게 고역이다. 그럼에도 불구하고 노래를 해야 한다는 설정이 상당히 억압적이다. 그런 바보가 있었다고 웃어넘기는 이면에는 동락(同樂)을 내세워 한 사람의 곤경을 방치하는 심리가 잠재되어 있다. 하긴 아직까지도 노래를 못하겠다는 사람을 끝까지 일으켜 세워 못하는 노래를 들어보겠다는 게 우리네의 눈에 익은 풍경이 아니던가.

한편, 좀 식자가 있다고 하는 집안에서는 노래가 아닌 한문의 소양으로 신랑의 역량을 가늠했기 때문에 춘첩(春帖)을 익히게 해서 새해 벽두부터 망신살이 뻗치게 하는 이야기라든가, 점잖게 시가(詩歌)를 익히게 했다가 음담이 되고 마는 이야기가 있다. 그런데 여기에서 재미있는 점은 본래 한문으로 되어 있는 것을 우리말로 전환하여 엉뚱하게 비틀어놓는 것이다. 가령 '입춘대길(立春大吉)' 넉 자를 읽지 못하는 사위 앞에서 자기 입을 가리키면서 자연스럽게 그 말을 읽도록 유도했으나, 그만 코까지 함께 만지는 바람에 '코춘대길'이 되었다거나,¹⁵⁾ '초경에는 두견이 울고'를 '초경에는 두덕(여성의 둔덕)이 울고'로 외는 것들이 그렇다.¹⁶⁾ 남들이 잘 모를 법한 식자를 그럴듯하게 늘어놓아서 위신을 세우려 했으나 이때문에 도리어 무식함은 물론 비속함까지 드러내고야 마는 것이다.

명절날 다 모인 자리에서 춘첩(春帖)을 그럴듯하게 읽든, 동상례에서 시가(詩歌)를 한 수 잘 뽑든 그 본래의 의도는 함께 즐기자는 데있어야 마땅하다. 그러나 이런 설화에서는 주인공의 부족함을 덮기위하여 식자가 있는 체 위장하고, 그것이 발각됨으로써 본래의 목표인 동락(同樂)에서 아주 멀어지고 말았다. 이 점에서 베르그손(H. Bergson)이 명시적으로 선언한 "우리들의 웃음이란 언제나 어떤 한집단의 웃음이다."¹⁷⁾라는 명제를 다시 음미해볼 필요가 있다. 바보설화가 문명권 설화 중에 보편화하였더라도, 혼례 등에서 우리와 같은문화를 갖지 않는 집단에서라면 이 바보사위담이 우리의 구연현장에서와 같은 웃음을 촉발하기는 어려울 것이다.

5. 바보 권하는 사회

예(禮)로써 위아래를 구분 짓고 악(樂)으로써 이쪽과 저쪽을 화합시키는 일은 분명 아름다운 이상이다. 그러나 그것이 지나칠 때 필요 이상의 에너지가 들어가고 불필요한 오해가 생긴다. 오랫동안 바보설화를 연구하면서, 바보는 태어나기도 하지만 만들어지기도 한다는 사실을 재삼 깨닫게 된다. 실제로는 태어난 바보가 더 심각한 의미를 지니겠지만, 적어도 문학에서는 만들어진 바보가 훨씬 더 중요하다. 그도 그럴 것이 정말 지능이 모자란 바보 이야기를 하며 시시덕거린다면 누군들 마음이 편할 것인가. 그보다는 어떤 환경에서는 누구라도 바보가 될 수 있다는 데에서 이야기의 깊이가 있게 될 것이다.

새파랗게 젊었던 대학원 시절, 어떤 선배로부터 차 마시는 법에 대해 배운 일이 있다. 그 선배는 이른바 다도(茶道)에 달통한 분답게 아주 능숙하게 조분조분 설명해주었다. 다관에 찻잎을 넣고 물을 부을 것인지 물을 부은 후에 찻잎을 넣을 것인지, 차를 따를 때는 인원에 따라 물의 양을 어떻게 배분할 것인지, 찻잔을 들 때는 또 어떻게 해야 하는지 등등을 세세하게 가르쳐주었다. 차에 익숙지 않은 나로서는 적잖은 학습이 필요한 것이었는데, 급기야는 물을 부을 때 남자가 붓는 법과 여자가 붓는 법이 다르다고 일러주기까지 하니 기가 막히기에 앞서 기가 질릴 노릇이었다. 그러나 그 선배는 열심히 강의를 마치고는 이렇게 말했다. "자, 알았지? 이제 편하게 마셔. 본인이 편한 게 제일 잘 마시는 거야." 만약 그때 내가 그 다도를 온전히 익히려 들었다면 나는 아마도 차 근처에도 못 갔을 것이고, 매순간 바보가 되었을 듯하다.

돌아보면, 순간순간 그렇게 주눅 드는 일들이 있다. 특히 자기 수준보다 좀 높다 싶은 문화적인 영역으로 들어서려는 경우가 그렇다. 그럴 때마다 먼저 들어섰던 이들이 일일이 일러주어 고맙기는 한데, 그것이 당사자를 위한 배려인지 아니면 당사자를 이끌고 가는 본인의 낯을 세우기 위한 것인지 아리송할 때가 많다. 물론 예가 없어서도 안 되겠지만 예에 짓눌려 사람의 기능이 정상적으로 작동되기 어려울 때, 바보는 끊임없이 재생산된다. 평범한 시골 사람이 도시에 가면 바보가 되어야 하는 것이나, 멀쩡한 명문대생이 군대에 가서 고문관이 되기도 하는 게 다 그런 이유일 것이다. 우리사회가 특히 그런 문제에서 자유롭지 못하다고 느껴진다면 그 문화적 경직성이 크게 한 몫 하는 게 분명하다.

그런가 하면, 악(樂)의 문제로 들어서면 더욱 심각하다. 나처럼 노래 못하는 사람은 어떤 사교 모임에도 끼기 어려울 정도인 것이 우리의 현실이다. 오죽하면 김종광 같은 소설가는 〈노래를 못 하면 아, 미운 사람〉[18]이라는 제목의 소설을 다 썼을까. 거기에 보면 주인공이 어릴 때부터 중고등학교를 거쳐 대학, 또 군대와 사회에 이르기까지 매 순간 순간 노래가 발목을 잡는 광경을 우스꽝스럽게 그려놓고 있다. 대체 노래가 무엇이기에 사람을 괴롭히는가 말이다. 남들이 즐겁자고 내가 괴롭다면 더 이상 악(樂)이 아니고, 못하는 노래를 악을 쓰며 부르는 광경을 즐긴다면 분명 악(惡)이겠다. 흥에 겨워 노래가 절로 나오게 하는 게 아니라, 흥을 강요하며 거짓으로 노래를 하게 하는 폭압 앞에서 우스개 또한 훌륭한 풍자가 된다.

예법을 찾든 음악을 찾든 다 좋다. 다만 그로 인에 모든 사람들이 편하고 즐길 수만 있다면 말이다. 언젠가, 윤리학을 전공하는 동료 교수에게 윤리가 무엇인가 물었던 일이 있다. 그러자 그 교수는 자신의 생각은 아니지만 어느 유명한 학자의 말이라면서 다음과 같이 일러주었다. "내가 있던 자리에 다른 사람이 좀 더 편하게 지낼 수 있게 하는 것입니다." 어찌 윤리만이 그럴까. 바보를 권하던 사회에서 바보를 권하지 않게 된다면 그 또한 훌륭한 일이다. 시답잖은 우스개 속에서도 우리 문화가 건전하게 성숙해질 수 있는 방안이 엿보인다면 좋은 일이다. 우리의 개그맨들도 어서 빨리 그런 우스개를 잘 구사할 수 있게 되기를 소망해본다.

■ 주석

1) 프란츠Franz의 다음과 같은 견해를 경청할 필요가 있다. "바보에 관한 동화는 다른 사회에보다도 백인사회에 통계상으로 더 많이 있습니다. 왜 이런가는 자명합니다. 유럽인은 의식의 過發達로 삶의 유연성을 상실한 사람입니다. 이것이 바보에 관한 동화가 유럽인에게 특히 값나가는 이유입니다." -Marie-Louise von Franz, 『동화심리학』(홍성화 역, 교육과학사, 1986), 65쪽.
2) 조동일 외, 『한국구비문학대계 별책부록(Ⅰ)韓國說話類型分類集』(한국정신문화연구원, 1989), 259~273쪽 참조.
3) 『예기』 樂記. 柳肅, 『禮의 정신 -禮樂文化와 政治』(홍희 역, 동문선, 1994), 25쪽에서 재인용.
4) 『한국구비문학대계』 7-6. 642쪽에 채록된 내용을 필자가 간추린 것이다.
5) 재행(再行)의 풍습은 사실상 서류뷰가혼속(婿留婦家婚俗)의 잔존형태로 여겨진다. 결혼하여 사위가 처가에 머물던 이 풍속에서 신랑은 본가와 처가를 왕래하게 되는데, 이때 신랑이 처가에 다시 오는 것을 재행이라고 한다. 이 경우 신부는 처가에 그대로 있고 신랑만 본가에 갔다 오는 형식이 되는 것이다. 이에 대한 자세한 내용은 박혜인, 『韓國의 傳統婚禮 硏究-婿留婦家婚俗을 中心으로-』(고려대학교민족문화연구소, 1988), 89~91쪽 참조.
6) 『한국구비문학대계』 1-2. 376쪽.
7) 『한국구비문학대계』 3-3. 362쪽.

8) 『한국구비문학대계』 8-7. 346쪽에 채록된 내용을 필자가 요약하였다.
 9) 『한국구비문학대계』 1-6. 877쪽.
10) 『한국구비문학대계』 3-4, 580~584쪽에 채록된 내용을 필자가 요약했다.
11) 『한국구비문학대계』 3-4, 581쪽.
12) 秋葉 隆, 『朝鮮民俗誌』, 심우성 옮김, 동문선, 1993, 137쪽.
13) 신연우, 「바보사위설화의 신화적 素因」, 『연민학지』9, 연민학회, 2001. 참조.
14) 『한국구비문학대계』 7-14, 757~759쪽의 채록 내용을 필자 요약.
15) 『한국구비문학대계』 8-11, 230쪽.
16) 『한국구비문학대계』 8-3, 373쪽.
17) 앙리 베르그손, 『웃음-희극의 의미에 관한 시론』, 김진성 옮김, 종로서적, 1983, 6쪽.
18) 김종광, 『모내기 블루스』, 창작과비평사, 2002.

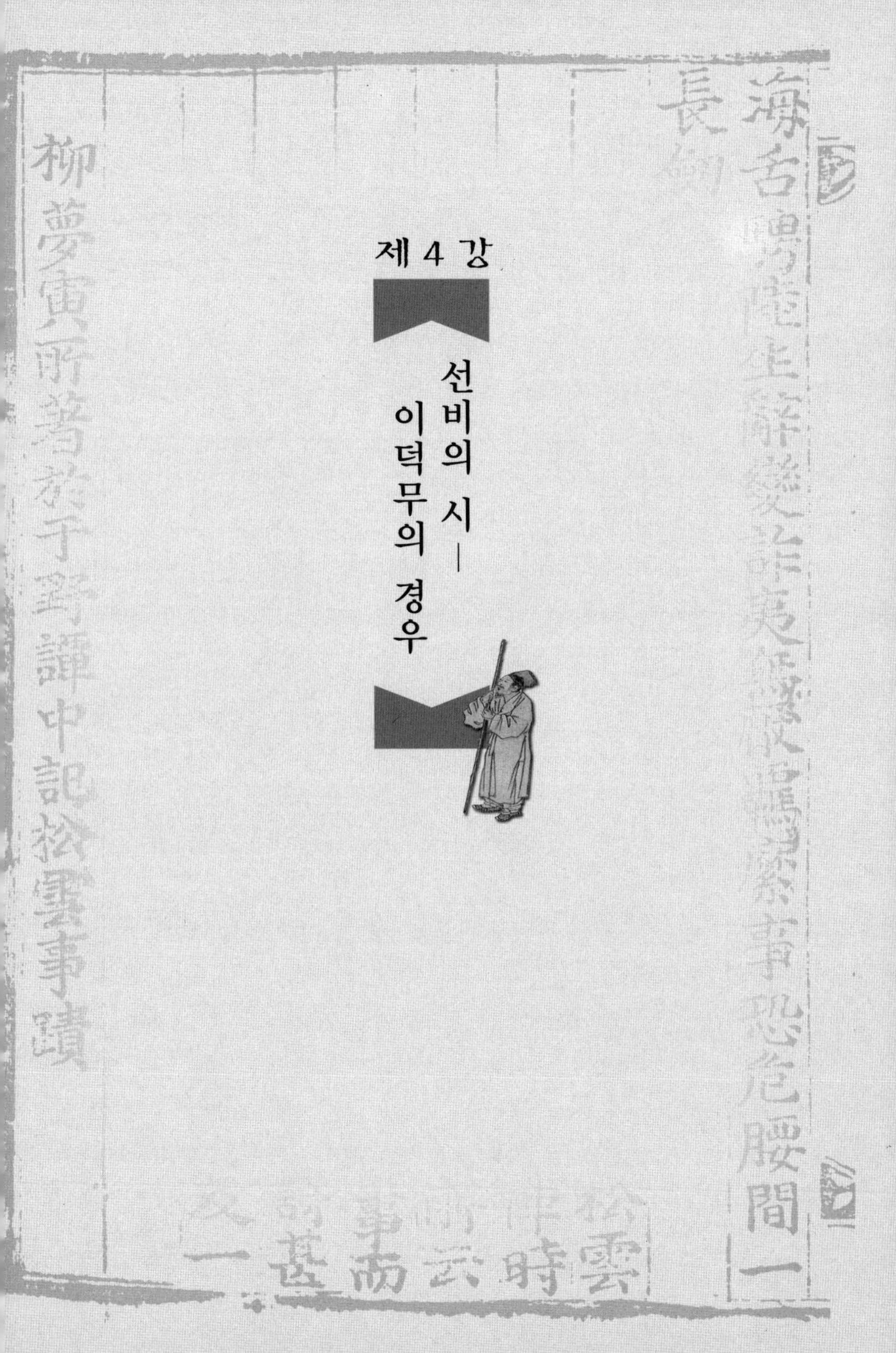

제 4 강

선비의 시 —
이덕무의 경우

1. 선비, 그 아득한 경지

나는 '선비'라는 말을 참 좋아한다. 우선은 고전문학을 공부하면서 생긴 동경이지만, 여러 선생님들께서 선비상(像)을 몸소 보여주신 까닭이기도 하다. 지금도 생생히 기억하는 존경하는 은사님의 한마디. "이 군, 학자 되기는 참 쉽네. 공부만 열심히 하면 되지 않는가. 그러나 선비는 그렇지 않다네." 정말 아득하다. 열심히 공부하는 것만도 어려운데 어찌 그 외에 다른 무엇을 덧보태랴. 대학원 시절 어느 원로 시인 댁에 세배 갔을 때 느꼈던 위압감 역시 그런 것이었다. 마치 학처럼 꼿꼿하게 앉아계신 그분의 위용(?)이라니! 그런 분들을 뵙고 나면 오금이 저릴 정도이다.

옛문학을 공부하면서 책 속에서 숱한 선비들을 만났다. 문인답게 자유롭게 지내면서 유자(儒者)임을 내세우지 않았을 듯한 작가들에게서도 선비의 모습을 만나는 것은 어렵지 않은 일이다. 최소한 공부를 게을리 하고는 나올 수 없는 박식함과, 글쓰기 역량을 기르지 않았다면 도달할 수 없는 문학적 완성도가 글 속에 숨어 있기 때문이다. 그러나 글들을 찬찬히 뜯어보면 그 가운데 구멍난 곳도 있고 더러는 모순이나 자가당착도 있어서, 순연한 선비의 모습으로는 실망스러운 경우가 많았다. 특히 문학적 재능이 넘쳐난다는 작가의 경우 호방한 기운이나 남다른 감수성을 자랑하느라 선비의 모습에서 아주 멀어지는 일도 허다했다.

이 점에서 우리나라 최고의 선비는 아무래도 이덕무(李德懋, 1741~1825)를 꼽지 않을 수 없다. 그는 잘 알려진 대로 조선후기의 학자이고 문인이다. 그의 집안은 근원을 따지자면 조선 왕실의 후예이고 할아버지만 해도 강계 부사를 지낸 어엿한 양반이었지만, 아버지는 바로 그 할아버지의 서자였다. 자연 서출(庶出)이라는 한계 때문에 높은 벼슬을 할 수 없었고, 집안 형편이 곤궁해서 생계 문제로 집을 비우는 아버지를 대신하여 그 자신이 부분적으로 가장의 역할을 맡아야 하는 처지였다. 그러나 기질적으로는 조용하고 연약한 편에 속한 터라 자신의 속내를 남에게 털어놓으며 바깥으로 풀지는 못했던 것 같다. 이러한 형편은 그로 하여금 자연히 글공부에 빠지게 했고 선비다운 면모를 키워갔던 것으로 보인다.

그가 쓴 『사소절(士小節)』에는 세세한 범절 하나를 놓치지 않으려는 그의 노력이 엿보인다. 그가 생각하는 선비의 본분이란 "들어오면 효도하고, 나가서는 공경하며, 낮에는 밭 갈고 밤에는 글 읽는 것 네 가지뿐"[1]이라 했으니, 그에게 있어 선비란 어려운 여건에도 아랑곳하지 않고 인간의 도리를 우선하며 열심히 일하고 또 남는 시간은 공부를 하는 지극히 모범적인 인간이다. 그렇게 올바른 품행 위에 대단한 학식이 쌓여서, 그가 쓴 글들은 커다란 전집을 이룰 만큼 방

士小節序

德懋著士小節八冊凡三篇曰士典曰婦
總九百二十四章德懋家世醇樸家大人教德懋不
施夏楚詞責不托外傅不離房闥之間而勤其課讀
禁止其外誘而已以其體氣羸薄故不敢作惡稟性
謹拙故不敢違訓匪所謂賀美而志夫學者也蓋欲
察乎小節寡其過而顧有所不能人有恒言不拘小
節竊嘗以爲咩經之言也書曰不矜細行終累大德
細行卽小節也尚書大傳曰公卿大夫元士之適子
十有三年始入小學見小節踐小義二十入大學見
大節踐大義故小節之不修而能致其大義者未之
見也論語揭鄉黨之篇管氏紀弟子之職皆小節也
昔周盛時曲爲之防事爲之制故曰經禮三百威儀
三千周衰而諸侯踰法越度滅其籍至秦大壞漢興
而禮稍出焉纖悉曲折皆本乎小節至曲禮而始著
矣孔穎達曰周公述曲禮節威儀隆德明曰曲禮是
儀禮舊名然則周公亦嘗從事乎小節漢唐之儒烱
於度數名物宋元之儒詳於理氣心性著書垂訓不
爲不少其寡言小節蓋亦鮮矣竊意日用常行不失
規度以爲固有之事顧不足以煩言歟雖然不拘小

靑莊館全書　卷之二十七·二十八·二十九

『사소절』(士小節), 이덕무

대하다. 그가 검서관(檢書官)을 맡았다는 것만으로도 어쩌면 모든 것들을 말해줄 수 있을지도 모른다.

그러나 그는 그런 품행이나 학식만으로 그를 다 설명하기는 어렵다. 그는 이른바 '후사가(後四家)' 중의 한 명으로 한시의 명수였다. 그는 박제가(朴齊家, 1750~1805), 유득공(柳得恭, 1748~1807), 이서구(李書九, 1754~1825) 등과 함께 조선후기 시단을 대표하는 시인이었던 것이다. 그렇다면 분명 이덕무는 시로서도 일가를 이룬 인물이면서 훌륭한 선비였던 만큼, 그에게서 선비의 시를 엿볼 수 있을 것이다. 미리 짐작해볼 수 있는 것은, 선비답게 절제된 멋을 보이면서 은연중에 선비로서 수양해나가는 모습이 보이지 않을까 한다. 이 강의에서는 그런 점을 염두에 두고 시로써 선비의 정신과 기상을 보이고, 또 그 시를 쓰는 과정이 곧 수양이기도 한 그런 시는 과연 어떠한지 살펴보기로 한다.

2. 선비가 추구하는 삶과 문학

　이덕무의 경우, 시는 물론 많은 산문을 남겨놓고 있어서 그의 삶과 문학관을 엿보기 쉬운 편이다. 가장 널리 알려진 〈간서치전(看書痴傳)〉은 그의 삶이 어떠한지를 가장 극명히 보여주는 예이다.

> 　목멱산(木覓山: 서울 남산의 본래 이름) 아래 어떤 바보가 살았는데, 어눌하여 말을 잘하지 못했다. 성품이 게으르고 졸렬해서 시무(時務)를 알지 못하였으며, 장기와 바둑 같은 것은 더욱 알지 못했다. 사람들이 그를 욕해도 변명하지 않았고 칭찬해도 뻐기지 않았다. 오직 책보는 것만을 즐거움으로 삼아 추위와 더위, 주림과 병마저 전혀 알지 못했다.
>
> 　어려서부터 스물한 살이 되도록 하루도 옛 책을 손에서 놓아본 적이 없었다. 그의 방은 심히 작았지만 동창, 남창, 서창이 있어서 해가 동쪽에서 서쪽으로 가는 데 따라 그 밝은 빛을 받아가며 책을 읽었다. 아직 보지 못했던 책을 보게 되면 문득 기뻐서 웃으니, 집 사람들이 그의 웃음을 보면 그가 기이한 책을 구한 것을 알았다.[2]

　책만 읽어대는 통에 '책만 보는 바보'라는 뜻의 자전(自傳)을 지었다. 내용으로 보아 스물한 살에 지어진 것인데, 이미 그 나이에 공부에 푹 빠진 선비였음을 알 수 있다. 다른 어떤 일에 관심도 흥미도 없이 오로지 책보는 일만 즐길 뿐이라고 했다. 이는 스스로 지은 내용이라 객관성에 문제가 있을 수 있겠지만, 남들이 본 이덕무는 그

보다 훨씬 더 심했다. 박지원이나 박제가 같은 그의 지인들 역시 그를 대단한 선비로 여긴 것이다. 박제가 같은 이는 이덕무를 기리는 시에서, 그가 굶어죽는다 한들 무엇이 대수이겠느냐고 할 정도였다. 시서(詩書)에 빠져 사니 뼈조차 향기로울 터라고도 했다.[3]

그러한 특성에 입각한다면 문학 역시 거기에 부합할 것이다. 행실은 좋지 못한데 글은 좋은 사람 같은 이상한 경우를 그는 심하게 배격했다. 온갖 행실이 갖추어지면 당연히 좋은 문장이 나오고 그런 문장이라야 사람들을 선한 곳으로 인도할 수 있다고 본 것이다. 당연히 감상적(感傷的)인 데 빠지거나 시류(時流)에 편승하는 대중성과는 거리를 두게 된다. 그는 문학이라면 모름지기 일맥 정신이 유동하는 '살아있는 문학[活文]'이어야한다고 생각했다.

看書痴傳
木覓山下，有痴人，口訥不善言，性懶拙，不識時務，奕棋尤不知也。人辱之不辯，譽之不矜，惟看書爲樂，寒暑飢病，殊不知。自塗鴉之年，至二十一歲，手未嘗一日釋古書。其室甚小，然有東牖，有南牖，有西牖焉，隨日之東西，受明看書。見未見書，輒喜而笑，家人見其笑，知其得奇書也。尤喜子美五言律，沉吟如痛疴，得其深奧，喜甚，起而周旋，其音如鴉叫。或寂然無響，瞠然熟視，或自語如夢寐，人目之爲看書痴，亦喜而受之。又無人作其傳，仍奮筆書其事，爲看書痴傳，不記其名姓焉。

『간서치전』(看書痴傳)

벽(癖)이란 것은 문장이며, 옥(玉)이란 것은 좋은 바탕이며, 난(欄)이란 것은 한가함을 막는 것이다. 아름다운 문장으로 몸을 꾸미고, 온화함과 씩씩함으로 타고난 품성을 잘 가꾼 후, 예절을 지켜 자신을 살피고 단정히 하여 혹시 제 멋대로 밖으로 내닫지 말도록 하는 것이다.[4]

이덕무가 그렇게 공부하기를 좋아한 까닭에 자연스레 여러 분야에 대해 해박한 지식을 갖게 되었다. 박학다식을 무기로 여러 자료들을 고증했으며, 사람들을 만나서 궁금한 것은 물어서 기록해두기도 했다. 이러한 꼼꼼한 면은 그대로 그의 시에도 적용될 수 있는 것인데 다음 같은 내용은 그가 얼마나 세밀하게 사물을 관찰하는지를 잘 보여주는 예이다.

내가 전에 서리 조각을 보았더니 꼭 거북 무늬와 같았는데, 요사이 다시 보니 어떤 것은 비취 털 같고 또 어떤 것은 밑에는 미세한 줄기가 있는데 매우 짧고 가늘며, 위에는 좁쌀 같은 게 있어서 서로 모이면 여섯 개가 되었는데 모두 뾰족뾰족 곧게 서있었다. 대체로 기와나 나무에 붙어 있는 것은 아주 작고 가늘며, 마른 풀에 붙어 있는 것은 매우 또렷하고, 밖에 드러나 있는 해진 솜이나 베에 붙어 있는 것은 일일이 셀 수 있어서 그 기묘한 모양을 이루 말로 다할 수 없다.[5]

대체 서리를 이렇게 관찰한 사람이 또 있었을까싶다. 현미경은커녕 돋보기도 없이 맨눈으로 서릿발을 관찰해서 이 정도의 글을 남겼다면 그 시도만으로도 칭찬받아 마땅하겠다. 이런 관찰에서라면 서릿발은 희다거나 차갑다는 정도의 상투적인 내용은 들어설 곳이 없다. 시 또한 그럴 것이어서 막연하게 읊는 내용 또한 삼갔을 게 분명하다. 그가 그림에 남다른 소질과 취미가 있었고, 거미나 참새같이 작은 대상을 그리는 데 특장을 보였다는 점은 이런 맥락에서 이해됨직하다. 실제로 그가 남긴 시의 제목만 훑어보아도 다른 사람들의 제목과는 상당한 편차를 보인다. 상당수의 시들에서 인명이나 지명 같은 고유명사, 구체적인 책명, 날짜 등이 그대로 드러난다. 막연하게 사람을 만나 재미있게 지냈다는 투의 내용은 애초부터 들어설 자리가 적은 것이다.

결과적으로, 그가 추구하는 문학은 뜬구름 잡는 것 같은 허황된 문학이 아니다. 사실과 경험에 입각해서 구체성과 생동감이 확보되는 문학이었다. 그러나 그렇다고 해서 있는 그대로를 세밀하고 장황하게 그려내기만 하는 문학을 추구한 것은 아니었다. 선비 특유의 절제가 없이 늘어진 문학 또한 배제했다. 그가 나이 스물에 묶어낸 자신의 문집 『영처고(嬰處稿)』에 스스로 쓴 서문을 보면 이렇다.

무릇 어린아이가 즐거워하며 노는 일은 왕성한 천진함 그대로이며, 처녀가 수줍어하고 숨기는 일은 순수한 진정 그대로이니, 이들의 행동이 어찌 억지로 애써서 하는 것일까.

어린아이들이 네댓 살에서 예닐곱 살 어름이면 날마다 장난을 일삼아 닭의 깃털을 머리에 꽂고 파잎을 뚜뚜 불며 벼슬아치 놀이를 하고, 제기(祭器)들을 진설하고 법도에 맞게 행동하며 성균관 놀이를 하며, 눈을 부릅뜨고 손톱을 세워 표범이나 사자의 흉내 놀이를 하고, 또 때로는 정중하고 공손히 절하며 나고 들며 대청에 올라 손님과 주인이 서로 응대하는 놀이를 하며, 대나무로 죽마를 만들고 밀랍으로 봉황을 만들며 바늘로 낚시를 만들고, 물동이로 연못을 만드는 등 귀로 듣고 눈으로 보는 것이면 본받아 배우지 않는 것이 없다.

처녀는 네댓 살에서 열다섯 살에 이르면 규방 안에서 단정하게 행동하며, 정해진 예법을 굳게 지키며 음식을 만들거나 바느질하고 길쌈하는 일을 하는 데 있어서 어머니의 법도가 아니면 따르지 않으며, 행동거지와 담소하는 데에는 여자 스승의 가르침이 아니면 따르지 아니하며, 밤이 되면 촛불을 켜놓고 행하고 낮에는 부처로 가리며 비단 운라(雲羅, 높이 치는 비단 그물)를 드리우고 무곡(舞縠, 가볍고 엷은 비단)으로 가려 엄숙하기가 마치 조정 같고, 멀찌감치 떨어져 있는 것이 신선과 같다. …(중략)…

아아, 어린아이여, 처녀여! 누가 시켜서 그렇게 한 것인가. 장난하고 즐거워하는 일이 과연 인위적인 것인가? 부끄러워하고 숨는 것이 과연 거짓인가?[6]

여기에서 강조하는 점은 어린아이와 처녀이다. 어린아이는 무엇을 꾸미려 하거나 불순한 목적을 가지고 일을 하지 않는다. 자연스럽게 표현하고 내키는 대로 할 뿐이다. 그런가 하면 처녀는 속에 뜻이 있지만 부끄러워서 겉으로 다 드러내지 않는다. 이 또한 거짓으로 꾸며서 그런 게 아니라 그 순진한 마음이 그렇게 드러난 것이다. 그런데 이 둘은 표면상으로 상충하는 것처럼 보일 수 있다. 하나는 제멋대로이고 또 하나는 너무 억제하기 때문이다. 그러나 그 둘이 어느 쪽이든 꾸며서 그런 게 아니라는 점에서는 차이가 없다. 한쪽의 천진해서 그렇고 또 한쪽은 순진해서 그럴 뿐이다.

신기한 것은 그가 이 〈영처고 자서〉를 쓴 때가 우리 나이로 겨우 스무 살이라는 사실이다. 스무 살에 문집을 엮어내는 것부터가 예사롭지 않다 하겠으나, 그 책의 서문에 쓴 내용이 '아이'와 '처녀'라는 점은 더욱 예사롭지 않다. 남자 나이 스무 살이라면 모름지기 자부심이 극에 달할 때이다. 이제는 더 이상 어린아이가 아니라 사내대장부라는 성인 의식을 갖는 것은 물론 천하가 작다하고 덤벼들 나이인 것이다. 그러나 이덕무는 바로 그 기고만장하기 쉬운 시절에 어린아이의 천진함을 잃을까 걱정하고 처녀애처럼 다소곳한 자세를 유지하기 위해 애를 쓰고 있다. 이런 자세에서 나오는 문학이 어떠할 것인지는 충분히 짐작할만한 일이다.

흔히 '음풍농월(吟風弄月)'로 표현되는 한시는 말 그대로 풍월(風月)을 읊고 즐기는 데 치중하는 것처럼 보인다. 물론 그런 시들에서도 인생의 참맛이 드러나지 말란 법은 없겠지만, 그런 시들은 한바탕 노는 자리에서 입에 나오는 대로 써나가는 것이 주종을 이룬다. 선비의 시라면 그런 부화(浮華)한 기풍을 따를 리가 없다. 그렇다고 사회의 현실 문제를 파헤쳐 비판하는 것만을 최고의 미덕으로 여기는 시 또한 선비의 기질에는 잘 맞지 않는다. 선비라면 모름지기 자기를 지키는 수기(守己)와 자기를 닦는 수기(修己)가 바탕일 터, 시 또한 그 바탕을 다지는 데 기여하고 그 바탕에서 출발함이 마땅하다.

3. 구체성과 생동감

모두 1000편이 넘는 시를 남긴 이덕무의 시를 일별하기란 쉽지 않다.[7] 그럼에도 불구하고 그를 포함한 조선후기 4대 시인의 대표작만을 엄선한 『전주사가시(箋註四歌詩)』[8] 같은 데 있는

『전주사가시』(箋註四家詩)

제목만 훑어보아도 그 특성이 금세 드러난다: 〈새벽에 연안을 떠나며(曉發延安)〉, 〈벽제점(碧蹄店)〉, 〈평양대동강에 배를 띄우고(平壤大同江泛舟)〉, 〈유란동에서 조 처사를 만나(幽蘭洞逢趙處士)〉, 〈선연동(嬋娟洞)〉, 〈수표교(水標橋)〉, 〈과천 가는 길에서(果川道中)〉, 〈도화동(桃花洞)〉, 〈동작진(銅雀津)〉, 〈11월 14일 취하다(十一月十四日醉)〉, 〈담헌 홍대용의 뜰 안 정자(湛軒洪大容園亭)〉……. 제목이 시 전체를 말해줄 수는 없겠지만, 제목에 유난히도 고유명사가 많다. 구체적인 지명이나 장소가 드러나고, 만난 사람의 이름이 등장하며, 심지어는 몇월 며칠까지 정확하게 기록함으로써 언제나 어디서나 있을 법한 일반성을 배제하고 특수한 시간, 특수한 공간, 특수한 인물, 특수한 사건이 드러나게 하려 한다. 그의 시 가운데에는 〈가을밤에 동자를 시켜 풀벌레가 목으로 우는지 다리로 우는지 겨드랑이로 우는지를 시험하여 보게 하다(秋夜使童驗草蟲脰鳴股鳴脇鳴)〉[9] 라는 제목이 있을 정도이다. 여느 시인 같았으면 가을밤 스산한 기분에 "풀벌레 소리 구슬프고" 정도로 표현하고 말 것을 이 시인은 구태여 풀벌레가 실제 어떻게 우는지 관찰했던 것이다.

그러니 실제 시 또한 겉멋 든 감상(感傷)을 남발할 리 없다.

농가(農家)에서

콩깍지더미 곁으로 오솔길 나뉘고

아침햇살 붉게 퍼지자 소떼들 흩어지네.

고운 푸른빛은 가을 산자락 물들일 듯하고

갠 하늘 흰 구름은 깨끗도 하여 먹음직스럽네.

갈대 그림자 펄럭펄럭 기러기 놀라고

볏잎 소리 와삭와삭 잔물고기 분주하네.

산 남쪽 양지녘에 초가집이나 지으려니

농부 노인께 반만 빌려 달라 청해야겠네.

題田舍[10]

荳殼堆邊細徑分

紅暾秒遍山牛群

娟靑欲染秋來岫

秀潔堪餐霽後雲

葦影幡幡奴雁駭

禾聲瑟瑟婢魚紛

山南欲遂誅謀計

願向田翁許半分

　어느 가을 아침의 농촌 풍경이 그대로 그려지고 있다. 이제 타작
을 끝낸 콩깍지더미가 수북한 가운데 오솔길이 나 있고, 마침 아침

햇살이 붉은 빛을 띠는 가운데 소떼들은 먹이를 찾아 흩어진다. 붉은 햇살에 오히려 더 푸른 느낌을 드는 고운 빛깔이 산자락을 휘감고, 맑게 갠 하늘에는 흰 구름이 떠 있다. 아침의 적막을 깨고 소떼들이 흩어지는 광경이라거나, 하늘에 뜬 구름을 먹음직스럽다고 하는 표현이 매우 생동감 있게 전해진다.

그러나 보다 더 생동감 있는 장면은 그 다음부터이다. 사물을 있는 그대로 표현하려 한다면 필경 사물의 모양이나 소리 등을 구체적으로 드러내주는 언어를 사용할 수밖에 없다. 이 경우, 의성어와 의태어의 사용은 필연적이다. 갈대 그림자가 펄럭펄럭[幡幡]하고 볏잎 소리가 와삭와삭[瑟瑟]한다는 표현은 매우 적실하다. 한시를 쓰면서 한자를 사용할 수밖에 없는 것이 유감이긴 하겠지만 그러한 흉내어를 통해 갈대가 가을바람에 어른대는 모습이나, 그 바람에 마른 볏잎이 서로 부대끼며 내는 소리가 실감나게 표현되고 있는 것이다. 거기에다 볏잎 소리 나면서 이리저리 바삐 움직이는 자잘한 물고기의 모습 역시 '분주하다[紛]' 는 표현으로 잘 잡아내고 있다. 분주하게 바글대는 모습 그대로인 것이다.

그러나 그렇게 표현하면서 시인이 몰입하는 흔적은 전혀 없다. 사물에 자신의 처지를 이입한다거나, 외부의 경치에 자신의 정(情)을 담아두려하지 않고 그저 담담하게 묘사할 뿐이다. 사물과 거리를 둔 채 자신은 관조하는 태도를 취한다. 그리고 맨 마지막에 슬쩍 속내를 내비칠 뿐이다. 그저 거기 어디에다 초가나 한 칸 지었으면 하는 소박한 바람이다. 그것도 어떻게 하겠다는 욕망이 드러나기보다는 마음씨 좋은 농부에게 청해서 '반만' 빌려야겠다고 해서 무욕의 세계를 담담히 표출할 뿐이다.

이덕무에게 자연은 '자연 그대로'이다. 무엇을 덧씌워서 의미를 부여한다거나 자신의 주관에 따라 해석해내는 게 아니라 있는 그대로를 그려낸다. 그래서 때로는 잘 찍은 사진 한 장 같은 시가 나오기도 한다.

고추잠자리 그림자에 장난삼아

담장 무늬 자잘한 게 도자기 잔금 간 듯
흐트러진 댓잎인가 '个' 자 모양 푸르구나.
우물가 가을볕에 그림자를 아른대며
붉은 허리 하늘하늘 날씬한 고추잠자리.

紅蜻蜓戱影[11]

墻紋細肖哥窯坼
篁葉紛披个字靑
井畔秋陽生影纈
紅腰婀娜瘦蜻蜓

잠자리 모습이 어떻더라는 것 이외에는 아무런 언급이 없다. 제1구에서는 잠자리의 날개 무늬 그림자가 마치 잘게 균열이 간 도자기 모양 같다 하고, 제2구에서는 잠자리의 앉은 모양새가 '个'라는 한자 모양과 같다고 했다. 두 구가 온전히 잠자리의 앉은 모양에만 집중하고 있는 것이다. 잠자리가 앉아 있는 모양을 표현해내기 위해

‘仝’라는 글자를 동원한 것은 매우 탁월해 보인다. 그 글자가 아니고는 설명해내기 어려운 것도 그러려니와, 글자를 뜻과는 무관하게 이미지로 포착해내는 능력이 돋보인다. 제3구와 제4구는 아마도 날아 움직이는 모양이다. 가을 햇볕을 받으며 아른거리며 나는 모습을 그려냈으며, 특히 잠자리의 특징인 붉은 색의 허리, 그것도 매우 날씬하게 뻗은 모양을 잘 드러내고 있다.

좋은 시가 무엇인지 거창하게 말할 수도 있겠지만, 이덕무가 보여주는 이런 시들은 사물에 집중하는 한 순간의 집중력을 보여주며 그 자체만으로도 이미 훌륭한 시라고 하겠다. 자신을 관찰자의 입장에 머물게 하면서도 대상에 대한 선명한 인상을 통해 대상이 가진 특성을 정확하고 우아하게 묘사하고 있기 때문이다. 시인은 비록 희롱하여 쓰는 것이라고 했지만 그 장난에 순수함이 내재할 때 시는 한결 더 고결해진다. 대단한 이념을 내세우는 것도 엄청난 흥거움을 전하는 것도 아니지만, 작은 사물에 집중하면서 평화로이 있는 시인의 고양된 자세가 은근히 전해오는 것이다.

시가 흔히 음악과 견주어지고 시 하면 으레 리듬감이 머리에 떠오르지만, 위의 시들처럼 이덕무에게는 오히려 회화에 가까운 느낌이 들 때가 많다. 현대시로 이야기하자면 이른바 주지시(主知詩)에 근사하다 하겠다.

그냥 써본 시

비 내리는 연못가 개굴개굴 소리 너무 심란해

개구리에게 돌을 던져 울음 그치길 바랐더니

탈 없는 여뀌뿌리 푸른 글자 되어 솟아나고
비늘 고운 금붕어란 놈 물결치며 놀라 뛰네.

雜題 [12)]

雨池閣閣太愁生
拾石投擲欲止鳴
無恙蓼根青出字
潤鱗金鯽撇波驚

　원시의 제목은 '잡제(雜題)'이다. 특별한 제목을 달아 공들여 써내
려갔다기보다는 그냥 적어 내려간 잡된 시라는 의미이다. 원래의 시
는 두 수가 이어져 있는데 이 시는 그 중 첫 수이다. 비가 오는 연못
은 그 자체만으로도 운치가 있다. 비가 오니 날이 흐리겠고 그 위로
빗물이 떨어지면 수면 위의 울림이 그럴듯하다. 수면의 위와 아래가
뿌연 게 몽롱한 느낌을 주기에 그만인 것이다. 그런데 그런 분위기
를 누려볼 틈도 없이 개구리가 울어댄다. 그것도 너무 소란스러울
만큼 시끄러운 것이어서 시인은 돌을 던져 멈춰볼까 하였다. 그런데
뜻밖의 반전이 일어난다. 돌이 물에 빠지면서 당연히 눈길이 그리로
갈 텐데, 거기에서 푸른 글자 모양의 여뀌뿌리가 모습을 드러냈다.
아무 탈 없이 그 자리에 있던 여뀌의 푸른 뿌리가 마치 붓으로 써놓
은 글자처럼 드러나고, 돌 던지는 데 놀란 금붕어가 물결을 만들어
내며 모습을 보인다. 시는 그렇게 개구리 울음에서 촉발된 연못가의
한 풍경을 고스란히 전해준다. 비는 부슬대고 개구리 소리 심란하

데, 돌을 던짐으로써 정지된 사물에 움직임이 더해지면서 미처 포착해내지 못한 다른 사물들이 시야에 들어오고, 그 모든 것이 한 컷의 사진처럼 담겨있다.

"서당 개 삼년이면 풍월을 읊는다."는 말이 있다. 풍월은 음풍농월(吟風弄月)이나 음풍영월(吟諷咏月)의 준말이다. 바람과 비와 같은 자연물을 대상으로 흥얼거리며 읊어대는 데에서 온 말이겠다. 우리가 아는 한시의 본령은 그런 것들이고 옛날 선비들의 풍류라고 할 때에도 그런 모습을 떠올리게 되는데, 이덕무의 이런 시들은 그것들과 확실히 다른 무엇이 있다. 적당한 거리, 세밀한 관찰, 한 순간의 응집력이 두루 어우러지면서 독특한 시세계를 만들어내고 있다.

4. 아름답게, 때로는 굳세게

이 강의의 제목은 '선비의 시, 이덕무의 경우'이다. 당연히 선비가 강조되어야 할 텐데, 우리의 척박한 문화는 선비에 대한 오해가 많다. 늘 어려운 시대를 살아서 그런지 선비라고 하면 지조나 절개가 중요한 덕목이어서, 꼿꼿하게 세상과 타협하지 않는 것을 우선으로 여기는 듯하다. 그래서 지금도 누군가를 일러서 지사(志士)라고 하면 최고의 칭찬이 되곤 한다. 그러나 선비라면 마땅히 그래야 하지만, 그것만으로는 또 온전한 선비가 될 수 없는 것도 사실이다. 모름지기 선비라면 『시경(詩經)』에서 출발하여 고금의 좋은 시들을 줄줄이 욀 뿐만 아니라, 실제로 자기 자신도 그럴듯한 시를 몇 줄

써야하는 것이다. 물론 거기에도 선비스러움은 고스란히 드러나기 마련이어서, 흥취를 한껏 살려서 마음 가는 대로 휘두른 듯한 시보다는 감정을 절제하고 꼼꼼하게 읽어내는 솜씨가 엿보인다.

새벽에 연안(延安)을 떠나며

서릿닭 울음 그치지 않은 관아의 동편에
남은 별 하나 달과 짝되어 하늘에 반짝이네.
말발굽소리 갓 그림자에 몽롱한 들녘
집사람 조각 꿈 속 밟으며 가네.

曉發延安[13]

不已霜鷄郡舍東
殘星配月耿垂空
蹄聲笠影朦朧野
行踏閨人片夢中

　광경을 떠올려보자. 이른 새벽, 늦가을쯤 되었는지 마침 서리가 하얗다. 어떤 나그네가 관아의 동편에서 닭울음소리를 듣는다. 굳이 관아를 강조할 필요는 없겠지만 이제 연안이라는 고을을 떠나 다른 고을로 떠난다는, 꽤 먼 길을 가는 모습을 드러내는 장치이겠다. 또 동쪽은 해가 떠오른 쪽이니 구태여 동쪽을 강조하여 날이 훤해오는 모습이 상상되도록 썼다. 어쨌거나 먼 길을 가려면 늦장을 부릴 수 없으니 서둘러 떠나는데, 나그네의 삶은 외롭고 또 고달프다. 그런데 눈을 들어 하늘을 보니 남은 새벽 별 하나 – 아마도 샛별이겠는데 – 가 달과 함께 짝이 되어 반짝거린다. 혼자 길을 떠나는 나그네의 눈에는 하늘의 별은 달이라도 짝을 이루어 지내는구나 하는 생각이 들법하다. 말 위에 앉아보니 들리는 것이라고는 온 세상에 제 말발굽소리뿐이고 아직 날이 밝지 않아 들녘은 뿌옇다. 일찍 깬 통에 정신이 덜 든 탓도 있겠고 갑작스러운 그리움에 초점을 잡기 쉽지 않은 까닭도 있겠다. 그렇게 떠나는 길을 집에 혼자 있을 아내의 조각 꿈과 겹쳐놓았다. 아내 또한 지금쯤 꿈속에서나마 나를 생각하며 외로이 있을 테니, 내가 그 외로운 꿈을 밟으며 떠나 함께 한다는 의미이겠다.

이 시에서 제일 좋은 부분을 꼽으라면 단연코 제4구이다. "집사람의 조각꿈 속 밟으며 가네."는 시적인, 그것도 매우 시적인 표현이다. 일상에서 "밟는다"의 목적어로 올 수 있는 것은 발 아래 닿을 수 있는 것들뿐이다. 길이나 산, 돌 같은 것이 되기 쉽다. 그러나 이덕무는 과감하게 "꿈속을 밟는다"는 표현을 썼다. 그것도 그냥 꿈이 아니다. 지금쯤 자기 집에서 아내가 꾸고 있을 "외로운 조각꿈"이다. 그런데 이 편몽(片夢)은 제3구의 잔성(殘星)과 교묘하게 얽힌다. 새벽까지 남아있는 별 하나와 새벽녘 꿈속에 얼핏 보일 남편의 모습이 교차하는 것이다. 그런데 그 새벽별은 달을 짝으로 삼아 외롭지 않은데, 아내의 꿈속에 있을 '나'는 실제의 '나'가 아니다. 꿈속의 이미지로만 그 외로움을 달랜 터이므로, 이제는 내가 그 꿈속을 밟음으로써 둘은 극적으로 만나게 된다. 그러나 그 또한 실제의 만남이 아니어서 쓸쓸함은 더해만 간다. 하늘의 별과 달, 땅의 나와 아내는 그렇게 엇갈리면서 여운을 극대화하고 있다.

　이런 시의 내용이라면 절로 기분이 가라앉기 쉽다. 갈 길은 멀고 가족과 떨어져 있으며 찬 서리 매서운 새벽, 어느 누군들 마음이 편할 것인가? 이 경우, 힘들고 외롭다는 사실을 직정적(直情的)으로 토로하거나 아예 그 슬픔을 과장하여 더 크게 보이도록 하는 방법이 없을 리 없으며, 사실 많은 시인들이 그렇게 쓰기를 마다하지 않았다. 오죽하면 "병 없이 앓는 소리 내는 것[無病而呻吟]"을 시의 병통으로 여겼을까. 풍월을 읊는다는 그 기분만으로 잘못 나서면 시가 아닌 넋두리와 하소연으로 떨어질 위험이 큰 법인데, 이덕무는 산뜻한 시어를 간결하게 엮어내면서 그런 우려를 말끔히 씻어내 준 셈이다.

　그러나 그렇다고 해서 시인이 사물의 뒷면에 숨어버린다면 결코 좋은 시는 아닐 것이다. 바깥으로 드러난 사물이 담담하게 그려지더라도 시인의 내밀한 속내가 잘 드러날 수 있을 때 좋은 시이고, 또 좋은 시인이란 평을 듣는 법이다. 다음 같은 시는 그저 한 편의 아름다운 풍경화인 듯 보이지만 꼼꼼히 살피면 그 속에 시인의 진면목이 그대로 그려진다.

봄날 우연히 읊다

한 해의 봄빛은 온 나무에 꽃 피우고
빈 산 흐르는 물은 얼굴 깨끗이 비추누나.
향긋한 풀은 가지런한데 나비가 꽃가루 남기고
고요한 선비는 마음이 맑아 얽매이질 않네.
아지랑이 언덕엔 검은 암소 "음매" 울부짖으며

그 참됨에 내맡겨서는 제 맘대로 발굽 옮기네.

春日偶吟[14]

一年春光花萬樹

空山流水淨照面

芳草如剪蜻遺粉

靜士心朗無所冒

煙坨烏牸牟然吼

自任其眞蹄自遺

　시의 제목은 '봄날 우연히 읊다.' 이다. 제목 그대로 우연히 얻어진 시라고 하겠다. 이 '우연히 읊다' 라는 뜻의 '우음(偶吟)' 은 한시를 보면 심심찮게 볼 수 있는 제목이다. 한시를 공부할 때, 이런 제목에 대해 적잖이 불만스러웠던 기억이 난다. 시를 지었으면 그 시에 가장 걸맞은 제목을 붙이려 애를 써야 할 텐데 어찌 된 것이 그렇게 무성의하게 붙일 수 있을까 의아했던 것이다. 가령 아이를 낳아서 이름을 지을 생각은 안 하고 우연히 낳았다고 한다면, 사실이 그렇다 하더라도, 몹시 민망한 일이지 않을까? 그러나 그런 불만이나 의문은 나이와 더불어 사그라들었다. 우연히 이루어지는 일은 내가 원하지 않아도 '저절로' 이루어지는 것임을 알게 되었기 때문이다. 물론 원하지 않던 불행이 찾아오는 것은 슬픈 일이지만, 그렇게 저절로 되는 일이 있다면 고맙고 또 기쁜 일임에 마땅하다.

　시인은 봄날 어느 산에 오르며 이 시를 '얻었겠다.' 뜻하지 않았는데도 시가 시인을 찾아든 것이다. 몇 해 전 일요일, 어느 선배로부터 문자를 한 통 받았다. "오랜만에 시를 하나 얻었다."는 내용이었다. 등산을 갔다가 자기도 모르게 입에서 시가 나왔을 것이다. 그때 그 선배의 복됨이 몹시도 부러웠다. 되지도 않은 시를 쓴답시고 책상에 앉아서 머리를 쥐어짜본들 좋은 시가 되기 어려운 터에 그렇게 아무 생각 없이 산에 갔다가 시를 얻게 된다면 횡재가 아닌가 말이다. 이 덕무가 봄날 느낀 느낌 또한 엇비슷하리라. 그리고 그렇게 시가 저절로 들어오는 경지가, 사실은 시인이 도달하고 싶은 삶의 목표점을 가늠하게 해준다.

제1, 2구부터가 그렇다. 제1구에서는 한 해의 봄빛이 온 나무[萬樹]에 꽃을 피웠다고 했다. 물론 때가 되어 봄이 되었고 그 봄기운에 꽃이 핀 것 이상도 이하도 아닐 것이다. 시인은 그런 당연함을 당연한 이치로 파악한다. 봄이 되어 자연이 순리대로 가는 것을 내심으로 기뻐하는 것이다. 그리고 그 순리를 곧바로 제2구로 이어간다. '빈 산'이라는 표현이 다소 오해의 여지가 있으나 아직 꽉 들어차지 않은 봄의 여유로움이 느껴지는, 그런 의미에서의 넉넉하고 운치 있는 산쯤이 될 것 같다. 그런 산에 흐르는 물이 너무도 맑아서 자신의 모습을 깨끗하게, 있는 그대로 비춰준다고 했다. 자연은 자연대로 제 이치대로 흐르고, 그 가운데 나 또한 거기에 비추어 내 모습을 제대로 들여다볼 수 있다는 뜻이겠다. 이 둘만으로도 부족함은 없어 보인다.

제3, 4구는 한 걸음 더 나아가 자신의 태도를 고양시킨다. 제3구에서는 향긋한 봄풀은 가위로 자른 듯이 가지런히 돋았다고[如剪] 함으로써 거기에도 자연의 질서정연함이 담겨있음을 내비췄다. 게

다가 나비가 꽃을 찾아와 옮겨다니면서 여기저기 꽃가루를 묻혔으니 곧 열매를 맺을 수 있음을 암시한다. 풀은 풀대로, 꽃은 꽃대로, 나비는 나비대로 모두들 저 있을 자리를 알고 제 할 일을 다 해내는 광경을 묘사한 것이다. 거기에 이어서 제4구로 가면, 선비 이야기가 나온다. 이미 세상의 이치를 그대로 받아들일 줄 안다면 시끄럽게 속을 들볶을 염려는 없을 터, '고요한 선비(靜士)'가 되어 마음은 저절로 맑아질 테니 세상 어디에도 매일 염려가 없다. 이는 사실 시인 자신이 그런 선비이며, 그런 선비상(像)을 지향한다는 뜻이다.

이 4구만으로도 시는 완성된 듯 보인다. 우리가 아는 통상적인 한시라면 4구로 끝내는 것이 형식적으로도 깔끔해보인다. 그러나 시인은 제5, 6구 덧보탬으로써 색다른 마무리를 시도한다. 아지랑이 자오록한 언덕 저편 어디에선가 불현듯 소의 울음소리가 들린다. 굳이 크게 울부짖는다는 뜻을 가진 '후(吼)'자를 쓴 것은 그만큼 호기롭게 운다는 뜻일 것이다. 소에 관한 서술이기는 해도 스스로 크게 만족했다는 표시이겠다. 아마도 모처럼 산언덕에 올라 맛있는 풀이라도 실컷 먹은 모양이다. 그런 소는 다른 헛된 곳에 신경 쓰지 않고 그저 참됨[眞]에 자신을 내맡겨 발길 가는 대로 유유자적(悠悠自適)한다고 했다. 이 또한 소의 이야기이지만 기실은 시인의 속내이다. 나도 저렇게 스스로 흡족한 삶, 절로 편안히 나아가는 삶을 살아야겠다는 다짐이다.

이렇게 보면 이 시는 제1, 3, 5구의 홀수 구(句)가 자연 그대로의 모습을 그려낸다면, 제2, 4, 6구의 짝수 구는 그것을 이어받아 은근히 선비의 삶을 강조하는 구조이다. 제2구에서 스스로의 모습을 제대로 들여다보고, 제4구에서 고요히 세상에 매이지 않고, 제6구에서 참됨을 따라 유유자적하는 참된 선비 그 자체가 드러나는 것이다. 물론 그것들이 기계적으로 구성되지 않고, 봄빛과 꽃, 물과 얼굴, 꽃과 나비, 언덕과 소 등등이 너무도 자연스럽게 서로에게 스미면서 그것들을 바라보는 시인의 고결하고 엄숙한 삶이 짙게 배어있다. 봄날의 아름다움은 아름다움대로 선비의 기상은 기상대로가 한 시 안에 조화롭게 피어났다 하겠다.

지금까지 살핀 이덕무의 시들을 보면 지나치게 유약한 느낌이 있지 않은가 하는 오해를 살 소지가 있다. 비록 애상감(哀喪感)에 젖어 있지는 않더라도 계절에 따른 변화를 세심하게 포착하는 면모가 대장부적 기질이나 남성을 약화시키고 있다는 판단을 할 수 있기 때문이다. 물론 참된 선비를 지향하는 그가 이규보(李奎報) 같은 호탕한 시, 이달(李達) 같은 흥에 겨운 시를 쓰기는 쉽지 않을 테지만, 선비다운 꿋꿋한 기백을 드러내는 시가 없다면 도리어 이상한 일이다. 널리 알려진 〈벽제점(碧蹄店)〉은 그런 기백이 살아있는 훌륭한 역사시이다.

벽제점에서

명나라 군대가 계사년에 왜군과 싸울 적
철마의 발굽은 미끄러운 진흙탕에 지쳐서
날랜 호접진을 미처 막아내지 못하여
바람을 향해 통곡했네, 이여송 장군.

종종 호미 끝에 쇠 탄환이 걸려들면
촌 아낙은 꿰어 차고 동그랗다 애지중지.
태평하게 자랐으니 어찌 알겠는가,
갑옷 뚫고 병사들에게 상처준 것을!

碧蹄店[15]

天兵癸巳齒倭鋒

鐵馬蹄勞膩土濃

未抵輕僄胡蝶陣

臨風痛哭李如松

往往鋤頭觸鐵丸

邨娥綴佩愛團團

太平生長那由識

透甲曾成壯士瘢

　여기의 계사년(癸巳年)은 1593년, 임진왜란이 발발한 이듬해이다.
변변하게 전투 한 번 치르지 못하고 추풍낙엽처럼 떨어져나간 조선으
로서는 기댈 곳은 명나라뿐이었다. 원문에 의한다면 명나라 군대를
'천병(天兵)'이라고 했으니, 말이 그렇다고는 해도 정말 하늘이 내린
군대 같았을 것이다. 그러나 이여송(李如松)이 이끄는 천병(天兵)도 벽
제 전투에서 맥을 못 추고 만다. 때는 음력 1월, 얼었던 눈이 녹으면서
땅이 질퍽거리는 바람에 기병(騎兵)이 힘을 쓸 수 없었다. 결국 왜군

의 계략에 휘말려서 진흙탕에 갇혀버린 것이다. 제2구의 '철마(鐵馬)'
또한 천병과 같은 맥락이다. 철로 만든 말처럼 단단한 말이지만 진흙
탕에 빠져 옴짝달싹 못하게 되자 제풀에 지쳐버린 것이다. 이때 왜군
이 구사한 진법이 바로 호접진(胡蝶陳)이었다. 형세가 불리할 때는 몸
을 숨겼다가 유리해지면 여기저기서 무리지어 달려드는 진법인데, 이
여송이 거기에 걸려든 것이다. 이여송은 부하 장수의 도움으로 가까
스로 목숨은 구했으나 자기 대신 부하의 목숨을 희생해야 했고 그 부
하는 갈갈이 찢겨 죽인 것으로 알려지고 있다.

첫째 수는 그 처참한 현장을 사실적인 기법으로 기록하고 있다.
천병도 철마도 속수무책인 상황, 실낱같은 희망마저도 송두리째 날
아가 버릴 때의 허망함, 그리고 바람을 맞으며 눈물을 흩뿌렸을 한
장수의 애통한 장면이 눈에 선하게 그려진다. 실제로는, 왜군들이
진흙투성이에 빠진 말의 다리를 자르고 부하 장수를 사로잡았다고
한다. 그리고는 말 앞에서 몸을 찢어 죽였다고 하니 군의 사기는 일
시에 꺾이고 말았을 게 분명하다. 멀리 조선까지 원병을 와서 오랑
캐라고 멸시하던 왜군을 맞아 무참하게 당하는 분통에, 자신의 목숨
을 건지고자 목숨을 내던진 부하를 생각하며 터뜨리는 오열이 느껴
진다. 겨울바람이라 거셌을 것이고 아마도 눈물이 흐르기도 무섭게
얼어붙었을는지도 모른다. 시 한 편이 그때의 그 전투장면을 압축해
서 보여준다.

그러나 이 첫째 수가 더욱 힘을 발하는 것은 뒤이어지는 둘째 수
때문이다. 이제 역사는 한참 내려와서 현재 시점으로 변한다. 그 땅
에서 임진왜란 때 어떤 일이 벌어졌는지 알 수 없는 촌 아낙은 밭을
일구다 호미 끝에 걸리는 쇠 탄환을 보며 동글동글한 구슬로만 여기

고 좋아하며 허리춤에 차고 다닌다는 것이다. 그 탄환은 아마도 우리 병사들의 갑옷을 뚫고 들어가 그 자리에 고꾸라지게 했을 흉물이었을 텐데, 물정 모르는 촌 아낙은 장신구로 사용하고 있다. 겨울바람 앞에 통곡하는 이여송과 쇠구슬을 얻었다 좋아하는 촌 아낙은 강한 대비를 불러일으킨다. 어쩌면 시인은, 이런 정신이라면 임진왜란이 또 일어나지 않는다는 보장이 없다는 경고를 보내고 있는지도 모르겠다.

좋은 시란 무엇인가? 좋은 문학이란 무엇인가? 결론은, 어디에 있든 제 역할을 하는 것이다. 집에 있든 길에 있든, 산을 보든 물을 보든, 역사의 현장에 있든 지금의 전원에 있든, 건강한 시인이라면 그 모든 것들이 제 자리에 있는 것을 기뻐하며, 제 자리에 없는 것을 슬퍼할 줄 알아야 한다. 선비를 자처하는 사람이라면 더욱 그럴 것인데, 이덕무의 시에서는 아름다움을 아름답게 보고 표현함은 물론, 자신의 삶을 잘 다독이며 수양하기도 하고, 때로는 역사와 현실의 무게를 감당하는 데 적절히 대응하고 있다.

5. 다시 보는 그의 삶

지금껏 이덕무의 문학에 대해 살폈다. 문학관에 대해, 또 몇몇 시작품에 대해 성글게 훑었다. 성글다고 한 것은 이덕무의 문학에 대해 요령 있게 펼쳐 보이지 못한 까닭도 있지만, 그의 저작이 워낙 방대하기 때문이기도 하다. 그의 호(號)를 '청장관(靑莊

館)’을 따서 편찬된 전집인 『청장관 전서(靑莊館全書)』는 번역본으로 두 툼한 책 12권이 될 만큼 방대하다. 쓰기만 많이 쓴 것이 아니라 그 안의 내용 또한 종횡무진 박학다식하여 쉽게 재단해내기 어렵다. 그럼에도 불구하고 그의 호가 청장관, 곧 해오 라기 종류의 물새인 것은 특이하다. 이 새는 일부러 먹이를 찾지 않고 연 못에 서서 물고기가 앞에 오면 먹는 다고 하는데, 이덕무 자신이 추구하

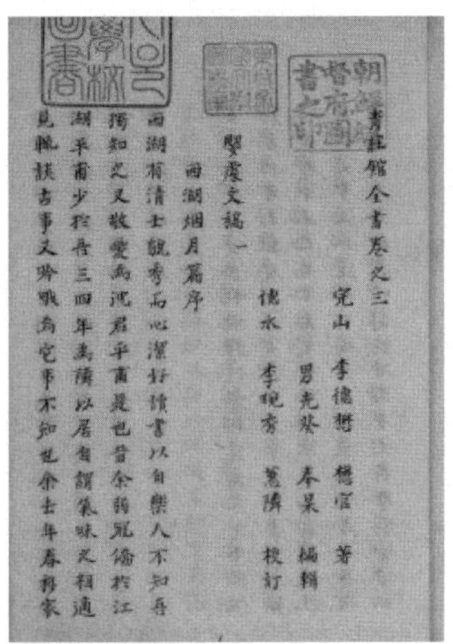

『청장관전서』(靑莊館全書)

는 삶 또한 그렇기를 바란 뜻이겠다. 그렇게 살면서도 그렇게 많이 공부하고 많이 썼다는 것은 그저 놀라울 따름이다. 이제 그의 실제 삶을 훑어보면서 강의를 마치도록 한다.

이덕무는 1741년 서울의 중부 관인방(寬仁防) 대사동(大寺洞)에서 태어났다. 지금 서울에 있는 전통문화거리인 인사동(仁寺洞)이라는 동명(洞名)이 관인방의 ‘인’과 대사동의 ‘사’가 합쳐져 생겨났다고 하니, 그가 태어난 곳은 서울의 한복판이었다. 그러나 그의 삶까지 그렇게 중앙의 주류가 될 수 있었던 것은 아니었다. 이미 앞에서 썼 던 대로 그는 분명 왕실의 피가 흐르는 특별한 사람이었지만 그의 아버지가 서자(庶子)였기 때문이다. 양반은 양반이지만 반쪽짜리 양 반이었던 것이다. 옛날 선비라는 게 벼슬을 하지 않으면 곤궁하게 지내는 것이 일반적이었고 그의 아버지 또한 벼슬 없이 지내는 곤궁 한 삶을 이을 수밖에 없었겠다. 당연히 생계를 꾸리느라 동분서주하

였고 그러면 그럴수록 아버지의 빈자리는 커져만 갔다. 아버지의 빈자리가 지나치게 클 때 나올 수 있는 반응은 대략 두 갈래이겠다. 하나는 제 스스로 아버지의 역할까지 해내면서 더욱 굳건해지는 것이고 또 하나는 의기소침해서 내면화하는 것이다. 이덕무는 아무래도 후자 쪽이었던 것 같다.

그의 남다른 독서열도 따지고 보면 그러한 복합적인 상황이 만들어낸 것이라 할 수 있다. 바깥에서 제 할 일을 찾기 어렵고, 신분적 제약으로 인해 마음에 맞는 사람과 어울릴 기회가 적으며, 성격 또한 활발하지 못하다면 독서야말로 가장 적합한 활동이었음에 분명하다. 그러나 그의 독서는 현실도피 같은 소극적인 것이 아니라, 어느 누구도 따르지 못할 만큼의 박학(博學)에 이른 그야말로 최고의 수준이었다. 젊어서 벼슬길에 나서지 못한 불행 또한 독서에 매진할 기회를 더욱 크게 만들어주었다. 앞서 살핀 대로 〈간서치전(看書痴傳)〉이 그의 나이 스물한 살에 이루어진 것을 보면, 혈기왕성할 청년기에 이미 독서인(讀書人)으로 뜻을 굳힌 것을 알 수 있다.

어차피 벼슬길을 크게 염두에 두지 않은 독서이기에 그의 독서 폭은 남달랐다. 남들이 다 읽는 사서삼경(四書三經) 같은 유가(儒家)의 기본 경전은 물론 역대 문인들이 쓴 각종 문집, 온갖 역사서, 심지어는 의학 관련 서적이나 농사짓는 데 필요한 실용서들까지를 두루 읽어냈다. 또 책을 빌려 읽거나 하면 필요한 부분을 반듯하게 옮겨 베끼는 일을 부지런히 하여 그렇게 마련한 책이 수백 권이었다. 당연히 남들에게서 책을 빌려다 보아야했는데 이덕무가 참으로 책을 좋아하는 사람인 것을 아는 까닭에 아무개의 눈을 거치지 않으면 어찌 책이라 할 수 있겠느냐며 좋은 책이 있으면 청하기도 전에 먼저 빌

서울 창덕궁 후원에 있는 '규장각(奎章閣)'

려줄 정도였다고 한다.[16] 그 결과 정조(正祖)가 왕실 도서관인 규장각(奎章閣)을 세우고 적절한 인재들을 선발하는 과정에서 검서관(檢書官) 발탁되는 행운을 누린다. 검서관은 책을 내고 교정하는 등등의 일을 하는 직책으로 책 좋아하는 그로서는 안성맞춤이었다. 그때 그의 나이 서른아홉, 당시로서는 늦어도 너무 늦은 나이였다.

그러나 그의 삶이 가다듬어진 것은 사실 벼슬살이 이전이었다. 비록 친구들이 많지는 않았지만 권세가 없는 상태에서의 교우관계란 더욱 순수한 법이어서 몇몇 친구들과 깊은 교분을 쌓았다. 처음에는 주로 중인층들을 사귀었지만 20대 후반 무렵부터는 홍대용, 박지원, 박제가, 유득공, 이서구 등의 걸출한 인물과 교분을 쌓기 시작한다. 친구들 또한 이덕무처럼 대체로 서얼 출신들이긴 했지만, 신분으로 엮어졌다기보다는 대등한 수준의 학예를 갖춘 지식인으로 어울렸다고 보는 편이 옳다. 특히 이덕무, 유득공, 박제가, 이서구는 당대 최고의 시인들이어서 이들이 묶어낸 공동시집이 청나라에 사신으로 가는 다른 친구의 손에 전해지고, 그곳 문인으로부터 극찬을 받으며 시집의 앞머리에 쓸 서문(序文)을 지어준다.[17] 그때 이덕무의 나이 스물일곱이었으며, 비록 신분적 제약 때문에 괴롭기는 했어도 시(詩)로서는 최정상임을 자부할 수 있었을 것이다. 더욱이 그 이듬해에는 자신도 청나라를 방문하여 견문을 넓히고 중국 인사들과도 교류할 기회를 가지게 되어 한 단계 도약하게 된다. 또 그렇게 살아가는 동안 국내의 여기저기를 여행하기도 하고 농촌생활도 체험하면서 삶이 더욱 굳건해져갔다.

그러나 그의 이러한 특질이 지나치게 강조된 나머지 인간적인 면모가 폄하되어서는 곤란할 것이다. 그는 공부하고 성실한 선비이기도 했지만, 놀 때는 놀 줄 아는 멋있는 사람이기도 했던 것이다. 그의 아들 이광규(李光葵 : 1765~1817)가 남긴 아버지 이덕무의 모습은 이렇다.

소시부터 문을 닫고 들어앉아 글을 읽을 적에는 사람들이 그 얼굴을 잊을 정도였으나, 해마다 화창한 봄날이 되면 문득 마음에 맞는 친구들과 함께 높은 산에 올라 먼 데를 관망하고 시주(詩酒)를 즐기면서 이곳저곳 거의 날마다 탐방을 계속하며 말하기를 "일년 중 가장 좋은 풍경이 있는 모춘(暮春) 10여 일에 불과하므로 이때는 헛되이 보낼 수 없다." 하였으니, 그 활발하고 호매한 기상을 여기에서 엿볼 수 있다.[18]

책은 이덕무의 10분의 1도 못 보고 지내면서도 쓸데없이 바쁘다는 핑계로 봄철 한나절 변변히 즐기기 어려운 우리네 삶으로서는 족탈

무예도보통지 _doopedia.co.kr

불급(足脫不及)이다. 그뿐인가. 그의 처남 백동수(白東脩, 1743~1816)
는 걸출한 무사(武士)로, 이덕무는 그와 박제가와 함께 우리나라 전
통 무예 서적인 『무예도보통지(武藝圖譜通志)』를 남긴다. 이처럼 그
는 개인적으로는 적잖이 불행한 편이었으나 그 때문에 도리어 방대
한 일을 남기고 어느 한 구석 치우치지 않은 '온전한 선비'를 살아낼
수 있었지 않은가 한다. 별로 어렵지도 않은 세상을 살면서, 맨 땅을
걸으며 제 발에 걸려 넘어지는 것 같은 느낌이 들 때마다 이덕무의
삶이 더욱 커 보인다.

　그래, 누구나 그렇게 큰선비가 되기는 어려울 테니 흉내라도 내서
'잔 선비'라도 되면 좋겠다.

■ 주석

1) 이덕무, 『사소절』, 권3, 「士典」3.
2) 이덕무, 〈간서치전〉, 『영처문고』 권2.
3) 박제가, 〈청장산인이덕무〉, 『정유시집』 권1.
4) 이덕무, 〈벽옥란시고서〉, 『아정유고』 권3.
5) 이덕무, 『이목구심서』 권1.
6) 〈嬰處稿自序〉, 『청장관전서』 제3권, 영처문고 1.
7) 기존 연구에 따르면 이덕무가 남긴 한시는 『嬰處詩稿』에 407수, 『雅亭遺稿』에 623수, 간본(刊本) 『아정유고』 가운데 필사본 『아정유고』에 수록되지 않은 작품 14수, 『淸脾錄』에 실린 시 2수, 『寒竹堂涉筆』에 1수, 과시(科詩) 1수 등 총 1048편이다. ―유재일, 『이덕무의 시문학연구』, 태학사, 1998, 23쪽.
8) 柳琴 抄, 『箋註四歌詩』, 한림서림, 1917.
9) 『雅亭遺稿』, 권2. 이덕무, 『국역 청장관전서』 제10권, 민족문화추진위원회, 1986, 229쪽. 이 이하의 출전은 원문의 출처를 나타내며, 번역은 필자가 새롭게 한 것이다.
10) 『雅亭遺稿』, 권2. 이덕무, 같은 책, 199쪽.
11) 『雅亭遺稿』, 권2. 이덕무, 같은 책, 167쪽.
12) 『雅亭遺稿』, 권2. 이덕무, 같은 책, 195쪽.
13) 『雅亭遺稿』, 권2. 이덕무, 같은 책, 190쪽.
14) 『雅亭遺稿』, 권2. 이덕무, 같은 책, 225쪽.
15) 『雅亭遺稿』, 권2. 이덕무, 같은 책, 188쪽.
16) 이런 내용은 〈先考府君의 遺事〉, 「刊本 雅亭遺稿」 제8권 부록, 『국역 청장관전서』Ⅳ, 민족문화추진회, 1986, 222쪽 참조.
17) 이 4인의 시집이 바로 『한객건연집(韓客巾衍集)』이며, 여기에 李調元, 潘庭筠 두 중국 문인이 서문을 써주었다.
18) 〈先考府君의 遺事〉, 「刊本 雅亭遺稿」 제8권 부록, 같은 책, 224쪽.

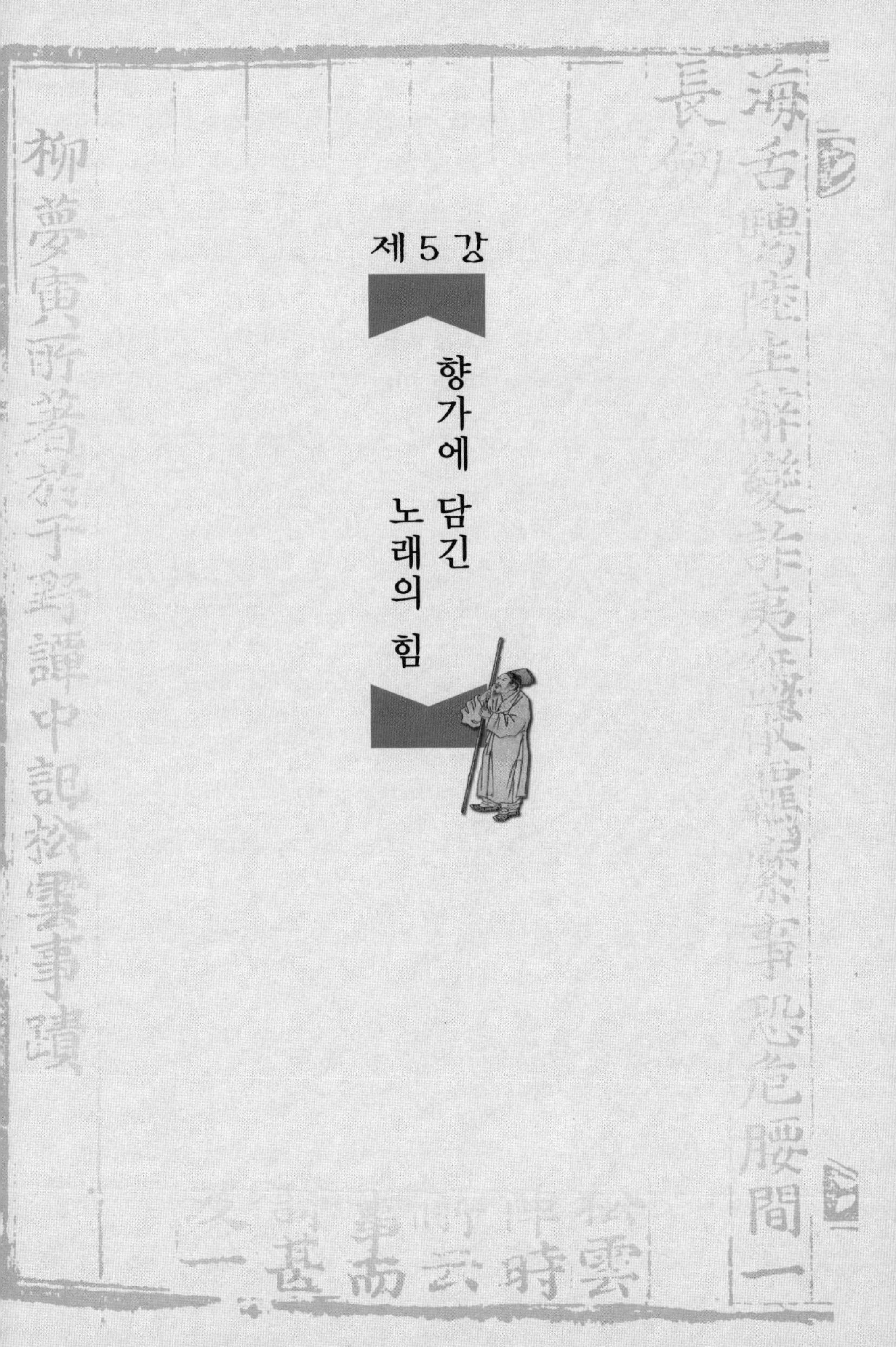
제 5 강

향가에 담긴
노래의 힘

1. 시와 노래, 그리고 향가

향가(鄕歌)는 아마도 우리 시가 중의 제일 앞머리에 서는 갈래이다. 물론 〈황조가(黃鳥歌)〉나 〈공무도하가(公無渡河歌)〉처럼 그보다 오래된 시가가 없는 것은 아니나 한문으로 지어졌거나 번역되어 후일에 전해진 것일 뿐이다. 따라서 어쩌면 향가야말로 우리 시가의 원형을 살피는 데 가장 적절한 자료일 것이다. 나는 운이 좋게도, 향가를 전공하시는 선생님을 모실 수 있었다. 그래서 '고전시가론'이나 '고전시가강독' 같은 과목은 말할 것도 없고 '국문학사' 같은 과목을 공부할 때에도 주로 향가를 배웠다. 그때는 다른 시가 갈래도 많은데 하필이면 향가만 공부하는지 의아했지만, 시간이 지나고 보니 그렇게 한 갈래라도 꾸준히 잘 배워둔 것이 다행이라 생각한다. 고전산문 전공자로서 이렇게 어쭙잖게나마 향가에 대해 몇 마디 할 수 있는 것은 모두 그 덕분이다.

그런데 향가를 산문이 아닌 시(詩)로만 치부한다면 큰 오산이다.

『삼국유사』(三國遺事)

실제로는 문자로 씌어진 시로 읽었던 작품이 아니라 입에서 입으로 불러 전했던 노래이기 때문이다. '향가'라는 이름에 붙은 '-가(歌)'는 바로 그런 사정을 말해준다. 물론 여느 시 또한 노래의 특성을 갖게 마련이어서 특별한 것은 없을 수도 있겠지만, 노래는 노래 나름의 힘이 있기 때문이다. 가령, 어떤 사람이 길을 가면서 혼자 이야기를 하고 간다고 생각해보자. 틀림없이 미친 사람으로 여길 것이다. 그러나 산길을 혼자 오르면서 퍽이나 괜찮은 솜씨로 노래를 하고 간다면, 꽤나 멋진 사람으로 생각하기 마련이다. 노래에는 그렇게 누군가에게 전해주는 목적 없이 자발적이며 자족적으로 즐길 수 있게 하는 무언가가 있다.

그래서 노래에는 특별한 기능이 담기기도 한다. 가령 농사일을 하면서 불렀던 농요(農謠) 같은 경우라면 노동의 어려움을 감소시키면서 노동의 보람을 느끼게 해준다. 군대에서 행군을 하며 부르는 군가(軍歌) 또한 동작을 통일시키면서 힘을 북돋아주기에 안성맞춤이다. 향가도 노래인 이상 그런 기능이 없기 어렵다. 더구나 지금 남아 있는 향가로 말하자면 아예 처음부터 특별한 목적에 의해 창작 또는 전승된 것처럼 보이기도 한다. 가령 〈서동요(薯童謠)〉는 선화공주를 배필로 맞이하기 위해 전파시킨 노래이고 〈처용가(處容歌)〉는 나중에 역신(疫神)의 침입을 물리치기 위해 불린 것으로 알려져 있다. 이는 서정성이 강하다고 알려진 〈찬기파랑가(讚耆婆郎歌)〉 같은 작품 또한 예외가 아니다. 그 노래가 불리는 문맥에서 특별한 목적성을 강하게 띠고 있는 것이다.

그러나 우리가 교과서를 통해 배우는 향가에서는 그런 상황을 잘 포착하기 어렵게 되어 있다. 향가를 시조나 가사처럼 독립된 작품으로 배우기 때문이다. 향가가 실린 곳을 찾아가서 앞뒤 내용을 살피는 게 아니라 향가 작품 부분만 똑 떼어놓고 여느 시가처럼 취급하기 때문이다. 그러나 『균여전(均如傳)』에 실린 후대의 향가를 제외한다면 향가는 『삼국유사』에 실려 전하며, 『삼국유사』는 다 아는 대로 이야기책이다. 이야기가 진행되는 가운데 향가가 삽입되어 전하는 까닭에 앞뒤 문맥을 살피지 않고는 작품의 의미가 제대로 전달되기 어렵다. 하긴 균여의 향가 역시 강한 찬불가(讚佛歌) 성격을 벗어나지 않고 있으니 목적성을 배제하기 어렵다.

향가는 노래이다. 그것도 우리말로 남아 전하는 가장 오래된 노래이다. 지금도 그렇겠지만 노래에는 노래의 힘이 있는 법이니 향가를 읽어가며 그 힘을 찾아보는 것은 의미 있는 일이겠다. 향가를 감싸고 있는 이야기들은 그 의미를 찾는 데 좋은 지침이 될 것이며, 이 점에서 향가야말로 노래의 힘을 풀어내기에 가장 적절한 작품들이다.

『균여전』(均如傳)의 향가

2. 이야기 속의 노래,
   노래를 담고 있는 이야기

  지금은 좀 달라졌겠지만 내가 대학 다닐 때만 해도 향가를 둘러싸고 있는 설화를 일러서 '배경설화'라고 부르곤 했다. 향가의 배경이 되는 설화라는 뜻이다. 인물사진으로 치자면 향가가 인물이고 설화가 배경이 되는 것이다. 가령 경주의 첨성대 같은 데에 가게 되면 기념 사진을 찍게 된다. 대개 인물의 뒤편으로 첨성대가 보이게 되니 첨성대가 배경이 되는 것이 분명하다. 그러나 개중에는 인물과 관계없이 첨성대를 찍으려 할 수도 있다. 첨성대가 하도 유명하다고 하니 자신만의 앵글로 잡아보려는 것이다. 그러나 이 경우에도 사람을 완전히 통제할 수 없어서 지나가는 사람들이 본의 아니게 찍히는 일이 있다. 이때는 적어도 그 사람을 앞에 놓고 첨성대를 찍으려 하지 않은 점이 분명하다.

  향가의 설화 또한 그렇다. 향가가 정말 중요한데 그것을 설화가 떠받쳐주는 것인지, 설화를 이야기하는 과정에 향가가 끼어들어간 것인지 밝혀낼 필요가 있다. 그러나 이런 논란은 어쩌면 덜 떨어진 소견을 지닌 사람들이 하릴없이 떠드는 데 지나지 않을지도 모르겠다. 적어도 사진을 좀 찍는다는 사람이라면 누구나 그렇겠지만 배경과 인물을 나눌 수는 있다하더라도 그 둘이 잘 어우러지지 않은 사진은 가치가 떨어지기 때문이다. 『삼국유사』가 허랑한 책이 아니라면 이야기 속에 향가가 있든, 향가의 배경으로 이야기가 있든 둘이 잘 어우러질 것이 분명하다.

  〈찬기파랑가(讚耆婆郎歌)〉를 보자. 다 알려진 대로 노래는 이렇다.

열어젖히자

벗어나는 달이

흰 구름 좇아 떠간 자리에

백사장 펼친 물가에

기랑의 모습이 겹쳐져라

일오천(逸烏川) 자갈 벌

낭이 지니시오던

마음의 끝을 좇노라

아, 잣나무 가지가 높아

눈이라도 못 덮을 화랑이여[1]

널리 알려진 대로, 기파랑이라는 화랑을 찬미한 노래이다. 기파랑의 모습은 세 차례에 걸쳐서 서로 다른 사물에 빗대어 그려지는데 사실은 같은 구조이다. 먼저, 구름을 헤치고 나타난 달이다. 달은 세상 어디에나 비추는 신성한 존재이다. 잠깐 사이 구름이 달을 막는 듯이 보이지만 구름 걷히고 나면 그 신비로운 모습은 더욱 빛난다. 두 번째는 강물에 있는 자갈이다. 강물은 구름이 그렇듯이 계속 흘러가는데 그 가운데 기파랑의 모습이 있다고 했고, 그 물의 자갈 벌에 기파랑의 마음이 있다고 했다. 맑은 물에 계속 씻겨 깨끗해진 자갈, 오랜 세월 잘 다듬어진 조약돌이었을 것이다. 세 번째는 눈조차 덮지 못하는 드높은 잣나무 가지이다. 소나무와 잣나무는 겨울이 와도 잎이 지지 않는 까닭에 흔히 절개와 지조를 비유하는 데 쓰이는데, 여기도 마찬가지이다. 제 아무리 눈서리 몰아쳐도 범접할 수 없는 그 잣나무의 기상이 바로 기파랑이라는 것이다. 구름을 헤치고 나타난 달, 수수천년 물결에 맑고 깨끗해진 조약돌, 눈서리 가운데도 꼿꼿한 잣나무로 기파랑의 풍채와 기상을 그려내고 있다.

그런데 문제는 이런 노래가 그냥 노래로만 나오는 것이 아니라 그 앞뒤로 이야기가 덧붙는다는 것이다. 물론 좋은 시란 모름지기 작품 하나만으로도 승부하기에 충분한 법이지만, 이렇게 시의 앞뒤로 이야기가 배치된다면 그걸 없는 것처럼 읽는 것이 도리어 이상하다.

당나라 사신이 『도덕경(道德經)』 등을 보내와 왕이 예를 갖추어 받아들였다. 왕이 다스린 지 24년째였다. 5악(岳)과 3산(山)의 신들이 간혹 어전 뜨락에 나타나곤 했다. 3월 3일, 왕이 귀정문의 다락에 올라 주위 신하들에게 말하였다.

"누가 거리에 나가 좋은 스님 한 분을 모셔올 수 있겠느냐?"

그때 마침 큰스님 한 분이 위엄 있게 잘 차려 입고 서서히 걸어가고 있었다. 신하들이 그를 데려다가 왕 앞에 보였다.

"내가 말하는 좋은 스님이 아니야."

왕은 물리게 하였다. 다시 한 스님이 허름한 중 옷을 입고 앵통(櫻筒)을 진 채 남쪽에서 왔다. 왕은 그를 보고 기뻐하며 다락 위로 불러오게 했다. 그 통 안을 보니 다구(茶具)가 가득했다.

"그대는 뉘신가?"

"충담(忠談)이라 하옵니다."

"어디 다녀오시는겐가?"

"저는 매번 3월 3일과 9월 9일에 차를 달여 남산 삼화령의 미륵세존께 드립니다. 지금 막 바치고 돌아오는 길입니다."

"과인이게도 차 한잔 주실 수 있는가?"

충담은 곧 차를 끓여 바쳤다. 차 맛이 특이했고, 찻잔에서는 기이한 향기가 자욱했다.[2]

이야기의 시작부터 특이하다. 당나라 사신이 『도덕경』을 보내온 일을 싣고 있는 것이다. 『도덕경』은 우리가 흔히 『노자(老子)』로 알고 있는 바로 그 책이다. 실제의 역사 기록인 『삼국사기』에 따르자면 당나라에서 도덕경을 보내온 것은 이 이야기 속의 임금인 경덕왕(景德王) 때가 아니라 그 직전 임금인 효성왕(孝成王) 2년인 서기 738년으로 알려지고 있다. 그러나 효성왕의 재위 기간이 워낙 짧아서 경덕왕 때와 시기적으로 큰 거리는 없다. 중요한 점은 불교(佛敎) 경전이 아닌 도교(道敎) 경전을 보내왔고 그것을 매우 경건하게 받아들였다는 사실이다. 다 아는 대로 신라는 불교국가이고 『삼국유사』를 편찬한 일연 또한 불교 승려이다. 뜬금없이 무슨 책을 보내왔다고 적은 것 같지만, 그걸 통해서 무언가 심상치 않은, 불편한 한 대목을 언급하고 있다고 보아야 할 것이다.

그도 그럴 것이 바로 뒤에 이어지는 내용 또한 불길한 일들이다. 5악 3산은 신라의 곳곳에 있는 신령스러운 산들이다. 신령스러운 산이라면 당연히 나라를 지켜주는 호국의 산일 텐데, 그곳의 신들이 궁궐 뜨락으로 내려왔다고 했다. 학생들에게 이게 무슨 내용이겠느냐고 물으면 뜻밖에도 무언가 좋은 조짐이 있는 것 같다고 대답하기도 한다. 나쁜 신도 아니고 그렇게 좋은 산의 산신이 내려왔으니 좋은 일이 있을 것 같아서 그렇다고 한다. 그러나 사실은 정반대이다. 산신은 산에 있고 바다신은 바다에 있어야 정상이다. 산신은 산에서 나라를 지키고 바다신은 바다에서 나라를 보호하는 것이 바른 직분

경주 남산

이기 때문이다. 그런데 그런 신들이 제 자리에 있지 않고 세속에 모습을 드러낸다면, 그것도 나라를 다스리는 최고 통치자 앞에 그렇게 한다면 필경 나라에 심각한 문제가 있다는 뜻이다. 실제로 『삼국유사』의 여러 곳에서 그런 식으로 국가의 위난(危難)을 알리기도 했다.

임금은 그 뜻을 알고 다급했을 것이다. 문제를 풀 수 있는 사람이 필요했고, 신통력 있는 스님을 불러오라고 명령했다. 그러나 신하들은 그 말을 제대로 이해하지 못했다. 겉모습만 그럴듯한 스님을 모셔오고 말았다. 그리하여 새로 모셔온 이가 바로 충담이다. 충담은 마침 남산의 미륵부처님께 차를 바치고 오는 길이라 했다. 남산이 어떤 산인가? 신라의 도읍 경주의 남쪽에 있는 중심산이다. 중심 중의 중심, 산 중의 산이다. 날짜도 마침 3월 3일 삼짇날, 푸른 자연이 새로 생겨나는 그런 때이다. 사람과 자연 모두 새로운 질서를 찾아내기 적당한 조합으로 꾸며졌다. 그렇게 모든 것이 갖춰졌다면 본론으로 들어갈 차례이다.

"짐은 일찍이 스님이 기파랑(耆婆郞)을 찬미한 사뇌가가 그 뜻이 매우 높다고 들었는데, 과연 그러한가?"

"그렇습니다."

"그렇다면 짐을 위해 백성을 편안히 잘 다스리는 노래를 지어줄 수 있는가?"

충담은 곧바로 명령을 받들어 노래를 지어 바쳤다. 왕은, '좋다' 하고 왕사(王師)에 봉하였다. 충담은 거듭 절하고 굳이 사양하며 받지 않았다.

백성을 편안히 하는 노래[安民歌]는 이렇다.

임금은 아버지요
신하는 다사로운 어머니
백성은 어린 아이라고
하실진대, 백성이 다사로움을 알도다
구물구물 살아가는 물생(物生)
이들을 먹이고 다스려라
이 땅을 버리고 어디로 가리
하실진대, 이 나라 보전될 것을 알도다
아아, 임금답게 신하답게 백성답게
한다면 나라는 태평하리니[3]

〈안민가〉가 괜히 나온 것이 아니다. 나라가 어지러우니 백성을 편하게 해야 하며, 그러기 위해 특별히 주문하여 만들어졌다 하니, 이 작품은 순수한 서정시가 아니라 특수한 목적을 띤 기능성이 강조되는 노래이다. 각자 자기 위치에서 제 역할을 다한다면 나라는 절로 다스려질 것이라는 매우 당연한 내용을 담고 있다. 그런데 문제는 바로 이 작품 다음에 〈찬기파랑가〉가 실려 있고, 그 이야기 끝에 왕의 고민이 이야기로 펼쳐진다. 왕의 성기가 8촌(寸)이나 되어서 아이를 가질 수 없었다. 왕이 표훈대사를 시켜 하느님께 고해서 자식을 갖게 해달고 했는데, 딸은 되지만 아들은 안 된다는 답을 들었다. 그러나 임금이 여전히 아들을 원했고 하느님은 아들이 되면 나라가 위태롭다고 경고했으나 임금이 말을 듣지 않고, 그래서 태어난 아들이 혜공왕이며 본래 딸인 터라 제 구실을 못하고 끝내 죽임을 당했다는 이야기이다.

이 이야기의 흐름을 정리하면 이렇다: "나라에 어지러움이 있었고 임금은 그 문제를 풀 스님을 구했다. 스님은 백성을 편안히 하는 노래(〈안민가〉)를 지어 바쳤으며, 아울러 자신이 전에 지은 〈찬기파랑가〉가 소개된다. 기파랑 같이 훌륭한 세자를 낳아 나라를 다스릴 것을 원하는 뜻이었으나, 하늘의 도리를 어김으로써 부족한 임금이 뒤를 잇게 되었다." 두 노래 모두 나라를 편안히 했으면 하는 목적을 이루기 위한 노래였던 것이다. 이야기를 떼놓고 본다면 두 노래 모두 한 작가의 작품이라는 것 외에는 별다른 공통점을 찾기 어렵지만 이야기 속에서 이해될 때 그렇게 하나로 꿰어질 수 있다.

3. 불러라, 풀릴 것이다

우리가 흔히 '향가'라고 하는 갈래는 어쩌면 한 갈래로 묶기 어려운 것인지도 모른다. 간단하게는 향찰(鄕札)의 표기에 의해 표현되는 특정 시기의 시가군을 묶어서 말하는 것이겠지만, 기실은 복잡하다. 앞서 살핀 〈찬기파랑가(讚耆婆郎歌)〉 같은 작품은 길기도 하지만 강력한 서정성을 지닌 수준 높은 창작시이다. 〈제망매가(祭亡妹歌)〉나 〈모죽지랑가(慕竹旨郎歌)〉 또한 마찬가지이다. 제목에 붙은 대로 '찬미하고[讚]', '제사 지내며[祭]', '그리워[慕]' 하는 작품이라면 으레 그렇기도 할 것이다. 그러나 향가에는 그런 작품만 있는 것이 아니라, 일단 길이도 짧고 내용도 간단한, 그래서 본래는 아주 짤막한 민요(民謠)였을 것 같은 작품도 있다. 이런 작품들은 아예 기록될 때부터 사람들이 함께 모여 부르고 입에서 입으로 전하던 사정이 전해지니 다른 시각에서 살펴야 할 것이다.

〈공덕가(功德歌)〉 또는 〈풍요(風謠)〉로 알려진 작품을 보자.

오다 오다 오다

오다 서럽더라

서럽다 의내어

공덕 닦으러 오다

향가는 한문 번역과는 달리 거의 암호 해독 수준이어서 그 바른 풀이에 대해서는 의견이 분분하다. 일단 양주동 선생의 『고가연구(古歌研究)』에 따랐다. '오다'의 다섯 차례 반복으로 끝나는 아주 간

『삼국유사』〈공덕가〉 대목

단한 노래이다. '의내'가 '우리' 정도의 뜻이므로 결국, "공덕을 닦으러 서러운 우리들이 온다."는 내용이 된다. 그렇다면 대체 무슨 공덕인가? 이는 역시 『삼국유사』의 설화를 살펴야만 한다. 이 향가는 〈양지 스님이 지팡이를 부리다〉라는 이야기 가운데 들어있다. 양지라는 승려가 신통한 술법을 잘 썼는데 그가 주도하여 불상을 만들 때, 사람들이 진흙을 나르며 부른 노래가 바로 이것이다.

일을 하며 불렀으니 노동요가 분명하다. 또, 이 작품을 흔히 '풍요'라고 하지만 사실은 '풍요'가 곧 '민요'라는 뜻이니 '풍요'는 작품 제목으로 적절치 못하다. "진흙을 나르며 풍요를 불렀으니"라는 기술에서 '풍요'를 작품명처럼 따다 쓴 것에 불과하다. '풍(風)'은 본시 『시경(詩經)』의 갈래 구분에 따르자면 민요를 가리키는 말이기 때문이다. 어찌되었든 그렇게 힘든 노동을 하며 부른 노동요이겠고, 이 노래를 부르면 노동에 도움이 되었을 게 분명하다. "오다"를 반복하며 행동을 통일한다거나 순간적으로 힘을 집중하는 일도 가능했을 것이다. 그렇게 볼 때 문제는 "서럽다"에 있다. 대체 공덕을 닦으러 오는데 무엇이 서럽다는 말인가. 단순하게 생각하자면 지금 일이 너무 고통스러우니 "서럽다!"고 토로하는 것일 수도 있겠다. 그렇지만 그렇게 볼 때 왠지 석연찮은 구석이 있다.

다시 『삼국유사』의 기록을 보면, 이 불상이 보통 불상이 아닌 것을 알 수 있다. 일연이 달아놓은 주석에 따르자면 불상을 만드는 데 들어간 비용이 쌀 2만 3천 7백석이라고 한다. 가히 천문학적인 금액이어서 믿기기 어려울 정도였다. 그래서 주석에는 친절하게도 금칠을 하는 데 들어간 비용이라고 하는 말도 있더라고 덧붙여두었다. 정말 금칠을 해서 그렇게 된 것인지는 알 수 없지만 엄청난 비용이 든 것만은 사실이다. 그렇다면 이제 여기에서 진흙을 날랐다는 사람들의 속내가 읽힐 수 있다. 그렇게 많은 돈이 들어가는 일을 하자면 여러 가지가 필요하다. 특별한 불사(佛事)를 베풀기로 계획하고 뜻을 모으는 승려, 불상을 직접 설계하고 만들어낼 솜씨 좋은 장인(匠人), 금가루라도 입히는 데 들어가는 막대한 비용을 지불하는 사람 등이 합심해야만 하는 것이다. 그런데 그런 특별한 일에 보탤 것이 없는 보통 사람들이라면 노력봉사를 할 수밖에 없다. 바로 이때의 심경이 이 노래에 담겨있을 것으로 생각해봄직하다.

그러나 오해는 금물이다. 혹시라도, 남들은 그렇게 해서 좀 폼이 나는 일을 하는데 나는 기껏 진흙이나 나르는 주제이니 서럽다고 해석한다면 작품의 가치가 너무 떨어지지 않을까 한다. 물론 일반 대중이 진흙 나르는 일을 하는 게 부자가 내는 금덩이보다 하찮아 보일 수도 있지만, 그 행위가 진정 '공덕(功德)'을 닦는 거룩한 행위이기 때문이다. 예를 들어 지금 어느 큰 절을 짓는다고 치자. 덕망 있는 스님의 발의에 따라 돈 있는 신도들은 돈을 내고 재능 있는 신도들은 재능을 바칠 것이다. 그러나 이것도 저것도 없는 신도라면 기왓장이라도 몇 장 바치고, 그것도 안 되면 실제 공사 현장에 가서 막일이라도 돕는 게 당연하다. 그러나 그렇게라도 할 수 있는 게 다행이고, 또 그 일이 없으면 절이 이루어지지 않으므로 소중하기는 매한가지이다.

　대학원 시절, 경주에 갔다가 어느 지인의 안내로 윤경렬 선생을 만나 뵌 일이 있다. 경주에 대해서는 모르는 게 없다는 '경주 할아버지'로 통하는 재야 사학자이시니 좋은 말씀을 들을 기회라 여겼었다. 뜻밖에도 선생께서는 이 〈공덕가〉의 이야기를 해주셨다. 선생의 견해에 따르자면, 노랫말은 "서럽다"이지만, 결코 그럴 수 없다는 것이다. 풍류가 있으신 선생께서는 직접 가락까지 얹어서 아주 경쾌하고 힘차게 이 노래를 불러주셨다. "서럽다 우리들이여"를 외치면서도 결코 서럽지 않은, 우리들은 모두 공덕을 닦고 있다는 자부심이 드러난다는 말씀이셨는데, 십분 공감이 간다. 그렇다면 이 노래는 "우리들은 아무 가진 것이 없지만 부처님의 뜻을 세우는 데 꼭 필요한 공덕을 쌓을 수 있으니 얼마나 좋은가. 서러운 우리 벗님들아, 어서 와서·함께 공덕을 쌓자."며 결의하는 노래이다. 노래를 하면서 서러움이 쌓이는 게 아니라 그간의 서러움이 저 멀리 달아나고 그토록 동경하는 불국(佛國)의 정토(淨土)가 가까이 있다는 환희의 노래이다.

　하긴 실연을 당해서 우울할 때, "나는 즐거워요"라는 노래를 부른다고 즐거워지는 것이 아니다. "지금 나는 우울해."라고 불러댈 때 우울함도 가시고 새롭게 사랑할 수 있는 힘도 생기는 법이다. 노래는 그렇게 거꾸로 풀어내는 마력이 있다. 어디 그뿐인가. 아직 오지도 않은 일을 앞당기는 데 놀라운 위력을 발휘하기도 한다. 아마도 향가 가운데 가장 널리 알려졌을 법한 〈서동요(薯童謠)〉가 그렇다.

　제30대 무왕(武王)의 이름은 장(璋)이다. 어머니는 과부였는데, 서울의 남쪽 연못가에 집을 짓고 살다 그 못의 용과 정을 통해 그를 낳

익산 미륵사지. 전라북도 익산시 금마면 기양리에 있는 미륵사 터 _doopedia.co.kr

왔다. 어려서 이름은 서동(薯童)이데, 재주와 도량이 헤아리기 어려웠다. 늘 마[薯]를 캐서 팔아다 생활했으므로, 이곳 사람들이 이름을 그렇게 부른 것이다.

어느 날 신라 진평왕의 셋째 공주인 선화(善花)가 세상에서 둘도 없이 아름답다는 소문을 들었다. 그는 머리를 깎고 신라의 서울로 갔다. 동네 여러 아이들에게 마를 나눠주었더니, 아이들이 그에게 가까이 붙었다. 그래서 노래를 짓고는 아이들을 꾀어 부르게 했다.

선화 공주님은
남 모르게 짝지어 놓고
서동 서방을
밤에 알을 품고 간다

노래는 서울에 쫙 퍼지고 대궐까지 들리게 되었다. 모든 신하들이 강력히 요청해, 공주를 먼 곳으로 유배 보내게 되었다. 결국 떠나게 되자 왕후가 순금 한 말을 여비로 주었다.

공주가 유배지에 도착할 즈음이었다. 서동이 길 위로 나타나 절하고는 모시고 가려 했다. 공주는 그가 어디서 온 사람인지 몰랐지만, 우연이라 믿고 기뻐하였다. 그래서 서동이 공주를 따라가게 되고 몰래 정도 통하였다. 그런 후에야 공주는 서동이라는 이름을 알게 되고, 노래대로 이루어지는 기묘한 체험에 흠칫했다.[4]

〈서동요〉는 주술의 힘을 분명히 보여준다. 서로 다른 신분이나 지위의 남녀가 만나는 방식은 이야기 짓는 이마다 입을 맞추기라도 한 듯이 거의 하나의 틀을 이룬다. 한쪽은 지나치게 높고, 한쪽은 지나치게 낮다. 이 이야기로 하자면, 한쪽은 공주인 데다 예쁘다는 소문이 난 사람이고, 한쪽은 과부의 자식인 데다 마[薯]나 팔아서 생계를 꾸려야 하는 딱한 사람이다. 물론 이 이야기는 다분히 신화적인 내용이어서 섣부른 해석을 피해야겠지만, 도저히 만날 수 없는 사람들이 만나게 된 계기가 바로 노래인 것만은 분명하다. 서동은 있지도 않은 사실을 노랫말에 담아 퍼뜨렸고, 결국 그 때문에 선화공주는 궁궐에서 쫓겨났으며, 노래 그대로 이루어지는 체험에 선화공주의 마음이 흔들린 것이다. 말이든 노래이든 거기에 담긴 내용대로 세상이 바뀐다면 '주술'이며, 〈서동요〉는 그 주술의 힘을 유감없이 발휘했다.

그렇다고 이 노래의 힘이 서동의 흑심(黑心)만 채워주는 데 그치고 말았다면 한갓 사술(邪術)에 지나지 않았을 것인데 다행히도 실제 이야기는 그 이상이다. 공주는 어머니가 준 금을 가지고 궁을 떠나 서동을 만난다. 그녀는 서동에게 금을 보여주며 생활을 하자고 하자 서동이 크게 웃으며 그게 무엇이냐고 묻는다. 공주는 그것이면 백년은 부자로 지낼만한 보물이라고 일러주었다. 서동은 그런 물건은 자신이 마를 캐는 데 가면 진흙처럼 널려있다고 하여 드디어 그 많은 금덩이를 얻는다. 그로써 그들은 부자가 되었고 어느 스님의 신통력을 빌려서 신라 궁궐로 그 금들을 옮겨놓고 인심을 얻는다. 이 과정을 보면 온달과 평강공주가 그랬듯이, 바깥으로 내쫓기게 된 공주가 다시 자기의 자리를 잡아가는 구성을 취하고 있다. 즉, 서동의 승리만이 아니라 공주 또한 보다 더 확고한 자기 자리를 잡아감으로써 공동 승리가 이루어진다 하겠다. 선화공주가 서동과 함께 살게 된다는 그 말이 실제로 행해짐으로써, 두 사람의 행불행이 교차하는 것이 아니라 모두 행복해지는 이야기인 것이다.

노래는 힘은 그렇게 위대하다. 〈공덕가〉처럼 어렵게 살면서도 신바람을 불러 올 수 있게 하는가 하면, 〈서동요〉처럼 불가능한 일을 미리 노래함으로써 가능하게 하기도 한다. 그러나 아무리 애를 써도 일어날 일은 일어나고야 만다. 아무 노력을 하지 않고도 행운이 올 수도 있는 것처럼, 막아낼 수 없는 일도 있는 것이다. 〈처용가(處容歌)〉는 그런 불가항력적인 일이 배경이다. 제49대 헌강왕 때, 왕이 바닷가로 놀러 나갔다 운무(雲霧)가 가득하여 길을 잃었다. 동해의 용이 조화를 부린 것이라는 말에 따라 왕은 그 근처에 절을 지어 용의 화를 풀어주도록 했다. 그러자 운무가 걷혔고 그곳을 '구름이 열린 포구'라는 뜻에서 개운포(開雲浦)라고 부르게 되었다. 용은 기뻐하며 일곱 아들과 함께 춤을 추고는 그 중 한 아들을 왕에게 딸려 보내 왕을 돕도록 했다. 왕은 그를 결혼시키고 급간(級干) 벼슬을 주었다.

울산 개운포의 '처용암'

앞서 경덕왕 때의 일에서도 그랬지만, 신령스러운 존재가 제 자리를 지키지 않고 나와 있다면 변고가 있는 것이 분명하다. 헌강왕은 그것을 무시하지 않고 절을 지어 풀어줌으로써 어려운 일을 막아낼 수 있는 처용을 얻게 된 것이다. 그러니 당연히 처용의 활약이 뒤이어야 이야기의 규칙에 맞는 법이다.

그의 아내는 매우 아름다웠다. 역신(疫神)이 여자에게 푹 빠져, 사람으로 변장을 하고 밤에 그 집에 들어와 남몰래 함께 자게 되었다. 처용이 밖에 나갔다가 집에 이르러, 침상에서 두 사람이 자는 것을 보고는, 노래 부르고 춤추며 물러났다. 노래는 이렇다.

서울의 밝은 달밤

밤늦도록 노닐다가

들어와 자리를 보니

다리가 넷이구나

둘은 내 것인데

둘은 누구 것인가

본디 내 것이었던 것을

빼앗아 감을 어찌하리

이때 역신이 모습을 드러내 앞에 나와 무릎 꿇고 말했다.

"내가 그대의 처를 탐내서 지금 일을 저질렀습니다. 그런데도 그대가 화를 내지 않으시니, 감복하고 탄복할 일입니다. 맹서컨대, 지금부터 이후로는 그대의 얼굴 모습을 그린 것만 보아도, 그 문안에 들어가지 않겠습니다."

이때문에 나라안의 사람들이 문에 처용의 형상을 붙여, 사악한 것을 몰아내고 좋은 일을 맞아들였다.[5]

〈처용가〉는 그리 어려운 노래도 아니고 또 외설적인 노래도 아닌데 그간 상당한 오해를 빚은 것 같다. 아마도 "다리가 넷이구나"라는 구절 때문에 남녀의 성교하는 모습을 상상해서 그런 것이겠다. 물론 다리가 넷이라는 표현은 남녀가 교합 상태로 있는 모습을 그려낸 것이니만큼 그렇게 보는 것이 전혀 틀리지 않았다. 그러나 여기서 먼저 고려할 사항은 처용과 역신이 어떠한 존재인가 하는 점이다. 처용은 동해 용의 아들이고 역신은 전염병을 옮기는 신이다. 누구든 보통 인간이 아니고 특별한, 초월적인, 신이한 존재라는 점을 간과한다면 이 작품을 풀어내기란 여간 어렵지 않다. 처용은 나랏일을 돕는 목적으로 동해에서 파견된 존재이니 무언가 그 도움이 되는 일을 해야만 한다. 또 역신은 전염병을 옮기는 신이니 그가 등장함으로써 전염병이 온 나라에 퍼지게 되어 있다. 지금은 그렇지 않지만 인간에게 치명적인 타격을 주는 전염병은 대체로 그렇게 큰 힘을 지닌 신적인 존재에 의해 재앙처럼 내려진다고 여겨졌던 것이다.

그렇다면 이 이야기는 결국 나라의 어려움을 막아내는 임무를 수행하기 위해 파견된 처용과, 전염병이라는 엄청난 재앙을 퍼뜨리기 위해 등장한 역신과의 한 판 대결이 되겠다. 이 점이 고려되지 않는다면 의미파악은 묘연해진다. 실제로 수업 중에 학생들에게 "다리가 넷"이 무슨 뜻이겠느냐고 물어보면 얼굴만 빨개질 뿐 말을 제대로 대답을 못하는 것은, 그 아래 숨은 뜻을 잘 파악하지 못했기 때문이다. 역신이 사람의 몸에 섞였다는 것은 곧 사람에게 전염병이 들어갔다는 말이다. 의학이 발달하지 않았던 옛 사람들에게 전염병은 숙명적으로 받아들여야 하는 엄청난 재앙이었다. 전염병이 일단 돌기 시작하면 격리 이외에는 별다른 대책을 세울 수 없었다. 그래서 그런 큰 질병을 가져온다고 믿어진 신들에게는 최대한의 경의를 표해서 빨리 나가주기만을 기다리는 게 상수였다. 오죽하면 천연두 같은 전염병의 신에게는 '마마'라는 극존칭을 썼겠는가. 임금이나 왕비에게나 붙이는 칭호를 거기에 붙이면서 '마마신'이 빨리 나가달라고 애원하는 태도를 취했을 뿐이다.

처용이 역신을 물리치는 방법 또한 거기에서 멀지 않다. 역신은 쉽사리 힘으로 제압할 수 있는 대상이 아니기 때문이다. 게다가 역신은 이미 아내를 범해서, 즉 아내에게 치명적인 질병을 주입함으로써 돌이킬 수 없는 상태가 되고 말았다. 처용이 부른 노래는 그러한 상황에 대한 체념이다. 자신의 힘으로 제압할 수 없는 악(惡)에 대해,

이제는 어쩔 수 없다는 포기를 선언했다. 그러나 처용이 여느 사람이었다면 그런 행위가 비겁한 포기 이상일 수 없겠지만 경우가 달랐다. 그는 이런 문제를 막아내기 위해 특별히 파견된, 다시 말해 그런 역할을 충분히 할 수 있는 능력을 갖춘 자임에도 불구하고 아무런 대응을 하지 않는 것이다. 이는 한마디로 관대한 용서이다. 그리고 그러한 관용이 도리어 상대를 감복시키고 저절로 물러나게 했다. 게다가, 그로부터 모든 사람들이 처용의 얼굴 하나만 걸어두는 것으로써 역신의 침범을 피할 수 있었으니, 사실은 가장 확실한 대응이요 항거인 셈이다.

이상의 노래 세 편은 모두 답답한 문제를 풀어내주는 데 특효약이었다. 남보다 가진 것이 적은 미천한 형편이지만 정토를 이루는 데 힘을 보태기도 하고, 도저히 함께 살아갈 수 없을 것 같은 남녀가 배필이 되기도 하며, 아무도 거역할 수 없는 힘을 지닌 역신을 무릎 꿇리기도 한다. 이는 향가가 개인적인 서정을 담아내기보다는 특정 목적을 수행하는 기능을 또렷이 지닌 노래이기도 했음을 보여주는 사례이다. 덧붙여서 월명사가 지었다는 〈도솔가〉 역시 아주 강력한 주술성을 보인다. 하늘에 해가 둘이 뜨는 괴변이 생기자 영험력 있는 스님을 모셔다 노래하게 했고 그 노래를 하자 괴변이 사라졌다는 것이다. 내용은 부처님을 잘 모시겠다는 소박한 것이지만 그 힘은 천체의 변고까지 몰아낼 만큼 강력했다고 전한다. 또, 〈우적가(遇賊歌)〉는 도적을 맞아 노래로 제압하는가 하면 〈득안가(得眼歌)〉는 눈 먼 아이를 눈뜨게 해달라고 부처님 앞에 비는 내용이며, 자신을 잊고 만 임금에 대한 원망을 담은 노래인 〈원가(怨歌)〉는 잣나무를 시들게 함으로써 결국 제 뜻을 실어 펼쳐 보인다. 이런 작품들로 보면,

그만큼 당시 사람들이 향가를 단순한 노래 그 이상의 힘을 가진 것으로 인식했다는 뜻이다.

4. 그리움은 끝이 없어

지금까지 향가를 둘러싼 설화, 또 향가의 기능적인 측면 등을 살피느라 정작 향가가 인간의 감정을 서정적으로 풀어낸 아름다움에 대해서는 소홀한 경향이 있다. 향가는 사실 우리 문학사에 처음 등장하는 우리말 서정시라 해도 과언이 아니고 서정성을 빼고 나면 심심하기 이를 데 없는 평이한 작품이기도 할 것이다. 물론 일찍이 한시(漢詩)를 받아들인 까닭에 이른 시기에 등장한 작품치고는 시적 성취가 매우 높다. 그 대표적인 작품이 〈모죽지랑가(慕竹旨郎歌)〉이다. 내용은 작품명 그대로 죽지랑을 그리워하는 노래이다.

가버린 봄을 그리워하자니
모든 것이 울어야 할 슬픔
아름답게 빛나시던
그 모습 갈수록 스러져가도다
눈 돌릴 사이
만나보기 어찌 이루랴
님 그리는 마음이 가는 길
다북쑥 구렁에서 잘 밤 있으리[6]

이 작품 또한 앞뒤로 붙은 설화가 없이는 온전히 이해되기 어렵다. 그러나 일단 작품을 따라 찬찬히 읽어 내려가도 이 시가 갖는 독특한 느낌이 전해온다. 맨 첫 구부터가 그렇다. '가버린 봄'이 주는 의미는 인간 누구에게나 보편적으로 다가선다. 겨울은 춥고 고되기 때문에 언제나 봄은 기다려지는 법이다. 그러나 기다림 끝에 오는 것이 다 그렇지만 느낌 상 너무 더디 오고 빨리 간다고 여겨지기 십상이다. 그 봄의 의미가 확장되면 인생 전체로 퍼져나가게 된다. 이른바 '왕년에'라고 이야기하면서 등장하는 '좋은 시절'이 그렇다. 청춘이 그렇고, 누군가와의 아름다움이 깃들어 있는 아름다운 한 때가 그렇다. 그런 시절은 언제나 지나고 난 다음에야 마음에 크게 와닿는 게 예사여서 돌이킬 수 없는 때인 경우가 많다.

여기에서 〈모죽지랑가〉의 '모(慕)'자를 새겨보자. 이 글자는 '莫'자와 '小'이 합쳐진 글자이다. '莫'은 본디 '저물다, 저녁'의 뜻이다. 깜깜해서 아무것도 없게 되어 '(하지) 말다'라는 부정적인 의미가 파생되었겠다. 사전을 찾아보면 지금 '저물 모'로 알고 쓰는 '暮'의 본래 모습임을 알 수 있다. 그래서 이 글자가 들어가면 다 '없는 것'과 관련이 있다. 우선 '날 일(日)'이 붙으면 날[日]이 저물다는 의미의 '저물 모(暮)'가 되고, '물 수(水)'가 붙으면 물이 없는 '사막 막(漠)'이 된다. '힘 력(力)'이 붙으면 없는 사람을 힘써 불러 모으는 '모을 모(募)'가 된다. 그렇다면, '모(慕)'의 뜻 또한 너무도 분명하다. 없는 사람을 그리워하는 것이다. "보고 있어도 보고싶다"는 말장난도 있는가 보지만, 누군가가 보고싶고 그립다면 현재 없는 사람이다. 그것도 절절해지려면 어떤 이유에서든 볼 수 없게 된 사람이다.

그래서 이 노래를 두고도 의견이 분분하다. 죽지랑이 살아서 지은 것인지, 죽은 후에 지은 것인지를 두고 특히 그러하다. 어느 쪽으로 새기든 큰 무리는 없다. 다만 이 작품을 둘러싼 설화의 내용을 보면, 죽지랑은 화랑으로서 자신이 거느리는 낭도(郎徒)를 소중히 여긴 사람이라는 점이 강조되면 그뿐이다. 그의 낭도인 득오곡이 어느 못된 지방 관리에게 불려가 혹사를 당했다. 죽지랑은 직접 거기까지 찾아가 떡과 술로 위로를 하려 했다. 그러나 그 관리는 그럴 시간마저 내주지 않았고, 지나가던 다른 벼슬아치가 그 사정을 알고는 곡식 30석을 주어도 듣지 않다가 말안장을 내주자 그때야 허락을 했다. 조정의 관리가 이 말을 듣고 익선을 엄벌했고, 급기야 왕에게까지 알려져서 그 관리와 같은 출신지의 사람은 쓰지 않기로 했다는 것이 이야기의 결말이다.

남성들의 세계란 참으로 희한하다. 배신과 쟁투도 심각하지만 그에 못지않게 지조와 의리도 중시한다. 여기에서는 자기를 알아주는 어른으로 죽지랑이 등장한다. 자기를 알아주는 사람을 위해서라면 죽음을 마다하지 않는 것이 옛사람들의 이상적인 인간상이었으니 득오곡의 마음 또한 그랬을 것이다. 그러나 죽지랑은 김유신과 함께 삼국통일의 위업을 이루어내는 걸출한 장수였음에도 불구하고 역사적으로 불행한 일을 많이 겪은 인물이다. 험로를 따라 난관에 처한 일이 있었을 게 분명하다. 그러나 소중한 것들은 빨리 지나는 것처럼 느끼는 것이 인지상정. 죽지랑은 눈 돌릴 사이에 그만 만날 수 없는 곳으로 가고 말았다. 득오곡을 사랑하는 마음에 먼 길을 마다하지 않고 와주던 그 따스한 분, 그 훌륭한 분과 함께 했던 아름다운 봄날은 가고, 이제 그 모습조차 사라져가는 듯하며, 그런 분과 함께 할 수 없으니 삶이라는 게 쑥대밭 구렁텅이에 빠진 것같이 처참하게

만 느껴진다고 읊어대는 것이다.

전체 8구는 두 구씩 짝을 이루며 강력한 대비를 보여준다. 봄날의 '기쁨'이 지나고 온 세상이 함께 울어야 할 '슬픔'이 되며, 님의 '아름다움'은 이제는 스러져가는 '안타까움'이며, 눈 돌릴 만큼의 '짧은' 사이에 '영원히' 만날 수 없게 되었고, 님을 그리는 '연모'의 정이 헤어나지 못할 '구렁텅이'가 된다. "사랑이 깊으면 외로움도 깊어라"라는 노랫말처럼, 연모의 정이 쌓이면 쌓일수록 지나간 아름다운 시절은 너무도 아름답고, 함께 할 수 없는 이 시간은 지옥 같다는 내용인데 적절한 비유를 통해 격조 있게 구사되고 있다. 이런 내용으로 볼 때 이 작품은, 죽지랑이 죽은 후의 사무치는 그리움이거나, 최소한 살아있기는 해도 도저히 다시 만나 뵐 기약을 하기 어려운 상황에서 씌어졌다 하겠다.

이 점에서 〈제망매가(祭亡妹歌)〉는 아주 분명히 죽은 누이동생을 그리워하는 작품이다. 제목에서부터 '제(祭)'를 달고 있으니 죽은 뒤가 아니고서는 성립할 수 없는 노래이다. 제목 그대로 죽은 누이를 위한 제문일 텐데, 문제는 동생이라는 점이다. 피붙이가 죽으면 누구나 슬픈 법이지만 손아랫사람일 경우는 그 애틋함이 훨씬 더하다. 먼저 태어난 사람이 먼저 죽는 자연의 대체적인 섭리를 거스르기 때문이다.

생사의 갈림길
여기 있으니 두려웁고
"나는 갑니다" 말도
못하고서 갔는가

어느 이른 가을 바람 끝에

여기저기 떨어지는 잎처럼

한 가지에 나고

가는 곳을 모르겠네

아, 미타찰 세상에 만날 나는

도 닦아 기다리리[7]

생사(生死)의 갈림길은 사실 살아있는 모든 생명들이 처한 길이다. 하루를 살아간다는 것이 결국은 하루치의 목숨을 잃어가는 것이기 때문이다. 삶이 다하면 죽음이 오는 게 정한 이치이다. 그러나 그것은 어디까지나 한 생명의 문제일 뿐이다. 세상 어떤 생명도 저 혼자 살아갈 수는 없는 법이다. 인간의 경우는 특히 그러해서 누군가와 더불어 살고, 그 과정에 어떤 사람은 살고 어떤 사람은 죽는다. '회자정리(會者定離)' 라는 불교적인 용어를 쓰지 않더라도 한 세상에 만났던 사람들은 반드시 헤어지는 과정을 겪기 마련이다. 그것은 피할 수 없는 일이며 그렇기 때문에 두렵다.

첫 두 구가 그렇게 어쩔 수 없이 받아내야 하는 두려움을 읊어낸다면, 그 다음 두 구는 마지막 인사도 못하고 떠난 애절함을 이야기한다. 임종(臨終)을 지키는 것은 피붙이로서는 꼭 해야만 하는 일이겠으나, 이 누이동생이 죽을 때 자기가 떠나간다는 말 한마디도 못했다고 했다. 여기에서 누이의 갑작스러운 죽음을 감지할 수 있다. 병이라도 들어서 오래 앓기라도 했다면 죽음을 맞을 준비가 되어 있겠지만 이 작품에서는 작별인사조차 못하고 떠나간 것으로 나온다. 여기까지는 매우 평범하다. 누이동생의 죽음을 아프게, 운명적으로 받아들이면서 그 안타까움을 절절히 말하고 있을 뿐이다.

그러나 그 다음으로 가면 훨씬 더 시적인 표현을 찾아낸다. 가을바람에 떨어지는 잎새는 스산한 마음을 자아내기에 충분하다. 그러나 그것도 '이른 가을바람'이라 하여 때 이르게 찾아온 여동생의 죽음을 암시한다. 그리고 그 바람에 떨어진 잎새가 갈 곳을 모르며 떨어지는 모습을 그려냄으로써 지금 여동생의 영혼 또한 제 자리를 찾지 못하고 있을까 하는 걱정스러운 마음이 드러난다. 그리고 맨 마지막으로, 언젠가 극락정토에서 만날 테니 자신은 불도를 닦으며 기다리겠노라고 한다. 여기에서 동생은 이미 그곳으로 갔으니 자신만 그리고 가면 된다는 생각을 엿볼 수 있다. 실제로 이 시의 앞에 붙은 설화를 보자면 월명사가 죽은 누이를 위해 향가를 지어 제사를 지내자 갑자기 바람이 불어와 지전(紙錢)을 날려 서쪽으로 사라졌다고 한다. '서쪽'이 불교에서 말하는 서방정토(西方淨土)임은 말할 나위가 없다. 곧, 이승에서의 헤어짐은 슬픈 일이지만 결국 극락왕생하여 다시 '한 가지'에 난 그대로의 모습을 되찾을 것으로 확신한다 하겠다.

5. 향가의 문학적 가치

다 아는 대로 향가는 신라의 노래이다. 그러나 실제 향가가 전하는 것은 『삼국유사』와 같은 고려시대의 문헌이어서 신라에서 불릴 당시의 모습을 제대로 다 알기는 어렵다. 특히 불교 승려에 의해 기록되어 불교적인 내용을 담은 작품이 비교적 많이 실려 있다. 이런 사정은 고려 초기의 승려인 균여대사(均如大師)의 일대기를 기록한 『균여전(均如傳)』에 실린 향가에서 더욱 분명히 드러난다. 균여대사는 보현보살의 열 가지 원(願)을 좇아가며 열 수를 쓰고, 맨 뒤에 앞의 시들을 총결하는 〈총결무진가(總結無盡歌)〉를 덧보태어 총 열한 수의 향가를 남겼다. 이 작품들은 모두 부처님을 찬양하는 찬불가(讚佛歌)라 해도 과언이 아닌 것이다. 그런데, 이 『균여전』에서는 작품뿐만이 아니라 향가에 대한 일종의 비평적 견해를 제시함으로써 향가가 실제로 어떤 가치를 지닌 문학인지 또렷이 보여준다.

대사는 불교를 배움으로 특히 사뇌에 익숙하시었던 바, 보현보살의 열 가지 서원을 바탕으로 노래 11장을 지으셨다. 그 서문은 이와 같다.

대저 사뇌라 하는 것은 세상사람들이 놀고 즐기는 데 쓰는 도구요, 원왕이라 하는 것은 보살이 수행하는 데 줏대가 되는 것이라. 그리하여 얕은 데를 지나서야 깊은 곳으로 갈 수 있고, 가까운 데부터 시작해야 먼 곳에 다다를 수가 있는 것이니, 세속의 이치에 기대지 않고는 저열한 바탕을 인도할 길이 없고, 비속한 언사에 의지하지 않고는 큰 인연을 드러낼 길이 없도다. 이제 쉬 알 수 있는 비근한 일을 바탕으로 생각키 어려운 심원한 종지(宗旨)를 깨우치게 하고자 열 가지 큰 서원의 글에 의지하여 열한 수 거친 노래의 구를 짓노니 뭇사람의 눈에 보이기는 몹시 부끄러운 일이나 모든 부처님의 마음에는 부합될 것을 바라노라. 비록 지은이의 생각이 잘못되고 언사가 적당치 않아 성현의 오묘한 뜻에 알맞지 않더라도 서문을 쓰고 시구를 짓는 것은 범속한 사람들의 선한 바탕을 일깨우고자 함이니 비웃으려고 염송하는 바 소원의 인연을 맺을 것이며, 훼방하려고 염송하는 자라도 염송하는 바 소원의 이익을 얻을 것이니라. 엎드려 바라노니 훗날의 군자들이여, 비방도 찬양도 말아주시기를![8]

이른바 '사뇌가'라고 하는 향가의 기능에 대해 적어놓은 글이다. 사뇌가는 향가 중에서도 〈제망매가〉나 〈찬기파랑가〉처럼 10행으로 된 정제된 작품들을 일컫는 말로 생각된다. 그런데 이런 작품이 비록 불교적 이치와 같은 높은 수준의 사상에 직접 다다를 수 있게 하는 것은 아니지만 그를 통해 그곳으로 갈 수는 있다고 했다. 이는 어찌 보면 향가라는 문학을 높은 목표에 이르기 위해 수단시하는 것이지만, 한편으로 보자면 향가가 하찮아 보여도 그를 통해 높은 데 이를 수 있는 가치를 지니고 있다는 뜻이다. 세속의 미천한 뜻을 좇는 듯해도 그를 통해 부처님의 성스러운 세계에 도달할 수 있음을 말하고 있다. 더구나 맨 마지막에 보이는 대로, 이 노래를 읊어대는 것만으로도 큰 효험이 있다고 했다. 심지어는 헐뜯으며 그렇게 해도 소원하는 바를 이룰 수 있다고 했으니 주술적인 힘을 특별히 강조한 사례이다.

그러나 『균여전』에 드러나는 향가는 그 이상이었다. 균여대사가 지은 향가를 한시로 번역한 작품이 남아있는데 그 번역자인 최행귀는 향가에 대한 자부심을 이렇게 적고 있다.

그러나 한시(漢詩)는 중국글자로 엮어서 다섯 재[五言], 일곱 재[七字]로 다듬고, 향가는 우리말로 배열해서 삼구육명(三句六名)으로 다듬는다. 그 소리를 가지고 논한다면 삼성(參星)과 상성(商星)이 동서로 나뉘어 쉽게 식별을 할 수 있는 것처럼 현격한 차이가 나지만 문리(文理)를 가지고 말한다면 창과 방패가 어느 것이 강하고 약한지 단정하기 어려운 것처럼 서로 맞서는 정도이다. 그러나 비록 서로가 시의 수준을 놓고 자랑한다고 하나 의해(義海)로 돌아가기는 마찬가지임은 인정할만한 것으로 각각 제 나름의 구실을 하고 있으니 어찌 잘된 일이 아니라고 하겠는가? 허나 한스러운 것은 우리나라의 공부하고 벼슬하는 선비들은 한시를 이해하여 읊조리는데, 저 중국의 박학하고 덕망 있는 선비들은 우리나라의 노래를 이해하지 못한다는 것이다.[9]

여기에서는 한시와 향가를 나란히 비교하면서 은근히 향가의 우수성을 강조한다. 소리로서야 나랏말이 달라 차이가 있겠지만 그 안에 담긴 뜻에서야 차별이 있을 수 없다는 논리이다. 한시가 오언(五言)이나 칠언(七言)으로 다듬는 것처럼 우리의 향가 또한 삼구(三句)와 육명(六名)으로 다듬는다고 했다. 삼구와 육명이 아직 명확히 밝혀지진 않았지만 대체로 한시의 글자수 형식에 비견되는 우리 시 특유의 형식적인 면일 것은 분명하다. 그래서 이 삼구육명을 우리 시가 특유의 감탄사로 보기로 한다.[10] 예를 들면 바로 앞에서 살핀 〈제망매가〉의 맨 마지막 두 구 "아, 미타찰 세상에 만날 나는 / 도 닦아 기다리리" 가운데 "아"하는 감탄사가 바로 그것이다. 이는 시조의 "어즈버~", 경기체가의 "위~", 심지어는 한용운의 〈님의 침묵〉 가운데 있는 "아아 사랑하는 나의 님은 갔습니다"의 "아아~"까지 이어지는 독특한 형식이기도 하다. 이런 감탄사는 앞의 부분을 이어서

완결 짓는 데 매우 유용한 수단이다. 실제 향가에서도 이런 감탄사는 10구체라고 하는 10행시 형식의 정제된 작품들에서만 보이는 것으로 보아, 상당한 타당성을 지닌다. 향가의 원문에 보면 이 감탄사 부분이 '~구(句)'와 '~명(名)'으로 등장하는 것도 그렇게 보는 증거가 된다. 어쨌거나 향가의 형식 또한 한시 못지않게 짜임새가 있는 우수한 작품임을 강조했

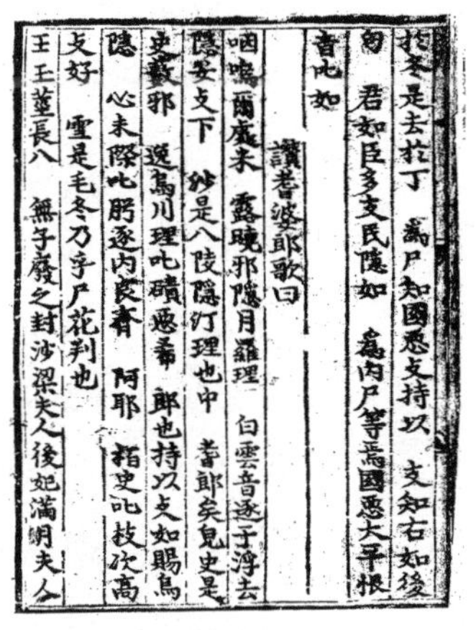

『삼국유사』〈찬기파랑가〉대목

다 하겠다. 게다가 이 글에서는 대등할 뿐만 아니라, 도리어 우리 쪽은 한시도 알고 향가도 아는데 중국 쪽은 한시만 알고 향가를 모르니 한스럽다고 함으로써, 우리가 더 많이 알고 느끼는 위치임을 뽐내고 있다.

굳이 이러한 견해가 아니어도 향가가 우리 시가의 기원이 됨은 누구나 쉬 인정할 수 있다. 우리말로 부르던 그대로가 기록된 최초의 사례일 뿐더러, 민요 같은 집단 노래부터 개인 창작이 분명한 고품격의 서정시, 국가적 재앙을 물리치는 집단의 시가, 찬불가적 내용을 담은 종교시까지가 두루 포함된, 폭이 넓은 시가이기 때문이다. 해독이 불분명한 부분이 있긴 해도 매끄럽게 번역된 말을 좇아 소리내어 읽어본다면 그 아름다움이 감동을 주기에 충분한 내용이다. 〈찬기파랑가〉를 다시 한 번 조용히 소리내어 읽어보자.

찬기파랑가

열어젖히자

벗어나는 달이

흰 구름 좇아 떠간 자리에

백사장 펼친 물가에

기랑의 모습이 겹쳐져라

일오천(逸鳥川) 자갈 벌

낭이 지니시오던

마음의 끝을 좇노라

아, 잣나무 가지가 높아

눈이라도 못 덮을 화랑이여

■ 주석

1) 일연, 『삼국유사』, 고운기 옮김, 홍익출판사, 2001, 103쪽. 이하 향가의 번역은 이 번역본
   에 의한다. 이 번역본의 역자 고운기는 본래 시인인 데다가 『삼국유사』 전문가여서 맛깔
   스럽게 옮겨놓고 있어서 공연히 손을 대는 것보다는 그대로 가져다쓰는 편이 낫다고 판
   단되기 때문이다.
2) 일연, 앞의 책, 101~102쪽.
3) 일연, 같은 책, 102~103쪽.
4) 일연, 앞의 책, 136~137쪽,
5) 일연, 앞의 책, 117~118쪽.
6) 일연, 앞의 책, 98쪽.
7) 일연, 앞의 책, 372쪽.
8) 혁련정, 『역주 균여전』, 최철 · 안대회 역주, 새문사, 1986, 45쪽.
9) 혁련정, 같은 책, 59~61쪽.
10) 이런 견해는 최철, 『향가의 본질과 시적 상상력』, 새문사, 1983, 87쪽 참조.

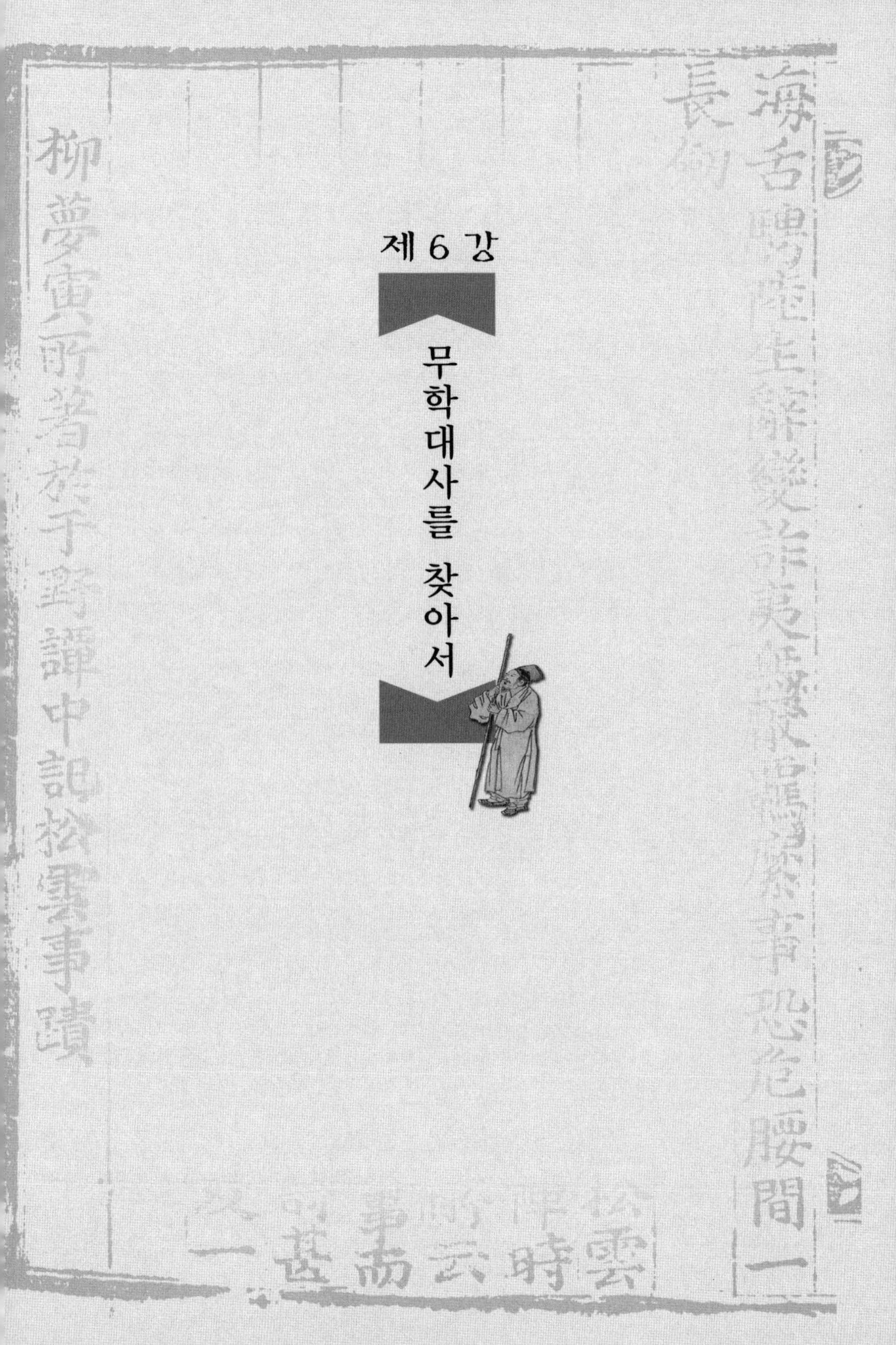

제 6 강

무학대사를 찾아서

1. 설화로 만나는 무학대사

무학대사(無學大師, 1327~1405)는 일반 대중에게 무척이나 친숙한 인물이다. 친숙도만으로 따지자면 원효대사나 서산대사보다 더할지도 모른다. 그러나 실제 무학대사에 대해 알려진 사실은 그리 많지 않다. 그 흔한 저술 하나 남아있지 않고 보면 진짜 무학대사가 생존해 있었는지 의심이 갈 정도이다. 그러나 무학대사는 그렇게 알려진 이력이 많지 않다 보니 설화로 꾸며지기에 아주 적합한 인물이기도 했다. 누구나 다 알고 있는 이성계와 무학대사 간에 오갔다는, "부처 눈에는 부처만 보이고 돼지 눈에는 돼지만 보인다." 같은 이야기가 널리 퍼진 것도 그런 데 기인한다.

하긴 무학대사뿐만 아니라 원효 같은 고승(高僧)들은 설화의 단골손님들이다. 보통사람들은 도저히 알 수 없는 일들을 신통력으로 알아맞히는가 하면 손 하나 까딱 않고 상대를 제압하는 신기를 보이기도 한다. 고승이라고 할 때에야 불교 공부에 남보다 뛰어나고 그만

무학대사 영정

큼 특별한 능력이 있을 것으로 예견되니, 그런 일이 그리 이상할 게 없다. 그러나 설화를 들여다보면 그런 고승들을 떠받치는 힘은 부처님의 가호나 심오한 통찰 등과는 거리가 있다. 어쩌면 고승들은 설화를 구연하던 계층의 기대와 꿈에 맞추어 재편되는 것이 아닐까 의심스럽기도 하다.

무학대사 설화 역시 그렇다. 그가 나서부터 죽을 때까지의 행적이 모두 일반인에게 매력적으로 작동한다. 화려한 가문에서 축복 속에 태어나는 것이 아니라 출생과정부터 고난의 연속이었으며, 능력은 탁월하지만 남들 위에 군림하려 하지 않고, 권력과 밀착되어 있으면서도 권력 밖의 사람들을 걱정하는 모습 등이 왠지 사람들을 끌어당긴다. 물론 무학대사 설화 속의 무학대사가 실제 인물 무학대사의 모습 그대로가 아니라는 점은 납득할 만하고 또 실제로도 그럴 것이다. 그러나 실제 있었던 일이라고 해서 설화에 등장하지 않는 것은 아니며 또 설화에 등장하는 인물담은 어떤 방식으로든 그 설화구연층에 투영된 모습이라는 점을 부인해서도 안 된다. 즉, 무학대사 설화에 담긴 내용은 무학대사의 모습이 설화구연층의 눈과 귀를 거치면서 그들이 바라는 모습으로 변형되어 입으로 다시 전해진 것이다.

설화 속 무학대사는 결국 설화 구연층이 무학대사에게 바라는 기

대치이자, 무학대사 본모습의 일부이기도 하다. 따지고 보면 역사서에 등장하는 실존인물 역시 역사가의 취향에 따라 취사선택된 자료의 일부분으로, 엄밀하게 말하자면 '그렇게 비쳐진' 모습일 수밖에 없다. 다라서 설화를 마냥 헛된 이야기, 공상 정도로만 생각하지 않는다면 무학대사 설화에서도 무학대사의 모습을 어느 정도 재구(再構)해볼 수 있을 것이다. 또, 설령 실제의 모습을 완전히 재구하는 데는 실패한다 하더라도, 최소한 설화를 구연하던 사람들이 생각하는 무학대사상(像)을 확인하는 기회가 될 수 있겠다.[1]

이 강의에서는 역사서에 나타난 실제 모습과, 한문기록에서의 변이, 그리고 구비설화에 나타난 다양한 모습들을 살피면서 무학대사 설화가 어떻게 생성되었으며 어떤 의미를 지니는가 알아보고자 한다. 이를 통해 인물 설화가 어떻게 형성되며 어떠한 굴절 과정을 거치는지 확인해보는 일 또한 의미가 깊을 줄 안다.

2. 역사서에 나타난 무학대사의 행적

무학대사는 왕사(王師)라는 직책을 맡았는데, 왕사는 말 그대로 왕의 스승격인 승려이다. 불교를 국교로 삼은 고려에서는 태조 이래 왕사를 두는 것이 관례였고 국교가 유교로 바뀐 조선에서도 태조까지 왕사를 두었다. 무학대사는 그 태조의 왕사였으며, 직책 상 왕의 곁에 있다 보니 당연히 역사서에 여러 차례 등장한다. 『조선왕조실록』에 20여 차례나 나오는데, 그 첫 기록은 "중 자

초(自超)를 봉하여 왕사(王師)로 삼았다."(태조 원년 10월 9일)는 간단한 내용이다. 사실 왕사로 발을 들여놓음으로써 역사의 전면에 나서게 되는 점을 감안하면 이 기록이 모든 역사 기록의 근간이라고 하겠다.

그러나 실제 설화화 과정에서는 그보다 훨씬 더 중시되는 기록들이 있다.[2]

왕사 자초가 이르니 광명사(光明寺)에 거처하게 하였다. 처음에 자초가 회암사에 있었는데, 금년 봄에 이르러 회암사에 역질(疫疾)이 발생했으므로, 자초가 연복사의 문수법회(文殊法會)에 왔다가 법회가 파하고 난 뒤에 회암사로 돌아가지

않고 곡주(谷州)의 불국장(佛國莊)으로 가서 거처하였다. 여름에 회암
사에서 역질이 크게 성하니 중들이 많이 죽었다. 이때에 와서 자초
를 맞이하여 광명사에 있게 한 것인데, 성중(城中)의 남녀들이 법을
강설하기를 청하는 사람이 날마다 백 명이나 되었다. (2년 7월 19일)

임금이 연복사에 거둥하여 문수법회를 구경하였다. 왕사 자초가
죄수를 사면하기를 청하니, 그대로 따랐다. (3년 2월 17일)

삼기현사(三岐縣司)를 승격시켜 감무(監務)로 삼았으니, 왕사 자초
의 본향(本鄉)이기 때문이었다. (3년 3월 14일)

첫째 기록은 왕사로서의 영험(靈驗)에 관련된 것들이다. 때마침 전
염병이 돌아 많은 승려들이 죽었다고 했다. 승려란 본시 부처님을
믿는 사람들이고 보면 보통의 불심(佛心)으로는 헤쳐 나오기 어려운
곤경임을 일러준다. 이런 문제를 해결하기 위해 초대된 인물이 무학
대사였고, 날마다 수백 명이 그의 설법을 듣기 위해 모였다. 이는 곧
그의 힘에 의해 그런 질병을 물리칠 수 있다고 믿었다는 뜻이다.

둘째 기록은 종교적인 문제가 아닌 세속 정치와 관련된다. 임금이
절에 나와 법회를 구경했고, 무학대사가 죄수의 사면을 청했다고 했
다. 왕은 어떤 절차도 거치지 않고 그 말에 따라 죄수를 사면했다.
첫째 기록이 고승 무학대사의 입지를 드러낸다면 둘째 기록은 왕사
무학대사의 현실적인 힘을 드러낸다 하겠다. 조선왕조의 건국은 새
왕조의 창업이면서 옛 왕조의 말살이라는 이중적 속성을 지닌다. 이
런 창업과정에서 약간의 희생이야 불가피하더라도 조선조의 창업은

특히 피비린내가 심한 것이었다. 저 유명한 정몽주의 피살이나 고려 왕족의 몰살 등이 이어져서 필연적으로 민심이 뒤숭숭할 수밖에 없었겠는데, 이때 불쌍한 영혼을 천도하고 죄인의 사면을 청하는 무학대사의 모습은 일반백성들의 비호자 역할을 맡을 소지가 충분했다.

그런가 하면 셋째 기록은 전혀 다른 곳에 기대고 있다. 삼기현은 지금의 경상남도 합천지역에 있던 옛고을의 이름이다. 지방의 작은 고을이었던 것을 중앙에서 '감무'라는 벼슬을 파견함으로써 그 위상을 높였다는 이야기이다. 무학대사가 태어난 곳까지 왕과의 친분에 의해 격상된 것인데, 이때문에 무학대사 관련 구비 설화 역시 경남 쪽에 많이 전해진다.

이처럼 무학대사는 한 사람이지만, 실제 역사에 나온 기록만 보더라도 세 갈래로 그 역할을 달리한다. 하나는 수양을 많이 쌓은 '고승'이며, 또 하나는 왕의 치정을 보필하는 '왕사'이고, 또 하나는 특정 지역 출신의 '지역민'이다. 그러나 실제 설화로 가장 많이 등장하는 내용은 좀 더 다른 곳에 있다.

임금이 〈남경의〉 옛 궁궐터에 집터를 살피었는데, 산세를 관망하다가 윤신달 등에게 물었다. "여기가 어떠냐?" 대답하였다. "우리 나라 경내에서는 송경이 제일 좋고 여기가 다음 가나, 한되는 바는 건방(乾方)이 낮아서 물과 샘물이 마른 것뿐입니다." 임금이 기뻐하면서 말하였다. "송경인들 어찌 부족한 점이 없겠는가? 이제 이곳의 형세를 보니, 왕도가 될 만한 곳이다. 더욱이 조운하는 배가 통하고 〈사방의〉 잇수도 고르니, 백성들에게도 편리할 것이다." 임금이 또 왕사 자초에게 물었다. "어떠냐?" 자초가 대답하였다. "여기는 사면이 높고 수려하며 중앙이 평평하니, 성을 쌓아 도읍을 정할 만합니다. 그러나, 여러 사람의 의견을 따라서 결정하소서." 임금이 여러 재상들에게 분부하여 의논하게 하니, 모두 말하였다. "꼭 도읍을 옮기려면 이곳이 좋습니다." 하륜이 홀로 말하였다. "산세는 비록 볼 만한 것 같으나, 지리의 술법으로 말하면 좋지 못합니다." 임금이 여러 사람의 말로써 한양을 도읍으로 결정하였다. (3년 8월 13일)

이 정도라면 서사를 이루기 위한 최소한의 분량을 가지고 있을 뿐만 아니라, 무학대사가 다른 사람과 구분되는 특별한 행보를 보이고 있어서 본격적인 설화로 작동할 법하다. 이 기록만으로 본다면 무학대사만이 한양을 서울로 삼는 데 전폭적인 지지를 보인 사람이다. 다른 신하들은 결정적인 단점을 아쉬워하거나, 최선이 아닌 차선책으로 제시하기도 하고, 꼭 옮기려 한다면 택할 수 있는 정도라는 제한선을 두고 있다. 이에 반해 무학대사는 사면이 높고 수려하며 중앙이 평평하다는 이유를 들어 좋은 곳이라고 찬성한다. 이로써 무학대사는 조선조의 수도를 정하는 일에 깊숙이 관여한 것이며, 이 일이 무학대사 설화의 모티프로 작동하게 된다.

다 아는 대로, 이야기의 속성은 일단 그 특이함에 있다. 개가 사람을 물었다면 이야기가 되지 않지만 사람이 개를 물었다면 이야기가 된다는 말은 바로 그런 상황을 잘 일러준다. 이 점에서 무학대사가 승려로서 유교를 국시로 하는 조선의 건국에 참여하고, 또 조선왕조에서 처음이자 마지막으로 왕사가 되는 사건 자체가 충분한 이야깃거리이다. 사람들은 우선 그런 특이함에 주목하여 여러 가지 이야기를 남겼을 것이다. 그러나 그런 이유 말고도 설화가 될 만한 구체적인 사건들은 꽤 많다. 왕이 특별한 예우로 대했다는 것이 그렇다. 역사기록에서 왕이 꼭 무학대사가 있는 곳을 들러 갔다든지 무슨 일로 자문을 구할 때면 그를 우선순위로 염두에 두었다고 했다. 이는 '왕의 스승'이라는 직책만으로 잘 설명되기 어려운 부분이다. 이 기록들에서는 태조 이성계와 무학대사 사이의 인간적인 유대관계가 강하게 드러나기 때문이다. 군신간의 공식적인 예의에 앞서 우정이 엿보이는 대목이다.

이처럼 공적인 관계를 넘어서서 사적인 친분이 강조되다 보면 공적으로 확인되지 않은 숱한 설화들이 생성될 틈을 보이게 된다. 한 나라에서 제일 높은 존재인 임금도 함부로 하지 않은 사람이라면, 그는 분명히 왕과 스스럼없이 대화를 나눴음직하고 그런 추측은 둘 사이의 숱한 설화를 창출해낼 만하다. 새로운 도읍을 정하려는 왕은 지세(地勢)를 묻고, 대사는 거기에 충실히 답변한다. 이는 다분히 풍수적인 지식을 구하려는 의도가 강한 것이지만, 그 이면에는 무학대사의 신비한 힘을 빌리고자 하는 의도가 숨어있음을 간과할 수 없다. 하지만 왕이 그런 일에 대해 물을 때, 무학대사는 "능히 알 수 없습니다."[3]라고 한다거나, 앞서 살핀 기록처럼 자신의 의견을 내기는 해도 "그러나, 여러 사람의 의견을 따라서 결정하소서."라며 지극히 조심스러운 입장을 펼친다.

그렇다면 무학대사는 정말 알 수 없거나 확신이 없어서 그랬을까라는 의문이 생긴다. 실제로는 정확히 알고 확신도 있었겠지만 개국공신들과의 마찰을 최소화하려는 처세의 일환이었을 가능성이 높다. 또 그의 말을 액면 그대로 믿는다 하더라도, 대사에 대한 일반인의 기대치가 높다면 그런 겸손한 발언을 설화화하지 않고 그대로 놓아둘 리도 없는 것이다. 이리하여 설화 공간에서는 유교를 신봉하는 개국 공신들과 불교승려인 무학대사 간의 한판 승부가 벌어지게 된다.

3. 한문 기록에 나타난 무학대사

무학대사와 관련한 한문 기록은 흔히 야사, 혹은 야담이라고 하는 형식으로 등장한다. 『지봉유설(芝峰類說)』, 『연려실기술(燃藜室記述)』, 『오산설림(五山說林)』, 『순오지(旬五志)』, 『죽창한화(竹窓閑話)』 등에 보이는데[4], 내용은 대체로 이성계와 관련되어 있으며 크게 세 갈래이다. 하나는 해몽(解夢) 이야기이고, 하나는 풍수 이야기, 또 하나는 이성계와의 특별한 친분 이야기 등이다. 제일 먼저 해몽 이야기부터 보자.

무학이 안변(安邊)의 설봉산(雪峯山) 아래 토굴에서 살았는데, 태조가 찾아가 해몽을 부탁했다. 파옥(破屋)에 들어가서 서까래 셋을 지고 나오는 꿈의 뜻을 물은 것이었다. 무학은 임금될 꿈임을 일러주었다. 또 꽃이 떨어지고 거울이 떨어지는 꿈을 물으니 열매가 생기고 큰 소리가 날 징조라고 했다. 태조는 그 땅에 절을 창건하고 '석왕사(釋王寺)' 라고 했다.(『지봉유설』, 『연려실기술』)[5]

태조가 안변에 있을 때, 여러 집의 닭이 일시에 울고 파옥에 들어가서 서까래 셋을 지는 꿈을 꾸었다. 한 노파에게 물으니 토굴 속의

『지봉유설』

신승(神僧)에게 물으라고 했다. 그 중은 닭의 울음소리를 '고귀위(高貴位, 높고 귀한 지위)'로 풀면서 임금 될 꿈임을 일러주었다.(『순오지』, 『연려실기술』)[6]

이 두 기록의 핵심은 '王(왕)'과 '高貴位(고귀위)'라는 한자어이다. 하나는 한자 '王'의 파자(破字)놀이이며, 또 하나는 닭울음소리인 '꼬끼요'와 닮은 '고귀위(高貴位)'를 끌어다 쓴 예이다. 예로부터 이런 문자놀이는 식자층에서 매우 즐겨하던 것으로 그런 소재의 이야기만으로 책을 한 권 엮어낼 수 있을 만큼 매우 광범위하게 퍼져 있던 것이다.[7] 또, 정치격변기의 참요(讖謠)라든지[8], 특정한 목적을 이루기 위해 거짓으로 유포한 유언비어에 가까운 노래나 구호 등에서도 그런 예는 얼마든지 찾을 수 있다.[9] 가령 고려말에 유행했다는 '木子得國' 같은 경우, 木과 子를 합쳐서 '李'를 만들면서 이씨 왕조의 창업을 의미하는 한편, '나무자식(남의 자식) 나라 얻네'로 뜻을 풀이하면서 고려말 왕씨 왕조의 정통성에 심각한 훼손을 가하는 것이 그렇다.

그렇다면, '석왕사(釋王寺)'의 이름에 얽힌 해몽은 정당한 것인가? 첫째 기록에서는 등에 서까래를 진 꿈에서 '王' 자를 추출해냈고, 둘째 기록에서는 첫째 기록의 연장선상에서 '王'을 '高貴位'라는 동의어로 바꾼 데 지나지 않는다. 이야기 구연현장에서 생각한다면, 사실 이 설화의 중심은 무학대사가 이성계의 꿈을 풀어주었다는 데 있

다기보다는 '어깨에 서까래 세 개를 진 자(字)는?' 과 같은 식의 글자 알아맞히기 수수께끼를 설화화했다고 보는 편이 좋겠다. 다만 왕(王) 자를 풀이하는 것만으로는 별 재미가 없을 것 같으니까 거기에 가장 적합한 이성계를 끌어들이고, 그 해몽자 역시 무학으로 설정한 것이 아닌가 한다. 하긴, 이 이야기가 역사인가 허구인가가 중요할 수도 있겠지만 설화 구연자의 입장에서는 그것은 그리 중요한 문제가 되지 않는다. 다만 재미있게 이야기하면 그뿐이며, 실제로 이 이야기는 이성계와 무학이 등장하면서 한결 더 재미있게 된다.

만약, 이 기록이 역사적 사실이라면 적어도 '석왕사' 라는 절은 태조의 등극 이전에는 나타나서는 안 된다. 그러나 이능화의 지적대로 석왕사에 대한 기록은 그 이전에 이미 나오고 있는 터라 이 기록을 액면 그대로 믿을 수 없다.[10] 여러 관련 정황으로 미루어 이성계와 석왕사와의 연관을 무시할 수는 없지만, 적어도 王 자를 풀이한 데에서 연유하여 '석왕' 이란 이름이 생겼고, 왕위에 오른 후 '석왕사' 를 창건했다는 것만은 사실과 다름을 알 수 있다.[11] 이는 어느 왕조의 창업에서나 그렇듯이 적어도 한 왕조의 탄생에는 인력(人力)이 아닌 천우(天佑)가 있었음을 강조하는 설화인 것이다. 즉, 조선왕조가 이루어지기 이전에 이미 조선왕조의 창업이 예정되었으며, 그 예정대로 이루어진 창업에 아무런 문제가 없음을 강조하려는 의도가 강하게 배어 있다.

다음은 풍수 관련 기록이다.

환조의 장사 때, 태조가 좋은 자리를 얻지 못하던 차였다. 길가에 스승과 제자 두 중이 쉬면서 좋은 묏자리에 대해서 이야기했다. 태

태조 이성계 영정

조의 종이 그 말을 엿듣고 보고하자 그 중을 모셔다가 치성을 드려 마땅한 장지(葬地)를 얻었다. 두 중은 나옹과 무학이다.(『오산설림』, 『연려실기술』)[12]

태조가 수소문하여 무학을 찾았다. 경기·해서·관서 세 방백(方伯)이 그를 찾아 나섰다가 곡산에 이르러 소나무 가지에 각각의 인(印)을 걸어두고 암자에 이르러 중에게 왜 이곳에 있냐고 물었다. 그러자 중은 '삼인봉(三印峰)' 때문이라고 답했다. 사람들은 그가 무학인 것을 알고 태조에게 모셔갔다. 태조는 도읍 자리를 알아보아달라고 부탁했고 정도전과 의견대립을 보이게 된다. 무학은 내 말에 따르지 않으면 5세를 지나지 못해 왕위찬탈의 화가 있겠고 2백년만에 전국이 판탕(板蕩)되는 난리가 올 것이라고 예견했다.(『오산설림』, 『연려실기술』)[13]

태조가 죽은 후에 묻힐 자리를 무학에게 물으니 무학이 자리를 알려주었다.(『오산설림』, 『연려실기술』)[14]

세 기록 모두 무학대사가 태조의 조상이나 태조의 묏자리를 잡아주거나, 태조가 도읍을 정하는 데 도움을 주는 내용이다. 그런데 이 셋은 묘하게도 조선왕조로 보자면, '창업 이전 – 창업 후 정착 과정 –

창업이 완성된 후'의 세 단계의 변화를 보여준다. 즉, 무학대사가 조선의 창업 이전부터 창업, 창업 이후의 수성(守成)과정까지 줄기차게 관여하는 것처럼 그려지는 것이다. 그렇다면 과연 이 기록들은 사실일까? 정답은 '아니다'이다. 환조가 죽은 때는 1360년이므로 첫째 기록은 둘째 기록보다 훨씬 전이다. 당연히 둘째 기록에서 이성계와 무학대사는 이미 구면이어야 하는데 기록에는 그런 측면이 전혀 보이지 않는다. 더욱이 첫째 기록에서는 그냥 스승과 제자 사이인 두 승려가 장지(葬地)를 잡아주었다고 한 후, 끄트머리에 그 둘이 나옹과 무학임을 부연하고 있다. 물론 기록에 의하면 무학대사가 일찍이 중국에서 나옹화상을 만났으며, 귀국한 후 1359년에 다시 나옹화상을 찾은 일이 있는 등 시기적으로 그 둘이 함께 나타날 가능성은 배제할 수 없다.

그러나 무학대사와는 달리 나옹화상은 이미 그 당시에 당대 최고의 승려로 은신하고자 하였으나 공민왕 등의 간청으로 잠시 신광사에 몸을 담을 정도의 인물이다. 그런 그가 제자인 무학과 함께 다니면서 묏자리를 보고 다닐 일도 없었을 것이며, 더욱이 왕실의 신망을 받고 있으면서 다른 성씨의 왕을 운운할 리도 없겠다. 이 역시 조선왕조의 건국을 합리화하는 방향에서 꾸며진, 혹은 실화(實話)를 가탁한 것이라고 할 수 있다. 이에 비해 둘째 기록은 이미 앞에서 살핀 역사적 기록과 최소한의 합의를 보이고 있기 때문에 완전히 꾸며

나옹화상 영정

진 이야기라고 볼 수는 없지만, 이 변화과정을 통해서 한문기록에서의 변이양상을 한눈에 알 수 있다. 역사 기록에서는 무학이 매우 겸손하게 제 뜻을 이야기하며 상대의 결정을 존중하는 데 비해, 여기에서는 "내 말을 듣지 아니하면, 2백년을 지나서 내 말을 생각할 것이다."라는 식으로 단호하게 이야기하고 있다.

뿐만 아니라 이 발언을 뒷받침하는 증거로 제시하는 것이 의상대사(義湘大師)가 지었다고 하는 『산림비기(山水秘記)』로, "도읍을 선택하는 자가 만일 중의 말을 믿게 되면, 5대를 가지 못 하여 자리다툼의 화가 생기고, 2백년이 못 가서 나라가 어지러워 흔들리는 난이 날 것이니 조심조심하라."15)는 예언을 강조한다. 해몽을 하고 장지를 잡는 신승(神僧)으로서의 무학대사상(像)이 극대화된 경우이다. 더욱이 기록의 끝에는 정도전 역시 무학의 말이 옳은 것을 알기는 했지만, 틈이 있으면 나라를 빼앗으려는 마음이 있었기 때문에 곧이듣지 않았다고 했다. 정도전이 비록 종사를 위태롭게 했다는 죄명으로 죽임을 당했지만, 사실은 이방원의 야욕 때문에 희생당했다고 보는 편이 옳을 것이다. 그러나 이 기록은 정도전을 반역죄인으로 기정사실화하고 그 반대편에 무학대사를 두어서 호국(護國)의 역할을 해낸 부분을 특히 강조하고 있다.

셋째 기록 역시 풍수가로서의 탁월함에 중점이 두어져 있다. 다 아는 대로 이성계가 자신의 묏자리를 부탁했다는 것은 단순히 자신이 편히 묻힐 곳을 찾는 것이 아니다. 우리 전통신앙에서는, 죽어서 자신이 좋은 곳으로 가려는 명복(冥福)보다는 죽은 후 후손들이 잘 되도록 돕는 명조(冥助)의 기능이 더 강조되기 때문이다. 이 경우, 이성계의 자손이 잘된다는 것은 결국 왕실의 번영을 의미하는 일이며,

이 점에서 결코 이성계 개인의 일만은 아닌 것이다. 즉, 둘째 기록의 연장선상에 놓인다고 해도 무방하다 하겠다. 어떤 기록에서는 무학대사의 이런 능력이 왕실이 아닌 곳에서 드러나기도 한다.

> 이곡(李穀)의 어머니 묘소가 한산에 있는데 무학이 본 명당자리이다. 어떤 사람이 발복할 목적으로 그 묘 곁을 파고 제 아비 장사를 지냈는데 향로가 하늘로 치솟고 솔개가 붓을 물어가는 괴변이 났을 뿐더러 3년 안에 형제들이 계속 죽고 자손들이 거의 없어지는 괴변이 일어났다.(『죽창한화』)[16]

저 유명한 목은(牧隱) 이색(李穡, 1328~1396) 집안 이야기이다. 한산(韓山) 이씨(李氏)는 손꼽히는 명문가여서, 어차피 왕족이 되지 못하는 바에야 누구나 꿈꿈직한 집안이다. 그런데 그 집안의 묏자리를 보아준 사람이 무학대사라고 했다. 당시의 정황으로 미루어 이 역시 혹 있을 수도 있는 일이지만, 사실 여부를 떠나서 향로가 하늘로 치솟고 자손이 몰락하는 등의 이적(異蹟)이 훨씬 더 중요한 힘을 발휘한다. 그만큼 무학대사가 영험했다는 것이다.

한편, 어떤 기록에서는 그런 신비한 능력이 아닌 보통 인간이 행할 수 있는 이야기도 등장한다.

> 태조가 함흥에 머물 때 태종은 무학대사를 보내서 태조의 마음을 돌리려 했다. 무학은 방원(芳遠)이 죄가 있지만 아들은 하나뿐이니 이마저 끊어서는 안 된다고 설득하여 마음을 돌렸다.(『오산설림』, 『연려실기술』)[17]

태조가 무학과 함께 있었는데 태조는 자기가 보기에 대사는 돼지
같다고 했다. 대사는 자기가 보기에는 왕이 부처 같다고 했다. 왕이
의아해 하자, 대사는 용의 눈으로 보면 용이고 돼지의 눈으로 보면
돼지라고 답했다. (〈釋王寺記〉)[18]

다른 기록들은 모두 해몽이나 풍수 등 일반인이 할 수 없는 일인
데 비해서 이 기록들은 매우 평이한 능력을 담고 있다. 『연려실기술』
에는 성석린(成石璘), 박순(朴淳), 무학대사가 모두 같은 역할을 하고
있다. 이 경우, 무학대사는 성석린이 그랬던 것처럼 이성계와의 친
분이 깊다는 이유로 이 일에 나서게 된다. 이성계가 그를 보고 노했
을 때에도 "빈도(貧道)가 전하와 더불어 서로 안 지가 수십 년인데,
오늘 특별히 전하를 위로하기 위하여 왔을 뿐입니다."라고 하여 둘
사이의 허물없는 관계를 강조한다.

둘째 기록은 이런 절친한 관계 때문에 생기는 유명한 이야기이다.
그런데 이 중 "용의 눈으로 보면 용이고(以龍眼觀之則龍也)" 부분은
좀 더 세심히 짚고 넘어갈 필요가 있다. 이 사기(寺記)를 쓴 서산대사
(西山大師)가 본래 '저(猪, 돼지)'로 했던 것을 나중에 '용(龍)'자로 고
친 흔적이 역력하다는 것이다. 누가 고쳤는지는 모르겠지만 고친 사
람의 심정은 충분히 미루어 짐작할 수 있다. "돼지의 눈으로 보면 돼
지"라는 말은 결국 돼지로 보인다고 말한 태조가 돼지라는 말이 된
다. 그렇다면 왕(王)과 왕사(王師)라는 특수성을 십분 감안하더라도,
군신(君臣) 간의 예로 보자면 일국의 왕을 돼지로 조롱하면서 자신은
부처로 높이는 참람(僭濫)함은 상상하기 어렵다. 군주와의 농담 자체
가 성립되기 어려울 뿐더러 설령 농담을 한다 하더라도 그 지경에까

지 이를 수 없기 때문이다. 왕자(王者)의 희언(戲言)을 금하던 관례를 생각할 때, 이 기록 역시 이성계와 무학의 특별한 관계를 강조하기 위해 꾸며진 이야기라고 할 수 있을 것이다.

4. 구비설화에 나타나는 새로운 변화

무학대사 이야기는 한문문헌보다는 구비설화로 훨씬 더 풍부하게 전한다. 우리 나라 구비문학 자료를 집대성한 『한국구비문학대계(韓國口碑文學大系)』에서 확인되는 설화는 다음의 21편이다.[19] 설명의 편의를 위해 각 작품에 일련번호를 달고 그 내용을 간단하게 정리하면 다음과 같다.

(1) 〈무학이 이야기〉(1-2:169) 복숭아 먹고 잉태 – 해인사의 화재 진화 – 이성계의 관상 – 궁궐터를 잡음 – 기타 신통한 능력

(2) 〈왕십리 이야기〉(1-7:468) 나옹과 무학이 이성계 아버지 장지(葬地)를 잡아줌 – 무학이 궁궐터를 잡음– 무학보다 못한 소 – 정도전과의 대립에서 패배

(3) 〈무학대사〉(1-9:171) / 장사꾼 무학 – 아내의 불륜으로 가출 – 믿던 아이에게 속음 – 출가하여 중이 됨 – 목숨을 걸고 불공 – '무학'의 유래

(4) 〈무학대사 이야기〉(2-2:787) / 무학 어머니의 득죄 – 압송되던 중에 출산 – 길가에 버려짐– 학들의 보호 – 무학보다 미련한 소

- 왕건과의 승부 - 궁궐터를 잡음 - 이성계의 실수로 1500년 도
읍지가 500년 도읍지가 됨 - 산신의 도움

(5) 〈무학대사와 이성계의 귀국〉(2-3:75) / 오이 먹고 잉태 - 어린
아이를 중이 데려감 - 이성계의 꿈 해몽 - 이성계의 실수로 천년
도읍이 500년밖에 안 됨

(6) 〈이성계와 무학대사〉(2-8:248) / 무학이 치악산에 숨음 - 노파
를 시켜 태종을 따돌림 - 노파는 왕손을 속였다는 죄책감에 노고
소에서 투신 자살 - 기타 뒷이야기

(7) 〈오이 먹고 잉태된 무학대사〉(4-4:178) / 오이 먹고 잉태 - 시
집간 첫날 밤 출산 - 신랑의 도움으로 버려진 아이를 주운 척하
고 기름 - 아이가 출가하였다가 어머니 초상에 돌아와서 묏자리
를 잡아줌 - 한양조씨의 내력

(8) 〈산신령과 무학〉(5-4:231) / 무학보다 멍청한 소(산신령의 도
움)

(9) 〈무학의 한양 터 건설〉(5-2:291) / 무학보다 멍청한 소

(10) 〈경복궁터를 잡은 무학대사〉(6-4:904) / 궁궐터 잡음

(11) 〈무학대사 일화〉(6-8:329) / 무학대사의 성은 '성'이고 13달만
에 출생, 배에 '鬼(귀)'자를 쓰고 태어남 - 버려짐 - 출가하여 신
비한 노인에게서 묘법 책을 하나 받음 - 한양터를 잡아주고 7대
가 못되어 종족살상이 날 것을 예언

(12) 〈무학의 대궐 짓기〉(6-10:259) / 대목수 무학이 대궐을 지음 -
무학보다 미련한 소

(13) 〈궁궐을 지은 무학이〉(7-3:708) / 무학의 어머니가 압송 중에
출산 - 버려졌으나 학의 보살핌으로 죽지 않음 - 목수가 됨 - 무

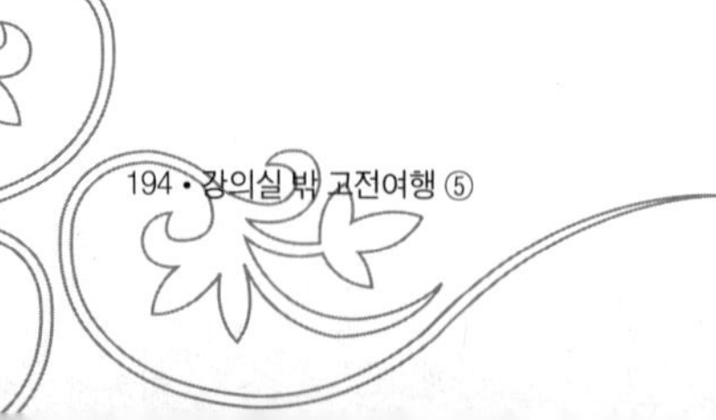

학보다 미련한 소 - 금기를 어겨서 오백년이 됨

(14) 〈무학대사와 이성계〉(7-8:308) / 상좌승 무학이 물 길러 가서 오지 않음 - 합천 해인사의 화재 진화 - 이성계 꿈을 해몽

(15) 〈무학대사 이야기〉(8-5:358) / 해인사의 화재 진화

(16) 〈무학대사 일화〉(8-10:187) / 풍수 공부를 한 무학이 부자가 될 묏자리를 잡아줌 - 중국에 공부하러 갔다가 잘못을 알게 됨 (아이들이 "무학같이 미련한 놈") - 돌아와보니 문둥이가 되어 있음 - 묘자리를 다시 잡아주자 부자가 됨

(17) 〈무학대사의 도술〉(8-11:655) / 무학이 머슴살이를 함 - 밤마다 나가서 축지법을 쓰며 바위를 병사로 변하게 하여 부림 - 두려워한 주인이 쫓아냄 - 집에 돌아와 어머니를 위해 여러 가지 신통력을 펼쳐보임 - 무학이 죽은 데도 없고 무덤도 없음

(18) 〈무학대사 전설〉(8-14:191) / 목수 무학이 궁궐을 지음 - 무학보다 못한 놈

(19) 〈무학 이야기〉(8-14:241) / 무학이 집터를 잡아 궁궐을 지음 - 무학보다 못한 소

(20) 〈이성계와 무학대사〉(8-14:562) / 정도전과 이성계가 팔도 유람 - 어느집에 묵는데 그집은 마침 큰 집을 짓는 중이었음 - 정도전이 관상을 보니 그집 주인이 그날밤에 죽을 상이었음 - 밤이 지나도 죽지 않자 집터를 잡아준 사람이 누구인가 물음 - 집터를 잡아준 이가 무학임을 알고 만남 - 도읍을 정하는데 정도전이 반대 - 조선조에 불교가 힘을 못쓸 것을 짐작함 - 석왕사를 지어 대접을 받음

(21) 〈무학대사와 정도전〉(8-14:565) / 궁궐 방향을 놓고 무학과 정

도전이 대립 – 무학은 백성이 배고플 것을 걱정 – 정도전은 보리가 나니까 괜찮다고 주장

　모두들 제목에 '무학'을 달고 나오기는 했지만 실존인물 무학대사의 실화가 아닐 뿐더러, 한 사람으로 볼 만한 일관성을 지닌 것도 아니다. 이야기마다 무학에 대한 독특한 해석을 하고 있다고 보는 편이 옳을 것이다. 그럼에도 불구하고 이 이야기들을 토대로 우리는 무학대사의 일대기를 구성하여, 구비설화에서의 변화과정을 살피고 거기에서 새롭게 생성되는 의미를 조망할 수 있을 것이다.

　모든 일대기의 시작은 출생인데, 출생 과정이 매우 특이하다. 위에서 본 대로 구비설화에서 그 출생은 대략 세 갈래로 설명된다. 즉, 복숭아나 오이를 먹고 잉태(1, 5, 7)하거나, 어머니가 나라에 죄를 짓고 압송 중에 길에서 출산(4)하거나, 특이하게도 13달만에 그것도 배에 '鬼(귀)'자를 쓰고 나온다는 것(11)이다. 어느 것이나 정상적인 경우는 없다. 오이 같은 음식을 먹고 잉태하는 경우는 우리 설화에서 자주 볼 수 있는 것으로 출생하는 인물의 신비함을 더해주기 위한 장치이다. 이는 신화적인 영향력 아래 있는 이야기로 영웅의 출생과 연관지어 설명할 수 있겠는데, 이 점에서 무학대사의 비범성을 배가하려는 의도가 강하게 드러난다. 반면 죄를 짓고 가다가 아이를 낳는다는 것은 출생부터의 고난을 의미하며, 정상적으로 아이를 양육할 수 없는 상황으로 몰고 가기 위한 장치이다.[20] 정상적으로 양육할 수 없을 만큼 큰 고난을 만났지만 그럼에도 불구하고 잘 자란다는 설정이야말로 영웅성을 보여주는 데 더없이 좋은 설정이기 때문이다. 정상인의 임신 기간보다 특이하게 길어지는 경우 역시 신화에서

무학대사 부도 _『한국 미의 재발견』, 불교건축

어렵지 않게 찾아볼 수 있는 요소이다. 가령, 김유신(金庾信)은 잉태한 지 20개월 만에 태어났다고 하며, 요(堯)임금은 14개월 만에 태어났다고 한다. 게다가 배에 쓰고 나온 '鬼(귀)' 자가 덧보태져서 그 신비함은 한결 더해지는 것이다.

그러나 무학대사의 출생담에서 이런 정도의 신비함이 드러나는 것 자체만으로는 그리 대단한 의미를 부여할 필요가 없다. 예컨대 고승의 출생담에서라면 정상적인 부모 사이에서 평범한 출생을 하는 경우가 오히려 더 예외적이 되기 때문이다. 예를 들어, 자장(慈藏)은 어머니 꿈에 별이 떨어져 들어와서 잉태했고, 원효(元曉) 역시 어머니 꿈에 유성이 품에 들어와 임신이 되었으며, 보우(普愚)는 꿈에 해가 품에 들어오는 것을 보고 잉태했고, 진각(眞覺)은 열두 달 만에 출산했다고 한다.[21] 이에 비추어 볼 때, 무학대사가 정말 일반대중의 입에 오르내릴 만한 영향력을 갖고 있는 고승임이 분명하다면 그 정도의 서술은 너무도 당연한 것이다. 이 점에서 좀 더 다른 의미를 찾아볼 필요가 있다. 예컨대 승전(僧傳)에서는 천체(天體)와의 관계를 강조하면서 신비한 능력을 강조하거나, 그 과정을 사실이 아닌 꿈으로 처리하여 합리화를 도모했지만 무학대사의 구비설화는 그렇지 않았다.

가령, 어머니가 빨래를 하러 나갔다가 물에 떠내려오는 복숭아나 오이를 하나 주워먹고 임신을 했다고 할 때 여기에서 느끼게 되는 것은 고상함이 아니라 오히려 비속(卑俗)함이다. 냇가에 빨래하러 나 갔다는 사실이 여염집 여자임을 뜻하고, 물에 떠내려오는 것을 주워서 먹는다는 사실은 그 비천함을 강화해주는 사례이다. 더욱이 그 생김새 때문에 복숭아는 여근(女根)을, 오이는 남근(男根)을 상징하는 유감주술(類感呪術)을 벗어날 수 없다고 본다면[22] 그 속화된 느낌은 매우 크다. 이는 실제로 무학대사의 출신성분이 어떠하든간에 설화를 구연하던 기층민들 사이에서는 그의 출신기반을 아주 낮은 곳으로 잡으려 했음을 알 수 있다. 즉, 자신들의 처지와 크게 다르지 않은 곳에서 고귀한 인물이 탄생함을 은근히 과시하려는 의도가 엿보이는 것이다. 압송 중의 출산 역시, 지배층의 압제를 받아가면서 고통 속에 탄생하는 무학의 모습을 그려내려는 의도로 보인다. 그런데, (5) 같은 경우는 빨래를 하러 나갔다고 하면서도 "재상가의 양반"으로 귀양살이 와 있던 사람의 딸임을 강조하여 본래의 혈통은 매우 고귀한 집임을 강조하고 있어서 한편으로는 무학대사가 고귀한 혈통임을 내세우기도 한다. 이는 한편에서는 비속함을 보이면서 한편에서는 고상함을 내보이는 사례라 하겠는데, 비속함을 통해 설화 구연층과 지평을 함께 하면서도 고상함을 통해 자신들의 꿈을 투영하는 것으로 볼 수 있겠다.

출생만 그런 것이 아니라, 이야기 속에 드러나는 무학의 신분이나 직업 역시 그런 면모를 여지없이 보여준다. 이 이야기 구연자들 중에서 무학이 승려인 것을 모르는 사람은 아마도 없을 테지만, 이야기 속에서는 장사꾼(3), 목수(12, 13, 18), 머슴(17) 등으로 다양하게 드러난다. 설화구연자들이 그렇게 이야기하는 이면에는 여전히 자신들과 친숙한 무학대사를 만들어내려는 심리를 무시할 수 없으리라 생각한다. 앞에서 살핀 한문기록에서는 이성계와의 관계에만 집중하여 높은 신분의 사람들 이야기로 만들어내는 데 고심하는 동안, 구비설화에서는 그 정반대의 흐름을 택했던 것이다. 기층민들에게 절실했던 것은 왕사 무학이 아니라 자신의 이웃이자 분신으로서의 무학이었음을 알 수 있다. 실제의 신분인 승려로 나오는 경우도 이미 확실한 지위를 확보한 고승(高僧)이 아니라 상좌승 정도로(2, 13, 14) 나오는 것도 같은 이치에서 주목해야 할 점이다.

출생이나 신분이 정해지고 나면, 이제 그 사람이 행하는 과업이 무엇인가가 중요하게 된다. 구비설화에서도 한문기록과 마찬가지로 해몽을 하고, 궁궐터를 잡는 등의 행위가 등장한다. 그러나 실제로 해몽을 하는 경우(5, 14)가 그리 많지도 않을 뿐더러 한문기록에서처럼 큰 비중을 차지하지도 않는다. 그도 그럴 것이 이 해몽이 '王(왕)' 자의 파자놀음이나 '高貴位(고귀위)' 같은 식이어서 한자지식층이 아닌 일반 설화구연자들에게 그리 큰 매력이 없었을 것이다. 궁궐터를 잡는 등의 이야기도 앞서 살핀 한문 기록의 자료를 다시 말로 풀이한 데 지나지 않는 것이 대부분이어서 큰 의미를 부여하기 어렵다. 또 (2) 같은 경우도 전반부에서 한문 기록을 그대로 잇고 있을 뿐 그다지 큰 변화를 주지 않고 있다.

다만 궁궐터와 연관하여 대거 등장하는 "무학보다 못한 소"(2, 8, 9, 11, 12, 13, 16, 18, 19)에 대해서는 그 의미를 되새길 필요가 있겠다. 실제 이야기의 한 대목을 구연된 그대로 인용해보자.

그래 인제 도읍터를 잡는데 그렇게 용하게 아는 사람도 그래두 모르는 게 있던지 왕시미(왕십리) 와설랑 그 때 대궐터를 잡는다고 주춤거리고 돌아댕기니깐 어떤 노인이 밭을 갈다,
"이러! 이놈의 소! 원 무학이보다 더 미련하구나."
아 이러고 소 모는 소릴 하거던. 그래 무학이가 그 소리를 듣고 '아이구 여기 선상님이 있구나.' 그래구선 쫓아가서 굴복을 하고,
"선생님 알으켜 달라."
고 그러니깐,
"한 십리 더 가야 된다."
그래서 그 동네를 보고 왕십리라고 하지, 서울 한양터지. 그렇게 안다는 무학이두…….
[박치조: 이 자꾸 넘어가서 그랬주. 대궐 짓는데 넘어가서…….]
아냐 넘어가는 거보다…… 대궐 짓는데 자구 넘어가거던. 그거는 무학이가 그렇게 시킨 게 아니라 어떤 아이가 동네 어린애. 이 저 업혀가지고 댕기는 애가 있다가 이 학에 등에다가 대궐을 짓는데 학이 날으니깐 넘어가니깐 학의 날갤 눌러야 된다고 성부터 쌓아. 그러니깐 성부텀 쌓고 대궐을 지었어.
박치조 : 그래가주구선
"에라 이놈의 소 무학이보다두 더 미련하구나."
아 그러니깐 그가 가서 선상님이라구 좀 가르쳐 달라니깐 그렇게

해서 죄 가르켜 줘서.

"그래 거기 학의 허린데 그냥 지으면 학이 날개만 툭 치면 넘어가구 넘어가구 그러잖으냐 그러니깐 학의 허리에다 성을 둘러 쌓구서 지면 단단하니라."

이래 죄 일러줬지 하하.(밑줄 필자)[23]

무학대사가 이성계와 함께 도읍지로 삼을 곳을 살폈다는 왕좌봉터 기념비.

'왕십리'와 '궁궐쌓기'가 뒤섞이긴 했지만, 밑줄친 부분에서 구연 의도의 핵심을 잘 말하고 있다. 평범한 농사꾼 노인과 어린아이가 무학을 가르치게 만들면서, "그렇게 안다는 무학이두"라는 토를 달고 있으니 그 속을 익히 헤아릴 수 있겠다. 한편에서는 똑똑하다고 해놓고, 한편에서는 그만 못할 사람의 자문을 구하는 일이 벌어지는 것이다.

이야기 속을 다시 따라 들어가 보면, 이때 이미 왕이 된 이성계가 무학의 자문을 구하거나, 무학이 궁궐을 짓는 과정의 일로 설명한다. 그렇다면, 가장 높은 지위의 임금이 다른 여러 신하를 제쳐두고 무학에게 자문하고 일을 맡긴다는 의미에서 무학의 위치는 사실상 최고에 오른 셈이다. 상식적으로는 '이성계＞무학'이어야 하는 관계가 내용상 '이성계＜무학'으로 역전된 형국인 것이다. 그러나 그런 단순한 역전만으로는 발랄한 기층민들의 욕구를 채워줄 수 없다. 약한 쪽이 강한 쪽을 이긴다는 설정은 매우 재미있는 것이지만, 자칫하면 강한 쪽이 약한 쪽을 이긴다는 사실을 공연히 한번 뒤집어놓아서 심리적 만족이나 구하는 데 지나지 않을 우려가 있을 수 있다. 이런 문제를 해소하기 위해서는 '그렇게 똑똑한 무학'이 '천하에 제일 어리석은 무학'으로 전락할 필요가 있다. 앞선 인용에서 보듯이 평범해 보이는 농부가 등장하여 무학이 미처 생각하지 못한 사실을 일러주는 것인데, 때로는 코흘리개 어린 아이까지(16) 그런 일에 가세한다. 이로써 '이성계<무학'으로 드러났던 역전이, 이제 '무학<농부(어린이)'로 한 번 더 역전되고 만다.

그런데, 이런 역전이야말로 무학대사 설화를 불교설화에 한발 다가서게 하는 특성이라고 할 수 있다. 가령, 『삼국유사』에 있는 원효(元曉)와 사복(蛇福)의 이야기를 생각해보자.[24] 원효는 세상이 다 아는 천재였는데, 사복은 12살까지 일어서지도 못하고 기어다니며 말도 못했다고 했다. 그러던 그가 갑자기 제 어머니가 죽자 원효와 함께 장사지낼 것을 제의하고 원효의 어리석음을 단번에 깨우쳐주게 된다. 무학 역시 마찬가지이다. 이미 창업주인 이성계의 인정을 받고 왕사(王師)로 봉해진 이상 더할 수 없이 높은 데 선 셈이지만, 그를 깨우쳐주는 인물은 뜻밖에도 농부이거나 아이였다. 또, (8)처럼 무학을 꾸짖는 인물을 산신령 등으로 등장하는 경우는 이계(異界)의 원조자가 그를 도와주는 것으로 설정하여 그 인물의 신성함을 강조하게 된다. 좀 더 생각해보면, 농부든 아이든 이들이 어떤 신이한 존재의 화신이으로 무학의 깨달음이 멈추지 않고 나아가게 도와주는 존재라고도 볼 수 있을 것이다. 이는 결국 설화구연층이 보기에, 표면상으로는 무학이 이성계를 돕지만 그 무학의 내적인 힘은 부처님의 법력과 같은 초월적 힘임을 인정하려는 처사로 해석할 수 있게 해준다.[25]

이런 시각에서 (3)은 매우 소중한 자료이다. 다른 이야기에서도 간혹 무학대사가 출가하는 이야기가 나오지만 자의에 의해서라기보다는 뜻하지 않은 불행한 사태를 맞아 어릴 때 의탁되는 식이었다. 그러나 이 작품에서는 맨 먼저 장사꾼 무학이 아내에게 배반당한 이야기가 나온다. 아내를 믿고 장사를 떠났다 돌아와 보니 아내는 다른 남자와 놀아나고 있었고, 거기에 실망한 무학은 집을 나온다. 그리고 아무도 믿지 않을 결심을 하지만 너무도 착한 젊은이를 하나 만나서는 그를 믿어보지만 역시 배신당하고 만다. 이제 아무도 믿을 수 없다는 생각으로 길을 가던 그는 갈 지(之) 자 걸음으로 오는 승려를 만나고, 그 승려가 발밑의 벌레들을 죽일까봐 그렇게 걸어온다는 사실을 알게 된다. 그는 여기에서 큰 결심을 하고 절에 들어가서 3년간을 성심껏 불공을 드린다. 이때 부처님이 포수로 변신하여 나타나서는 공양음식을 달라고 협박한다. 목숨을 걸고 공양미를 지키던 무학은 결국 총을 한 방 맞는데, 죽기는커녕 큰 깨달음을 얻게 되고 그래서 배우지 않고 통했다는 뜻으로 '무학(無學)'이라고 했다고 한다.

이 이야기가 특별한 의미를 갖는 것은 부족하기는 하지만 불교 본연의 구도(求道) 문제를 다루고 있기 때문이다. 세상에 가장 믿을 만한 두 사람에게 연속하여 배신을 당한다는 설정부터가 매우 인간적이다. 불신이 가득한 세상에서 그래도 믿어보려고 했던 주인공은 아무 방향도 없이 떠돌게 될 찰나에 불교진리를 몸으로 실천하는 승려를 만나게 되고, 그것이 인연이 되어 그 역시 온 몸을 바쳐 불법을 구하는 것이다. 그런데 이 깨달음의 과정이 철저하게 세속적인 데 유의해야 한다.[26] 불교를 공부했다거나 어떤 스승을 만났다거나 하는 이야기가 전혀 없이, 두 번의 배신으로 세상에 뜻을 버리고 3년간의 헌신적인 공양 끝에 뜻을 이루어내고 만다. 사실 이런 방식이야 말로 설화구연층에게 가장 친숙할 것이다. 복잡한 불교교리를 어렵게 익혀서 남들이 모르는 지식을 하나둘 쌓아가는 것이 아니라, 세상 사람이라면 누구나 납득할 만한 이유로 출가를 해서 아주 간단한 믿음 하나로 한 깨달음을 얻는 것, 그것을 포수의 총을 맞으면서 막혔던 대통이 뚫리는 감격으로 묘사해내고 있다. 또, (6)처럼 세상의 명리(名利)에 구애됨이 없이 숨어 지내는 모습을 드러냄으로 해서 구도자(求道者)로서의 일면목을 보여준다.

그 밖의 설화에서도 설화구연층의 내면 심리를 읽어낼 만한 대목은 꽤 많은 편이다. 이들 작품 속에 등장하는 구체적인 인물은 이성계와 정도전인데 이 둘과의 대결이 특히 그렇다. (4)와 (5)에서는 이성계의 실수로 1500년 유지할 왕조가 500년에 그쳤음을 역설한다. 이는 한문 기록의 자료를 잇고 있는 것으로 예언담의 성격을 지닌다. 또 (20)에서는 정도전과 풍수 경쟁을 보여준다. 당대 최고의 재사(才士)인 정도전보다 한 수 높은 실력을 과시하게 하여 사실상 유교와 불교의 대결에서 불교 쪽의 편을 들어주는 셈이다. (10) 같은 경우도 세심하게 관찰하면 정도전과의 대결담이다. 궁실을 어느 방향으로 들어앉힐 것인가를 놓고 정도전과 의견대립을 보이던 중, 무학대사는 정도전의 주장대로 한다면 백성들이 먹고살 것이 마땅찮다는 걱정을 한다. 그런데 정도전은 보리도 없을 당시에 남방에 보리가 나니까 걱정하지 말라고 답했고 결국 그의 생각대로 일이 진행되었다. 이는 확실히 정도전의 승리이지만, 백성들의 식량을 걱정했다는 점에서는 무학대사의 승리이다. 또 정도전의 말처럼 쌀이 떨어져도 보리가 있으니 걱정이 없다고 했지만 보리로 근근이 연명을 하기는 했지만 풍족하게 먹었다고는 할 수 없으며, 결과적으로 무학대사의 걱정이 옳았던 것이다.

이 세 작품을 통해볼 때 주 설화구연층이었을 기층민들은 이성계나 정도전보다 무학대사를 더 가까이 느끼는 만큼 무학대사의 깨달음이나 생각이 제대로 구현되었더라면 하는 아쉬움을 갖고 있는 것이 분명하다. 사실 이런 이야기는 조선왕조 500년이 문을 닫은 뒤에 공고해졌을 것이므로 이미 결과를 놓고 거꾸로 판단하는 성격이 짙은 법이어서 그 아쉬움은 훨씬 더 크게 전해진다. (17)은 그런 아쉬움이 절정에 달한 예이다. 이야기 속의 무학대사는 남의 머슴으로서 밤마다 나가서 도술을 부리는 존재이고 주인은 두려움을 느낀 나머지 그를 쫓아낸다. 머슴을 하면서 도술을 부린다는 사실이 예사롭지 않고, 도술 때문에 쫓겨난다는 설정이 더욱 비극적이다.

이 점에서 흡사 아기장수 이야기를 상기시킨다. 주지하는 대로 설화 속의 아기장수는 대체로 빈천한 집안에서 엄청난 재주와 능력을 갖고 태어나지만, 그것이 화근이 되어 뜻을 이루지 못하고 죽게 된다. 사실, 형편이 여의치 않은 환경에서 훌륭한 능력을 지닌 사람은 오히려 그 능력 때문에 박해를 받는 일이 현실에서도 왕왕 있다. 그런 현실을 십분 이해한다 하더라도 이 이야기(17)에서 더욱 석연치 않은 점은 그런 재주를 가지고도 머슴살이밖에 못하고, 또 혈연관계의 사람도 아니고 그렇다고 특별한 권력이나 힘이 있을 것 같지 않은 사람이 쫓아낸다고 해서 반항 한번 없이 무력하게 쫓겨난다는 사실이다.[27] 그리하여 결국 집에 돌아와서 한 일이라는 것이 어머니의 작은 소망 몇 가지를 이루어주는 것뿐이었다. 병사를 부리는 도술이라면 국가대업에 쓰여 마땅하겠지만 산골에 처박혀서 잔재주나 부려야 하는 주인공의 처지가 더욱 딱하게 느껴지는데, 이 주인공을 무학대사로 설정했다는 점이 설화구연층의 무학대사상(像)을 읽게 해주는 코드이다. 이 설화의 끝에서는 무학대사는 죽은 데도 없고 무덤도 없어서 '무인(無人)무덤'이라고 한다면서 그 비극성을 더해준다. 또, (2, 20) 같은 경우도 불교의 몰락을 예견한다는 점에서 쓸 쓸함을 더해주는 것이다.

이성계나 정도전과의 대결담(對決談)에서 보든, 탁월한 능력을 지 닌 이인담(異人談)에서 보든 무학대사에 대한 설화구연층의 생각은 아주 명백하다 하겠다. 이들 이야기에서의 설명은 이렇다. 무학대사 의 능력으로라면 이 나라가 지금보다 훨씬 더 잘 될 수 있었는데, 이 성계의 실수나 정도전의 반대로 아깝게도 불행한 길을 걸었으며, 무 학대사의 능력은 출중했지만 제대로 인정하고 활용할 수 없었다는 것이다. 역사서에서는 임금과의 '특별한' 친분과 '과분한' 배려가 강조되고, 한문기록에서는 '신통한 재주를 부리는 신승(神僧)'으로 서의 면모가 부각되는 가운데, 구비설화에서는 '실제 현실화된 것보 다 훨씬 더한 능력과 재주가 있었음에도 불구하고 그것이 십분 발휘 될 수 없었던 인물'을 한탄하고 있다. 이는 무학대사에 대한 아쉬움 이면서, 무학대사의 진면목을 알아보지 못한 특권층의 횡포에 대한 비판이기도 하다. 그것이 무학대사로 구체화되기는 했지만, 사실 그 자리에 누가 오든간에, 이는 설화구연층이 나날이 겪고 있는 고단한 세상살이의 원인을 진단하고 그에 대한 나름대로의 해명인 셈이다.

물론 그렇게 진지한 의미를 부여하기보다는 단순한 흥미소의 기 능을 하는 부분 역시 상당히 많다. 가령, 무학대사의 능력을 돋보이 도록 하기 위해, 해인사의 불이 난 것을 멀리서 알고 신통력으로 끈

다든지(1, 14, 15), 신비한 노인에게 묘법이 적힌 책을 받는다든지
(16), 앞서 한문기록에서 한산(韓山) 이씨(李氏)와 연관한 한문 기록
처럼 한양(漢陽) 조씨(趙氏)와 연관 지어 설명하는 것(7) 등이 그렇다.
그러나 이런 일들은 굳이 무학대사 설화가 아니어도 다른 설화 속에
서 아주 흔히 있는 것으로서, 이미 있었던 것이 무학에게 끼어들어
갔다고 보는 편이 옳겠다. 해인사 같은 경우는 특히 화재가 빈번했
던 절로 조선 숙종 이후 크고 작은 화재를 겪었으며 이때문에 '해인
사의 화재'가 설화에 자주 등장하고, 시기야 어쨌든간에 무학이나
원효[28] 등이 그 화재를 진압했다고 꾸며지는 것뿐이다. 굳이 의미를
부여하자면 해인사의 소실(燒失)을 막는 데 기여하는 면을 부각시킴
으로 해서 그가 불법(佛法)을 수호하는 데 큰 역할을 했음을 강조했
다고도 볼 수 있겠다.

5. 무학대사 이야기의 흐름

　　이제 무학대사 이야기가 어떻게 흘러갔는지 정리해 보자.
　　제일 먼저 역사서에서는 '이성계와의 특별한 관계'와 '무학
대사의 뛰어난 능력'이 설화화의 단서이다. 대체 왕이 저렇게 극진
히 대한다면 그 이전에는 무슨 일이 있었을까, 혹은 무학대사가 그
정도로 풍수에 능하다면 그것을 입증할 만한 또 다른 사실이 있을까
하는 질문이 들게 되면서 이야기는 급속도록 큰 파장을 일으키며 생
성과 변이, 확산과 전파를 계속하게 되는 것이다. 그래서 이야기에

서는 무학대사가 왕의 오랜 친구로 등장하기도 하고, 왕을 기롱하는 호탕한 승려가 되기도 하며, 때로는 통찰력은커녕 어리석기 짝이 없는 괴상한 승려로 등장하기도 한다.

다음으로, 한문기록에서 확인되는 무학대사는 이성계와 관련하여 신비한 능력으로 호국의 역할을 하는 모습이 강하게 드러난다. 여기에서 우선 들 수 있는 가장 큰 변화는 이성계와의 관련을 벗어난 기록이 대폭 줄었다는 점이다. 물론 역사기록 역시 어떻게 보면 왕사(王師)로서의 무학이 강조되었다는 점에서 그렇게 볼 수도 있지만, 적어도 무학대사의 행적을 좇아 기록해둔다는 의식만은 분명했다. 그러던 것이 어떤 내용이든 이성계와의 관련 하에서만 이야기가 이루어지고 있다. 즉, 왕사로서의 공식적인 업무는 한문 식자층에게는 관심 밖이었다는 이야기이다.

두 번째의 변화는, 역사기록에서는 왕이 특별한 대우를 했다는 것이 강조된 데 비해서, 여기에서는 무학대사가 왕에게 도움을 준 것이 강조된다. 시혜자와 수혜자가 뒤바뀌었다 하겠는데, 왕의 조상 무덤에서부터 새 왕조의 도읍지, 왕이 죽은 후 묏자리 잡기까지를 모두 무학대사가 맡았다고 하는 것이 그 좋은 예이다. 뿐만 아니라 이성계가 아들과의 불화로 함흥에 머무르면서 빚어진 왕실의 불안을 해소해주는 인물도 무학대사로, 국가의 중대사나 풀기 힘든 난제를 만날 때면 언제나 구원자로 등장한다.

세 번째의 변화는 신비한 능력을 대폭 강화해놓은 것이다. 앞서 살핀 대로 역사기록에서의 무학대사는 매우 신중하게 행동하는 인물이었다. 자문을 구하면 언제든 응하기는 하지만 독단으로 처리한다거나 강권(强勸)하지는 않았다. 내 의견은 이러하니 다른 사람들과

의논해서 처리하라는 식이었던 것이다. 그런데 한문기록에서는 그런 신중하고 머뭇대는 모습은 자취를 감추어 버린다.

결국, 한문기록에서 확인되는 무학대사는 이성계와 관련하여 신비한 능력으로 호국의 역할을 하는 모습이 강하게 드러난다고 하겠다. 이 점은 앞서 지적한 대로 역사기록에서부터 그럴 만한 충분한 가능성을 가진 것이었지만, 이미 유교적 이념으로 무장된 한문식자층의 시각이 투영된 결과로 보인다. 억불숭유(抑佛崇儒, 불교를 억제하고 유교를 숭상함)의 기치를 걸고 일어선 조선왕조에서 불교의 소용이 있다면 그것은 종교로서가 아니라 실질적으로 국가의 안녕 등에 얼마나 기여할 수 있느냐 하는 것 때문이었으며, 따라서 실제 떠도는 이야기들 중에서도 그런 입맛에 맞는 이야기만 선별하여 수용했을 가능성을 시사해준다. 그럼에도 불구하고, 해몽이나 풍수 등 사실로 믿기 어려운 허구적 이야기를 대거 수용했다는 것은 역사가 이를 수 없는 성취라고 하겠다.

끝으로 구비설화로 가면 구비설화의 구연층이던 일반백성들의 모습이 투영되며, 대략 다음의 네 가지 면에서 변이를 보인다. 첫째, 무학대사의 신비한 출생담이 강조된다. 이는 역사서에도 한문기록에도 등장하지 않던 새로운 것으로, 특히 미천한 데에서 태어나지만 특별한 권능을 부여받은 사람으로 설정되는 데에 의미를 둘 수 있다. 이는 무학대사를 대개 하층민이었을 설화구연층과 가장 가까운 데에 있으면서, 고귀한 계층의 사람들이 하지 못한 일을 하는 사람으로 그려내려는 의도가 강한 것으로 해석할 수 있다. 둘째, 한자의 파자(破字)에 의한 꿈 해몽 등이 약화되고, 대신 '무학보다 못한 소'가 자주 등장한다. 왕의 스승 노릇을 하는 그였지만, 농부나 어린애

만도 못하다는 설정을 통해 민담 특유의 전복적(顚覆的) 사고를 보여준다. 뛰어난 사람이 기실은 멍청하다는 뒤집기가 보이는 것이다. 일차적으로는 지고(至高)의 존재인 왕이 무학만 못하게 만든 후, 다시 그 무학을 가장 멍청한 존재로 떨어뜨려서 새로운 의미를 얻게 하는 것이다. 셋째, 불교 구도자(求道者)의 모습이 드러난다. 어떻게 해서 출가하였고, 그가 용맹정진하던 모습을 부각시키는 것인데, 특히 어려운 불교공부 등을 통한 것이 아니라 일상의 삶에서 지혜를 구할 필요를 느끼고, 또 일단 출가한 후에는 매우 우직한 방법에 의해서 깨우치는 것으로 설정한 데에 특징이 있다. 넷째, 능력은 있으나 사회적 여건이 불비한 이유 등으로 인하여 그 능력을 제대로 발휘하지 못한 인물로 그려진다. 설화구연층에서는 무학대사를 성공한 승려로 보기보다는, 자신들의 소망을 성취시켜주려 왔으나 애석하게도 그렇게 하지 못한 불행한 거인(巨人)으로 보는 것이다.

이러한 변이는 이미 여러 차례 강조한 대로 무학대사에 대한 일반인의 기대치를 반영하는 것으로 볼 수 있으며, 이 점에서 실존인물 무학대사와는 일정한 거리를 둘 수밖에 없는 것이기도 하다. 그러나 경험에서 알 수 있듯이 기대치란 본래 사실과는 전혀 다른 엉뚱한 것이 아님을 주목할 필요가 있다. 누군가에게 무언가를 기대한다는 것은, 그것이 허망한 소망이나 욕심이 아닌 한, 그 사람이 할 수 있고 또 해야한다고 믿는 어떤 것이기에 실상과 어그러지는 허상만은 아닌 것이다. 그는 실제로 왕사(王師)라는 직책을 수행하여 승려로서는 정치권력의 중심부에 가장 가깝게 간 인물이었지만 이욕(利慾)에 매이지 않았으며, 글을 좋아하지 않았고, 영아행(嬰兒行)을 최고로 쳤다고 했다.[29] 그런데 이런 사실(史實)들은 역사서의 기록이나 야담

등의 한문기록보다 오히려 구비설화의 이야기들이 더 가깝다는 점은 그리 놀라운 일이 아니다. 죽음에 임해서 제자들과 나누었다는 대화 역시 그의 소박한 모습을 잘 알려준다. 깨달음을 갈구하는 제자들은 스승이 죽으면 어디로 가는지, 대체 병은 어디서 오는지를 물었지만, 그의 일관된 대답은 그저 "모른다"였다고 하는데, 어쩌면 이런 모습이 많은 구비설화를 양산했다고도 볼 수 있겠다. 한편으로는 무학대사에 대한 기대치가 설화를 만들었으며, 또 한편으로는 무학대사의 삶이 설화화할 만한 조건들을 갖춘 것이어서 이 양자의 상호작용으로 무학대사의 설화가 계속 생성되고 변이되면서 전승을 계속했던 것이다.

이상에서 살핀 대로 무학대사 설화는 역사와 설화, 한문기록과 구비설화 사이의 변이를 잘 드러내줄 수 있는 좋은 자료이다. 역사의 어떠한 점이 설화화의 단서가 되었으며, 계층에 따라서 어떤 식으로 허구화하여 의미를 담아내는가를 잘 보여주는 것이다. 검토 결과, 한문식자층들은 왕실과 연관한 해몽이나 풍수 등에 집중하는 데 반해서 설화구연층들은 무학대사의 출생에서부터 출가, 궁궐터 잡기, 유신(儒臣)들과의 대결 등 좀더 포괄적으로 접근하여 이야기를 풍성하게 하고 있다. 그리고 이 풍성한 이야기는 단순한 허구가 아니라 그들이 염원하는 무학대사상(像)이었으며, 또 실제의 무학대사와 상당히 근접하는 모습이기도 하다.

이 강의에서 다룬 무학대사 이야기를 통해 역사와 이야기가 어떻게 얽히는지, 문학 담당층들의 소망을 어떻게 투영되는지, 그리고 그렇게 변이하는 과정에서 문학이 무엇을 할 수 있고 또 무엇을 해야 하는지 생각을 다듬는 기회였으면 한다. 팩트(fact)와 픽션

(fiction)이 결합한 이른바 '팩션(faction)'이 성행하는 이때, 픽션과 팩트가 만나는 그 지점 또한 무학대사 이야기가 생겨나고 변화해나가는 그 지점과 크게 다르지 않을 것이다. 팩트가 픽션을 부르고 픽션은 팩트로 인해 힘을 받으며 그렇게 문학작품은 성장해나간다.

■ 주석

1) 이 강의의 근간은 이강엽, 「무학대사 설화의 생성과 변이」, 『지공·나옹·무학 화상 ~ 3 대화상연구논문집』(불교서당훈문회, 1999)이다. 이 논문은 논문집을 간행하는 주최측의 의뢰로 이루어졌는데, 세 고승에 대한 연구논문집을 내면서 무학대사 부분은 역사나 불교를 공부하는 사람이 아니라 문학을 공부하는 필자에게 맡겼다는 데에서 무학대사 설화의 의의를 엿볼 수 있다.
2) 이 이하의 자료는 『조선왕조실록』 CD롬 자료에서 검색하여 얻은 결과이며 인용 역시 여기에 따른다.
3) 어가(御駕)가 새 도읍의 중심인 높은 언덕에 올라가서 지세(地勢)를 두루 관람하고 왕사 자초에게 물으니, 자초는 대답하였다. "능히 알 수 없습니다."(2년 2월 11일)
4) 이하의 자료들은 주로 『연려실기술』 소재인데, 이 책은 다른 데에 있는 것들을 취합해놓은 성격이어서 책에서 밝힌 소재원을 함께 밝히기로 한다. 번거로움을 피하기 위하여 인용 제시가 아닌 간략한 내용 요약 방식을 택하였다.
5) 李肯翊, 같은 책, 29쪽.
6) 李肯翊, 같은 책, 29쪽.
7) 이복규, 『이야기로 즐기는 한자한문』, 박문사, 2010.
8) 이런 참요와 관련된 내용에 대해서는 『강의실 밖 고전여행』 제2권 제5강 '나무 아들 나라 얻네'에서 상세히 다룬 바 있다.
9) 실제로 이 해몽과 유사한 이야기가 『춘향전』에 채용될 정도이다. 춘향이가 옥중에서 꿈을 꾸었는데 바로 그 꿈의 내용이 "옥창 전 앵도화 어지러이 떨어지고 방문 의에 허수아비 달려 보이고 단장하던 체경이 한복판이 깨어지고 산이 무너지고 바다가 말라 보인다."는 것이었다. 여기에서 꽃이 떨어지고 거울이 깨지는 부분은 바로 이성계 꿈 부분과 같다. 춘향전의 해몽부분은 동편제 명창 오끗준의 더늠으로 전해진다. 자세한 내용은 鄭魯湜, 『朝鮮唱劇史』(조선일보출판사, 1940), 123~129쪽 참조.
10) 李能和, 『朝鮮佛敎通史』(新文館, 1918) 上編 〈無學王師〉條 참조.
11) 동일한 어휘의 상이한 해석, 혹은 동음이의어나 유사한 발음의 어휘를 둘러싸고 설화가 파생되는 예는 무척 많은데, 무학대사와 관련하여서는 특히 심한 편이다. 이 '釋王'만 해

도 그대로 풀자면 ‘釋迦 王’ 정도가 적당할 듯싶은데 ‘王을 풀다’로 새기면서 해몽 이야기로 넘어가고, ‘無學’이 ‘舞鶴’과 뒤섞이면서 鶴 이야기가 나오고, 이것이 그대로 풍수 문제까지 연결되어 ‘鶴穴’을 운운하게 된다. 또, ‘往十里’ 역시 ‘往尋里’와 이어지면서 이야기를 산출해내기도 한다.

12) 李肯翊, 『국역 연려실기술』I (이병도 역, 민족문화추진회, 1966), 27쪽.

13) 車天路, 『五山說林草藁』(양대연 역, 『국역 대동야승』II, 민족문화추진회, 1967), 35쪽.

14) 李肯翊, 『국역 연려실기술』IX (김익현 역, 민족문화추진회, 1967), 125쪽.

15) 이덕형, 『죽창한화』(이민수 역, 『국역 대동야승』V, 민족문화추진회, 1967), 37쪽.

16) 李德泂, 『죽창한화』(이민수 역, 『국역 대동야승』17권, 민족문화추진회, 1967) 269~270쪽.

17) 李肯翊, 『국역 연려실기술』I, 앞의 책, 129~130.

18) 이 대목의 원문이나 ‘龍’ 字를 둘러싼 의심 등은 모두 忽滑谷快天, 『朝鮮禪教史』(정호경 역, 寶蓮閣, 1978)에 의한다.

19) 이하의 순서는 『한국구비문학대계』(한국정신문화연구원, 1980~1989)의 순서에 따른 것이며, 이 책에 있는 본래의 제목을 〈 〉 안에 밝히고, ‘권:쪽수’를 ( )에 밝힌다. 또, 지면 관계상 전체 줄거리를 모두 적어넣을 수 없는 점을 감안하여 간단한 중심내용을 몇 개 뽑아서 제시하는 방법을 택하기로 한다.

20) 이런 유형의 출생담은 무학대사의 스승인 나옹화상의 경우에도 똑같이 발견될 뿐만 아니라, 아예 ‘나옹설화’로 명명되기까지 한다. 대계7-6:423 〈나옹대사 탄생〉 등을 참조하라. 이는 어떤 연유에서든간에 두 설화가 섞였거나, 동일한 이야기가 나옹과 무학 이야기로 편입되었음을 뜻한다. 특히 이 둘은 사제 관계여서 함께 섞일 가능성이 높다고 할 수 있겠는데, 이 점에서 나옹설화가 우선일 듯도 하지만 무학대사 설화는 충남 서산의 看月島(현재의 安眠島)라는 구체적 지역과 연관하여 이미 자리를 굳힌 것이어서 쉽게 속단할 수 없다.

21) 고승들의 僧傳에 있는 출생담에 관한 논의는 김승호, 『韓國僧傳文學의 研究』(민족사, 1992), 268~270쪽 참조.

22) 복숭아와 오이가 각각 女根과 男根을 상징한다는 점에 대해서는 한국문화상징사전편찬위원회 편, 『한국문화 상징사전』1·2(동아출판, 1992·1995)을 참조하라. 특히 오이를 먹고 잉태하는 경우는 道詵 등등에서도 쉽게 발견된다. 가령 대계6-10:621 〈오이 먹고 난 도선이〉 같은 경우를 보면 금세 알 수 있다.

23) 대계1-2, 174-175쪽.

24) 一然, 『三國遺事』卷第四 義解 第五 〈蛇福不言〉條. 이에 대해서는 『강의실 밖 고전여행 2』, 제2강 ‘누가 더 고수인가?’에서 상세히 다룬 바 있다.

25) 임석재 선생이 채록한 자료에는 무학을 깨우쳐준 농부가 "실은 신선인디 이 신선이 무학한티 궁궐 짓는 법을 갈치주이라고 농부로 모습을 하고 나타났다는 기라"고 해서 異界의 인물이 잠시 농부로 化했던 것임을 명확히 해주기도 한다. 임석재 채록, 『한국구전설화(경상남도 편 I)』(평민사, 1993), 64~65쪽 〈無學을 깨우쳐준 農夫〉 참조.

26) 『三國遺事』 소재 求道 설화에서 그런 면이 잘 드러난다. 즉, "중생세계에 대한 애착의 끝에서는 늘 중생 세계의 테두리를 감싸고 있는 본래세계, 즉 부처의 세계를 만나게 된다. 결국, 중생세계와의 관련 속에서도 구도의 계기가 생긴다."(허원기, 「三國遺事 求道 說話의 意味」, 한국정신문화연구원 석사 논문, 1995, 53쪽)는 것이다.

27) 아기장수 설화의 원형은 "아기장수가 부모에게 죽고 관군에게 다시 죽은 뒤 용마가 나왔다."고 할 정도로 박해자로 등장하는 사람은 부모와 관군인 것이 일반적이다. 『한국민족

문화대백과사전14』(한국정신문화연구원, 1991)의 최래옥, '아기장수' 항을 참조.
28) 원효가 해인사 화재를 진압해다고 하는 설화는 대계8-12:53 〈도통골과 원효대사〉 등에
보인다.
29) 무학의 이러한 인물됨에 대해서는 김영두, 「無學王師」(『한국불교인물사상사』, 민족사,
1991, 261~270쪽) 참조.

제 7 강

송강(松江)이 들려주는 아름다운 푸념

1. 뜻과 삶, 삶과 문학

살다보면 제 뜻대로 되지 않는 일이 허다하다. 젊어서야 언젠가는 뜻과 삶이 하나가 되는 이상을 꿈꾼다지만 어느 정도 나이가 들면 제 뜻과 벌어져 있는 삶을 경험하기 마련이다. 이럴 때 누구나 세상 탓을 하기 쉽다. 자신을 몰라주는 사람들이나 자신을 담아낼 공간이 없는 답답한 세상이 야속하게 느껴진다. 능력이 빼어나도 줄이 없어서 안 되고, 실력이 넘쳐나도 때가 안 맞아 못 된다면 왜 안 그럴까. 하긴 현대처럼 공평과 공명을 강조하며 그것이 곧 정의의 척도인 양 할 때에도 그러한데 예전에는 오죽했을까 싶다. 신분의 귀천이 명확하고, 운 좋게 높은 신분을 타고 났더라도 그 때부터는 당파가 문제가 된다면 개인의 힘으로 헤쳐 나간다는 게 여간 어렵지 않았겠다.

그러나 뜻대로 되지 않는 삶이 꼭 부정적이기만 한 것은 아니다. 흔히 말하는 대로 아픔을 겪지 않는 조개는 진주를 만들어낼 수 없

는 법이다. 더러는 고통스러운 삶에서 고매한 인격
이 완성되기도 하고 훌륭한 예술이 탄생하기도 한
다. 당장 머릿속에 떠오르는 옛 문인 가운데 고초
를 겪지 않은 인물이 있었던가 따져보면 쉽지 않
다. 물론 태평성대라고 하는 시절에 태어나 시대의
평온함을 한껏 읊조렸던 문인이 없는 것은 아니지
만 왠지 그런 문학은 깊이가 떨어져 보인다. 옛 문
인 가운데 손꼽히는 인물인 최치원, 이규보, 허균,
김만중, 박지원 등은 한결같이 남모를 아픔을 겪었
고, 그 아픔이 그들을 위대한 문학으로 이끌었다.
뜻과 삶이 어긋날 때 예술이 오히려 승화한다면,
삶과 문학은 참 묘한 관계이다. 삶이 위로 치솟아
극점에 달할 때 문학은 도리어 볼 게 적어지고 삶

이 아래로 고꾸라져 밑바닥에 달할 때 반대로 문학이 흥성한다.

송강(松江) 정철(鄭澈: 1536~1593) 또한 예외가 아니다. 그는 다른 어떤 문인보다도 부침(浮沈)이 심했다. 그가 어렸을 때 누이 둘이 왕실로 시집감으로써 자연스럽게 궁궐에 출입하고 왕자들과 친구처럼 지내곤 했다. 왕자가 왕위에 오르면 가장 든든한 후원자가 될 터, 그의 출세를 의심할 사람은 없었다. 탄탄대로, 전도양양, 그것만이 그의 앞날을 제대로 설명할 수 있을 듯했다. 그러나 10살이 되었을 때, 매형인 계림군이 역모(逆謀)에 연루되어 처형됨으로써 집안은 순식간에 풍비박산한다. 아버지는 북쪽의 함경도 정평으로, 맏형은 남쪽의 전라도 광양으로 유배되고 만다. 그는 하는 수 없이 아버지의 유배길에 동행하여 어린 나이에 혹심한 세파를 견뎌야 했다.

이후의 삶은 굴곡 그 자체였다. 잠시 누명을 벗어 아버지와 형의 죄가 가벼워지는가 하면, 다시 죄를 뒤집어쓰고 고문을 당하고 귀양길에 오르는 식의 악순환이 계속되었다. 결국 큰형은 서른둘이라는 젊은 나이에 귀양길에 죽고 둘째 형은 세상을 등지고 숨어살게 된다. 나중에 명종이 즉위함으로써 어린 시절 명종과 허물없이 지냈던 정철로서는 한숨을 돌리고 아버지가 사면되어 함께 담양 창평으로 옮겨와 전원생활을 하며 자신을 다독여야 했다. 다행히 거기에서 좋은 스승과 친구를 만나 공부하여 스물일곱 살에 장원급제함으로써 그의 삶에 다시 서광이 비추는 듯했다.

그러나 이번에는 그의 성격이 문제였다. 그가 사헌부 지평이라는 벼슬에 임명되어 당시의 임금인 명종의 사촌형의 옥사(獄事)를 맡게 되었을 때, 임금의 부탁을 거절하고 자신의 판단에 따라 처결함으로써 그의 벼슬길은 다시 험로가 되고 만다. 벼슬에서 쫓겨난 것은 아니지만 중요한 자리에는 오르지 못한 채 몇 년을 지내다가 마침내 32세가 되던 해에 다시 한 번 기회를 잡는다. 그의 집안을 내리막길로 치닫게 했던 을사사화에 연루되었던 사람들의 명예가 회복된 것이다. 그 덕에 그는 당대 관료라면 누구나 꿈꾸던 이조(吏曹) 좌랑(佐郎)이라는 요직을 맡게 된다. 높은 직책은 아니었지만 인사권에 간여할 수 있는 자리여서 그만큼 힘을 발휘할 기회가 많았다.

그 이후의 삶은 탄탄대로일 것 같지만, 사실은 그렇지 못했다. 당대의 정치세력이 동서(東西)로 나뉘는 가운데 그 또한 온전하기 어려웠던 것이다. 서인에 속해있으면서 사사건건 동인과 대립하게 되고 낙향과 상경을 거듭하였고, 54세에는 정여립이 모반(謀叛)을 꾀한다는 사실을 파악하고는 사건의 전말을 밝히는 내용의 계(啓)를 임금에게 올림으로써 그 자신이 사화의 한가운데 서게 된다. 이로부터 그는 동인 측의 타도 대상이 되어 한평생이 아니라 죽은 후까지도 편하게 보낼 수 없는 시간을 맞게 되었다. 물론 그의 행적을 두고 어떻게 해석하는 게 옳을지는 간단히 판단하기 어렵겠지만, 어느 누구보다도 옳다 생각하는 일에는 앞장 서 나가는 성격이었음은 분명하며 그 점이 많은 적들을 만들어냈던 것이 아닌가 한다.

문제는 그 와중에 임금과 정철과의 관계이다. 시세가 변함에 따라 임금은 그를 충절(忠節)로 치켜세우기도 했고 간흉(奸凶)으로 몰아치기도 했다. 송강의 가사 세 편, 〈관동별곡(關東別曲)〉, 〈사미인곡(思美人曲)〉, 〈속미인곡(續美人曲)〉은 이런 배경에서 탄생했다. 임금이 벼슬로 불러주면 나아가 신나게 읊고, 임금이 내치면 물러나가 임금을 그리는 마음을 절절히 읊어댔던 것이다. 송강의 삶을 이해하지 않고는 작품의 진면목이 제대로 들어올 리 없으니 이제 그 삶의 궤적을

따라가며 작품을 감상해보도록 하자.[1]

2. 인정받고 나서는 길, 〈관동별곡〉

송강의 〈관동별곡(關東別曲)〉은 45세 때의 작품이다. 요사
이야 45세면 한창 때라고 생각하지만 예전에는 이미 초로
(初老)에 접어든 때라고 여겼다. 그도 그럴 것이 스물 안쪽에 결혼을
하는 게 상례이니 그 나이면 이미 자식을 혼인시킨 때였고 남은 기
대 수명 역시 그리 길지 않았다. 자연히 그맘때면 웬만한 일들을 모
두 이룬 때이기 쉬웠다. 가령, 송강의 동갑내기 친구였던 율곡(栗谷)
이이(李珥)가 세상을 뜬 것이 49세였지만 철학자로든 관료로든 그가
남긴 궤적은 너무도 크고 또렷하다. 송강 역시 적지 않은 조바심이
일었을 터였다. 그러나 그 당시 세상은 이미 동인(東人)이 좌지우지
하던 때여서, 동인의 한 사람이던 이발(李潑)이 송강의 수염을 뽑아
버린 일까지 일어났다. 술자리에서의 희롱이라고는 하나 당시의 세
력판도를 분명히 보여주는 사건이었다. 송강은 이런 형편을 두고 시
를 지어 "두어 가닥 긴 수염, 그대가 뽑아가니 / 늙은 사내의 풍채가
이내 쓸쓸하구나.(數個長髥君拉去/老夫風采便蕭條)"(〈차운하여 이발에
게 주다(次贈李潑)〉 중에서)라고 읊었다.

스스로를 '늙은 사내[老夫]'로 칭하던 송강은 몹시도 불쾌했을 것
이다. 자기보다 여덟 살이나 아래인 데다 이발의 아버지가 자신과
함께 근무한 경력까지 있으니 얼마나 분했을까. 물론, 그렇게 된 데

관동팔경도(부분). 왼쪽부터 평해 월송정, 삼척 죽서루, 통천 총석정, 강릉 경포대

에는 송강의 직선적인 성격 역시 한몫 단단히 했다고 전해진다. 송강이 이발에게 침을 뱉기까지 했다니 어찌 보면 자초한 면도 있고 피장파장일 수도 있는 일이었다. 이러저러한 일로 서인과 동인의 골이 깊어지고, 성격적인 문제 때문에라도 도저히 화합할 수 없는 지경에 이르렀을 때 선택할 수 있는 일은 그리 많지 않았다. 득세하는 쪽에 서서 앞으로 나아가는 것과, 그 반대쪽임을 잘 알고 뒤로 물러서는 것이다. 송강은 당연히 후자를 택했고 조용히 은거했다. 어떤 일에서든 자신과 반대편에 서는 인사들과 한데 어우러져 근무하기도 어렵다면 그렇게 조용히 사는 게 최고였다. 그러나 당시의 임금인 선조는 송강의 능력을 높이 사서 여러 차례 조정으로 불러들이려 했다.

송강 또한 그렇게 자신을 알아주는 임금을 도와 나랏일을 하고 싶어했을 것이지만 선뜻 나섰다가는 뒷감당이 어려웠다. 임금이 총애

한다 하더라도 동인들의 등쌀을 견뎌내기 어렵겠고, 그의 욱하는 성미에 어떤 돌발사태를 맞을지도 모르기 때문이다. 선조는 이런 사정을 감안하여 송강에게 내직(內職)을 내리기를 포기하고 외직(外職)을 내려준다. 동인들과 직접 마주칠 필요 없이 비교적 독자적으로 일을 처리할 수 있는 지방을 내맡긴 것이다. 강원도 관찰사(觀察使)로 부임하여 관동팔경(關東八景)을 두루 유람하고 쓴 작품이 바고 이 〈관동별곡〉인데, 그 시작부터 그간의 상황이 잘 드러난다.

> 강호(江湖)애 병(病)이 깁퍼 죽림(竹林)의 누엇더니
> 관동(關東) 팔백리(八百里)에 방면(方面)을 맏디시니
> 어와 성은(聖恩)이야 가도록 망극(罔極)ᄒ다
> 연추문(延秋門) 드리ᄃ라 경회남문(慶會南門) ᄇ라보며
> 하직(下直)고 믈러나니 옥절(玉節)이 알퓌 셧다[2]

그 시작은 "자연에 병이 깊어 죽림에 누웠더니~"이다. 외관상으로 보자면 무슨 깊은 병이 들어 전원에 묻혀 지냈는가 생각하기 쉽다. 그러나 실제로는 선조가 송강을 부른 것이 한두 차례가 아니었다. 낙향하겠다는 그를 만류하기도 했으며, 창평에 있던 그에게 벼슬을 내려보기도 했다. 결국 송강은 43세 되던 해에 임금의 명을 어길 수 없어 마지못해 벼슬자리에 나아가기도 하지만 그 이듬해에 동인 측으로부터 '사악한 무리'로 지목되는가 하면, 그의 든든한 후견자 역할을 했던 율곡마저 그를 비호했다는 이유로 탄핵을 받기에 이른다. 바로 이즈음 다른 벼슬자리가 내려지지만 그는 벼슬을 포기하고 낙향했던 것이다.

이제 관동지방을 관장하는 관찰사 벼슬이 그에게 주는 의미가 명확해진다. 벼슬을 하고는 싶으나 할 수 없는 상황을 임금이 헤아려 주었고, 그 덕분에 그는 병자 아닌 병자의 신세로 지내는 처지를 탈피할 수 있었던 것이다. 성은(聖恩)이 갈수록 망극하다고 한 말의 뜻은 바로 거기에 있다. 애초에 자신에게 벼슬을 주려고 했던 성은을 알고는 있지만 거기에 화답할 수 없는 답답한 속내가 있고, 그 속내를 아는 임금이 외직 벼슬을 내리는 호의를 베풀었다는 뜻이다. 최선이 아니면 최악이 아니라, 최선이 못되면 차선을 택하는 타협이었던 셈이다.

바로 그 뒤로 이어지는 "연추문 드리 두라 경회남문 브라보며 하직고 믈러나니 옥절이 알퓌 셧다"는 바로 그러한 선택에서 오는 신바람 소리이다. "드리 두라"가 주는 호쾌함에 이어 한 템포도 쉬지 않고 "하직고 믈러나니"로 내빼는 솜씨가 일품이다. 쓰기로 맘먹으면 그 중간의 여러 복잡한 과정이나 절차를 구구히 늘어놓을 법도 하련만 송강은 거두절미하고 궁궐에 들어갔다가는 곧바로 나오는 것처럼 급박하게 서술해놓고 있다. 이런 수법은 관심의 분산을 막고 자신의 목표를 선명히 드러내는 데 요긴하다. 과감한 생략을 통해 자신의 주된 관심이 어디에 있는지 보여주는 것인데, 그 관심은 바로 그 다음의 여정(旅程)이다.

> 평구역(平丘驛) 몰을 フ라 흑수(黑水)로 도라드니
> 섬강(蟾江)은 어듸메오 치악(稚岳)이 여긔로다
> 소양강(昭陽江) 누린 물이 어드러로 든단말고

이 대목은 대궐을 나서 임지 (任地)로 가는 과정으로, 한양에 서 원주까지의 길을 훑고 있다. 평구역, 흑수, 섬강을 지나 치악 산이 있는 원주까지로 이어지는 데, 이 과정이 신나게 그려질 수 있는 이유는 부임지로 떠날 때 의 호기도 호기려니와 사람들 사이의 분란을 떠날 수 있다는 데 있을 것이다. 내직(內職)에 있 던 사람이 외직(外職)으로 나가 는 것은 영전은커녕 좌천으로

정선, 금강산 만폭동 _서울대학교 박물관 소장

인식되기 십상이다. 그럼에도 불구하고 송강은 강원도로 떠나는 발 걸음을 가볍게 그려낸다. 따라서 이 발걸음은 이중적일 수밖에 없 다. 한편으로는 초야 생활을 정리하고 벼슬길에 들어서는 것이지만, 또 한편으로는 임금이 있는 중앙 정치무대에서 멀리 떨어져나는 것 이기 때문이다. 그래서 송강은 다음 구를 붙여놓고 있다.

고신거국(孤臣去國)에 백발(白髮)도 하도할샤

동주(東州)밤 계오 새와 북관정(北寬亭)의 올나ᄒ니

삼각산(三角山) 제일봉(第一峰)이 ᄒ마면 뵈리로다

스스로를 일러서 고신(孤臣), 곧 외로운 신하라고 했다. 아비 잃은 자식이 고아이듯이 임금을 잃은 신하이니 고신이라는 뜻이다. 그러한

고신의 처지에 나라의 중심에서 떠나니 백발이 많기도 많다며 한탄한다. 백발은 항용 근심걱정의 상징이다. 그렇지 않아도 나라 걱정을 많이 하더니 이제 멀리 떠나 더 그렇다는 말이다. 그런 근심 탓에 동주, 곧 철원에 이르러 겨우겨우 밤을 보낸 후에 북관정이라는 정자에 올라보니 삼각산 제일 높은 봉우리가 어찌 하면 보일 것도 같다고 쓰고 있다. 철원 땅에서 서울의 삼각산이 보일 리가 없다. 그러나 이를 통해 임금이 걱정이 되어 겨우겨우 밤을 샌 후에, 높은 정자에 올라 혹시 그곳이 보일까 헤아리는 그 마음을 잘 그려내고 있다.

이런 상황에서 송강은 강원도 유람에 나선다. 물론 이전에 그가 머물던 전라도 담양이나 경기도 고양 또한 멋진 풍광이 없었을 리 없겠지만, 그곳은 최대한 몸을 낮춰서 수양하고 또 반성하는 곳이었다. 거기에서는 위안을 얻고 수양을 하며 깨달음에 이르기는 하겠지만 호기롭게 풍광을 즐기기는 어려웠을 터이다. 송강이 만난 관동의 풍광이 야단스러운 것은, 그간의 그런 사정에 비추어 대비되는 효과가 크다. 특히 금강산을 그려낼 때는 화려하기가 이를 데 없어 가히 언어의 성찬(盛饌)이다. 저 유명한 만폭동(萬瀑洞) 계곡을 그려내면서는 "은 같은 무지개 옥 같은 용의 초리(꼬리)"라 했으며, 그 폭포가 섞어 돌며 뿜어내는 소리가 십리에까지 퍼져있으며 귀로 들을 때는 우레더니 눈으로 보면 눈[雪]이라고 했다. 시각 이미지와 청각 이미지를 총동원하여 그 장관을 한껏 묘사한 것이다.

계속되는 묘사를 보노라면 허풍과 과장이 심한 듯하긴 해도 시라고 하면 모름지기 또 그런 맛이 있어야 한다. 가령, 시선(詩仙)으로 알려진 이백(李白)이 자신이 늙은 것을 한탄하며 "백발삼천장(白髮三千丈)"이라고 읊을 때, 실제로 흰머리털이 3,000길이나 된다고 생각하는 사람은 아무도 없을 것이다. 그 정도로 써주어야 자신이 늙어가는 것이 얼마나 서글픈지 그 비애감을 절절히 드러낼 수 있을 뿐이다. 꼭 훌륭한 시인만 그런 것이 아니라 높은 산에 오르면 세상이 성냥갑 만하고, 경치 좋은 데 가면 자신이 신선이 된 것 같은 느낌을 받기 십상이다. 감수성이 예민한 시인이라면 그 선명도와 깊이가 훨씬 더하다는 차이가 있겠다.

정철의 경우, 〈관동별곡〉의 관동(關東) 풍광은 그 모든 것들이 잘 맞아떨어진다. 그렇지 않아도 골치 아픈 속세를 벗어날 수 있었으며, 그것도 임금의 신임을 얻어 꽤 괜찮은 자리를 얻어 나갈 수 있었고, 아직은 마흔다섯 얼마든지 새로운 인생을 모색해볼 수 있는 나이이기도 했고, 결정적으로 관동 지방은 예나 지금이나 그 빼어난 풍광으로야 우리나라 최고임을 누구도 부인할 수 없는 곳이다. 그런 일이 아니어도 일부러 짬을 내어 가야할 판인데 그런 호기(好機)가 왔다면 절로 어깨가 들썩여질 만하다. 그 또한 그래서 뒷부분으로 가면 그가 흡사 신선(神仙)이 된 것 같다고 우쭐댄다. 그가 잠깐 꿈을 꾸니 어떤 신선이 와서는 자신이 바로 옛날 신선이었다는 것이다.

그딕롤 내 모르랴 상계(上界)예 진선(眞仙)이라

황정경(黃庭經: 도교 경전) 일자(一字)롤 엇디 그릇 닐거 두고

인간(人間: 인간들이 사는 세상)의 나려 와셔 우리롤 똘오는다

(따르는가?)

비록 꿈속일로 밀어붙이고는 있지만 스스로 신선이라고 자랑하고 있다. 벼슬길에 나서서는 신선타령이 웬말이냐 싶겠지만, 특별히 강

원도 관찰사로 나서는 이번 벼슬길은 그렇게 특별하다 하겠다. 한마디로 속세를 벗어던지고 탈속(脫俗)하는 기분인 것이다. 그러나 아무리 그래도 임금의 명을 받고 부임하는 마당에, 자신은 세상 일은 모르겠고 그저 신선놀음이나 즐기려 한다면 말이 되지 않는다. 그래서 결론적으로 다음과 같은 구절을 붙여놓고 있다.

나도 줌을 끼어 바다홀 구버보니
기픠롤 모르거니 ㄱ인들 엇디 알리
명월(明月)이 천산만락(千山萬落: 천 개의 산과 만 개의 부락)의 아니 비췬 딕 업다.

보다시피 뜬금없이 바다를 읊고 있다. 잠결에 신선이 되었다 했으니 잠에서 깨었으면 신선은 끝난 것이다. 다시 속인으로 돌아와서 제일 먼저 바다를 굽어보았다고 했다. 그랬더니 그 깊이도 알 수 없고 그 끝도 모르게 넓다고 감탄하고 있다. 대체 왜 그럴까? 보나마나 작가는 이 대목에서 임금의 은혜를 생각하는 중이다. 이런 좋은 구경 다 하고, 신선이 된 기분까지 느끼게 된 데에는 다 이러저러한 사정을 보아 배려해준 임금의 은덕이 있기 때문이다. 조금 억지스러운 해석이라는 느낌이 들기도 하겠지만 맨 마지막 한 줄은 그런 해석이 가능한 결정적인 근거이다. 하늘에 떠 있는 달은 단 하나뿐이다. 그러나 그 하나의 달이 모든 산, 모든 마을에 고루 비친다. 즉, 고루 비치는 은혜를 베풀고 있다. 여기에서의 달이 절대자, 이 시에서는 곧 임금을 암시함은 두말할 나위가 없다. 이렇게 좋은 구경하고 마음 편한 것이 사실은 다 임금님 은혜라는 감사의 헌사(獻辭)인 셈이다.

3. 다시 버림 받고, 〈사미인곡〉

　　정철에 대한 임금의 사랑은 계속되었다. 그도 그럴 것이 모처럼 인정받아 쓰인 마당에 있는 힘껏 일하지 않을 사람이 얼마나 있을 것인가. 정철 또한 강원도 곳곳을 시찰하며 백성들을 다독이고 관리들을 독려하는 데 정성을 쏟았다. 흔히 〈훈민가〉로 알려진 시조작품 같은 것은 이때 만들어진 것이다. 어디에서든 백성들을 가르치려는 사대부로서의 올곧은 태도가 엿보이는 대목이기도 하다. 결국, 임금은 그를 궁 바깥 멀리에 두지 않고 가까이 끌어들이게 된다. 46살이 되던 해에는 참지를 거쳐 대사성에 제수되는 등 탄탄대로를 걷는 듯 보였다. 그러나 실제로는 평탄치 않아서, 이러저러한 자잘한 일들에 얽혀서 탄핵을 받고 전라도 창평(昌平)으로 낙향하는가 하면, 임금의 후의에 힘입어 전라도 관찰사로 나서는 등 부침(浮沈)이 심했다.

　　47살 되던 해에는 예문관 직제학을 거쳐, 예조참판, 함경도 관찰사에 임명되고, 급기야 48세에는 예조판서로 승진하였다. 문제는 이때부터였다. 판서는 요즘의 개념으로 하다면 장관급의 요직이며, 요즘처럼 여러 부서의 여러 기관이 없을 때이고 보면 엄청난 권력의 자리에 오른 것이다. 당연히 많은 사람들의 시선이 쏠릴 수밖에 없는 일이었다. 사람들을 그의 승진에 대한 불만을 털어놓기 시작했다. 승진은 할 수도 있지만 너무 빠르다는 게 트집거리였다. 적당한 선에서 밟아 올라가는 방식이 아니라 임금의 총애를 받아 과도한 승진을 했다는 입방아에 오르게 되었다. 더구나 정철이 본시 술을 좋아하는 까닭에 체통을 잃는 일이 많았는데 그런 문제의 인물을 높은

송강 정철 신도비

벼슬에 올려서는 안 된다는 여론이 일었다. 그러나 임금은 무시했고 형조판서를 제수하기에 이른다. 정철은 형조판서의 자리에 올라서는 임금에게 반대파 인물들을 처벌할 것을 간하는 등 반대 파당과 더욱 불편한 관계에 놓이게 된다. 그러나 49살 되던 해에는, 불행히도 그의 절친한 벗이자 수호자였던 율곡 이이가 세상을 떠난다. 임금의 신임과 사랑은 계속되었지만 더 이상 버텨내기 힘들었다. 50살이 되었을 때는 다시 창평으로 낙향하게 되어 4년간의 세월을 보낼 수밖에 없었다.

그러나 세상일이란 언제나 불행이 불행으로만, 행운이 행운으로만 끝을 맺지 않는다. 때로는 불행이 행운을 몰고 오기도 하고 행운이 불행의 씨앗이 되기도 한다. 또 꼭 그렇지는 않더라도 어떤 면에서의 불행이 어떤 면에서는 행운이 되기도 하는 것이다. 정철의 경우, 그러한 정치적인 좌절이 개인적인 시련이었음에는 분명하지만 그 때문에 도리어 문학에 매진하는 계기가 되었음은 분명하다. 사실 득의양양하게 세상의 전면에 나서게 될 때 문학이나 철학에 몰두하기는 여간 어렵지 않다. 시간도 나지 않을 뿐만 아니라 결핍이 없는 상태에서는 그저 자신의 만족함을 과시하는 데 그치기 쉽기 때문이다. 어쨌거나 이 어려운 시기에 정철은 문제의 〈사미인곡(思美人曲)〉

을 남기게 되는 것이다.

> 이 몸 삼기실 제 님을 조차 삼기시니
>
> 흔 싱 연분(緣分)이며 하늘 모롤 일이런가
>
> 나 흐나 졈어 잇고 님 흐나 날 괴시니
>
> 이 무음 이 스랑 견줄 딕 노여(다시) 업다
>
> 평생(平生)애 원(願)호요딕 흔 딕 녜쟈(지내자) 호얏더니
>
> 늙거야 므스 일로 외오 두고 그리는고

제목은 〈사미인곡〉, 말 그대로 미인을 사모하는 노래이다. 미인을 좋아하는 마음은 누구나 공통일 것인데, 여기에서의 미인이 바로 임금을 뜻하는 것은 충분히 짐작할 만하다. 내 몸이 생겨날 제 임을 따라 생겨났다는 말은 곧 내 삶의 의미가 바로 임의 사랑을 받는 짝이라는 것이다. 그러나 그런 사랑이 가능하다고 믿고 실제로 가능했던 것은 내가 '젊었을 때', 그러니까 내가 고울 때, 사랑받을 만한 자태가 있었을 때였을 뿐이다. 젊음이 사라진 뒤, 임은 매정하게 나를 떠났고 나는 홀로 쓸쓸히 외롭게 지내는 처지가 되었다. 여기까지가 실제 자신이 처한 상황이다. 그 뒤로 이어지는 말은 일종의 푸념이다.

> 엇그제 님을 뫼셔 광한전(廣寒殿)의 올랏더니
>
> 그 더딕 엇디호야 하계(下界)예 누려오니
>
> 연지분(臙脂粉) 잇닉마는 눌 위호야 고이 홀고
>
> 무음의 미친 실음 첩첩(疊疊)이 빠혀 이셔

짓느니 한숨이오 디느니 눈믈이라

광한전은 달 속에 있다는 궁전이다. 실제 그렇지야 않겠지만 달 속에는 항아(姮娥)라고 하는 선녀가 살고 있었다고 믿었다. 남원에 있는 광한루도 이런 데서 연유한 이름으로 보면 되겠다. 그렇다면 이 대목에서 시인은 자신이 달나라에서 임을 모시고 살던 선녀인데 그만 땅으로 귀양왔다고 말하고 있는 것이다. 이를 〈관동별곡〉과 견주어 보면 매우 신기하다. 거기에서는 자신이 꿈속에서지만 신선이 된 것으로 야단스럽게 떠벌이는데, 여기에서는 그런 신선으로 있던 일을 옛일로 치부하고 있다. 임과 함께 있으면, 임이 나를 알아주기만 한다면 땅에 있어도 하늘에 사는 신선 같고, 임과 떨어져 있다면, 임이 바를 버리기만 한다면 이 땅이라는 게 하늘에서 귀양 온 유배지일 뿐이라는 뜻이다. 그러니 이제 그런 임이 없는 마당에 누구를 위해 얼굴을 꾸밀 필요가 없다. 마음에 시름이 맺히고 싸여 한숨과 눈물로 세월을 보내는 것이다.

이런 식으로 이야기의 실마리를 풀어가는 〈사미인곡〉은 본격적으로 봄-여름-가을-겨울의 사계절을 지나며 임에 대한 절절한 그리움을 애틋하게 표현해내고 있다. 봄에는 창 밖에 핀 매화를 보며 그것을 꺾어 임에게 보내고자 하지만 임이 어떻게 생각할지 알 수 없다고 하고, 여름에는 자신이 있는 규방을 화려하게 꾸며놓고 임을 기

『사미인곡』

다리는 심정을 토로하며, 가을에는 가을을 맑은 빛을 임에게 보내
세상을 환하게 만들고 싶다는 생각을 적고, 겨울에는 긴긴 겨울밤을
임 생각에 잠 못 이루는 상황을 써내려갔다. 마치 〈달타령〉이 정월부
터 12월까지 임 생각 나는 마음을 적어가듯이, 계절이 아무리 바뀌
어도 임 생각에는 변함이 없음을 직정적으로 토로한 셈이다. 그리고
는 그렇게 내가 임을 생각해도 도저히 다시 만날 수 없는 딱한 사정
을 애절하게 읊어댄다.

> 어와 내 병이야 이 님의 타시로다
> 출하리 싀어디여(죽어 없어져서) 범나븨 되오리라
> 곳나모(꽃나무) 가지마다 간 딕 죡죡 안니다가(앉아 다니다가)
> 향 므틴 놀애로 님의 오시 올므리라
> 님이야 날인줄 모르셔도 내 님조추려 ᄒ노라

아무리 애를 써도 임과 함께 못할 바에야 죽어서 호랑나비라도 되
겠다고 한다. 그래서 꽃나무 가지가지 앉아 다니다가 향 묻힌 날개
로 님의 옷에 옮겨놓을 수만 있다면, 그래도 임이 나를 모르기는 하
겠지만, 그것으로라도 님을 좇을 수만 있다면 얼마나 좋을까 비통해
하는 것이다. 흡사 "하루만 네 방의 침대가 되고싶어"라고 노래하는
유행가 가사를 생각하게 하는 대목인데, 이런 대목은 결국 그렇게라
도 되어서 임과 함께 하고싶다는 강한 표현이면서, 그런 상상 속이
아니고서는 도저히 함께 할 수 없는 안타까움을 절절히 드러내는 표
현이다.

이 작품을 지은 시기는 그의 나이 50세가 되던 1588년으로 알려

지고 있다. 그는 당쟁의 소용돌이 속에서 조정을 떠나 고향에 은거하는 중이었다. 임금을 남성으로, 신하인 자신을 여성으로 빗대는 수법을 써서 임금에 대한 변함없는 사랑과 함께, 언제고 임금이 다시 자신을 찾아주었으면 하는 바램을 담아냈다. 이처럼 남성이 여성 화자에 의탁하여 시를 쓰는 방식은 한시(漢詩)에서 종종 쓰이던 것이어서 그 자체만으로 특별한 의미를 부여할 것은 없겠다. 그러나 한시 전통이 아닌 가사에서, 그것도 장형의 가사에서 한글을 자유자재로 구사하여 여성적인 섬세한 감성을 드러낸 점에서 이 작품의 의미는 매우 크다. 그 이전에 한글로 쓰인 작품이 없는 것은 아니지만 그 일천한 역사에서 이 정도의 성과를 내기는 쉽지 않았을 것이기 때문이다. 이런 성과는 그 후속작 〈속미인곡(續美人曲)〉에서 더욱 도드라진다.

4. 아름다운 푸념, 아름다운 우리말 – 〈속미인곡〉

사랑하는 사람에게 버림받는다면 어떤 기분이 들까? 가슴 한구석이 텅 빈 듯 허전하고, 울어도 울어도 눈물이 그치지 않고, 세상 모든 사람들이 다 나를 비웃는 것 같고……. 하지만 계속 떠나간 사람만을 생각하며 주저앉아 있을 수는 없는 일이다. 〈사미인곡〉에서는 그렇게 을 꾀한다. 나는 아무 잘못이 없는데 임이 나를 떠난 것만이 문제라는 식의 생각을 펼쳐보인 것이 〈사미인곡〉이라면, 자신의 잘못을 돌아보며 여기저기 헤매며 복잡한 심경을 드러낸 것이 〈속미인곡〉이다. 특이한 것은 〈속미인곡〉은 두 여성이 주고받으며 진행하는 대화체 형식이라는 것이다. 이러한 특별함은 전작인 〈사미인곡〉보다 훨씬 감정 표현에 능하고 훨씬 더 서민적인 애환을 돋보이게 했다. 흡사 민요의 일부를 보는 것 같은, 실제 실연 당한 여인이 푸념을 늘어놓는 것 같은 애절함이 묻어나는 것이다. 그래서 두 작품 모두 미인이 임금을 빗댄다는 점에 이의를 제기할 수는 없겠지만, 전자보다 후자가 임금이 아닌 사랑하는 임 쪽에 훨씬 더 근접했다고 생각된다.

어쨌거나 여기 지금 한 여자가 남자에게 버림받았다고 치자. 이 여자는 어떤 방법으로 그 아픔을 이겨낼까? 우선 그 남자를 찾아가 애걸복걸하는 방법이 있겠고, 아예 체념하는 방법도 있겠으며, 때로는 욕을 퍼부으며 스스로의 마음을 달랠지도 모르겠다. 물론, 그 남자를 잊고 다른 남자를 사귀는 경우도 없지는 않다. 지금처럼 연애도 사랑도 자유로운 시대에는 실연의 상처를 잊는 방법도 상황에 따라 자유롭게 선택할 수 있으며, 그것은 전적으로 자신의 결정에 달렸다. 그러나 요즘 같은 시절이 아니라 남존여비(男尊女卑)와 여필종부(女必從夫)를 무슨 대단한 진리처럼 여기며 살던 시절에는 그런 자유로움을 전혀 기대할 수 없었다. 예상되는, 또는 기대되는 반응이 있다면 딱 한 가지. 남자가 아무리 잘못을 했어도, 그것을 모두 제 탓으로 돌리고 다시 돌아오기를 기다리는 것뿐이다. 당시 일반적인 여성들이 동원할 수 있는 방법은 눈물을 흘려 가며 호소하는 읍소(泣訴) 작전밖에 없었던 것이다.

그러나 어찌 사람의 마음이 꼭 그럴 수만 있으랴! 윤리가 어떻고

도리가 어떻든 간에 속상하면 터뜨리고, 화가 나면 누구를 붙잡고 하소연이라도 해야 시원해지는 법. 〈속미인곡〉은 그런 넋두리를 가히 예술적(?)으로 늘어놓는다.

> (여인1) 뎨 가는 뎌 각시 본 듯도 흔뎌이고
>
>   텬샹 빅옥경(白玉京)을 엇디흐야 니별흐고
>
>   히 다 뎌 져믄 날의 눌을 보라 가시는고
>
> (여인2) 어와 네여이고 이 내 수셜(辭說) 드러 보오

*백옥경 : 옥황상제가 산다는 곳. 여기에서는 임금이 계신 서울을 의미.

(여인1), (여인2)의 표시는 원 작품에 있는 것이 아니고 편의상 붙여본 것이다. 마치 두 여인이 한바탕의 수다를 늘어놓을 것 같은 기세로 출발하는 파격을 보이고 있다. 정작 하고 싶은 말은 이 다음부터 나오는데도 작가는 웬일인지 먼저 두 여인이 만나는 장면을 설정해 놓고 있다. 여기에서 주목할 점은 두 여자의 대화 형식이라고는 해도 한 여자는 다른 한 여자의 말을 이끌어내기 위한 장치로 쓰인다. 즉, 다른 여자에게 넋두리를 해대는 방식으로 대화가 진행된다는 점이다. 즉 (여인1)부분은 말을 이끌어 내기 위한 장치이고 (여인2) 부분은 거기에 따라 털어놓는 신세타령이며 푸념이다. 우선 이런 대화 장치를 활용하여, 자기를 버린 상

『속미인곡』

대에 대한 직설적인 호소가 되지 않게 배려한 점을 눈여겨보아야 한다. 아무리 상대가 자기를 버렸다 해도 감히 그 고귀한 상대에게 대놓고 불만을 직접 털어놓을 수 없음을 내비치는 셈이다. 실제로 (여인2)가 말하는 내용 역시, 예전에도 그랬고 지금도 그러하며 앞으로도 그럴 것이라는 일편단심으로 집약된다. 아직도 나는 당신을 사랑하니까 하루빨리 당신 계신 곳으로 다시 가고 싶다는 절절한 호소인 것이다.

자, 이제 본격적인 푸념을 들어 보자.

내 얼굴 이 거동이 님 괴얌즉(사랑함직) ᄒᆞᆫ가마ᄂᆞᆫ
엇던디 날 보시고 네로다 녀기실ᄉᆡ
나도 님을 미더 군ᄠᅳ디(딴 뜻이) 젼혀 업서
이릐야(어리광이며) 교ᄐᆡ야 어ᄌᆞ러이 구돗쎤디
반기시ᄂᆞᆫ ᄂᆞᆺ비치 녜와 엇디 다ᄅᆞ신고
누어 ᄉᆡᆼ각ᄒᆞ고 니러 안자 혜여ᄒᆞ니
내 몸의 지은 죄 뫼ᄀᆞ티(산같이) ᄡᅡ혀시니
하ᄂᆞᆯ히라 원망ᄒᆞ며 사ᄅᆞᆷ이라 허믈ᄒᆞ랴
셜워 플텨 혜니 조믈의(조물주의) 타시로다

첫 부분부터 상당한 겸손을 내 보이고 있다. 자신의 주제는 임이 사랑할 만큼 되지 못하는데도 황송하게 임의 은혜를 입었다고 했다. 그런데 임이 변하게 된 결정적인 이유는 자신이 지나치게 아양 떨고 교태를 부린 탓이니 자기 죄가 산처럼 쌓였다며 반성하고 있다. 이 점에서만 본다면 이 가사는 참으로 하찮은 작품이다. 남자의 잘못은 전혀 인정하지 않고 오로지 여자 탓이라는 식의 논법으로, 임금은 아무런 잘못이 없는데 유배 온 신하만이 잘못이라는 억압적인 상하 관계가 드러나기 때문이다.

그러나 이 인용부의 맨 마지막 한 줄은 그런 상투성을 깨끗이 씻어내 버린다. "셜워 플텨 혜니 조믈의 타시로다"로 막음하여, 임의 탓도 자기 탓도 아니라고 한 것이다. 이것은 흔히 말하는 팔자소관으로 돌려 보려는 소극적인 자세이기도 하지만, 어느 한편의 결정적인 잘못이 없는 이별임을 힘주어 강조하여 재회의 가능성을 열어 놓는 것이기도 하다. 이처럼 한편으로는 체념한 듯하지만 한편으로는 재회를 희망하는 데에 이 작품의 맛과 멋이 있다. 이 인용부에 뒤이어 나오는 다른 여인의 목소리 "글란 싱각 마오. 미친 일이 이셔이다.(그렇게는 생각하지 마오. 마음속에 맺힌 일이 있습니다.)"는 그런 정황을 뒷받침해 준다. 한 여인의 푸념을 듣던 또 다른 여인이 지나친 자책과 체념에서 벗어나라고 충고해 주는 것으로 균형을 잡아 간 것이다. 그리고 이러한 정서적 균형은 이별시가 빠지기 쉬운 애상감에서 벗어나게 해주면서 작품의 격을 높여 준다.

그러나 이쯤에서 그런 정도의 내용이라면 속으로 삭히는 여인네의 목소리일 뿐이니 무엇이 대단하냐고 생각하는 독자들도 있겠다. 사실 뜻하지 않은 이별을 당하면 누구나 복잡한 심경이 들게 마련이다. 우선 자신의 잘못을 살피고, 상대의 처사를 원망하고, 운명의 사슬에 통탄하는 등 별의별 생각을 다 하게 된다. 그런데 이 같은 생각을 단순히 그냥 늘어놓는 데만 그친다면 작품으로서 별 의미가 없을 것이다. 바로 이 점에서 이 작품의 화자가 두 명으로 설정된 의미를 찾을 수 있다. 마음 한쪽으로는 반성을 하면서 또 다른 한쪽으로는 상대의 야속함에 원망이라도 하고 싶을 때, 그것을 동시에 표현하는 것이 시적 기교이고 재주가 아니겠는가. 정철이 택한 방법은 바로 그 두 여인의 입을 빌어 양 갈래로 터진 자신의 심경을 표출하는 것이었다.

> (여인2) 님다히(님 쪽의) 쇼식을 아므려나 아쟈 ᄒ니
>
> 오놀도 거의로다. 닉일이나 사롬 올가.
>
> 닉 ᄆᆞ음 둘 ᄃᆡ 업다. 어드러로 가쟛 말고.
>
> (중략)
>
> 출하리 싀여디여 낙월(落月)이나 되야이셔
>
> 님 겨신 창(窓) 안히 번드시 비최리라.
>
> (여인1) 각시님 둘이야ᄏᆞ니와(달은커녕) 구준 비나 되쇼셔.

　주된 화자로 설정된 여인2는 지금 어쩔 줄 모르고 있다. 혹시라도 소식을 알아볼까 하여 여기저기 기웃거려 보지만 알 방법이 전혀 없다. 산에 올라가면 구름이 가리고 물에 가면 풍랑이 거세다. 밤에 빈 방으로 돌아오면 외로움만 더하며, 꿈에 뵌 임은 더욱더 늙어 버렸다. 그러니 이렇게 사는 것보다 차라리 달이 되어서 그 달빛으로 임 계신 창 앞에 환하게 비쳐주는 것이 낫겠다는 가상한 생각을 품는다. 그러나 그런 생각은 가상한 생각이기는 하나 정직한 속내는 아니다. 달빛은 임을 비추어 줄 수는 있지만 너무 미미하지 않은가. 하다못해 태양빛 정도는 되어야지 임을 자극할 수 있을 것이 아니겠는가 말이다. 더욱이 빛이 되어 비춘들 잊었던 나를 임이 다시 사랑해 준다는 보장이 있을까?
　바로 그런 의문이 드는 순간 여인1이 끼어들어, 달이 될 것이 아니

라 '궂은 비'가 될 것을 권한다. 이때의 비는 참으로 여러 가지 의미를 함축한다. 우선 궂은 비는 슬픈 눈물을 뜻함직하다. 슬픈 눈물이라도 전하고 싶은 작자의 서글픈 심정이 나타나 있는 것이다. 또 비는 촉각 이미지여서 시각 이미지인 달빛보다는 훨씬 더 직접적이다. 이것은 임과 직접 부딪치겠다는 의지의 표현이 된다. 사실 '비가 되어 내린다'는 표현은 옛날 중국의 어느 고사에서 비롯되어 육체적 접촉을 의미하는 것이기도 하다. 그리고 무엇보다도 궂은비에는 "마음껏 퍼붓는", 즉 제 속마음을 임에게 마구 내 쏟는다는 의미가 담겨 있기도 하다. 이것은 주인공격의 화자가 아닌 다른 화자의 입을 통해, '내 생각은 아니지만'을 전제로 하면서, 사실은 제 속을 보란 듯이 털어놓는 것이다.

이 작품의 미덕은 그 밖에도 여러 가지가 있지만, 그중 제일 중요한 것은 아마도 뛰어난 우리말 구사 솜씨가 아닐까 한다. 이 작품이 만들어질 당시는 물론 현재까지도 이 정도 수준의 우리말을 구사하는 솜씨를 보기란 여간 어렵지 않다. 시험 삼아 이 작품을 한번 쭉 읽어 보면 알겠지만, 고전 작품으로는 드물게 한자어가 거의 사용되지 않았다. 또 그나마 사용된 한자어 역시 일상생활에 흔히 쓰이는 것들이어서 난삽한 고사들로 도배된 다른 작품들과는 질적으로 다르다. 우선 눈에 보이는 어휘만 하더라도, '괴얌(사랑), 군뜻(딴 생각), 이리(아양), 어동정(어수선하게), 바라 나니(연달아 나니), 오뎐된(방정맞은)' 등 아름다운 우리말 어휘가 환상적으로 널려 있다.

그뿐인가. 어휘만으로는 시가 되지 않을 터, 작품 곳곳이 그런 우리말을 십분 활용한 아름다운 비유들로 가득 차 있다. "구롬은 키니와 안개논 므소 일고.(구름은 물론이거니와 안개는 또 무슨 일로 저렇게 끼여 있는고?)"처럼 구름과 안개로 간신들이 횡행하는 어지러운 조정을 비유하기도 하고, 임 걱정에 잠 못 자는 상황을 '풋잠'으로 대신하며, 자신의 외로움은 "어엿븐 그림재 날 조출 샌이로다.(가엾은 그림자만이 나를 따를 뿐이로다.)"로 표현한다. 게다가 두 여인이 대화하는 형식을 취했기 때문에, 실제 대화를 방불케 하는 구어체가 자유롭게 구사된 점 역시 예사로 넘길 수 없다. "눌을 보라 가시는고", "내 수셜 드러 보오", "글란 싱각 마오" 등은 한 화자의 일방적 진술에 의지하는 여느 시가에서는 좀처럼 찾기 어려운 말투라 하겠다.

5. 인생의 부침(浮沈), 그 피할 수 없는 굴곡

정철의 가사 세 편은 분명 독립된 작품으로 그때그때 적절하게 작가의 심정을 표현해낸 것이다. 그러나 앞서 살핀 대로 쭉 읽어보면 일정한 흐름을 가지고 있다. 누군가의 인정과 사랑을 받아 한껏 고조된 기분을 호기롭게 뽐내다가, 잠시 버림받아 억울하고 슬픈 속내를 아프게 그려내다가, 그럼에도 불구하고 내가 상대를 얼마나 사랑하는지를 하소연한다. 세 작품에 작가가 살아온 궤적이 고스란히 녹아든 것이다. 굳이 미인을 임금으로 풀지 않더라도, 사랑하는 사람과 함께 살고 싶은 소박한 소망이 이루어진 듯하다가 어긋날 때의 감정이 고스란히 드러나 있다.

이 점에서 정철의 삶은 불행했고 또 불운했다 할 수 있다. 그 소박한 소망조차 이루어지지 않기 때문이다. 그러나 가만 보면 대개의 사랑노래란 그렇게 이루어지지 못하는 사랑의 안타까움을 담고 있는 법이다. 사랑이 잘 이루어져 서로 좋아죽겠다면 그냥 사랑에 빠지면 되는데 무엇 하러 시를 지을 것인가. 그래서 삶에 불행이 드리울 때 도리어 시를 짓고 이야기를 만들어내게 된다. 위대한 문학이란 본시 그렇게 실패한 인물, 좌절한 인물을 통해 도리어 삶의 깊이를 드러내는 법이다. 정철의 경우, 뛰어난 재주도 있고 또 임금의 총애를 입었으나 번번이 밀려나는 고초를 겪곤 했는데, 그 덕분에 도리어 문학적 완성도는 높아지게 되었다.

아닌 게 아니라 정철 같은 삶의 궤적은 호평과 혹평을 불러오기 십상이었다. 점잖지 못하게 유락적인 노래나 짓고 노는 사람이라고 본다면 혹평이겠고, 삶을 떠나 문학이 이룬 성취에서 빼어난 점을 인정한다면 호평이겠다. 실제로, 시문학에 대한 뛰어난 감식안으로 이름을 날린 허균은 〈사미인곡〉과 〈권주사〉가 맑고 씩씩하여 들을만하다고 평한 바 있다. 그는 사람들이 정철을 사도(邪道)라 배척하지만 그 문채와 풍류는 가릴 수 없는 까닭에 아끼는 사람들이 퍽 많았다고 기술했다.[3] 그에 대한 비난이 일어 탄핵이 있을 때마다, 빠지지 않고 등장하는 내용 중에 그가 지나치게 술을 좋아하고 여자를 밝히는 등 처신에 문제가 있음을 지적하는 내용이 있다. 한마디로 관료로서 본연의 임무를 소홀히 한 채 쾌락만 좇는 경박한 인물이라는 것이다. 그만큼 그는 자타가 공인하는 술꾼이었고, 마음에 들지 않는 사람이라면 그의 면전에서든 임금 앞에서든 질타하는 성격의 소유자였다. 이 점에서 당대의 사회가 추구하던 고매한 인격의 선비와는 어느 정도 거리를 둔 인물임이 분명하다. 그러나 그의 그러한 점이 바로 문학적 흥취로 이어지는 사실을 도외시할 수 없다. 때로는 술에 취해, 때로는 격정적으로 감정을 터뜨리면서 문학이 농익을 수 있었던 것이다.

그렇게 어려운 가운데 이런 아름다운 문학이 나올 수 있었던 것은 대단히 기이한 일이라 여기겠지만, 사실은 그렇게 어려운 일이 있었기에 이만한 작품이 나온 셈이다.『구운몽』을 쓴 김만중은 그의 가사 세 작품을 우리나라 참된 문장으로 꼽기에 주저함이 없었다. 다소간의 과장이 있기는 해도, 걸출한 문인이 알아본 그의 문학세계를 살피면서 이 강의를 마치기로 한다. 그 핵심은 역시 한시 등으로는 맛보기 어려운 '우리말 가사' 의 아름다움이다.

송강(松江)의 관동별곡, 전후(前後) 사미인가는 우리나라의 이소(離騷: 굴원이 지은 楚辭의 하나. 유배되어 임금을 떠나 있는 심정을 읊은 내용)이나, 그것은 문자로써는 쓸 수가 없기 때문에 오직 악인(樂人)들이 구전하여 서로 이어받아 전해지고 혹은 한글로 써서 전해질 뿐이다. 어떤 사람이 칠언시로써 관동별곡을 번역하였지만, 아름답게 될 수가 없었다. 혹은 택당(澤堂, 조선후기의 문인 李植, 1584~1647)이 소시에 지은 작품이라고 하지만 옳지 않다.

구마라십(鳩摩羅什, 인도에서 건너와 중국 晉나라 시절 활약한 고승)이 말하기를 "천축인(天竺人: 지금의 인도 지역인 천축국의 사람)의 풍속은 가장 문채(文彩)를 숭상하여 그들의 찬불사(讚佛詞)는 극히 아름답다. 이제 이를 중국어로 번역하면 단지 그 뜻만 알 수 있지, 그 말씨는 알 수 없다." 하였다. 이치가 정녕 그럴 것이다.

사람의 마음이 입으로 표현된 것이 말이요, 말의 가락이 있는 것이 시가문부(詩歌文賦)이다. 사방의 말이 비록 같지는 않더라도 진실로 말할 수 있는 사람이 각각 그 말에 따라서 가락을 맞춘다면, 다 같이 천지를 감동시키고 귀신을 통할 수가 있는 것은 유독 중국만이 그런 것이 아니다. 지금 우리나라의 시문은 자기말을 버려두고 다른 나라 말을 배워서 표현한 것이니, 설사 아주 비슷하다 하더라도 이는 단지 앵무새가 사람의 말을 하는 것이다. 여염집 골목길에서 나무꾼이나 물 긷는 아낙네들이 "에야디야~"하며 서로 주고받는 노래가 비록 저속하다 하여도 그 진가(眞假)를 따진다면, 정녕 학사(學士) 대부(大夫)들의 이른바 시부(詩賦)라고 하는 것과 같은 입장에서 논할 수는 없다.

하물며, 이 삼별곡(三別曲)은 천기(天機: 타고난 성질)의 자발(自發)함이 있고, 이속(夷俗: 오랑캐 풍속)의 비리(鄙俚: 천박하고 속됨)함도 없으니, 자고로 좌해(左海: 중국에서 볼 때 발해의 왼쪽, 곧 우리나라를 가리킴)의 진문장(眞文章)은 이 세 편뿐이다. 그러나 세 편을 가지고 논한다면, 후미인곡이 가장 높고 관동별곡과 전미인곡은 그래도 한자어를 빌려서 수식을 했다.[4]

■ 주석

1) 정철의 삶에 대해서는 박영주, 『고집불통 송강평전』(2003, 고요아침)에 소상히 그려져 있으며 이 글 역시 이 책을 많이 참조했다.
2) 원문은 "江湖에 病이 깁퍼~"처럼 한자가 돌출되는 방식이지만, 여기에서는 독서의 편의를 위해 한글을 앞으로 빼고 한자를 괄호 안에 넣었다. 이하의 작품은 모두 변종현, 『註解 時調 歌辭 講讀』(경남대학교 출판부, 1997)에서 인용한다.
3) 허균, 『惺叟詩話』.
4) 김만중, 『西浦漫筆』, 홍인표 역, 일지사, 1987, 388~389쪽.

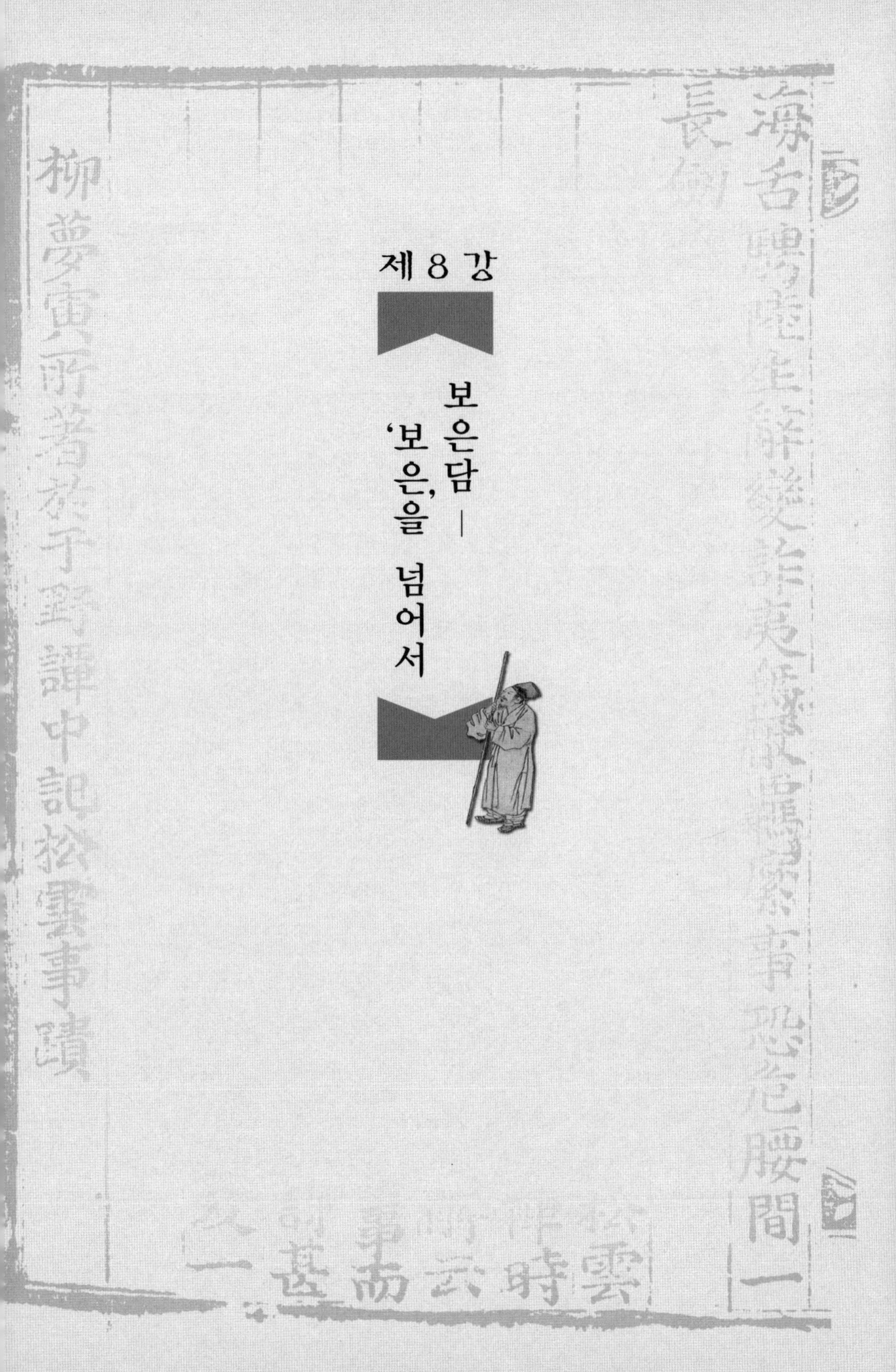

제 8 강

보은담 —
'보은, 을 넘어서

1. 쉽고도 어려운 보은

우리 옛이야기 가운데 보은(報恩)은 매우 흔한 소재이다. 〈나무꾼과 선녀〉의 나무꾼은 노루를 구해주고 그 보답으로 선녀를 얻는다. 〈흥부전〉의 흥부는 제비를 구해주고 박씨를 얻어 부자가 된다. 〈은혜 갚은 꿩〉의 선비는 꿩을 구해주고 그 덕분에 자신의 목숨을 구한다. 은혜를 입었으면 갚는 것이 당연하겠고, 그런 이야기를 다룬 것이 바로 보은담이다. 이 점에서 새삼 강조할 것도 없고 달리 특별할 것도 없는 평범한 이야기가 보은담이기도 하다. 그런데 예로 든 이야기를 보면 좀 특별하다. 하나같이 동물을 구해주고 그 보답을 받고 있기 때문이다. 이는 흥미를 돋우기 위한 장치이면서 인간에 대한 강력한 경계로 여겨진다.

이런 이야기들을 자꾸 듣다 보면 어디선가 이런 소리가 들리는 것도 같다. "동물도 그렇게 은혜를 갚고 사는데 사람은 왜 그 모양이냐?" 나아가 사람은 함부로 구할 것이 못 된다는 이야기 또한 쉽게

1926년에 간행된 흥부전 『연(燕)의 각(脚)』 표지

찾아볼 수 있다. 홍수에 떠내려 온 짐승과 인간을 함께 구해주었더니 인간은 도리어 해코지를 하고 동물 덕에나 겨우 살아났더라는 이야기가 '인불구(人不救: "사람은 구제하지 말라."는 뜻)'라는 제목으로 전해지기도 한다. 아예 어느 바위엔가는 이 설화의 교훈을 새겨서 '인불구' 세 글자를 새겨둔 곳도 있다고 하니 참 어려운 일이다. "동물도 은혜 갚을 줄 안다."와 "머리 까만 짐승은 구하지 말라."는 두 문장 가운데 보은담이 어렵사리 끼어 있다.

그러나 보은담이 하고 싶은 이야기가 그뿐일까? 혹은 보은담에는 그런 이야기뿐인가? 그렇게 물어본다면, 보은담에 대한 생각은 완전히 달라질 수 있다. 가장 큰 문제는 보은담을 어느 가게에 가서 물건 사듯 생각한다는 점이다. 천 원짜리 지폐 한 장을 내고 천 원짜리 물건을 사듯, 이만한 은혜를 베풀었으니 그것이 곧 그에 상응하는 보답으로 바꾸어 되돌아온다는 생각 말이다. 그러나 보은이 그렇게 교환행위로 인식될 때 은혜를 베푸는 일의 숭고함은 도리어 쪼그라들고 만다. 정말 순수한 뜻으로 베풀었는데 그것이 보답이라는 형식으로 되돌아온다면 경우에 따라서 그 순수함이 훼손될 수도 있기 때문이다. 나아가, 내가 요만큼의 은혜를 베풀었으니 너는 최소한 그보다 더 큰 보답을 해야한다고 옥죄온다면, 은혜를 받은 일이 오히려 부담이 될 수도 있겠다.

이렇게 생각하면 보은처럼 제대로 하기 어려운 것이 없고, 보은담 또한 제대로 된 경우를 만나기 쉽지 않아 보인다. 그러나 그런 걱정은 정말 기우(杞憂)일 뿐이다. 실제 보은담은 우리가 흔히 알고 있는 것보다 훨씬 더 많을 뿐만 아니라 그 내용 또한 다양하기 때문이다. 은혜를 받는다는 사실만이 공통적일 뿐, 은혜를 받는 내용이나 받는 시점, 은혜의 크기 등등이 제각각이다. 어떤 이야기는 밥찌꺼기 같은 사소한 것을 베풀고 목숨을 구하지만, 또 어떤 이야기에서는 목숨을 살려주고 돈을 받기도 한다. 또 어떤 이야기는 자기가 베풀고 자기가 보답 받지만, 또 어떤 이야기에서는 자기가 베풀고 후손이 보답 받는다. 한마디로 말해서 '은혜'와 '보답' 간에 벌어지는 일대일 맞교환만으로는 설명이 불가능한 경우가 발생하는 것이다. 보은은 교환과 거래, 그것도 지극히 단순하거나 타산적인 교환과 거래를 넘어설 때 훨씬 더 아름다운 빛을 발한다.

2. '보은(報恩)'에서 '시은(施恩)'으로

말이라는 게 아무것도 아닌 것 같아도 한번 만들어지면 엄청난 힘을 발휘하기도 한다. '보은담'이라는 말 또한 그렇다. '보은'은 말 그대로 은혜에 보답하는 이야기이다. 그렇다면 보은담이 성립하려면 보답할 은혜가 먼저 있어야만 할 것이다. 즉, 은혜를 베푸는 '시은(施恩)'이 보은담이 성립되는 제1의 조건이다. 이 점에서 모든 보은담은 또한 시은담이기도 하다. 물론 그 역은 성립하지 않겠지만, 보은은 시은을 필요로 한다는 점은 매우 중요하다.

이는 보은이 아닌 시은에 중심을 둘 때 이야기가 달라 보일 수 있다는 뜻이기 때문이다.

예를 들어 〈나무꾼과 선녀〉는 나무꾼이 노루를 구해주고 배필을 얻는 이야기인데 보은에 초점을 둘 경우 노루의 보은이 문제의 중심에 놓인다. 노루는 은혜를 잊지 않았고 그 덕에 나무꾼은 아내를 얻은 이야기인 것이다. 그러나 시은에 초점을 둔다면 그 해석이 달라질 여지가 있다. 은혜를 베푼 사람은 나무꾼으로 겨우겨우 살아가는 처지이며, 게다가 외로이 살아간다는 설정이어서 그 시은의 깊이가 있게 된다. 만약 이 이야기가 주인공이 부유한 집 총각으로 산에 놀러갔다가 생긴 일이라면 감동의 폭은 매우 줄어들게 된다. 저도 살기 어려운 형편에 은혜를 베풀었다는 사실이 핵심이기 때문이다. 〈흥부전〉의 흥부가 끼니 걱정을 하는 처지임에도 제비를 보고 불쌍하다 여긴 것 역시 마찬가지이다.

이렇게 본다면 보은담의 시은자(施恩者)는 대체적인 특징이 있다. 우선 앞서 보인 예처럼 저 자신이 살기도 아주 어렵거나, 그렇지는 않더라도 도울 입장이 못 되는 경우가 많다. 가령, 〈은혜 갚은 꿩〉의 주인공은 통상 '과거를 보러 한양으로 가던 길'에서 생긴 일이다. 과거시험이란 게 매년 있던 것도 아니고 과거 시험 외에 출세할 길이 달리 없던 시대이고 보면 과거에 쏟는 정성이 요즘의 고시(考試)에 댈 것이 아니었겠다. 더구나 요즘처럼 과학이 발달한 시대도 아니고 보면 그 중요한 일을 앞두고 살생(殺生)을 한다면 분명 부정(不淨) 탄다고 생각할 것이 분명하다. 그럼에도 불구하고 이 시은자는 자신의 일을 제쳐두고 남을 도운 것이다.

또, 설화를 살피다 보면 아주 부유하고 아무 문제없는 사람이 은혜를 베푸는 이야기도 적지 않은데 이런 경우라면, 아무 조건 없이 도저히 줄 수 없을 것을 내주는 게 특징이다. 가령, 큰 부자로 지내던 사람이 자기의 전 재산을 털어주고 자신은 머슴살이 신세로 전락한다는 이야기[1] 같은 경우는, 그 많던 재산을 쾌척(快擲)한다는 데 초점이 두어진다. 이런 이야기에서 일부의 재산을 적선(積善)하고 자신은 계속 유복하게 지내는 방법이 없지 않겠지만, 이런 극단적인 방법을 씀으로써 감동의 정도를 높이고 있다. 이런 시혜자의 경우 그 보답

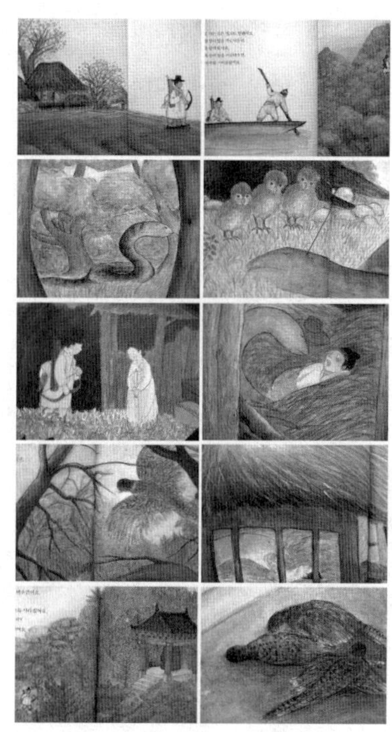

『은혜 갚은 꿩』, 기탄교육

또한 본인이 직접 받기보다는 후손(後孫)이나 자기 주변 사람들이 대신 받게 함으로써 즉각적인 시은-보은의 관계를 넘어선다.

이처럼 보은(報恩)에서 시은(施恩)으로 눈을 돌릴 때, 보은담에 대한 새로운 지평이 열리게 된다. 은혜를 갚는 것이 사람 도리라는 식의 교훈이 도리어 은혜를 입고도 갚지 않는 사람에 대한 경계를 넘어 인간관계에서 의무를 지나치게 강조하는 억압으로 작동할 위험을 줄여줄 수 있을 것이다. 보은이란 아무리 훌륭한 행위라 하더라도 시은이라는 전제에서만 가능한 것이어서 자율성과는 멀어질 위험이 있기 때문이다. 이제 실제 작품을 통해 정말 그러한지 알아보자.

우선, 가장 흔한 사례는 시은자의 처지가 매우 딱한 형편이어서 도대체 남을 도울 여유가 못 되는 경우이다. 실제 구연자의 입을 통해 들어보면 다음과 같다.[2]

(설화1) 참, 어느 학자가 이 참 살림은 없고 이런 묏골에 와 이래 사는데, 하니 그리 맨날 책만 들여다보고 세상에 뭐 만사를 잊어버리고 사니 이 부인이 살림을 사느라니 대단히 참 곤란하고 이래서, 한 날은 그 부인이 도저히 이래가지고는 살 수가 없어서……[3]

(설화2) 웬 노인이 영감 할마이가 사는데. 하도 묵을 끼 없고, 할마이가 만날 품을 들고 이래 쌓는데, 옛적 선배는 마 꼼짝 안 했다. [4]

(설화3) 여 이조(李朝) 그러니께 중기(中期) 때야 언젠지 이조 중기때 언제라 할까? 여 여 한국에 여 어떤 사람이 참 못 사는 사람이 있었어요. 못 사는 사램이 있었는데 그 시골에 어떤 분이라. (중략) 이래서 그분이 그 참 혼자서 동네사람한테도 얘기도 안하고 자기 아부지 죽은거를, 그냥 대강 묶어가주 거 동네 옆에 그 조끄만한 골짜기가 있는데, 그 골짝에다 갖다가 기냥 이렇게 고만 널 위에다가 갖다가 독(돌)을 고이고 널을 갖다가 놓고 짚으로 덮어놨능기라요.[5]

이 세 편의 보은담에서 한결 같이 강조하는 것은 '못 사는 사람' 이라는 점이다. 자기 끼니를 걱정해야 하는 형편에서 어쩔 수 없이 일을 나가거나 길을 나서고 거기에서 딱한 처지의 사람이나 동물을 만나게 된다. (설화1)이나 (설화2)에서처럼 식자(識字)는 있지만 먹고살길이 없어 딱한 처지에 놓인 선비나 (설화3)처럼 하도 가난해서 아버지 장례도 제대로 치를 수 없는 참상이 도드라진다. 이야기의 서두 부분부터 그런 형편을 강조하는 까닭은 그런 어려운 형편에서 남을 돕는 데에 높은 가치를 두었기 때문일 것이다.

그러나 시은자가 부유한 경우라면, 또 다른 장치를 마련하게 된다.

(설화4)　옛날에 이진사라구 진사 한 분이 살어. 사는디, 베 천이나 하구 참 요부혀. 베실두 진사베실을 훌륭한 베실을 핵구. (중략) 그래서 인저 그 인제 진사가 뭐이라구 헝구 허니, "내 집이서 이렇게 고상덜두 허구 했이니 여기 있어. 여기 있이머넌 누가 잘 알어주지두 않구 그 전이는 기끔겉지 않구 상눔 양반이 있어가지구 인저 참 저멀리 가서 양반노릇 허구 살으라."[6]

(설화5)　옛날에 한 사람이 늘 과게만 댕겨. 과게만 댕기는디, 아이 살림살이를 정승한테 다 그냥 바쳐 버렸어. 바쳐 버리고 인제 집안에 논끄정(논까지) 전부 다 팔아 버리고 집백이 읎단 말여.[7]

(설화4)는 부자이지만 재운(財運)이 다하여 망하게 되었을 때, 종들을 풀어주는 내용이다. 그 많던 재산을 다 날리고 남은 거라고는 하인밖에 없게 되었다면 하인의 노동력을 통해 살길을 찾거나 하인을 팔아서 생계를 도모하는 것이 인지상정이다. 그러나 이 주인은

과감하게 하인들을 풀어준다. 그것도 가까이 있어서는 들통이 날 테니 멀리 가서 면천(免賤)하고 살도록 종용한다. (설화5) 또한 부자였지만 벼슬에 눈이 멀어서 그만 전재산을 날린 사람의 이야기이다. 겨우 노잣돈을 받아가지고 고향으로 가던 길에, 애를 낳고 돈이 없어 쩔쩔매던 사람을 구해주고 보답을 받는 이야기이다. 또, 남에게 베푸는 은혜가 꼭 금전적인 데만 있는 것이 아니어서, 아예 다른 층위의 도움 또한 가능하다. 가령 (설화3)의 경우, 부녀자가 죽어가는 중에게 젖을 먹여 살려내기도 한다. 남녀칠세부동석을 강조하던 시절, 외간남성, 그것도 스님에게 제 젖을 먹이는 일은 상상 밖의 일임에 틀림없지만 실제 이야기는 앞뒤 가리지 않고 젖을 먹이는 그 마음에 쏠린다. 화자는 "이 부인이 급하던지 고만 달라들어서 자기가 젖을 고만 짜가주고 자꾸 중의 입에다 넣는 거야요. 사람이 죽을 지경되니까로 그게 보통 사람이 아니에요, 다— 그러고마 아 생각도 안하고 젖을 고만 자꾸 짜곤 한통을 다 짜넝께로, 그쩍에 중이 눈을 끔적끔적하문서 이래 [허리를 펴면서] 일어나드니만"[8]이라며 야단스럽게 재연해 보인다.

또, 다음 같은 경우는 매우 극적이다.

(설화6) 어떤 사람이 과거를 보러 갔는데 병풍 뒤의 물건이 무엇인가를 맞히는 것이 문제였다. 그는 그것이 학의 새끼인 것을 알았지만 '학'이라는 소리가 나오지 않고 그만 '주주리'라고 하고 말았다. 결국 그는 낙방하고 문 앞에 나와 보니까 어떤 선비가 쭈그리고 앉아있었다. 그는 병풍 뒤의 물건이 학이니까 그렇게만 말하면 합격할 것이라고 일러주었다. 그의 말을 들은 선비는 "학의

새끼 주주리입니다.”라고 했고, 그 덕분에 먼저 떨어졌던 사람 역시 합격하게 되었다.[9]

자신은 실력이 있으면서도 떨어진 시험을 놓고 실력이 없는 다른 사람이라도 붙게 하기는 쉬운 일이 아니다. 그럼에도 불구하고 이 선비는 자신이 과거운이 없어서 그렇다며 다른 사람이라도 붙기를 바라는 갸륵한 마음을 가졌다. 결국, 다른 선비를 붙게 함으로써 자기도 붙게 되었다. 과거에 떨어질 사람을 붙게 하는 은덕을 베풀어서, 그 은덕이 자기에게도 되돌아온 것이다.

이런 이야기들을 통해서 적어도 두 가지 사실을 확인할 수 있다. 그 하나는 보은담에서 은혜를 베푸는 사람은 은혜를 베풀 만한 위치에 있지 않은 사람들이 주종이라는 점이다. 가령 넉넉한 재산의 일부를 떼어주는 내용이라거나, 아무 문제없이 잘 살던 사람이 좋은 일을 하겠다고 나서는 경우는 매우 드문 사례이다. 또 하나는 바로 그 때문에 은혜를 베푸는 사람과 은혜를 받는 사람[동물] 사이에 일종의 동정(同情) 또는 연민(憐憫)의 관계가 형성된다는 점이다.[10] 자신이 극도의 어려움에 처했거나, 유복한 상태에서 극도로 어려운 처지로 전락했을 때 비로소 남들의 딱한 사정이 눈에 들어오는 까닭이다. 그래서 어떤 설화에서는 하도 가난해서 찬물을 끓여 아버지를 봉양할 처지에 놓이자 아내가 친정에 가서 식량을 좀 얻어 오게 했는데 오던 길에 굶어죽게 된 사람을 보자 그만 그 쌀을 다 주는 이야기가 있다.[11] 자신이 굶어보았기에 굶는 사람의 심정을 안 까닭이겠다.

보은담이 은혜를 보답하는 이야기임이 분명하지만, 은혜를 보답받는 전제 조건으로 시은자의 시은 행위가 더욱 갸륵하고 더욱 거룩하게 느껴질 수 있도록 한 것이다. 저도 살기 어려운 처지에 남을 돕는 가난한 이가 갸륵하다면, 제 한 몸 제 한 집안은 떵떵거리며 살 수 있는 모든 재산을 털어내고 빈손으로 돌아가는 부자는 거룩하다 하겠다.

3. '교환'과 '거래'를 넘어서

보은담이 은혜를 받고 그에 대한 보답이 이루어지는 이야 기임이 분명하지만, 더 중요한 사실은 주고받는 관계의 순수성이다. 그래서 옛이야기에서는 무언가 잇속을 바라면서 베풀 때에는 보답을 받기는커녕 그 때문에 낭패를 보는 내용이 즐비하다. 이야기가 그럴 때야 현실이라고 다를 리 없다. 모르긴 해도 선물과 뇌물의 구분 또한 그런 데 있을 듯하다. 순수한 마음에서 준다면 선물이지만, 그걸 주어서 더 큰 것을 얻겠다고 한다면 뇌물임이 분명하다. 옛 이야기 가운데 적절한 예가 있다. 어떤 농부가 무 농사를 졌는데 보기 드물게 풍작이었다. 어떤 무 하나는 평생 구경한 적도 없을 만큼 컸다. 그래서 농부는 그 무를 가져다 고을 원님께 바쳤다. 평생 처음 보는 큰 것이니까 고을 원님께 바치는 것이라고 했다. 원님은 그 농부가 기특해서 송아지를 한 마리 상으로 내렸다. 그 말을 들은 이웃집 농부는 집의 송아지를 한 마리 끌고 원님께로 갔다. 평생 본 송아지 중에 가장 크고 좋은 송아지이니 원님께 바친다는 것이었다. 원님은 이방더러 요즘 들어온 것 중에 좋은 것이 무엇이냐고 물었다. 이방이 마침 지난번에 들어온 무가 있다고 하자 그 무를 상으로 내렸다. 앞의 농부는 순수한 마음에 무를 갖다 바쳤지만, 뒤의 농부는 무를 갖다 바치고 송아지를 탔으니 송아지를 갖다 바치면 훨씬 더 큰 것을 얻으리라는 생각에서 송아지를 끌고 간 것이다. 둘의 승패는 보나마나이다.

사리가 그렇다면 보은담을 살필 때, 당연히 그런 속내를 읽어낼 줄 알아야만 한다. 그렇다면 단순한 교환이나 거래를 넘어서려 하려면 어떻게 해야 할까? 일본의 신화학자인 나카자와 신이치는 '교환'의 개념에다 '증여', '순수증여'라는 개념을 얹어서 의미 있는 분별을 시도한 바 있다.[12] '교환'은 맞바꾼다는 뜻 때문에 상호 등가성(等價性)을 요구한다. 우리가 물건을 사고파는 행위는 그 교환의 대표적인 예이다. 시장에서 형성된 물건의 값은 언제나 그에 상응하는 경제적 가치를 지닌 것으로 간주된다. 시장경제가 용인되는 한, 그것은 재화(財貨)뿐만 아니라 용역(用役), 심지어는 예술작품에까지 값이 매겨지곤 한다. 여기에서는 교환되는 것들은 철저하게 같은 값으로 인식된다.

그런데, 문제는 그렇게 가격을 매길 수 없는 물건이나 용역에서 발생한다. 특히 '인격'이 개입되는 상황에서라면 그 물건이나 용역이 갖는 객관적이며 물리적인 가치 이상이 거기에 담겨지기 때문이다. 가령, 아버지의 유품 같은 경우, 중고품 시장에서 살 수 있는 물건의 값으로는 도저히 매길 수도 없고 그래서도 안 된다. 그렇지만 그 유품을 애지중지하는 혈손이 사라진다면 유품은 유품으로서의 기능을 잃고 단순한 고물로 전락할 수도 있다. 아버지에 대한 사랑이 원천적으로 무언가를 바라고 한 행위가 아니기 때문이다. 이런 행위가 바로 '증여'이다. 간단하게 말해서 '증여'는 증여되는 물건이나 용역 이상의 값으로 계산되는 것이다. 물건이든 행위든 그것 안에는 그 행위만의 고유한 특성이 담긴다. 똑같은 밥이어도 어머니가 해주는 밥이 다른 것은 바로 그런 이유이다.

그러나 '증여' 역시 일정 부분 '답례'를 통해 교환적인 성격을 띠기도 한다. 결혼식 선물에 대한 답례품 같은 것이 그런 경우이다. 그러나 그것이 적어도 예의의 범주에 들려면 일정한 간격을 유지하여 맞교환 같은 느낌을 주지 않아야 하고, 내용이나 형식에 있어서도 동일한 패턴을 벗어나야만 한다. 그런데, 누구나 경험하듯이 의례적인 선물이 오갈 때면 주고받는 것이 패턴화함으로써 사실상 교환의 성격을 띠는 일이 많다. 이렇게 상부상조에 호혜성(互惠性)만 강조되다 보면, 증여를 받는 것이 곧 증여를 해야 하는 의무감으로 다가설 공산이 크다. 가령, 누군가가 내 목숨을 구해주었다면 생명의 은인에게 지성으로 보답해야 하는 것은 당연한 일이다. 그러나 그렇다고 해서 그 사람의 생명을 구하기 위해 내 생명을 버려야 할 경우라면 어떻게 해야 할지 쉽지 않은 일이다. 그 반대의 경우도 마찬가지이다.

증여와 증여가 계속 맞물리는 순환을 깨뜨릴 때, '순수증여'의 개념이 발생한다. 선물이 왔으니까 선물이 간다는 식의 단순 순환의 틀을 넘어설 때, 새로운 세계가 열릴 수 있다. 포틀래치로 알려진 아메리카 인디언의 제의가 이러한 순수증여의 최고치를 보여준다.[13] 포틀래치는 사실상 자신이 갖고 있는 모든 것을 잔치의 형식으로 남에게 베푸는 것이다. 문명사회에서라면 한 번의 잔치에 자신의 전재산을 털어 넣는 일은 결코 없으며, 그런 일을 하는 사람이 있다면 어리석은 사람으로 치부되기 마련이다. 순수증여가 증여와 다른 점은 증여가 또 다른 증여를 낳는 선순환(善循環)마저도 거부한다는 점이다. 물론, 이러한 상태의 순수증여가 인간세계에서 이상적인 관계를 넘어 신과 인간의 관계에 육박한다는 점이 다르기는 하지만, 외형상으로 어떠한 보답도 바라지 않는 증여, 그것도 최대의 증여가 이루어진다는 점에 주목할 필요가 있다. 요컨대, 자신이 할 수 있는 범위 내의 증여를 넘어서면서 어떠한 대가도 바라지 않을 때 순수증여가 성립한다.

이제, 이러한 개념을 토대로 '교환'과 '거래'를 넘어 새로운 시각으로 읽을 때, 보은담은 조건 없는 베풂으로 인지된다. 그냥 주는 증여나, 어떠한 답례조차 바라지 않는 순수증여 같은 식의 베풂이 이어지는 것이다. 작품의 예들을 보면서 구체적인 면모를 확인해 보자.

(설화7) 어느 사람네가 사는데, [조사자 : 어느 내의 사람이요?] 쥐가 그냥 밤낮 그냥 부뚜막으로 온단 말야. 그니깐 주인네가 밥을 먹였어. 한 숟갈씩 줬단 말야. 한 숟갈씩 주니깐 그걸 받아먹구, 받아먹구 그러구 인제 그래 나올 적마다 밥을 주었거든.[14]

(설화8) 즉- 이렇게 애들이 모두 글을 배우러 가는데 책을 끼고 가는데 길가에서 애들이 저 꼴나무꾼 애들이 비얌(뱀)을 한 마리 잡아다놓고 그걸 죽일락 햐. 큰 비얌을 한 마리 잡아다놓고. 게 학 학도(學徒)가 인제 그 글 배우러 가든 그 학생이 보니까 퍽 맘에 애착햐. 그걸 왜 죽이나 싶으단 말이여. 그래서 그 애들한테 그랬어. "내 돈을 줄 테니 그 비얌 비얌쫌 죽이지 마라." "아 돈 주면 안

죽이지." 게, 제 주머니에 돈 있는 거 얼마를 줬단 말이여. 그래서 그 비얌을 살려내버렸어.[15]

우리에게 널리 알려진 동물 보은담의 동물은, 사슴이나 노루, 꿩 등처럼 그 이미지가 좋아서 측은함이 들 만한 동물이거나, 개나 고양이, 소처럼 사람이 기르면서 친근하게 대하는 동물, 또는 호랑이처럼 영험스러운 경우가 대부분이었다. 그런 동물이라면 부지불식간에 도울 마음이 생길 뿐만 아니라 적어도 은혜를 베풀면 그 보답을 기대할 만하기 때문이다. 그러나 (설화7)은 쥐에게, (설화8)은 뱀에게 은혜를 베풀고 있다. 쥐와 뱀은 아무래도 사람들에게 해를 끼칠 뿐만 아니라 본능적으로 꺼리게 되는 그런 동물이다. 이런 동물에게 도움을 준다면 그 자체로 아무 보답 없이 주는 순수한 마음이 강조될 수밖에 없다. 도무지 그런 동물에게 특별한 도움일 기대하기 어렵기 때문이다. 아무래도 아무도 모르게 덕을 베푸는 음덕(陰德)이 강조되는 처사이겠다.

위의 예가, 베풀 만한 대상이 못 되는데 베푸는 이야기라면, 보은담 가운데는 도저히 베풀 만한 범위를 넘어서는 희사(喜捨)와 쾌척(快擲)이 강조되는 사례도 많다.

    (설화9)   청주 사는데 천오백석을 하드랍니다. 아버지 오백석, 성(형) 오백석, 동상(동생) 오백석. 그래 가지구 인저 그 이름해 동상은 오백석 탄 것을 봄새에 시방으로 이르면 전부 군(郡)의 못사는 사람으로 전부 흩어주더랍니다. (중략) "참 아주머니 다 답답한 말을 한다. 왜 그게 내 재산이냐? 난 내 재산이 아닌게 나는 손톱만치

도 걱정말고 건너가서서 봉지사(奉祭祀)나 잘 하고 잘 사시갸."[16)

(설화10)　어떤 사람 하나이 들어오는데 수건을 뒤집어썼는데 수건을 뒤집으니께 숭한 진문둥이가, 말할 수 없는 진문둥이여. 게, "어째 저런 모진 병에 저렇게 들렸느냐?"하니께루, "제가 무슨 죄가 졌든지 이런 모진 병을 들려가지고 다시 곤치들 못하구 이라구 돌다댕깁니다. 그런데 들으니께 삼대를 적덕가고, 3대 효자가고, 삼대 충효가 충신가, 이런 집의 외동아들을 괴기를 먹어야만 이 병을 곤친다 합니다." (중략) 언뜩 생각에 적덕만 생각했단 말이지. <u>적덕만 생각하구선</u>, "에– 이놈의 내가 저 병을 고쳐줘야겠다."[17)

(설화9)는 오백석 재산을 전부 빈민 구휼에 쓴 사람 이야기이다. 형수가 찾아와 걱정하자 그가 하는 말은 밑줄 그은 것처럼 그것이 본디 자기 재산이 아니라고 선언한다. 자기 몫으로 소유하고 있는 것조차도 본디 자기 것이라는 의식이 없이 통 크게 베푸는 이야기이다. (설화10)은 그보다 더한 이야기이다. 3대를 거쳐 효자이며 충신인 집안의 외동아들 고기를 먹어야만 병이 낫는다는 문둥이를 보고 측은한 마음에 자기 자식을 희생하기로 마음먹은 이야기이다. 물론 이야기에서는 그 마음을 높이 산 하늘의 도움으로 도리어 큰 복을 받게 되는데, 이런 내용은 종교적인 희생제의(犧牲祭儀)를 벗어나서는 설명하기 어려운 시은(施恩)이다. 자신의 전 재산, 자식의 목숨까지 내놓는 설정은, 보은담의 스케일이 만만치 않음을 실증하는 좋은 예이다.

결국, 이런 이야기들을 통해 보자면, 적어도 은혜를 베풀 때 보답

받을 생각이 전혀 없이 순수한 동기에서의 측은지심(惻隱之心)이 발동하며, 자신이 가진 모든 것을 기꺼이 줄 수 있는 거룩한 희생을 보이는 등 보은담의 편폭이, 교재화된 보은담의 사례보다 훨씬 큰 것을 확인해준다. 이런 이야기들에서는 그 은혜에 대한 보답의 크기 또한 매우 크거나, 사적인 영역에 한정되지 않고 확장되는 경향을 보인다.

4. 아무도 모르게, 내가 아닌 누군가에게

은혜를 베푸는 것뿐만 아니라 선행이 가장 빛날 때는 아무도 모르게 할 때이다. 왼손이 하는 일을 오른 손이 모를 정도로 몰래 할 때 선행의 순수성은 높아지고 감동의 크기도 커진다. 그런데 문제는 정말 아무도 모른다면, 그래서 어떤 일도 알려지지 않는다면 빛날 일도 없다는 점이다. 그래서 아무도 모르게 선행을 했는데 나중에 본의 아니게 알려지게 될 때 선행의 크기가 더욱 커 보인다. 그렇다고 해서 선행을 베푼 당사자가 곧 칭송되어 표창이라도 받게 되는 것보다, 그 사람이 죽은 후에 그 후손쯤이 거론된다면 금상첨화이다. 문제는 그렇게 아무도 모르게 슬쩍 베풀고, 그 보답 또한 당사자가 아닌 다른 사람이 받는 것이겠다.

그런데 우리 보은담에서 그런 예를 찾는 것은 그리 어렵지 않다. 특히 돌아가신 조상이 신령이 되어 후손을 돕는다는 명조(冥助)와 관련하여 널리 퍼져있다. 흔한 예로 특정 성씨의 시조(始祖) 이야기는 거의 이런 유형이라고 보면 된다. 시조가 그 씨족의 조상신으로 기능하려면 남다른 은혜를 베푸는 등 선행이 뒤따라야 하고, 그 선행의 결과 후손들이 잘 살게 된다는 식의 서술은 매우 자연스럽다. 설화의 제목부터 〈달성 서씨 시조〉[18], 〈자손이 잘된 정성스런 적선〉[19], 〈호랑이가 잡아 준 문화 유씨의 묘소〉[20] 등등 그 보은이 후손에게 미치는 이야기이다.

(설화11) 어떤 사람이 황해도 구월산에서 치성을 드리는데 호랑이가 나타나서 길을 막아섰다. 호랑이는 사람을 해치지 않고 목이 불편한 듯했다. 그는 호랑이 목에 팔을 넣어 금비녀를 꺼내주었다. 그렇게 하고 집에 돌아와 보니 아버지가 돌아가셨다. 그때 문밖에 이상한 소리가 나서 보니 바로 그 호랑이였다. 호랑이는 자기 등에 타라는 시늉을 해보였고, 그가 등에 타자 달려서 어느 산으로 데려갔다. 거기에 묘를 썼는데, 그 이후로 문화 유씨가 번성하여 대성(大姓)이 되었다.[21]

호랑이 목에 걸린 가시나 비녀를 빼주고 복 받은 이야기로 아주 흔한 유형이다. 문제는 호랑이가 보은하는 방식이다. 여기에서 보자면 목에 가시를 빼어준 그 사람에게 직접 보답하는 것처럼 보이지만, 사실은 그 아버지 묘를 좋은 데 쓰게 함으로써 나중에 그 후손이 번창하도록 돕는 것이다. 우리나라에서 호랑이는 예로부터 영물(靈物)로 간주되어왔기 때문에 호랑이를 도와 보답을 구하는 일은 전혀 어색하지 않다.

위의 호랑이 보은담 또한 호랑이의 보답을 받을 것을 기대하지는 않았겠지만, 아예 그런 보답이 불가능한 상태로 설정된 이야기 또한 많은데 그 방법은 대략 두 가지이다. 곧, 상대가 나를 전혀 알 수 없는 관계이거나, 상대가 나를 아예 알아차릴 수 없는 경우이다. 전자의 예라면, 먼 외국에 가서 만난 사람이라든지 타지에 가서 행인으로 상대를 만나는 등이 그렇다. 후자의 예라면, 상대가 아주 하찮은 미물(微物)이라든지 자신의 신분을 고의적으로 노출하지 않는 경우 등이 그렇다.

전자의 대표적인 예는 유명한 역관(譯官)인 홍순언 이야기이다. 흔히 〈일숙천냥(一宿千兩: 하룻밤 묵는 데 천 냥)〉으로 제명된 설화 등이 거의 엇비슷한 내용으로 전개된다.

(설화12) 어떤 관원이 중국에 갔다가 '一宿千兩'이라는 간판이 붙은 기생집을 발견한다. 18세 먹은 처녀가 하룻밤 동침하는 데 내건 돈이 천냥이라는 것이었다. 관원이 거기에 들어가 보니, 그 처녀는 아버지의 구명운동에 필요한 돈을 마련키 위해 부득이하게 몸을 팔게 된 사정이었다. 관원은 흔쾌히 돈 천 냥을 주고는 그곳을 빠져나왔다. 나중에 그녀는 왕비가 되어, 그 관원은 죄를 면하고 벼슬을 한다.[22]

이 이야기에서 문제가 되는 것은 '천 냥'이라는 돈을 흔쾌히 내던지는 행위이다. 화자가 이야기 전에 주위의 청중에게 한 말이 "돈을 잘 쓰면 좋다- 하는디 내 얘기 함마디 하께."로 시작하는 데서 알 수 있듯이, 무엇이 돈을 잘 쓰는가 하는 데 집중되어 있다. 사사로운 욕정을 채우는 데 쓴 것이 아니라 딱한 처지에 놓인 여인을 긍휼히 여겨 쓴 것이라면 반드시 복이 온다는 신념이 엿보인다. 본래의 홍순언 이야기는 임진왜란 시 명나라의 원병(援兵) 파견과 관련이 되어서 그 보답의 크기가 훨씬 더 크지만, 이 화자는 단순히 은혜를 베푼 사람이 그 은덕을 되받는 데 집중하고 있다.

그러나 이 이야기에서 그보다 더 중요한 점은 은혜를 입은 사람이 되갚기 어려운 설정에 있다. 만일 국내의 어느 기생집에 가서 그런 일이 있었다면 그 신분은 금세 노출될 것이고 그에 대한 보답 의식을 심리적으로 떨치기 어렵다. 받은 사람이나 주는 사람이 얼마간의 기대와 부담을 나누게 되기 때문이다. 그러나 사신으로 갔던 이역만리 기생집에서 스치듯 만난 사람이라면 향후에 다시 만난다는 보장이 없다. 실제 작품에서도 기생으로 나섰던 여인이 자기를 도와준 사람을 만나지 못해 애타 하는 대목이 나타난다. 이런 이야기의 향유층은 거금을 쾌척(快擲)하면서도 보답을 바라지 않은 그 마음을 높이 샀을 것이 분명하다.

이렇게 쾌척이 강조될 때, 보은담은 새로운 방향을 찾는다. 가령 천석지기 부자가 벼슬 하나 해보겠다고 매관매직(賣官賣職)을 할 요량으로 서울 생활을 하지만 돈만 털리고 망해버린 이야기가 그렇다. 망해서 끝났으면 썩은 세태에 대한 풍자 정도로 읽히겠지만, 문제는 그 다음부터이다. 친구들에게서 겨우 돈 푼을 마련해서 노잣돈이나 겨우 받아 길을 가다가, 아내가 해산을 했는데 돈이 없어서 딱하게 된 사람을 보고는 그 돈을 그냥 다 주는 것이다. 실제 구연에서는 그 돈을 주고나서 이름을 묻자 한사코 일러주지 않는 점을 부각시킨다. 고작 대답한다는 것이 "에이 난 성씨구 뭐구 난 그 모른단 말요, [청중 : 웃음] 경상도에 있는 김선달이라 하오."[23]였다. 기껏 밝혔다는 것이 '경상도에 사는 김씨' 정도였으니 밝혔다고 보기 어렵다. 화자가 강조한 대로 나중에 그 사람을 다시 알아보는 것은 도움을 받은 사람이 그 얼굴을 눈여겨보아두었기 때문이다. 나중에 그 아이가 왕비가 되어 주인공이 보답을 받게 되는데, 그 과정에서 그때의 적선(積善)은 전혀 드러나지도 드러내지도 않는다. 그 일은 까맣게 잊고 있을 뿐인데 실로 우연한 기회에 그런 보답의 때가 찾아올 뿐이다.

또, 동물 보은담으로 가면, 도무지 보은을 할 것 같지 않은 하찮은 짐승이 등장한다. 예를 들어 쥐 같은 짐승은 사람에게 해만 끼칠뿐더러 혐오하는 미물임에 틀림없지만 어떤 이야기에서는 그런 쥐를 보살피는 사람이 등장한다.

(설화13) 어떤 사람이 쥐와 친해서 농사를 지으면 아랫방 흙방에다 두어 섬 정도를 쥐 식량으로 갖다 놓곤 했다. 동네 사람들이 미친 사람이라고 했지만 그 사람은 언제나 쥐를 거두어서 온 동네 쥐들이 그 집에 모여들었다. 그러던 어느 날 자기 집의 쥐들이 떼를 지어 밖으로 나가는 것을 보고, 그 주인 역시 쥐를 따라 밖으로 나가보았다. 그랬더니 홍수가 나서 온 동네가 휩쓸려 나갔고 그 사람 혼자만 살아남았다.[24]

주인공은 쥐와 친하게 지냄으로써 목숨을 구한다. 쥐는 하찮은 짐승이었지만 앞으로 들이닥칠 재앙을 미리 알고 있었던 것이다. 그런데 이 주인공은 쥐 덕을 보자는 생각을 갖고 있었던 것이 아니라 쥐도 생명체인데 먹고살게는 해주어야한다는 온정을 보였던 것뿐이다. 이보다 더 상세한 이야기에서는 흉년이 들어서 쥐들이 몰려드니까 다른 집에 먹을 것이 없어서 오는 것이니 그냥 두라고 하는 아량을 보인다. "먹게들 내비두라. 우리 집엔 나락이 있으니께 와서 먹지 딴집에 없으니께 전부 우리집으로 오는 거를. 그것도 아무리 미물의 짐승이지만 먹고 살라고 나온거 먹게루 내비두라."[25]고 말한다. 나아가, 때로는 뱀이 등장하기도 한다. 뱀은 파충류 동물로서 사람이 본능적으로 싫어하는 존재이다. 그러나 어떤 아이가 서당에 다니는 길에 매일매일 자기 도시락을 떼 주다가 뱀이 커서 급기야는 자신은 굶고 뱀을 먹이는 지경까지 이르렀다. 그런데 그 뱀이 나중에 소년이 벼슬할 수 있는 길을 마련해준다.[26] 급기야 '미친 개'나 '도둑고양이' 처럼 좀 더 구체적으로 쓸모없는 짐승을 거두어들여 복을 받는 이야기가 있고 보면[27] 남 몰래 베푸는 음덕(陰德)이 어떻게 강조되는지 짐작할 수 있다.

5. 보은담의 가치와 교육

지금까지 살핀 대로 보은담을 파고들면 통념과는 다른 내용들이 상당히 많다. 그러나 그럼에도 불구하고 현재 널리 알려져 권장되는 이야기는 즉각적인 보답이 직접 드러나는 내용들이다. 〈나무꾼과 선녀〉에서 보은을 받아 배필 얻는 것처럼, 자식을 얻고, 부귀영화를 누리기도 한다. 때로는 목숨을 건지기도 하는데, 〈지네 장터〉로 알려진 이야기는 그 대표적인 예이다. 어떤 나이 어린 처녀가 가난한 집에서 외롭게 지내는 터에 날마다 두꺼비에게 밥을

의견비. 전라북도 임실군 오수면 오수리에 세워진 의견비 _두산백과

떼어주어서 먹이곤 했다. 나중에 처녀가 큰 지네에게 제물로 바쳐지게 되었을 때, 두꺼비가 나서서 지네를 물리쳐준다는 내용이다. 그런데 안타깝게도 이 이야기에서 두꺼비는 지네와의 싸움 끝에 죽고 만다. 처녀 입장에서 보자면 밥풀을 떼어주고 목숨을 구한 셈이지만, 두꺼비 입장에서는 밥풀을 얻어먹고 자기 목숨을 내준 셈이다.

모든 생명체에서 목숨만큼 귀한 것은 없다. 그런데 동물보은담이 보여주는 '목숨의 희생'은 '보답' 치고는 과도하다. 물론, 자기 목숨을 살려준 선비의 목숨을 구하느라 종을 쳐서 보답한 꿩의 이야기처럼, 자신이 받은 은혜에 상응하는 보답으로 비춰지는 경우가 없지 않다. 그러나 그 경우 역시, 사람이 자신의 목숨을 구해준 것은 사실이지만 자신의 목숨을 구하느라 사람의 목숨을 걸지는 않았다는 점을 생각해보면 확실히 지나치다. 불에 타는 주인을 구하느라 자신의 목숨을 버린 〈오수(獒樹)의 개〉이나 〈의로운 소〉 같은 경우, 개나 소가 보인 보은의 행위는 거의 무조건적인 충성심으로 비춰진다. 이러한 부류의 동물보은담을 통해 하고자 하는 이야기는 분명하다. 이 강의의 서두에서 말한 것처럼 하찮은 존재에게 작은 은혜라도 베풀면, 그것이 아주 큰 보답으로 돌아온다는 것이다. 베푼 은혜보다 더 크게 돌아오는 보답이 있으니, 매사에 은혜를 베풀며 살라는 메시지로 읽힌다.

그러나 강조한 대로 보은담은 은혜를 받는 보은(報恩) 이전에 은혜를 베푸는 시은(施恩)이 있어야 하는 이야기이며, 시은 행위는 남의 삶도 삶이려니와 우선 자신의 삶을 바꾸어 놓는다. 예를 들어 〈새에게 모이 준 정성으로 산 아이〉에는 열다섯이 되면 호환(虎患)으로 죽을 팔자인 아이가 등장한다. 그러나 그 아이는 새들에게 모이를 준 결과 호랑이가 덮쳤을 때 새떼들이 호랑이 눈을 쪼아 목숨을 구한다.[28] 또, 〈개구리의 보은〉[29] 같은 이야기에서는 과거만 치러 갔다 하면 번번이 죽어 돌아오는 집안의 어떤 선비가 가족들의 만류를 뿌리치고 과거 길에 나섰다가 올챙이를 구하고 그 운명을 뒤바꾼 이야기이다. 또, 다음 이야기는 죽을 날이 정해진 불운한 사람이 운명을 헤쳐 나가는 내용이다.

(설화14) "그 내 상을 뵈 주시오." "아까, 이사갔고 사는 사람 박씨는, 김씨라는 사람, 자네 스물 한나지만은 서른 살 묵으면 죽겠네. 서른 살 먹으면 죽겠네." 그러거든. 그때 인자, 서당에서 공부허다가 인자 막 나온는디, "그러고 자네 얼굴이 아들이 하나도 없네. 설흔 살이 인자 어느 해 어느날 인자 몇일날 죽겠네." 그러거든. 상 본 사람이 그려.[30]

주인공은 불행하게도 서른 살에 죽을 뿐만 아니라 아들까지 낳을 수 없는 운명이다. 단명(短命)은 말할 것도 없는 데다 후사(後嗣)를 잇지 못하는 것이 개인에게 닥친 최고의 고난으로 생각되던 시절 그의 불행은 극치를 달린다. 그러나 그는 그러거나 말거나 자신을 유혹하는 스승의 딸을 잘 보살펴서 의남매를 맺은 후 시집보냈다. 그리고 그 은공으로 인하여 죽은 스승이 염라대왕에게 청원을 하여 장수를 할 뿐만 아니라 본래 제 복에 없던 아들 삼형제까지 낳게 된다. 이처럼 적선(積善)을 통해 자신의 나쁜 운명을 극복하는 이야기는 보은담이 기실은 시은담(施恩譚)이며, 시은의 순간 이미 자신의 삶에 질적인 변화가 생기는 사실을 웅변한다.

그런데 실제 교육현장에서 다루어지는 보은담에서는 그런 내용들이 고려되기 어렵다. 여전히 그리 어렵잖은 도움을 주고 큰 은혜를 받는 이야기들이 주종을 이루고 있는 것이다. 따라서 앞으로는 교육을 위해서든 독서를 위해서든 보은담을 제재로 선택할 때, 은혜를 주고받는 교환 관계도 좋지만, 거기에 덧붙여서 일방적인 쾌척(快擲)이나 희사(喜捨)가 강조되는 이야기가 선택될 필요가 있다. 은혜를 주고 그 보답을 받는 주고받기가 분명 아름다운 것이기는 하지만, 주고는 받지 않는, 받을 생각 없이 주기만 하는 행위의 깊이를 따라가기는 어렵다. 물론, 아동의 교육에서 흥미를 유발하기 위해 동물보은담이 동원되더라도 순수한 마음이 강조되는 동물로 시선을 돌릴 필요가 있다. 앞서 예로든 쥐에게 적선하는 이야기 같은 경우가 좋은 예일 것이다.

(설화15) 아 일곱 살 먹은 어링 것이 옛날에는 서당 글을 배러 댕겨다는 얘기여. 그런디 그 어린애가 집안이 참 헹편읎이 가난한 집안인디 그것두 참 독신 아들여. (중략) 그래 나오니깐 그 밥을 자기가 주다보니까 난중이는 이 뱀이 크는 대루 밥을 만씩(많이씩) 주능겨. 만씩 주다보니깐 인자 난중이 완전히 크니까 지 밥을 도시락을 달싹 쏟아 주구서는 저는 굶능 거여. 이렇게 해 가지구서 그 뱀

을 밥을 멕여서 컸어요.[31]

　이 설화에는 몇 가지 장치를 달아 주인공의 갸륵한 심성을 잘 드러내준다. 우선 지독히도 가난한 집 아이라고 해서 어려운 형편을 강조하고, 서당을 오가다가 다른 동물이 아닌 뱀을 보고 불쌍한 마음이 들었다고 했으며, 뱀에게 매일 먹이를 주었는데 어느새 너무 커서 먹는 양이 늘게 되자 자신은 굶을 지경이 되어도 계속 주었다고 했다. 노루나 사슴, 꿩을 구해주는 이야기와는 사뭇 다르다. 대상이 동정심이 들기 어려운 것일 뿐만 아니라, 우연한 기회에 한 차례 도운 것이 아니라 지속적으로 이루어지며, 그 도움으로 인해 자신에게는 별 문제가 생기지 않는 것이 아니라 굶주림을 견뎌야 하는 것이다. 그를 통해 아낌없이 모든 것을 다 줄 수 있는 마음이 강조되었다 하겠다.

　이 점에서 마빈 해리스가 제시한 다음의 일화는 보은담, 아니 참 평등의 인간관계를 되짚어보는 지평이 될 것이다. 어느 서구의 학자가 부시맨족을 따라다니며 식생활 등을 관찰했는데 그들의 협조에 감사를 표하기 위해 인근에서 가장 좋은 수소를 한 마리 사서 선물했다. 그러나 만나는 사람마다 그에 대해 감사를 하기는커녕 왜 그런 쓸모없는 걸 샀느냐는 식으로 통박했다. 아주 나쁜 소를 샀다는 것이었다. 그 학자는 친한 부시맨 친구에게 그 소가 좋은 소가 아니냐고 물었다. 그러자 그는 이렇게 대답했다. "좋소, 물론 우리는 이 수소가 굉장히 좋은 고기를 제공하였다는 것은 알고 있고. 그러나 한 젊은이가 많은 사냥감을 잡게 될 때에 자신을 마치 대인이나 추장같이 여기게 되죠. 그리고 우리 나머지 사람들을 마치 자기의 종인 것처럼 생각하거나 자기보다 못한 사람들이라고 생각하게 되죠. 우리는 이 점을 인정할 수 없는 것이오." 그는 말을 이었다. "우리는 자랑하고 다니는 놈들을 거부합니다. 왜냐하면 그의 자만심이 언젠가 그로 하여금 누군가를 죽이게 하니까요. 그래서 우리는 항상 그가 잡아온 고기가 별 쓸모없다고 해주지요. 그래야만 그의 심장은 식게 되고 겸손해지게 되지요."[32]

아마도 보은담이 사람이라면 이런 이야기를 하고 싶은 것은 아닐까: "은혜를 베풀고 싶은가? 그렇다면, 자신이 어려울 때 하라. 혹시 자신이 가진 것이 넘친다면 부족해질 정도로 충분히 하라. 하더라도 남들이 모르게 하라. 그리고는 그 사실을 즉시 잊어라. 혹시라도 그에 대한 보답이 있거든 최소한 자신이 아닌 사람이 받도록 하라."

■ 주석

1) 〈16대 조상의 공덕으로 부통령이 된 김성수〉, 『한국구비문학대계』 3-4, 한국정신문화연구원, 1984, 158~159쪽.
2) 이하의 설화자료는 모두 『한국구비문학대계』의 채록본을 쓰며, '대계'로 약칭하며, 그 뒤에 붙은 숫자는 '권수, 쪽수'이다. 가령 '대계1-1. 353쪽'은 『한국구비문학대계』 1-1권의 353쪽을 가리킨다. 또, 자료에 붙은 밑줄은 모두 필자가 표시한 것이다.
3) 〈구렁이 살리고 부자가 된 학자〉, 대계3-3, 569쪽.
4) 〈은혜 갚은 개구리〉, 대계7-3, 283쪽.
5) 〈명당의 천리(天理)도 모르는 도선(道詵)〉, 대계3-4, 828~838쪽.
6) 〈남 도와주고 복받은 사람〉, 대계4-5, 149~150쪽.
7) 〈돈 닷 냥으로 산모 구하고 병조판서가 된 사람〉, 대계5-6, 51쪽.
8) 〈명당의 천리(天理)도 모르는 도선(道詵)〉, 대계3-4, 831쪽
9) 〈학의 새끼 주주리〉, 대계 4-5, 1984, 75쪽. 필자가 요약 정리.
10) 이 관계에 대해서는 이강엽, 앞의 논문에서 상술된 바 있으며, 심우장, 「동물설화와 인간

주체화의 과정 -〈까치의 보은〉설화를 중심으로-?(『한국고전연구』18집, 한국고전연구
학회, 2008)에서도 〈까치의 보은〉에서 한량이 까치를 죽인 것을 "한량이 까치와 자기를
동일시했기 때문에 사건이 발생한 것"(114쪽)으로 풀이한 바 있다.

11) 〈자기는 굶고 남 먹인 선량〉, 대계7-5, 297~299쪽.

12) '증여'와 '교환'에 대한 기본적인 개념은 프랑스의 사회학자이자 인류학자인 마르셀 모
스의 『증여론』에서 구체화된 개념이다. 모스는 "미개(未開) 또는 태고 유형의 사회에서
선물을 받았을 경우, 의무적으로 답례를 하게 하는 법이나 이해관계의 규칙은 무엇인
가?" (마르셀 모스, 『증여론』, 이상률 옮김, 한길사, 2002, 48쪽에 대해 탐구했다. 이 이하
의 나카자와 신이치의 논의는 나카자와 신이치, 『사랑과 경제의 로고스』(김옥희 옮김, 동
아시아, 2004) 참조.

13) 포틀래치에 대해서는 마빈 해리스, 『문화의 수수께끼』(한길사, 1982)에 잘 설명되어 있으
며, 해리스는 이렇게 과도한 선물을 '호혜성의 파괴 : 강자의 선물'로 규정한 바 있다.

14) 〈쥐의 보은〉, 대계1-7, 312쪽.

15) 〈은혜를 갚은 뱀〉, 대계3-4, 309쪽.

16) 〈착한 사람이 얻은 복〉, 대계3-4, 55~56쪽,

17) 〈적덕지가(積德之家) 필유경(必有慶)〉, 대계3-4, 285쪽.

18) 대계 5-2, 1981, 362쪽.

19) 대계 5-2, 1981, 774쪽.

20) 대계 3-3, 1981, 558쪽.

21) 〈호랑이가 잡아 준 문화 유씨의 묘소〉, 대계 3-3, 1981, 558쪽.

22) 〈일숙천량〉, 대계 4-5, 1984, 474쪽.

23) 〈적선한 부원군을 만나 영화 누린 김선달〉, 대계 3-3, 1981, 705-706쪽.

24) 〈은혜를 갚은 쥐〉, 대계 3-4, 1984, 896쪽. 필자가 요약 정리.

25) 〈은공을 갚은 쥐〉, 대계 3-4, 1984, 682쪽.

26) 〈은혜 갚은 뱀〉, 대계 4-5, 1984, 777쪽.

27) 〈동물 보은 설화〉, 대계 8-3, 1983, 957쪽.

28) 〈새에게 모이 준 정성으로 산 아이〉, 대계3-4, 1984, 341쪽.

29) 〈개구리의 보은〉, 대계8-3, 45~48쪽.

30) 〈귀신이 보은으로 정해 준 텀의 인생〉, 6-11, 84쪽.

31) 〈은혜 갚은 뱀〉, 대계4-5, 777쪽, 779쪽.

32) 마빈 해리스, 앞의 책, 123쪽.

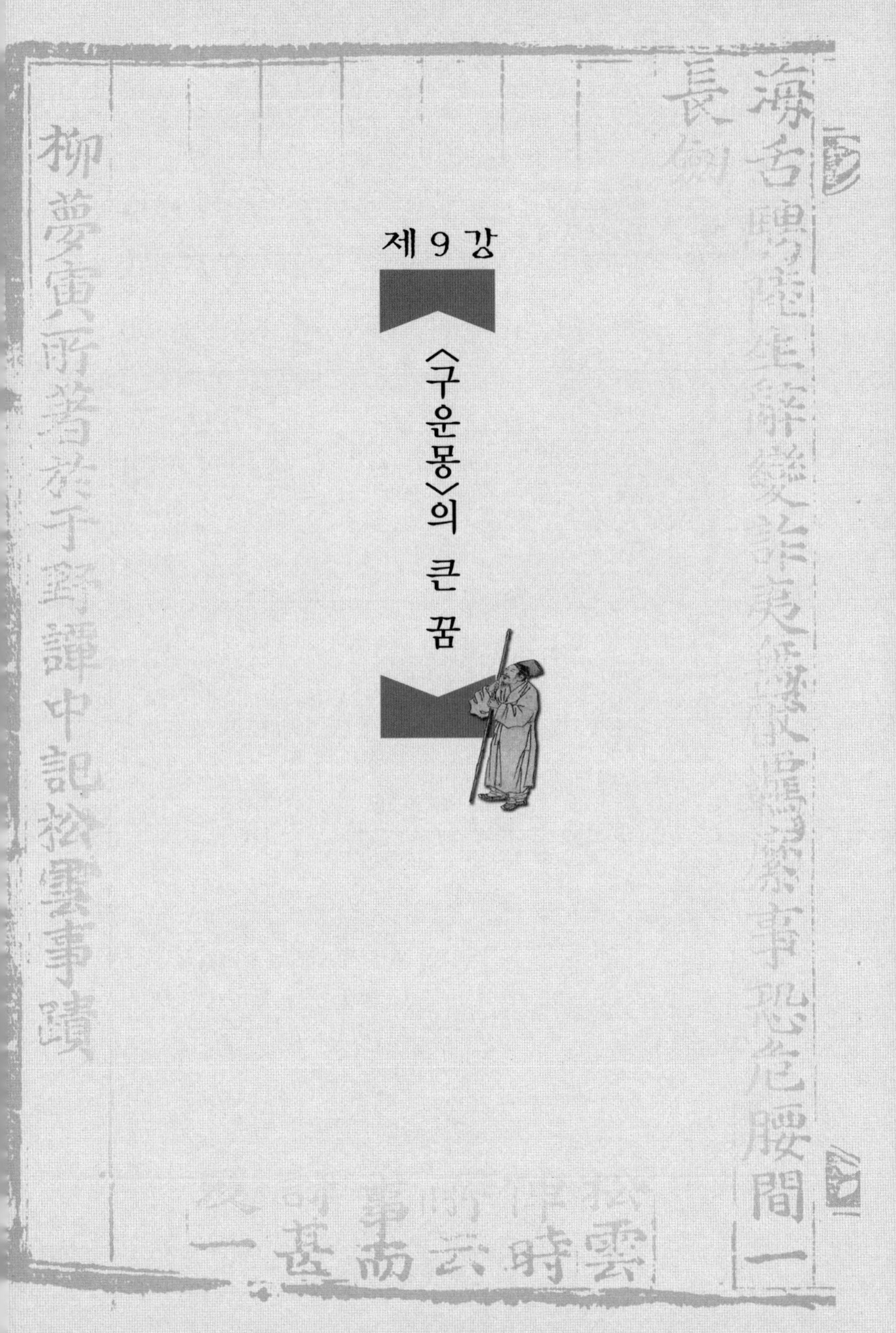

제 9 강

〈구운몽〉의 큰 꿈

1. 이쪽에서의 꿈, 저쪽에서의 꿈

"꿈이 무엇입니까?"이런 질문을 받게 되면 대개 사람들은 장래의 포부를 떠올리며 희망에 부푼다. 또 현실이 절망적이고 초라하고 무의미하게 느껴질 때, 사람들은 곧잘 그 꿈을 꺼내 보며 힘을 얻는다. 이때의 꿈이란 미로 같은 현실을 헤쳐 나가는 나침반이고 지도이다. 그런데 다른 한편으로 보면 꿈은 가짜이다. 꿈 속에서 백만장자가 되었더라도 꿈에서 깨고 나면 여전히 빈털터리이며, 사랑하는 임을 만나도 깨고 보면 혼자이다. 이 점에서 꿈은 꾸며진 것이고, 거짓이다. 한마디로 꿈은 양면적이다. 한편으로는 현실의 곤경을 헤쳐 나가는 등불이 되는가 하면, 한편으로는 진짜가 못 되는 허상이요 가상일 뿐인 것이다. 어떻게 똑같은 말이 이렇게 모순되게 쓰일 수 있을까?

우리의 대표적 고전 〈구운몽〉이야말로 그 모순을 가장 첨예하게 보여 주는 소설이라 할 수 있다. 그러나 모순을 모순으로만 두어서

▲김만중
▲▲1917년 간행된 활자본 『구운몽』

는 명작이 될 수 없다. 꿈을 소재로 한 다른 문학들이 꿈의 두 가지 속성 중 어느 한쪽만을 잡고 허둥댈 때, 〈구운몽〉은 그 둘을 절묘하게 취하면서, 그것을 넘어서는 데까지 나아간다. 그래서 〈구운몽〉은 우리의 고전이 되었고, 이제 우리의 고전을 넘어 세계의 고전이 되었다. 실제로 이 작품은 1920년대에 이미 영어로 번역이 되었으며, 중국에서 출간한 세계 문학 전집에 당당히 자리를 잡았고, 유럽의 작은 나라인 체코에서 1만 5,000권이나 팔려 나갔다고 한다. 그러니 『구운몽』에는 확실히 무언가가 있다.

명작이 으레 그렇듯이 〈구운몽〉 또한 복잡한 뒷배경이 있다. 때는 17세기, 조선은 붕당(朋黨)으로 나라가 어지러웠다. 작가 김만중(金萬重, 1637~1692)은 명문가의 후예로 태어났지만, 국가의 위난 속에 아버지를 여읜 유복자였다. 어머니의 엄한 가르침 속에 학문이 대성하여 벼슬살이에 나섰지만, 실제로는 귀양살이와 벼슬아치 생활의 반복이 거듭되었다. 그러나 그러한 삶은 문학을 단련시켜 그의 파란만장한 삶만큼이나 독특한 사상과 문학관을 지닌 진보적인 인물이었다. 특히 사대부들이 멸시하는 소설의 가치를 높이 평가하고, 더 나아가 직접 소설을 썼을 정도로 우리말과 우리 문학에 깊은 관심을 지니고 있었다. 어머니를 위로하기 위해 쓰였다는 말이 전하는 대로, 소설이 무엇을 할 수 있는가를 깊이

<구운몽>

인식한 까닭이다.

　소설은 허구의 세계를 다룬다. 헛것이라는 말이다. 그러나 그 헛것을 통해 전하려는 진실은 따로 있다. <구운몽>의 주인공은 신기하게도 둘이다. 산에 숨어 불도를 닦는 성진(性眞)이 그 하나이고, 세속에서 입신양명을 거듭하는 양소유(楊少遊)가 그 하나이다. 이 둘은 사실 서로 다른 존재이면서 한 몸인 짝패이다. 외견상으로 보자면 정반대의 꼴을 취하지만 그 반대의 꼴이 없다면 자신도 온전하기 어렵다. 이 주인공의 현실은 저 주인공의 꿈이고, 저 주인공의 현실은 이 주인공의 꿈이다. 성진에게 헛것이 양소유의 진실이고, 양소유의 헛것이 성진의 진실이다.

　성진과 양소유의 여정(旅程)을 좇아보면 그런 신비로운 세계를 함께 가게 된다. 다 아는 대로 <구운몽>은 중국 대륙을 배경으로 하는 호방한 스케일을 자랑한다. 그러나 그 스케일이 넓이만을 말하려는 것이라면 너무 서운한 일이다. 공간이 중요하긴 하나 그 공간의 상징성이 더욱 중요하다. 대체 주인공은 어디에서 어디로 옮겨가며 그 의미는 무엇인지, 그리고 그것이 영웅호걸의 기상이나 포부, 두 주인공의 꿈과는 어떻게 연결되는지 살펴보기로 한다.

2. 이야기의 시작-형산(衡山), 세상의 중심

문학 작품에서 시간과 공간은 매우 중요한 구실을 한다. 구체적인 사건이 드러날 수밖에 없는 서사문학의 경우는 더욱 그러한데, 사건은 등장인물이 특정한 시공간에서 펼치는 행위이기 때문이다. 그럼에도 불구하고 문학에서의 시간과 공간은 상당히 추상적인 개념이어서 자의적인 해석이 들어설 여지를 남겨둔다. 일례로 〈춘향전〉에서 이몽룡이 과거 공부를 하는 시간은 스토리 상 반드시 있을 것 같지만 작품의 서술에서는 빠져있으며, 『금오신화』에 있는 〈만복사저포기〉의 양생은 지리산으로 들어가는 것으로 끝을 맺는다. 이 경우, 그 빠진 시간을 어떻게 이해할지, 지리산에는 어떤 의미를 부여할지는 여전히 주관적인 해석 영역으로 남게 마련이다.

그러므로 서사문학에서 시간과 공간을 다룰 때 가장 먼저 염두에 둘 것은 객관성이다. 작품 내에 기술된 시간과 공간을 구체적으로 논의하지 않은 상태에서 주관적 해석에 빠질 경우, 자칫하면 작품과는 유리된 자의적 해석으로 떨어질 염려가 있기 때문이다. 그런데 흥미롭게도 〈구운몽〉이 지나칠 만큼 실제 지명(地名)이나 거소(居所)를 열거한다는 점이다. 이것이 우연의 일치가 아님은 작가가 지도에

많은 관심을 보였을 뿐만 아니라 실제로 당시의 세계지도라 할 수 있는 천하지도(天下地圖)를 제작할 때, 김만중이 대부분의 고증을 맡았다는 사실이[1] 확인되고 보면, 허투로 보아 넘길 일이 아니다. 이를테면 주인공이 남쪽이나 북쪽으로 갔다는 식으로 막연히 기술하는 것이 아니라 현(縣) 어느 고을로 갔다는 식의 서술이 빈번히 드러나며, 8미인의 등장에서도 그 출신지가 어디인지 빼지 않고 설명한다. 인물의 동선(動線)이 너무도 또렷해서 지도 위에 점을 찍어두기에 부족함이 없다.

이러한 점에 착안하여 〈구운몽〉 주인공의 발자취를 따라가 보면 특별한 의미가 포착되리라 본다. 〈구운몽〉의 서두는 천하의 명산을 열거하는 것으로 시작된다.

천하에 이름난 산이 다섯이 있다. 동쪽에 동악, 즉 태산이 있고, 남쪽에는 남악, 즉 형산이 있으며 북쪽에는 북악, 즉 항산이 있는데, 가운데 산을 일컬어 중악, 즉 숭산이라고 하니 이들이 이른바 오악이다. 오악 중에는 오직 형산이 중토에서 가장 멀어 구의산이 그 남쪽에 있고, 동정호가 그 북쪽을 지나며……[2]

5악은 오행사상에 따라 5방위인 동-서-남-북-중앙에 큰 산을 배속시킨 것이다. 방위 체계에 따른 것이라고는 해도 다분히 철학적인 사상이 강하다. 한 나라의 5악을 운위할 경우, 당연히 중심에 있는 산이 중요하게 취급될 것은 말할 나위가 없겠는데, 문제는 이 작품에서 주목하는 형산이 중심에서 가장 멀리 떨어진 산이라는 점이다.

다음의 〈지도 1〉을 통해 보면 알겠지만,[3] 형산은 다른 동, 서, 북의 세 산에 비해 상당히 치우쳐 있는 편이다. 더욱이 통일 중국의 도읍지들에서도 그 중 멀리 떨어져 있다. 문제는 하필이면 왜 그런 지점을 택했는가 하는 점인데, 이에 대한 가장 상식적인 해답은 속세를 등지고 수도하는 모습을 부각시키기려는 의도라고 하겠다. 그러나 작품 속에서는 그 산에 단순한 거리나 위치만을 문제 삼지 않는다.

옛적에 우임금이 홍수를 다스리고 산 위에 올라 비석을 세워 공덕을 기록했는데, 하늘 글과 구름 전자가 수많은 세월이 지났지만 아직도 남아 있었다. 진나라 시절에 선녀 위부인이 수련하

〈지도 1〉 五嶽과 衡山의 위치

여 도를 깨우치고서, 옥황상제가 맡긴 직분을 받들어 선동과 옥녀를
거느리고 와 이 산을 평정(平定)하니 곧 이른바 남악위부인(南岳魏夫
人)이다. 대개 예로부터 신령스럽고 이상한 자취와 신기한 일을 이
루 다 적을 수 없다.

　　당(唐)나라 시절에 어느 고승이 서역 천축국(天竺國)에서 중국에 들
어왔다. 형산의 빼어난 경치를 사랑하여 연화봉[4] 위에 나아가 따로
엮은 암자를 지어 살며, 대승(大乘)의 불법을 강론하여 중생을 교화
하고 귀신을 제어하니, 이에 서역 종교가 크게 행해져 사람들이 모두
공경하여 믿고 '산부처께서 세상에 나셨다.' 하였다. (13~14쪽)

여기에서는 크게 두 가지 사실이 강조된다. 하나는 위부인이 옥황
상제의 뜻을 받들어 형산에 좌정했다는 것이고, 하나는 어느 고승[육
관대사]이 불법을 전하러 역시 형산에 좌정했다는 것이다. 중국을 중
심으로 할 때 치우쳐 있다는 점에서 변방임이 확실하지만, 지도의 영
역을 좀 더 크게 놓고 보면 상당히 다른 결론에 도달할 수 있다.

〈지도 2〉는 아시아 대륙 전체에서 남악의 위치를 표현하고 있다.
보는 대로 남악은 아주 남쪽 변방에 치우쳐 있지만, 천축국[天竺國,
인도]과는 가장 가까운 거리에 있는 산이기도 하다. 물론, 실제 불교
사를 훑어볼 때, 당시 중국에는 장안(長安)을 중심으로 불교가 성행했
던 것이 사실이다. 그러나 상대적으로 볼 때, 장안의 불교가 집권층을
파고드는 귀족불교였던 데 반해 남악 형산의 불교는 서민적 불교였음
이 분명한 점은 〈구운몽〉의 해석에 중요한 지침을 마련해준다.[5] 또 위
부인이 옥황상제[天]를 받들었다고 했으므로 이곳이 하늘과 땅을 연
결해주는 통로로 인식되었음을 알 수 있다. 이는 둘이 모두 대지의 배

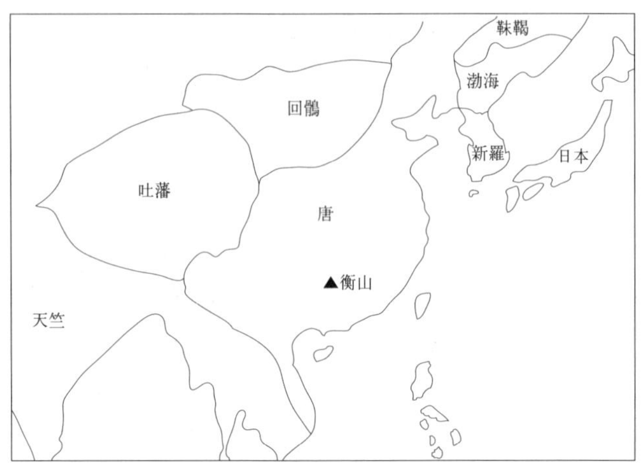

〈지도 2〉 아시아 대륙에서 형산의 위치

꼽[omphalos]임을 분명히 하는 것이다. 배꼽이 바로 어머니와 자식의 연결고리였던 것처럼, 형산은 한편으로는 수평적으로는 서와 동의 연결고리이며 수직적으로는 하늘과 땅의 연결고리인 것이다.

"상인(上人)께서는 산 서쪽에 계시고 저는 산 동쪽에 있어 기거하는 곳이 서로 가깝고 먹고 마시는 것도 서로 접해 있지만, 천한 무리들이 많아 저를 수고롭고 번민케 하여 아직 한번도 법석(法席)에 나아가 오묘한 말씀을 듣지 못하였으니, 사람을 대하는 지혜가 부족하고 이웃을 사귀는 도리를 어겼습니다. 이에 시비들을 보내어 안부를 여쭙고, 아울러 신선과일과 칠보와 비단을 드려 보잘것없는 정성을 표합니다."(17쪽)

즉, 형산이 이중의 배꼽 역할을 하면서 향후 펼쳐 보일 사상적 주제를 슬쩍 내비춘다 하겠다. 이 의미를 간단히 그림으로 표시하면

다음과 같다.[6]

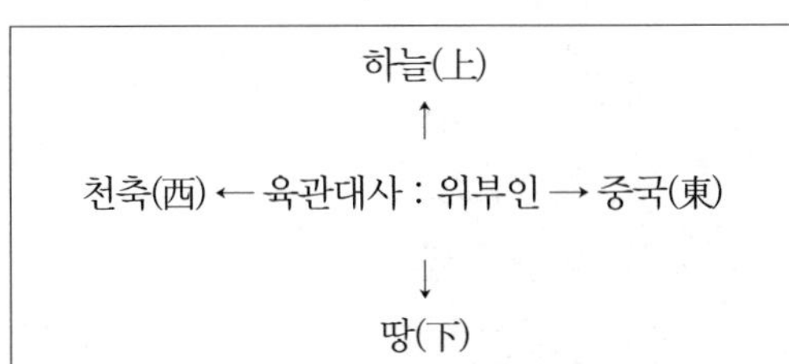

〈그림 1〉 '배꼽' 으로서의 형산

　성진과 팔선녀는 한 번도 형산 안의 동과 서로 나뉜 구역 밖을 나서 보지 못하다가 처음으로 바깥나들이를 했다. 그런데 그 나들이라는 것이 위의 지도에서 보면 알겠지만 중국 땅 전체에서 보면 그리 먼 거리가 아니다. 하지만 성진이 동정호를 다녀오고 팔선녀가 형산 안에서 봉우리를 하나 넘어서는 그 나들이는 향후의 행보를 정하는 데 결정적인 구실을 한다. 슬슬 서사가 전개될 조짐을 보이는 것이다.

3. 세속에서 다시 만난 여덟 미인

　그렇게 공간의 배치가 끝나고 나면 인물들이 움직임을 보일 차례이다. 〈구운몽〉이 성진, 양소유 두 인물이 주인공이라고 했지만, 그 시작은 엄연히 성진부터이다. 게다가 성진만으로는 아무런 이야기가 성립될 수 없는 터, 8선녀의 등장으로 말미암아 서사의 흐름이 급진전된다.

〈구운몽도〉의 돌다리 장면

"이 남악 형산의 한 물과 한 언덕도 우리 집의 경계가 아닌 것이 없는데, 화상께서 도량을 연 후로는 홍구(泓溝)의 나누임이 되어서 연화봉의 빼어난 경치가 지척에 있지만 여지껏 구경하지 못하였다. 오늘 우리가 낭랑의 명령으로 다행히 이곳으로 왔고 봄빛도 아주 아름다우며 날이 아직 저물지 아니하였으니, 이 좋은 계절을 타 저 가파른 산 언덕에 올라 연화봉에서 옷을 훌훌 벗어던지고, 폭포수에 갓끈을 씻고, 시를 지어 읊조리며 흥을 타 그대로 지닌 채 돌아가 궁중 여러 자매들에게 자랑하는 것이 또한 즐겁지 아니하겠는가?"
(18쪽)

"남자가 세상에 태어나 어려서는 공맹의 글을 읽고 자라서는 요순 같은 임금을 만나 싸움터에 나가면 삼군(三軍)의 총수가 되고 조정에 들어서면 백관(百官)의 우두머리가 되어 몸에 비단도포를 입고 허리엔 자수(紫綬)를 띠며 임금에게 충성하고 백성을 이롭게 하며, 눈으로는 고운 빛을 보고 귀로는 오묘한 소리를 들어 당대에 영화를 누릴 뿐만 아니라, 죽은 후에도 공명을 남겨 놓는 것이 진실로 대장부의 일인데, 슬프다! 우리 불가의 도는 다만 한 바리 밥과 한 병의 물과 수삼 권의 경문(經文)과 백팔 염주뿐이구나. 그 도가 비록 높고 깊지만 적막하기가 너무 심하고

그러나 상승(上乘)의 법을 깨닫고 대사의 도통(道統)을 이어받아 연화
봉 위에 꼿꼿이 앉았다한들, 삼혼구백(三魂九魄)이 한 번 불꽃 속에
흩어지면 어느 누가 성진이 세상에 났던 줄 알 수 있겠는가?"(24쪽)

팔선녀와 성진의 생각은 사실상 동일한 궤적을 그리고 있다. 다른
점이 있다면 팔선녀가 잠시 자유롭게 노니는 데 생각이 머문다면,
성진은 입신양명(立身揚名)을 못하고 죽을 신세에 대해 한탄한다는
사실뿐이다. 흥미로운 사실은 성진은 남에서 북으로 팔선녀는 동에
서 서로 이동하면서 그런 생각에 이르게 되었다는 점이다. 이는 속
세의 끝에서 속세의 중심으로 옮겨가고자 하는 성진의 욕망과, 남녀
의 분리에 반발하는 팔선녀의 욕망이 자연스럽게 그렇게 방향을 잡
아간 것으로 풀이할 수 있다. 그들 아홉은 육관대사와 위부인 밑에
서 고된 수행을 하며 지내기에는 너무 젊고 그만큼 욕망으로부터 자
유롭기 어려웠던 것이다.

그런데 그 잠깐의 일탈을 경험하면서, 한껏 내적으로 응축되었던
삶이 다시 외적으로 확산될 조짐을 보인다. 실제로 동정호의 나들이
는 그 인근의 구의산, 소상강 등의 역사적 의미를 염두에 둔다면, 이
곳은 "충렬(忠烈)의 땅으로 유가 본원의 정신을 환기해주는"[7] 장소로
볼 여지까지 갖추고 있어서 상대적으로 세속적 이미지가 짙다. 이는
성진과 팔선녀가 있던 형산이라는 공간이 성(聖)의 중심이면서 향후
에 전개될 속세의 공간으로 뻗어나갈 가능성을 잠재하고 있다는 뜻
이다. 서사적 맥락에서 양소유/성진이 단절되지만 공간상으로 성
(聖)/속(俗)의 연속점을 보여준다 하겠다.

이로써 드디어 성진이 양소유로 탈바꿈하는 순간이 온다. 주인공

성진은 육관대사에게 제 잘못을 빌며 머리를 조아려 보지만 그에게는 추방령이 내려질 뿐이다. 그는 어쩔 수 없이 풍도성(酆都城)을 거쳐 양소유로 다시 태어나게 된다. 풍도성은 흔히 말하는 지옥(地獄)이지만 실제로도 존재하는 지명이다. 현재도 이 풍도는 귀신들이 사는 성이라는 뜻의 귀성(鬼城)으로 소개되는 곳이기도 하다. 흔히들 사람이 죽으면 풍도에 이르러 염라대왕 앞에서 심판을 받는다고 믿는다. 이 풍도로 가는 과정을 〈구운몽〉에서는 다음과 같이 표현하고 있다.

> 성진은 할 수 없이 불상과 스승에게 절하고 여러 동문들과 이별한 후 황건역사를 따라 저승을 향하였다. 음혼관(陰魂關)을 들러 망향대(望鄉臺)를 지나 풍도성(豊都城)에 이르니 성문을 지키던 귀졸이 어찌 왔는가를 물었다. (29쪽)

그런데 이러한 이동선(移動線)에 대해서는 약간의 의문이 든다. 만일 성진의 소원을 들어주려 했다면 속세로 보내서 세상의 부귀영화를 누리게 하면 될 것이고, 또 성진을 벌하려 했다면 지옥에 내쳐서 영겁의 고통을 겪게 하면 그뿐일 것이다. 그런데 육관대사는 묘하게도 그 둘을 모두 시행함으로써 만만찮은 문제를 제기한다. 작품 속에서는 지옥에서 떨어지는 고통이 거의 생략되다시피 해서 그 부분이 눈에 잘 띄지 않지만, 신화 속 영웅의 저승여행은 신화에서 몹시 중요한 모티프이기도 하다. 이 작품의 주인공 역시 천상에서 지하[지옥]으로 떨어졌다가 다시 지하에서 지상으로 올라가는 단계를 거치는 것이다. 이런 과정의 맨 마지막 단계는 아래처럼 구체화된다.

"여기는 대한민국(大唐國) 회남도(淮南道) 수주(壽州)의[8] 땅이고, 너의 부친은 양처사요, 모친은 유씨다. 너는 전생의 인연으로 이 집에 태어났으니 속히 들어가 좋은 때를 잃지 말라."(32쪽)

이 〈지도 3〉에서 보여주는 바는 성진에서 양소유로 이어지는 궤적이 여전히, 적어도 중국이라는 물리적 국토 상으로 볼 때, '변방'에 놓인다는 점이다. 풍도성 역시 애초에는 도가(道家)에서 말하는 나풍산(羅酆山)에서 기인하는 것이지만, 나중에 중국 사천성(四川省)의 실제 지명인 풍도성으로 굳어진 것으로 보면, 형산→풍도성→수주의 궤적이 위의 지도처럼 남쪽 가에서 서쪽 가를 거쳐 동쪽 가로 옮겨 간 것뿐이다. 실제로 양소유와 양소유의 어머니 유씨는 작품의 곳곳에서 변방에 사는 곤궁한 처지를 한탄하고 있다. 참고로 당나라 후기 진사 급제 인원 분포도를 보면[9] 수주의 위치가 어떠한지 좀 더 분명하게 확인할 수 있다. 수주의 진사 합격자는 전국 최저수준이며, 이런 정황에 비추어 이 지역 출신으로는 중앙에 진출하기 어려운 사정에 있음이 분명하다.[10] 이렇게 양소유가 궁벽한 곳 한미한 집안에서 출생하게 한 것은, 결국 변방에서 중심으로 맨 밑바닥에서 최상층으로 가

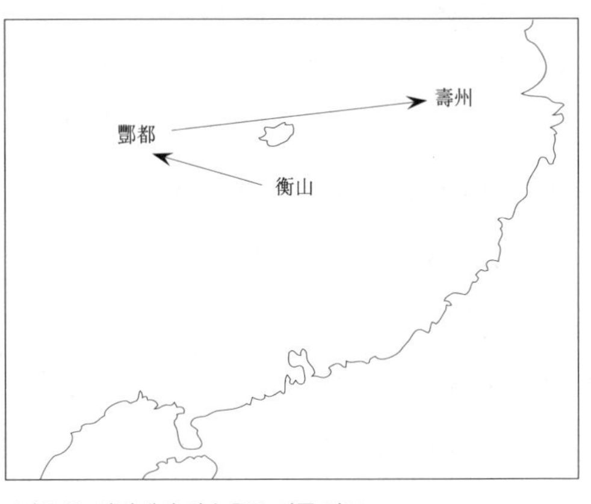

〈지도 3〉 성진에서 양소유로 이동 경로

는 성취감을 한껏 맛보게 하려는 의도로 보인다. 실제로 당시의 과거시험에서 명경과(明經科)보다 진사과(進士科)에 급제하는 것이 하도 어려워서, "30세에 명경에 합격하면 늙은 것이고, 50이면 진사로서 젊은 것이다."(三十老明經, 五十少進士)[11]라는 속언이 있었다고 할 정도여서, 양소유의 극적인 입신양명은 더욱 돋보인다.

이렇게 하여 세속으로 떨어진 성진은 양 처사의 아들로 거듭난다. 태어난 곳이 그리 화려한 동네가 아니라 해도 작은 벼슬자리라도 하는 집에 태어났더라면 좋았을 것을 굳이 '처사(處士)'를 명시하는 게 예사롭지 않다. 처사란 본시 능력이 있지만 벼슬에 뜻을 두지 않고 세속을 떠나 사는 사람을 뜻하기 때문이다. 세속의 부귀영화를 꿈꾼 죄로 세상에 내쳤으니 부귀영화와 등진 집으로 보내지는 것도 그럴 듯하지만, 기실은 그런 밑바닥에서부터 상승시키려는 쾌감을 맛보게 하려는 설정이라 하겠다. 아닌 게 아니라 양소유는 출중한 재주를 발휘하여 장원급제쯤은 식은 죽 먹기로 여길 만큼의 역량을 쌓아간다.

이렇게 보면 성진과 양소유의 행적은 극과 극이다. 인도에서 온 육관대사의 수제자로 천하 제일의 성계의 인물인 성진과, 속된 세상의 변방에서 한미한 집안 처사의 자제로 태어나는 인물인 양소유는 성/속의 경계를 또렷이 보이는 것이다. 그러나 그 둘은 성계 최고의 인물과 속계 최고의 인물이라는 점에서 사실은 동일한 위치에 놓인 짝패[double]이기도 하다.

그런데 이쯤에서 우리는 팔선녀의 행방이 궁금해진다. 성진의 행동이 문제가 될 때, 팔선녀도 함께 있었기 때문이다. 이제 팔선녀를 세속 세계에서 어떻게 만나는가 하는 문제가 남는데, 이 여덟 미인이 세상에 흩어지고 다시 양소유와 만나는 과정 또한 장황하다.

염왕이 사자 아홉 사람을 불러 각각에게 면밀히 분부하여 인간계로 보내니, 갑자기 전각 아래 큰 바람이 일어나 모든 사람들을 공중으로 올려 사면팔방으로 흩어지게 하였다.(31쪽)

이 '사면팔방'의 진면목은 여덟 여자가 중국 각지로 흩어져 태어나는 과정에서 유감없이 펼쳐진다. 다음은 〈구운몽〉 본문 가운데 여덟 여자의 출신지를 알게 해주는 대목을 뽑아본 것이다.

① **진채봉**(秦彩鳳)

양생이 서동 한 사람과 나귀 한 필로 모친을 떠나 여러 날 만에 화주(華州) 화음현(華陰縣)에 이르니 장안(長安)이 점점 가까워지며 산천의 경치가 매우 화려하였다.(36쪽)

② **계섬월**(桂蟾月)

"첩의 종신대사(終身大事)를 낭군께 의탁하오니 첩의 사정을 들어주십시오. 첩은 본래 소주(蘇州) 사람인데, 부친은 이 지방의 역승(驛丞)을 지내시다가 불행하게도 타향에서 객사하시니, 집은 가난하고 고향은 멀어 반장(返葬)할 힘이 없어 계모가 백금을 받고 첩을 창가(娼家)에 팔았습니다.……"(63쪽)

③ **적경홍**(狄驚鴻)

"…… 경홍은 패주(貝州) 지방의 양가(良家) 여자로 부모가 일찍 죽자 숙모에게 의지하였는데, 열네 살에 용모가 아름다워 하북(河北)에 이름이 자자했습니다. ……"(66쪽)

④ **정경패**(鄭瓊貝)

"춘명문 안 정사도 집으로 주문(朱門)이 길에 임해 있고 문에 계극

구운몽도.
◀ 진채봉과
만나는 장면
◀◀ 계섬월과
만나는 장면

(棨戟)을 설치해 놓은 것이 그 집이다.……”(72쪽)

⑤ **가춘운**(賈春雲)

대개 춘랑은 성이 가씨로 원래 서촉(西蜀) 사람이다.(86쪽)

⑥ **이소화**(李蕭和)

이때 황태후에게는 아들 둘과 딸 하나가 있었는데, 지금의 임금과 월왕과 난양공주였다. 공주가 탄생할 때, 태후가 꿈속에서 신선의 꽃과 붉은 진주를 보았다. 공주가 자라면서 용모와 기질이 신선 같아 세속의 태도는 한 점도 없고……매번 한번 퉁소를 불면 뭇학이 내려와서 춤을 추었다.(142쪽)

⑦ **심요연**(沈裊烟)

“첩은 본래 양주(凉州) 사람으로 조상 때부터 대당(大唐)의 백성입

니다."(169쪽)

⑧ **백능파**(白陵波)

"첩은 동정용왕(洞庭龍王)의 막내딸입니다."(176쪽)

"첩 능파는 성이 백씨이고 집은 동정호와 소상강 사이에 있는데,
환란을 만나 서변(西邊)으로 이사 갔다가 변방에서 양승상을 따라왔
습니다."(292쪽)

보다시피 여덟 명의 미인들은 동-서-남-북-중앙에 고루 분산되
어 있다. 소설 원문에서 언급한 '사면팔방(四面八方)'의 진면목이 유
감없이 발휘되는 것인데, 여기에서 우리는 작가 김만중이 굳이 '본
디 어디 사람'임을 강조한 속내를 알 수 있다. 그냥 어디에서 만났다
고 한다면, 사실 양소유의 행로에 따라 지역이 국한될 수밖에 없다.
그렇다고 아무 일도 없이 중국 땅 전체를 다 돌 수도 없는 일이고 보
면, 작가는 '여기'에서 만나고 있지만 '저기'의 여자를 밝히는 방법
으로 사실상 전체 지역의 여자를 섭렵하게 한다. 이는 양소유의 천
하주유(天下周遊)를 여성을 통해 상징화하는 기법이라고 할 수 있다.
그런데 여덟 미녀들은 대부분 자신의 의지와는 상관없이 출신지
를 떠나서 살게 되고, 거기에서 양소유를 만나게 된다. 진채봉은 화
주 사람이지만 아버지가 역적 누명을 씀에 따라 궁궐에 궁녀로 들어
가고, 계섬월은 소주 사람이지만 아버지 장사를 치르기 위해 낙양에
기생으로 팔려 눌러 앉게 되며, 가춘운은 서촉 사람인데 아버지가
돌아가시고 서울 정사도 집에 하인 신세로 있게 되며, 심요연은 양
주 사람인데 토번에서 자객 생활을 하며, 백능파는 동정용왕의 딸인
데 남해용왕의 오현태자를 피해 백룡담에서 숨어 지낸다. 이소화와

〈지도 4〉 팔미인의 출신지별 분포

정경패를 제외한 여섯 여자가 사실상 집을 잃고 원치 않는 곳에서 살아야 하는 비참함을 맛본다. 어떤 경우는 전란 때문에, 어떤 경우는 경제적인 이유로, 또 어떤 경우는 정치적인 이유로 이들은 한곳에 정착할래야 정착할 수 없는 모습을 보여준다.

형산에서 팔선녀들이 한 곳에 갇혀 있는 답답함에 불평했다면, 이제 팔미인들은 원치 않는 곳으로 떠돌게 되는 자기 신세를 한탄하게 된다. 여자의 몸으로 이 지도상에 펼쳐진 거리를 옮겨다는 것은 만만치 않은 일이다. 때로는 자신의 짝을 찾기 위해 자발적으로 집을 나서는 경우가 없는 것은 아니나, 결국은 더욱 심한 속박이 주어진다. 이소화나 정경패가 뭇 남성들의 선망의 대상이지만 좋은 짝을 찾는 데 장애가 있었던 것과는 달리, 나머지 여섯 여자들은 좋은 짝을 찾는 데 일정한 제약을 갖는다. 계섬월은 기생이어서 연애는 자유로운 반면 정상적인 결혼이 어렵고, 적경홍과 진채봉은 궁궐에 갇힌 몸으로 여느 남성과 만나기조차 어려우며, 가춘운은 하인 신세여서 보통 남자와 짝을 맺을 수 없고, 심요연은 조실부모한 자객의 몸으로 토번 왕에게 매여 있으며, 백능파는 사람의 자식이 아니기 때문에 정상적인 혼인을 기약할 수 없었던 것이다.

그런 여덟 여자가 결혼을 하는 것은 행복한 일임에 틀림없다. 그 것도 양소유 같은 영웅과의 혼인이라면 더더욱 그렇다. 그러나 가만 보면 그들의 결혼이 동일한 층위에서 이루어지는 것이 아님을 알 수 있다. 흔히 2처6첩이라고는 해도 균질의 처첩이 아니다. 어떤 경우 는 정상적인 혼례이지만 또 어떤 경우는 거의 겁간 형식의 통정으로 첫 결연을 이루기도 한다. 중심부에는 정경패와 이소화가 처가 되면 서, 가춘운과 진채봉이 시첩(侍妾)으로 주어지는 형식인 데 반해, 그 외곽의 네 사람은 여성들이 스스로 양소유의 짝이 되기를 원했거나 (계섬월, 적경홍), 양소유가 거의 강제로 취하다시피하여 결연한 경우 이다. 물론 종국에는 그들이 모두 양소유의 첩이라는 지위를 얻기는 하지만 다분히 야합(野合)의 성격이 강하다.

또 이 결연은 재미난 층위를 이루고 있다. 이소화는 그 최고정점 에 있는 인물로 사실상 하늘에서 내려온 것으로 그려진다. 학(鶴)이 상징하는 바가 '하늘', '중심'이라 할 때, 왜 소화의 퉁소소리에 맞 추어서 학이 내려와 앉는지 알 수 있다.[12] 양소유의 아버지인 양 처 사 역시 푸른 학을 타고 하늘로 올라갔듯이 학이 하늘과 연관되는 사실은 너무도 분명하다. 하늘은 바로 지상의 인간이 선망하는 상층 세계인 것이다. 반면, 백능파의 경우는 지상인을 동경하는 하층세계 에 사는 존재이다. 언니가 인간과 결혼했을 때 사람들이 기뻐했다는 것은 물밑세계가 지상세계의 하층으로 자리 잡고 있다는 뜻이다. 결 국, 이 세 층위는 다음과 같이 도식화될 수 있다.

결국, 구운몽의 여덟 여인이 사실은 세계의 전체를 의미함을 알 수 있다. 첫째, 사면팔방으로 흩어진 모습을 통해 수평[평면]에서의

하늘→땅	이소화
땅	정경패, 가춘운, 계섬월, 적경홍, 진채봉, 심요연
땅밑[水中]→땅	백능파

〈그림 2〉 결연의 세 층위

전체를 구현한다. 둘째, 비교적 중심부 출신의 여인과의 정상적인 혼인관계 및 변방 출신의 기녀 등의 여인과의 야합을 통해 중심/주변의 전체를 구현한다. 셋째, 천상-지상-지하의 3층위를 통해 수직[입체]에서의 전체를 구현한다. 남녀주인공의 결합은 단순한 연애 그 이상으로, 이를 통해 부분이 아닌 세계 전체를 표상하려는 경향이 강하다. 또 이렇게 각지의 여자들을 만나는 것은 이러저러한 출정(出征)과 맞물리는데, 한편으로는 각지의 여성과 결합을 통하여, 또 한편으로는 반항하는 각지의 적을 제압하는 것으로 자신의 영웅성을 드러내는 것이라 하겠다.

4. 천하의 주유(周遊)와 평정(平定)

양소유가 여덟 미인을 만나는 과정을 좇다보면 사방팔방으로 연애만 하고 다닌 것 같겠지만, 사실 이야기 진행으로 볼 때 양소유는 연애를 하러 그리 돌아다닌 게 아니라 돌아다니다가 그렇게 여러 여자들을 만난 것이다. '천하주유(天下周遊)'는 말 그대로 천하를 두루두루 돌아다닌다는 뜻인데, 특히 사내대장부라면 모름지기 온 세상을 두루두루 돌아보아야 한다는 관념이 있었다. 양소유 역시 예외가 아니다. 그가 태어나서 자란 곳을 떠나기 시작하는 과거 시험길부터 그런 양상을 보인다. 과거 시험 역시 국가 사정으로 두 번을 보는 것부터 흥미롭다. 맨 처음은 난리가 나서 과거가 연기되는 바람에 되돌아오고 두 번째에야 목적을 이루는 것이다. 그러나 만일 과거를 보는 것만이 목적이었다면 어느 쪽이든 최단거리를 택해 비용과 힘을 적게 들이는 편이 합리적일 텐데 양소유는 전혀 그렇지 않다. 멋진 풍광을 보고 감회에 젖어 시를 한 수 읊조리는가 하면, 난리를 피해 남전산(藍田山)에 들어가서는 도인(道人)의 제자가 되기를 청하기도 한다. 입신양명을 위해 전력질주하는 자세는 어디에도 보이지 않는 것이다. 다만 진채봉과의 이별이 아쉬울 뿐이다.

이런 모습은 두 번째 과것길에 더욱 분명히 드러난다.

> 양생이 생각하기를, '낙양은 옛날부터 제왕의 도읍이요, 천하의 번화한 땅이라. 내가 작년에 다른 길을 취한 까닭에 이 땅의 경치를 보지 못하였는데, 이번은 헛되이 지나지 않겠다.' 하고, 나귀를 타고 천진교 쪽으로 향하여 갔다.(52쪽)

결국, 양소유는 고향 수주에서 시험이 치러지는 수도 장안까지 가는 데 있어서 다음과 같은 복잡한 과정을 거치게 된다: 수주→화주 화음현→남전산→화주 화음현→수주→낙양→장안. 다음의 〈지도 5〉는 그 복잡한 과정을 간단하게 보여준다.

그렇다면 이 의미는 무엇인가? 신화적으로 풀이해보자면, 양소유

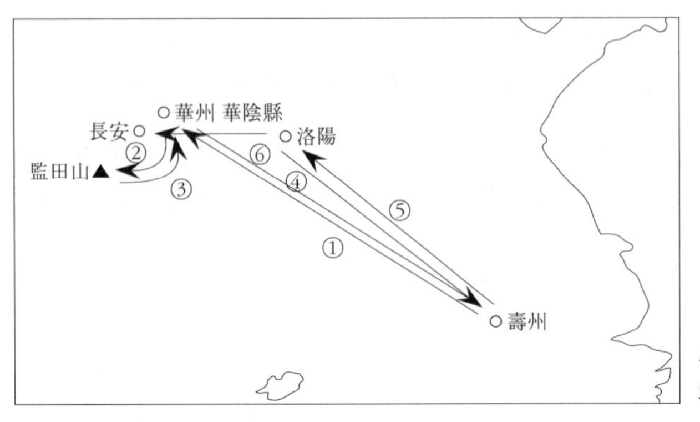

〈지도 5〉 두 차례의 과거 시험 길

가 과거를 보러 가기 위해 가는 수도인 장안(長安)에서부터 의미를 찾아볼만하다. 수도가 한 나라의 중심임이 분명하다면, 이 장안 역시 신화 속의 중심이고, 그 중심은 도달하기 어려운 법이어서 그 중심으로 가는 길을 그리로 가기 위해 거쳐야 하는 미로로 풀어봄직하다. 성진이 세속을 꿈꾼 죄로 속계로 떨어진 것이 사실이라면 그에게 세속의 중심으로 가는 일은 매우 중요한 의미를 지닌다. 그런데 양소유로 태어나 보니 그는 여전히 변방에 있었던 것이다. 남쪽 끝 변방에서 동쪽 끝 변방으로의 변화가 있었을 뿐이다. 그러므로 그는 이제 중심을 향하여 발걸음을 옮겨야 한다. 그런데 보다시피 그 중심으로의 접근은 쉽게 허락되지 않는다. 이것은 어느 이야기에서나 마찬가지이다. 그 중심으로의 접근이 얼마나 험난하지를 단적으로 보여주는 예가 바로 미궁(迷宮)이다. 미궁은 언제나 무언가 중요한 것을 감추어두었기 때문에 손쉽게 들어오는 길을 차단해놓는다.[13]

이 점에서 남전산(藍田山)의 존재는 그 의미가 적지 않다. 남전산은 진(秦)나라 때 상산(商山)의 사호(四皓)가 난리를 피해 숨어들었다는 산으로, 전란을 피해 몸을 숨기기에 좋은 곳이다. 그러나 단순한 피란(避亂)이 아닌 도가적 깨달음까지 얻고자 할 때, 성진에게 형산(衡山)이 그랬던 것처럼 하나의 중심의 역할을 하게 된다. 실제로 양소유는 거기에서 학을 타고 신선세계로 떠났던 아버지 양처사의 친구인 도인을 만나기도 한다. 이처럼 〈구운몽〉은 이야기 속에 여러 개의 중심을 담아두고 새로운 의미를 찾을 수 있도록 배려하면서, 하나의 중심에 머물지 않고 계속 가도록 독려하여 의미가 가중되도록 한다. 도사 밑에서 수련하기를 바라는 양소유에게 "인간 부귀는 자네가 면치 못할 것이니, 어찌 이 늙은이를 좇아 바위구멍에게서 살겠는가?"(48쪽)라고 한 도사의 말은 그런 점을 잘 뒷받침해준다. 결국, 양소유가 두 차례에 걸쳐서 과거길을 바꾸어가며 여기저기 돌아가는 것은 '중심' 찾기의 한 과정인 셈이다.[14]

그렇게 어렵사리 과거에 응시하여 급제한 양소유는 두 차례에 걸쳐 먼 곳으로 출정(出征)한다. 1차는 하북의 절도사 셋이 반란을 일으키자, 양소유가 글로써 두 나라의 항복을 받은 후, 끝까지 버티는 연왕을 정벌하러 간 것이며, 2차 출정은 토번(土蕃)을 제압하기 위해 서쪽 변방으로 갔다가 다시 동정호 쪽으로 나아간다. 이는 양소유가 동변(東邊) 태생으로 중심인 장안을 거쳐, 북변(北邊)과 서변(西邊), 남변(南邊)을 두루 통합으로써 천하주유를 실현하는 확실한 행보가 된다. 더욱이 작품에서는 양소유가 이렇게 큰일을 이룬 공적을 인정받아 고향 수주(壽州)에 있는 어머니를 모셔오게 함으로써[15] 열십(十)자로 사방을 두루 통하게 만들어놓는다.

다음 〈그림3〉은 그 1, 2차 출정과 고향 방문을 통합하여 간단히 제시한 것이다.

이 그림대로 양소유의 천하주유의 꿈은 온전하게 이루어질 수 있

```
                        연(燕)
                         ↑
토번(吐蕃) ← 장안(長安, 洛陽) → 수주(壽州)
                         ↓
              동정호(洞庭湖), 낙양(衡山)
```

〈그림 3〉 출정(出征)과 환향(還鄕)

게 된다. 그리고 양소유가 꿈속에서 형산(衡山)을 구경하면서 "어느 날에 공을 이루고 은퇴하여 속세를 떠나 한가롭게 살 수 있을까?"(187쪽)하고 탄식함으로써, 새로운 천하주유를 통한 확장이 종착점에 이르렀음을 암시한다. 결국, 양소유와 팔미인이 보여주는 세속의 삶은 변방에서 중심으로 향하면서, 천하를 두루 도는 것으로 귀결된다. 양소유의 입장에서 변방에서 중심으로 가는 것은 세속적인 '상승'을 의미하며, 온 천하를 도는 것은 '대장부'로서의 욕망을 펼치는 일이다. 또, 팔미인의 입장에서 변방에서 중심으로 가는 것은 떠돌이 삶을 끝내고 '정착'을 의미하며, 온 천하를 도는 것은 훌륭한 '남성'을 만나고 싶은 욕망이다. 이처럼 지도상에서 확인한 9인의 행적은 정합적으로 맞물리면서 온전한 전체를 획득하는 방향으로 나아가고 있음을 엿보게 한다. 그리고 최종적으로 그렇게 얻은 전체의 이미지 역시 불완전함을 암시하면서 새로운 단계로의 이동을 재촉하는 것이다.

이렇게 양소유가 두 차례의 출정에 대성공을 거두고 최고의 벼슬을 내려 받은 후, 다시는 천하주유를 할 필요가 없게 되었다. 그리하여 양소유와 어머니 유 씨 부인, 그리고 여덟 부인들의 거처를 마련

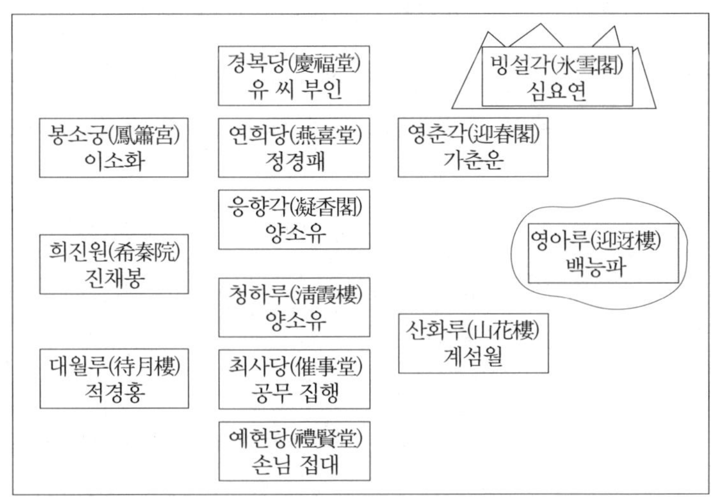

〈그림 4〉 전각(殿閣)의 배치

하는데, 이들의 배치는 〈그림4〉와 같다.

이러한 전각의 배치는 사실상 〈지도 4〉를 축소해놓은 것이다. 중심부에서 만난 네 여인(이소화, 정경패, 진채봉, 가춘운)을 중앙에 밀집하여 배치하고, 변방에서 만난 기생 출신 여인(계섬월, 적경홍)은 바깥으로 멀리 배치하였으며, 산수자연에서 만난 여인(심요연, 백능파)은 화원에 있는 물과 산에 배치한 것이다. 한 집에 여러 미인들을 거느리고 사는 호사스러운 모습은, 지금의 윤리로는 용납하기 어렵겠지만 당대 영웅으로서는 이상적인 풍류였을 것이다. 아닌 게 아니라 〈구운몽〉의 주제를 '부귀영화'로 보고자 할 때, 빠질 수 없는 요소가 풍류와 미색으로, 이는 주인공 양소유가 처음으로 진채봉의 모습을 보았을 때부터 줄기차게 서술되는 핵심 요소이다. 양소유 자신이 여도사(女道士)의 복장으로 거문고를 타던 데에서, 혹은 정경패가 그린 양소유와 음악에 대한 일가견을 나누는 데에서 풍류와 미색에

대한 관심은 유별나다. 실제로 양소유가 세속의 권력을 극대화하여
부귀영화의 정점에 자리 잡은 뒤에도 그에 대한 관심만은 놓지 않고
있으며, 그것은 흡사 변방에 출정하여 적과 대결할 때의 양상을 방
불케 한다.

이는 황제의 아들인 월왕이 낙유원에서[16] 사냥놀이를 하자고 제의
해 왔을 때, 난양공주가 그 의미에 대해서 소상히 밝혀주는 다음과
같은 대목을 통해 쉽게 확인된다.

"승상께서 상세히 아시지 못하시는군요. 이 오라버니가 좋아하는
것은 미인과 풍악입니다. 궁중에 절색가인이 한둘이 아닌데 근래 총
애하는 한 미인을 얻으니 무창 사람으로 이름은 옥연입니다. 제가
비록 보지는 못했지만 재주와 태깔이 천하에 으뜸이라고 합니다. 제
생각에는 월왕이 우리 궁중에 미인이 있다는 말을 듣고 왕개(王愷)와
석숭(石崇)이 겨루듯 해보자는 것입니다." (272쪽)

보는 대로 월왕이 겨루고자 하는 바는 어느 쪽의 미인과 풍악이
더 훌륭한가이다. 양소유가 평정 길에 나서서 반역의 무리와 무력을
겨루었듯이 여기에서는 미색과 풍류를 겨룬 것이다. 이는 사실 양소
유가 계섬월을 처음 만났을 때부터, 계섬월이 여러 지역의 명기(名
妓)들을 나열하며 세상에는 훌륭한 미색(美色)이 많음을 알려준 데에
서부터 조짐을 보인 바이기도 하다. 양소유에게는 사방의 현숙한 여
인들을 불러 모아 부인으로 맞는 것 못지않게, 절세미인과 풍류를
즐기는 호사(豪奢) 역시 중요한 과업인 셈인데, 낙유원의 사냥놀이는
그런 욕망을 풀어내는 장소를 제공한다.

사냥놀이에서 만난 양쪽 미인들을 서로 소개하는 자리에서 월왕의 네 미인은 자신들을 "첩 등은 금릉(金陵) 두운선(杜雲仙), 진류(陳留) 설교오(薛嬌五), 무창(武昌) 만옥연(萬玉燕), 장안(長安) 해연연(海燕燕)이라고 합니다."라고 소개한다. 이로써 양소유의 네 여인인 계섬월, 적경홍, 심요연, 백능파와, 월왕의 네 여인인 두운선, 설교오, 만옥연, 해연연이 한 자리에 모이게 된다. 낙유원이라는 장소를 빌려서 경향 각지

구운몽도. 낙유원 놀이 장면

에 흩어져 있던 기녀와 미인들이 집결하는 것이다. 계섬월 같은 경우가 그 출신지에 관계없이 낙양의 이름난 기생이고 보면, 이들 여덟 미인의 분포 역시, '사면팔방'의 고른 분포를 보인다. 양소유가 낙유원 사냥놀이에 나갈 때 무려 사냥꾼 3,000명에 800명의 기생을 이끌고 나갔다고 했는데, 여기에서 다시 8미인이 등장하는 것은 예사로 볼 일이 아니다. 8이 상징하는 바가, 동서남북의 사방(四方)과 그 사방 사이의 모서리인 사우(四隅)를 합친 숫자임을 생각할 때, 이 미인들이 공간의 전체를 표상한다고 보는 데 전혀 어색할 것이 없다. 이렇게 본다면 〈구운몽〉에서의 미인들은 첫째, 형산에서 팔선녀, 둘째, 중국 전역에서의 팔미인, 셋째, 전각에 모인 팔미인, 넷째, 낙유원 사냥놀이에서의 팔미인 등등의 변주(變奏)를 통해 흩어지고 모

이기를 반복한다 하겠다.

　그러나 이러한 즐거움은 이 낙유원의 놀이가 끝남과 동시에 쇠퇴할 기미를 보인다. 무슨 일이든 성대함이 극에 이르면 얼마간의 허망함이 찾아오는 법이다. 양소유는 벼슬을 물리고자 황제에게 상소를 올리고, 마침내 황제는 도리어 취미궁(翠微宮)을 하사하면서 식읍(食邑)으로 오천호를 더하여 편히 쉴 수 있게 해준다. 이리하여 양소유는 비로소 속세를 떠나 신선 같은 삶을 살지만 허망함을 아주 물리칠 수 없었다. 양소유가 취미궁에 있는 높은 대(坮)에 올라 불가(佛家)로 기울어지는 자신의 뜻을 말하고는 부인들과 작별의 잔을 나누려는 차에 그는 꿈결인 듯 연화사(蓮花寺)로 가게 된다. 이로써 양소유는 성진에서 양소유로 변할 때 왔던 길을 되돌아가면서 성에서 속으로 이 점에서 각 층위의 공간 이동이 그 규모상의 차이는 있을지언정 흡사 변주와 같은 방식으로 일정한 패턴을 형성하면서 맞대응하고 있다고 할 수 있다.

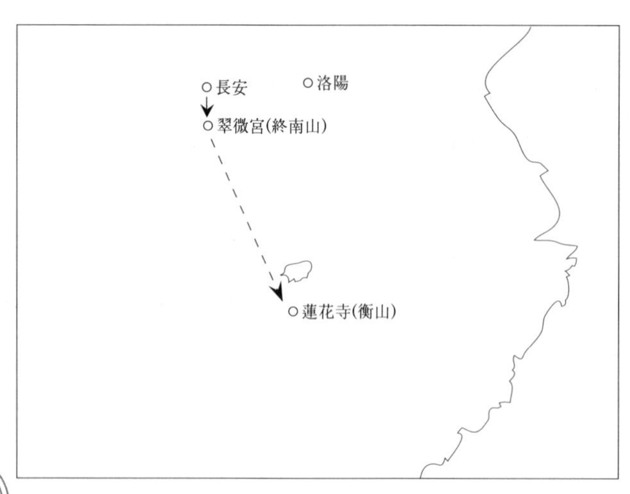

〈지도 6〉 양소유의 蓮花寺行(점선은 꿈)

5. 작은 깨달음에서 큰 깨달음으로

〈구운몽〉을 양소유를 중심으로 읽어낼 때 철저한 세속 소설이다. 그것도 양소유와 팔미인의 결연과 애정 문제에 집중할 때 철저한 사랑소설이다. 어떤 연구자는 '음란소설 구운몽'이라 지칭하며 청소년에게 권할 수 없는 작품이라고 하기까지 했다. 필자가 어느 출판사의 제의로 〈구운몽〉을 아동 및 청소년 눈높이에 맞추어 엮은 책을 냈을 때, 딸아이의 반응이 뜻밖이었다. 양소유 같은 인물을 동경할 줄 알았던 내 생각과는 달리 "재수 없다"로 일축해 버렸기 때문이다. 하긴 작품을 보면 언제 변변히 공부하는 내용이 안 나오는데도 쉽게 급제하고, 또 무공을 쌓은 일은 전혀 없지만 장수로서 출중한 역할을 발휘한다. 만나는 여자마다 호감을 나타내고 마음만 먹으면 누구든 자기 배필이 된다. 이런 설정에 기막혀하는 것도 이해되지 않는 바는 아니다.

그러나 그렇게 보통 사람처럼 성실히, 또 열심히 해야만 일이 이루어진다면 입지전(立志傳)은 될망정 영웅전(英雄傳)이 되기는 어렵겠다. 영웅은 자신의 영웅성을 드러내는 데 온 힘을 쏟는다. 자신에게 주어진 과업을 거침없이 받아들이는 것이다. 표면적으로는 과거에 급제하고 나라의 어려움을 구하는 매우 간단한 과정인 듯 보이지만, 기실은 그 과정이 바로 영웅의 운명적인 행로가 되도록 꾸며질 때 영웅성은 더욱 빛난다. 인간이 상상할 수 있는 모든 여인들을 섭렵하고, 그 당시 사람이 누릴 수 있는 모든 부귀를 누리는 것, 그것이 양소유에게 주어진 역할이었다. 성진으로 있을 때 억제되었던 욕망, 도달할 수 없었던 쾌락을 단번에 맛본 셈이다. 욕망 때문에 생긴

아동용 『구운몽』 표지, 웅진씽크빅,
2005

문제를 욕망으로 풀어내는 수법이 예사롭지 않다. 일반인의 상식으로는, 억제해야 하는 욕망을 억제하지 못해서 죄를 지었다면 그 벌은 응당 욕망을 더 강하게 억제하는 것이어야 마땅하다. 그러나 〈구운몽〉은 완전히 거꾸로 가는 수법을 구사한다. 그리고 거기에 이 작품의 참뜻이 숨어 있다.

자기를 내치려는 육관 대사에게 성진은 애걸하지만, "네 가고자 하는 대로 나가게 함이니 어찌 머무르리오."라는 말만 들을 뿐이다. 하고자 하는 바, 곧 욕망대로 가면 된다는 말이고 작품에서 실제로 또 그렇게 된다. 성진이 욕망대로 못 해서 불행하다 여겼으니 한번 욕망대로 마음껏 해보라는 뜻일 것이다. 그러나 욕망대로 한다고 행복을 얻을 수 있는 것은 아니었다. 과거에 급제하고 국가의 위난을 막고 이러저러한 여인들과 인연을 맺지만, 부귀의 극에 이르렀을 때 허무함이 밀려온다. 황제에게 인정받고 2처 6첩의 호사를 누리면서도 끝내 거기에 대단한 가치를 두지 않는다.

잠깐, 이 대목에서 양소유의 삶을 되새겨 볼 필요가 있다. 여느 군담(영웅) 소설이라면 아이때 버려지는 고통을 겪고 커서는 정적(政敵)을 만나서 갖은 고생을 다하는 게 일반적이다. 그러나 양소유의 삶은 달랐다. 아버지가 없기는 했지만 죽은 것이 아니라 신선으로 올라갔으니 그 자부심이 없을 수 없고, 숱한 여인들을 만나는 과정 역시 우여곡절은 있어도 험한 시련은 그다지 발견되지 않는다. 시련이

라고 한다면 양소유와 인연을 맺으려고 여인들이 너무 적극적으로
나서서 생기는 정도이다. 또 전쟁에 나가서도 이렇다 할 전투 장면
한 번 없이 아주 싱겁게 승리한다. 무엇보다도 다른 군담 소설들의
주인공처럼 가문의 원수이자 임금의 원수인 악인을 응징한다는 생
각이 없으니 그럴 수밖에 없을 것이다. 양소유가 벼슬길에 오르는
것은 그저 가문을 좀 빛내고 늙은 어머니를 봉양해 볼까 하는 지극
히 소박한 생각 때문이다.

양소유는 거침없이 원하는 일을 이룬다. 정말 "가고자 하는 대로"
가는 순탄한 삶이며, 세상 사람들이 모두 부러워할 만한 부귀공명을
얻었으니 쾌락 그 자체를 누렸다고 해야 마땅한 일이다. 바로 여기
에서 주제가 선명히 살아난다. 만일 현실에서의 삶이 너무 고통스러
워 초월을 꿈꾼다면, 초월이기에 앞서 도피에 지나지 않을 것이다.
성진이 불제자(佛弟子)로서 조금도 부족함 없이 살다가 세속적 삶에
눈을 돌렸듯이, 양소유의 삶에서도 똑같은 논리가 적용된다. 세속적
인 안락함이나 유복함이 극에 이르렀을 때, 그 삶이 덧없는 것임을
깨닫는 것이다. 이렇게 본다면, 이 작품 속의 진짜 영웅은 양소유가
아니라 성진이다. 성진은 열두 살에 부모를 떠나 고승에게 의탁하지
만 고승에게서 일시적으로 버림받으며 세속 세계를 경험하는 시련
을 겪는 것이다. 그리고 그 세속의 안락함이 사실은 고통스러운 것
임을 깨닫고, 자신의 나아갈 바를 다시 정하게 된다.

앞서 말했듯이, 성진의 편에서는 양소유가 꿈이고 양소유의 편에
서는 성진이 꿈이다. 성진이나 양소유나 그가 속한 세상에서는 뛰어
난 능력을 발휘하여 잘사는 사람들이지만 거기에 만족할 수 없었던
것이다. 실제로 '가 보지 않은 길'은 늘 아쉬움으로 남는다. 그래서

불도를 닦던 성진은 사내대장부로서의 멋진 삶을 꿈꾸었고, 멋진 삶을 살던 대장부 양소유는 불도에 정진하여 깨달음을 얻기를 바랐다. 그렇다면 이 이야기는 여기서 끝나야 마땅하다. 양소유처럼 사는 것이 한바탕 꿈이니까 이제 꿈 깨고 잘살면 된다는 식으로 말이다. 그러나 그 정도의 이야기라면 〈조신의 꿈〉같은 웬만한 꿈 이야기에서 볼 수 있는 흔한 것이니 〈구운몽〉의 본색을 드러내기에는 영 부족하다.

맨 마지막 부분에 나오는 육관 대사와 성진이 재회하는 장면을 살짝 엿보자.

대사 소리하여 묻되,

"성진아, 성진아. 인간 재미 과연 좋더냐?"

성진이 눈을 번쩍 떠서 쳐다보니 육관 대사 엄연하게 서 있는지라. 성진이 머리를 두드리며 눈물을 흘려 이르되,

"제자 행실이 부정하오니 스스로 저지른 죄오라 수원수구(誰怨誰咎, 누구를 원망하고 누구를 허물함)리오. 마땅히 만족함이 없는 세계에 있으면서 길이 윤회하는 재앙을 받을 것이어늘 스승이 하룻밤의 허망한 꿈을 불러 깨우사 성진의 맘을 깨닫게 하시니 스승의 은혜는 천만 겁을 지나도 가히 갚지 못할 줄로 아나이다."

대사 이르되,

"네 흥(興)을 타고 갔다고 흥이 다하여 돌아왔으니 내 무슨 관여할 바 있으리오." 또 네 이르되 "꿈과 세상을 나누어 둘이라." 하니 이는 아직도 네가 꿈을 깨지 못하였도다. 장주(莊周, 장자)가 꿈에 나비 되었다가 다시 나비가 장주 되니 어느 것이 거짓이요, 어느 것이 참

인 줄 분별치 못하였다 하니, 어제 성진과 소유에 있어 어느 것이 참이며, 어느 것이 허망한 꿈이뇨.[17]

더 이상 무슨 말이 필요하랴. 성진은 양소유로 산 삶이 거짓이라는 것을 깨달았다고 말하는데, 이때 육관 대사는 도리어 묻는다. 어떤 것이 참이고 어떤 것이 거짓인가? 그는 여전히 성진이 '작은 깨달음' 밖에 얻지 못했기 때문에 그렇게 나누는 것이라고 질타한다. 어느 한쪽을 참으로 다른 한쪽을 거짓으로 규정하는 한, 사람의 마음은 평화로울 수가 없다. 이쪽에 있으면 저쪽이 참 같고 저쪽에 있으면 이쪽이 참 같아서 불안하기 때문이다.

참과 거짓을 분별하고 그 분별로 세상의 깨달음을 얻었다고 생각하는 한, 그 깨달음은 이미 진리가 아니라 오만과 착각일 뿐이다. 요컨대, 지(智)를 얻었다고 자만하면서 마음의 청정(淸淨)을 얻는 데는 실패한 것이다. 그러므로 양소유와 성진이 몸소 살아 보인 그 두 삶이야말로 어느 한쪽에 서서 다른 쪽을 배척해야 하는 것이 아니라, 모두를 온전히 받아들여야만 하는 것이 아닐까 한다. 이것이 바로 배부른 돼지와 배고픈 철인(哲人)의 양극단을 뛰어넘어 참된 인간의 삶과 행복을 거머쥐는 지름길이다.

허망한 꿈을 통해 희망의 꿈이 현실화되고 희망의 꿈을 통해 허망한 꿈이 극복될 수 있다. 육관 대사 식으로 말하자면 꿈과 세상이 하나임을 깨닫고 근본적인 사유에 대한 각성을 이루었기에, 성진과 팔선녀는 극락왕생의 기쁨을 맛볼 수 있었던 것이다. 큰 꿈의 큰 기쁨, 그것이 바로 '큰 깨달음'이다. 세상일이라는 게 적금 붓듯이 작은 깨달음을 모아서 큰 깨달음으로 가는 것도 있겠지만, 〈구운몽〉은 작은 깨달음을 딛고 일어서서 큰 깨달음으로 치닫게 하는 데 묘미가 있다 하겠다. 물론, 그렇다고 작은 기쁨이나 작은 깨달음을 무시하는 게 아니라, 그것은 그것대로의 가치를 인정하면서도 그렇게 올라서니 과연 멋진 꿈이다.

■ 주석

1) "홍문관에서 천하지도를 올렸는데, 그에 대한 고증은 수찬 김만중에게서 대부분 나왔다고 하였다." -『조선왕조실록』, 현종 15년 7월 11일조)에서도 확인된다. 이에 대해서는 설성경, 「서포의 세계인식과 구운몽의 우의성」, 『인문과학』 제83집, 연세대학교 인문과학연구소, 2001.12, 97쪽 참조.
2) 이하 원문 자료는 정규복·진경환 역주, 『구운몽』(고려대학교민족문화연구소, 1996)에 실린 노존 B본을 쓰며, 이 본의 경우에는 각주 없이 괄호에 쪽수만 달고 다른 본은 따로 표시한다.
3) 이 이하의 지도는 譚其驤 主編, 『簡明中國歷史地圖集』, 中國地圖出版社, 1991에 의함.
4) 연화봉 : 在湖南衡山縣 衡山之一峯也 疊嶂簇立 狀如蓮花 故名. - 謝壽昌 외 편, 『中國古今地名大辭典』臺灣商務印書館, 1931, 1193쪽.
5) 중국불교사에서 장안(長安. 洛陽 포함)의 의미는 지대하다. 수나라 문제 이후 장안과 낙양에 집중되는 경향이 뚜렷하다. 581~667년간의 고승들 중 과반수가 장안과 낙양에 모였던 것으로 파악되어, 이 지역의 불교는 사실상 국가권력과 밀착됨을 알 수 있다. 藤堂恭俊, 『중국불교사』, 차차석 옮김, 대원정사, 345쪽 참조.
6) 육관대사와 위부인이 형산에 좌정하는 것을 수평적 이동과 수직적 하강으로 파악한 예는 설성경 교수의 다음과 같은 언급에서 이미 밝혀진 바 있다. "이처럼 다양한 심상을 지닌 채 장엄하고 신비로운 정태(情態)를 보이는 형산에 천선(天仙)인 위부인(魏夫人)이 하늘의 벼슬을 하여 그 산정(山頂)에 수직적 하강을 한다. 또 천축국(天竺國)으로부터 육관대사(六觀大師)가 불법(佛法)을 전파하기 위하여 『금강경(金剛經)』을 지니고 수평적 이동으로 이곳에 와 연화도량(蓮花道場)을 연다."(밑줄 필자) 설성경·박태상, 『고소설의 구조와 의미』, 새문사, 1986, 217쪽.
7) 설성경, 앞의 논문, 114쪽.
8) 이본(異本)에 따라서는 壽州를 '秀州'로 표기한 경우도 있는데, 착오이다. 회남도에 속한 주(州) 중에는 壽州만 있고 秀州는 없다. 秀州는 금(金)·남송(南宋) 시기에 현재의 수주에서 동남쪽 해변에 있다. - 譚其驤 主編, 앞의 책, 54쪽 참고.
9) 陳正祥, 『中國歷史·文化地理圖册』, 東京: 原書房, 1982, 49쪽.
10) 문인(文人)을 대상으로 하여 통계를 낼 때 역시 크게 다르지 않은 결과가 도출된다. 허세욱, 「중국문학지리학의 형성과 그 인과연구」, 『中國語文論叢』18집, 중국어문연구회,

2000, 165~168쪽 참조.

11) 徐連達·吳浩坤·趙克堯 지음, 『중국통사』, 중국사연구회 옮김, 청년사, 1989, 384~385
쪽.

12) 여기에서 학(鶴)이 등장하는 것은 소사(蕭史)와 농옥(弄玉)의 고사에서 연유하지만 학이
본디 하늘과 땅을 잇는 일종의 매개로 작용함은 분명하다. 참고삼아 『한국문화상징사전』
의 '두루미' 살펴보면 이런 상황을 쉽게 이해할 수 있다. "두루미는 선도(仙道)에서 두
가지 방향으로 생각되었다. 그 하나는, 사람이 도를 닦아 공행(功行)이 차면 신선이 되어
두루미로 변해 선계로 날아간다는 것이다. 다른 하나는, 두루미는 선계의 새로서 신선의
천리마라고 생각했다." -한국문화상징사전편찬위원회 편, 『한국문화상징사전1』, 동아출
판, 1992, 241쪽.

13) ''중심'의 방어'로서 미궁이 갖는 의미에 대해서는 미르치아 엘리아데, 『종교사개론』,
이재실 옮김, 까치, 1993, 356쪽 참조.

14) 양소유의 科擧行을 여기저기 반복해서 움직이는 과정으로 보지 않고 行路의 直線 여부에
관심을 두면 이와는 상반된 해석이 나오게 된다. "양소유의 科擧行 과정은 그 좋은 예가
된다. 양소유가 과거에 응시하기 위해서는 서울로 올라가야 한다. 과거 응시가 목적이니,
길을 우회하지 않고 똑바로 갈 필요가 있다. 이 점에서 고향인 회남도 수주현을 기점으로
하여 연속적으로 이어지는 화주 땅의 회음현, 남전산, 수주, 낙양은 일직선이라고 보아도
좋다." -신태수, 「『구운몽』에 나타난 對稱的 世界觀」, 『한민족어문학』48집, 한민족어문
학회, 2006.6.

15) "양소유가 십육 세에 집을 떠나 삼사 년 사이에 승상의 위의에다 위국공의 인끈을 차고
고향에 돌아와 어머니를 뵈니 유부인이 기쁘기 한량없어 눈물을 흘렸다. 승상이 부인을
모시고 떠나자 제도방백이며 자사 현령들이 달려와 길을 모시니 영화의 빛남이 옛날에도
비길 곳이 없었다. 승상이 낙양을 지나면서 계섬월과 적경홍을 찾으니 부리는 사람이 상
경한 지 오래되었다고 아뢰었다."(266쪽)

16) 낙유원에 대한 설명은 다음 기록을 참조. "낙유원은 곡강보다 조금 북쪽에 위치한 작은
언덕으로 성안에서는 가장 높은 곳이다. 당나라 초기 장안 연간(701-705)에 태평공주가
정자를 짓고 유람지로 삼은 이래, 차츰 장안 사람들이 하루 나들이를 위해 지팡이를 짚고
오르는 명승지가 되었다. "이곳은 사방이 널리 탁 트여 있어, 매년 3월 상사일이나 9월 중
양절이면 선남선녀들이 여기 놀러 와서 액을 씻고자 높은 곳에 올랐다. 장막이 구름처럼
펼쳐지고 수레가 길을 가득 메웠으며, 알록달록 고운 옷은 햇빛에 아롱거리고, 향긋한 내
음이 길가에 가득했다. 조정관리나 시인들이 시부를 지으면, 다음날 아침 장안바닥에 좍
퍼졌다"고 하는 장소이다. -이시다 미키노스케, 『장안의 봄』, 이동철·박은희 옮김, 이
산, 2004, 18-19쪽.

17) 김만중, 『구운몽』, 이가원 역주, 연세대학교 출판부, 1970, 324쪽.

지은이 **이강엽**

1964년 서울에서 태어났다. 1982년에 연세대학교 국어국문학과에 입학한 이래, 그곳에서 석사·박사 학위과정을 마쳤다. 연세대학교, 동덕여자대학교 등에서 강의했으며, 2002년 이후 대구교육대학교 국어교육과 교수로 재직 중이다.

이 고전여행 시리즈 외에도『토의문학의 전통과 우리소설』,『바보이야기, 그 웃음의 참뜻』,『신화』,『너의 앉은 자리가 바로 꽃자리니라』,『강물을 건너려거든 물결과 같이 흘러라』,『바보설화의 웃음과 의미 탐색』,『고전서사의 해석과 교육』등의 책을 썼다. 고소설과 설화를 중심으로 하는 고전서사의 의미 탐색에 주력하고 있으며, 다양한 글쓰기를 통해 고전문학의 저변을 넓히는 일에도 힘을 쏟아오고 있다.

이강엽의 고전문학 이야기

강의실 밖 고전 여행⑤

초 판 1쇄 인쇄일　2013년　5월 24일
초 판 1쇄 발행일　2013년　5월 30일

지은이　　이강엽
펴낸이　　이정옥
펴낸곳　　평민사
　　　　　서울특별시 서대문구 남가좌2동 370-40
　　　　　전화　(02)375-8571(代)
　　　　　팩스　(02)375-8573
　　　　　평민사(이메일) 모든 자료를 한눈에 —
　　　　　http://blog.naver.com/pyung1976

등록번호　　제10-328호

　값　　　13,000원

ISBN　978-89-7115-598-1　04810
ISBN　978-89-7115-310-9　（SET）

© 2013, 이강엽